鼙鼓聲中涉江人

沈祖棻词赏析集

张宏生 编

南京大学出版社

《涉江填词图》立轴

1934年沈祖棻中央大学学士毕业照

1938年2月，当时也羁旅长沙的女画家
孙多慈为沈祖棻所作画像

1946年春沈祖棻成都留影

1966年3月25日沈祖棻于武汉大学二区家门前

1975年12月28日全家合影

1977年6月程千帆、沈祖棻合影

沈祖棻手迹

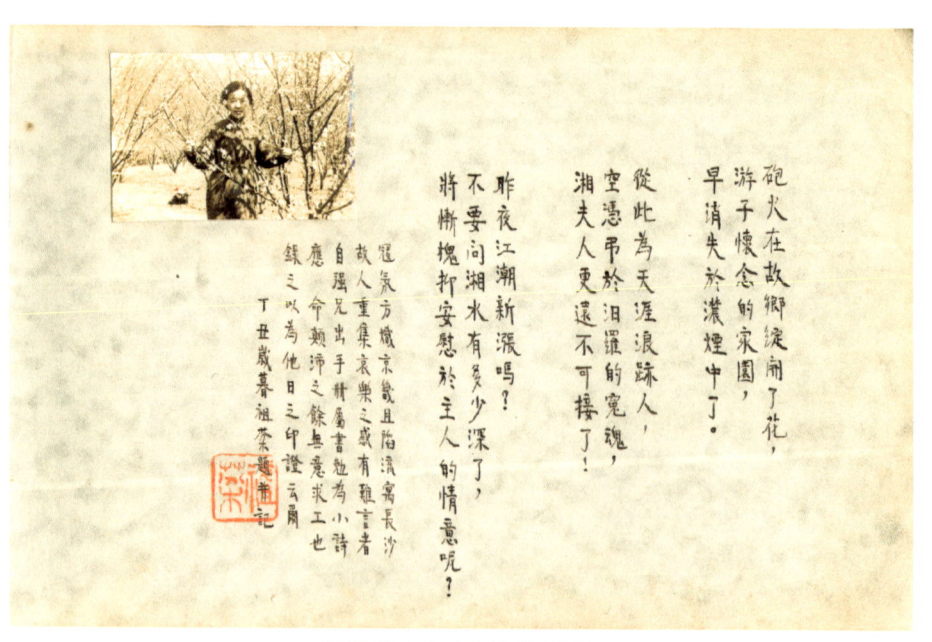

炮火在故鄉綻開了花，
游子懷念的家園，
早消失於濛煙中了。
從此為天涯浪跡人，
空憑弔於泪證的寃魂，
湘夫人更遠不可接了。
昨夜江潮新漲嗎？
不要向湘水有多少深了，
將撕塊抑安慰於主人的情意呢？

還氣方熾京畿且陷流寓長沙
故人重集衰樂之感有難言者
自選兄出手精鳥墨勉為小詩
應命期師之餘無意求工也
錄三以為他日三印證言耳
丁丑歲暮祖棻題補記

沈祖棻手迹（为孙望题词）

体质闲华天情婉娩
恭以接上顺以承亲
含华吐艳竜章凤采
砒炳瑾瑜䢒芳兰蕙
既而来仪鲁殿出事

沈祖棻手迹

汪寄庵先生评点沈祖棻词稿三纸之一、二

汪寄庵先生评点沈祖棻词稿三纸之三

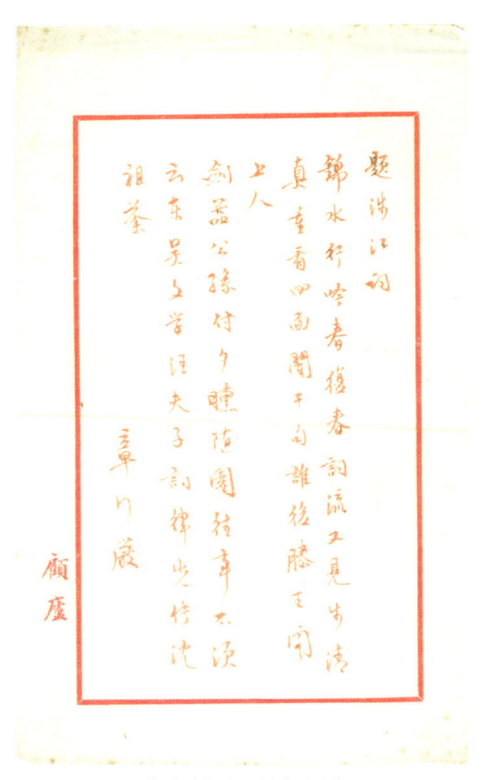

章士钊题《涉江词》

涉江词客

漂泊西南

唐情宋意总堪师

沈祖棻用印三枚

目次

从李清照到沈祖棻（代序）/ 叶嘉莹 ……………………… 1

浣溪沙（芳草年年记胜游）……………………………… 1
曲游春（归路江南远）…………………………………… 4
水调歌头（瑶席烛初炧）………………………………… 6
霜花腴（篆灰拨尽）……………………………………… 10
高阳台（古柳迷烟）……………………………………… 16
绿意（兰舟桂楫）………………………………………… 20
高阳台（雨织清愁）……………………………………… 25
菩萨蛮（罗衣尘浣难频换）……………………………… 28
临江仙（昨夜西风波乍急）……………………………… 31
喜迁莺（重逢何世）……………………………………… 37
惜红衣（绣被春寒）……………………………………… 41
霜叶飞（晚云收雨）……………………………………… 44
浣溪沙（家近吴门饮马桥）……………………………… 47
烛影摇红（换尽年光）…………………………………… 50
鹧鸪天（多病年来废酒钟）……………………………… 53
玲珑四犯（照海惊烽）…………………………………… 55

琐窗寒（照壁昏灯）··· 58

霜花腴（几番夜雨）··· 61

解连环（暮云天北）··· 65

摸鱼子（记秦淮）··· 69

烛影摇红（唤醒离魂）··· 72

浪淘沙慢（断肠处）··· 75

大酺（望暮云重）··· 78

宴清都（未了伤心语）··· 81

蝶恋花（珠箔飘灯人又去）······································· 86

扫花游（药炉乍歇）··· 90

过秦楼（别院飞花）··· 94

鹧鸪天（乍拂尘鸾试晚妆）······································· 97

喜迁莺（银屏初遇）·· 100

尉迟杯（归来晚）·· 103

摸鱼子（系香车）·· 106

双双燕（海天倦羽）·· 109

月华清（征雁惊弦）·· 111

鹧鸪天（六扇晶窗向水开）······································ 113

齐天乐（烟村叠鼓催残岁）······································ 116

凤凰台上忆吹箫（锦瑟生尘）···································· 119

六幺令（满城箫鼓）·· 123

苏幕遮（短檠前）·· 128

燕山亭（花外残寒）·· 131

薄幸（剩寒做雨）·· 133

摸鱼子（透重帘）·· 136

鹧鸪天（聊借春寒掩画屏）······································ 139

水龙吟（几年尘箧重开）……………………………… 142

苏幕遮（过春寒）…………………………………… 146

琐窗寒（蜀道鹃啼）………………………………… 148

澡兰香（三年蓄艾）………………………………… 151

寿楼春（寻荷亭追凉）……………………………… 155

点绛唇（近水明窗）………………………………… 158

法曲献仙音（流水孤村）…………………………… 161

鹊踏枝（芳草凄迷秋更绿）………………………… 166

临江仙（故国烟芜秋又绿）………………………… 170

拜星月慢（柳度莺簧）……………………………… 173

祝英台近（雨花台）………………………………… 177

忆旧游（记繁花碍路）……………………………… 180

风入松（高楼酒醒怕闻歌）………………………… 184

西河（天尽处）……………………………………… 187

八声甘州（正寒潮乍落晚江空）…………………… 190

浣溪沙（漫道人间落叶悲）………………………… 193

浣溪沙（闻道仙郎夜渡河）………………………… 196

浣溪沙（满目青芜岁不芳）………………………… 199

苏幕遮（柳绵飞）…………………………………… 202

玉楼春（帘外桃花开又谢）………………………… 205

谒金门（灯焰黑）…………………………………… 207

浣溪沙（飞到杨花第五春）………………………… 210

清平乐（山回路转）………………………………… 213

东坡引（楼前江水绕）……………………………… 217

浣溪沙（剩烬零灰换绮罗）………………………… 219

蝶恋花（楼外重云遮碧树）………………………… 222

浣溪沙（碧槛琼廊月影中）………………………………… 226

浣溪沙（岁岁新烽续旧烟）………………………………… 228

浣溪沙（竹槛蕉窗雨乍收）………………………………… 232

过秦楼（病枕偎愁）………………………………………… 235

浣溪沙（小簟轻帷尽日眠）………………………………… 238

拜星月慢（片月流波）……………………………………… 242

徵招（人生不合吴城住）…………………………………… 245

霜花腴（角声乍歇）………………………………………… 248

高阳台（酿泪成欢）………………………………………… 251

探芳信（玉炉畔）…………………………………………… 254

西平乐慢（转毂兵尘）……………………………………… 257

声声慢（瞒愁鸾镜）………………………………………… 260

踏莎行（曲曲回廊）………………………………………… 263

踏莎行（病枕残书）………………………………………… 266

鹧鸪天（百尺高楼数仞墙）………………………………… 269

薄幸（十年情事）…………………………………………… 273

浪淘沙（一水隔胡尘）……………………………………… 276

祝英台近（候红桥）………………………………………… 280

过秦楼（小砚凝尘）………………………………………… 282

天香（菰渚风多）…………………………………………… 285

一萼红（乱笳鸣）…………………………………………… 288

虞美人（沉沉银幕新歌起）………………………………… 292

减字木兰花（花都梦歇）…………………………………… 296

减字木兰花（肠枯眼涩）…………………………………… 298

丁香结（药盏量愁）………………………………………… 301

声声慢（追踪胡马）………………………………………… 304

过秦楼（乍扫胡尘）……………………………… 307

三姝媚（西风江上馆）…………………………… 311

摸鱼子（已消凝）………………………………… 315

鹧鸪天（倾泪成河洗梦痕）……………………… 318

蝶恋花（江畔高楼江上树）……………………… 322

八声甘州（记当时烽映绛帷红）………………… 326

水龙吟（断肠重到江南）………………………… 328

瑞鹤仙（汉皋重到处）…………………………… 332

临江仙（如此江山如此世）……………………… 336

薄幸（隔年离绪）………………………………… 339

鹧鸪天（浩荡收京万骑回）……………………… 343

浣溪沙（何处秋坟哭鬼雄）……………………… 346

浣溪沙（眦裂空馀泪数行）……………………… 348

鹧鸪天（极目江南日已斜）……………………… 352

鹧鸪天（妙舞初传向画堂）……………………… 355

水龙吟（十年留命兵间）………………………… 359

后记 / 张宏生 …………………………………… 363

从李清照到沈祖棻

——谈女性词作之美感特质的演进*（代序）

叶嘉莹

词有一种特殊的美感特质，跟诗是不一样的。诗是言志的，它本身的情意内容就有一份感动你的地方。杜甫说"致君尧舜上，再使风俗淳"（《奉赠韦左丞丈二十二韵》），林则徐说"苟利国家生死以，岂因祸福避趋之"（《赴戍登程口占示家人》），它的内容、它的这种情意，就使你感动。还有就是它的声调。"玉露凋伤枫树林，巫山巫峡气萧森。江间波浪兼天涌，塞上风云接地阴"（杜甫《秋兴八首》之一），它本身的声调就使人感动。因为诗歌是能够吟诵的，诗歌是一种直接的感发，是言志的，你在读它的时候，从它的情意、声调就直接得到一种感发。

可是词的兴起是很妙的一件事情，当然最早敦煌的曲子本来就

---

* 本文原载《文学遗产》2004年第5期。根据叶嘉莹先生于2003年11月在南京大学讲演的记录整理而成。整理者为白静。

是配合当时流行歌曲歌唱的歌词,内容是非常多样的,不管是贩夫走卒,你是做什么事情的都可以配合流行的曲调写一首歌词:你是当兵的,你就写当兵的歌词;你是带兵的,就写兵法的歌词;你是看病的,就写医药的歌词;你是征夫思妇,你也可以写征夫思妇的歌词。可是这样的歌词,大家以为它是市井之间的创作,文辞不够典雅,没有人给它印刷流传,所以大家后来都不知道了。一直到晚清在敦煌石窟的壁中发现了一些卷子,我们才知道原来当年有这样的曲子词。以前这些歌词没有刊行,最早刊行的一部集子当然就是《花间集》,而《花间集》编选的目的是给那些个诗人文士在歌筵酒席之间娱宾遣兴的。"庶使西园英哲,用资羽盖之欢;南国婵娟,休唱莲舟之引"①,就是使在西园聚会的文人诗客用这些歌词增加他们游园宴赏的快乐,使得那些南国的美女不再唱浅俗的采莲的歌曲。其实那个时候这些歌词,它们跟诗是一种背离,是背叛。因为诗是我自己言我自己的志,可是词呢?是我给歌女写一首美丽的歌词,叫她去歌唱,我不是言我的志。所以宋人的笔记小说就记载了一个故事,黄山谷喜欢写爱情的歌词,有一个学道的人叫作法云秀就劝黄山谷说"艳歌小词可罢之"②,他说香艳的歌词写男女的爱情,写美女跟相思的,黄山谷先生你不要再写了。黄山谷说"空中语耳"③,这是空中语,我写美女不见得是我真的爱上一个美女,我写相思也不见得就真的有相思,这不过是空中的莫须有的歌词。

　　那么这样的歌词有什么样的意义和价值?其实我们中国的词

---

① 欧阳炯《花间集叙》,此据李一氓《花间集校》引,人民文学出版社 1958 年版,第 1 页。
② 见释惠洪《冷斋夜话》卷十,据《宋元笔记小说大观》引,上海古籍出版社 2001 年版,第 2223 页。
③ 同上。

学从宋人的笔记开始一直都在探寻,这样既没有言志的价值也没有载道的理想的美女跟爱情的歌词有什么意义和价值?大家都在想,也想不出一个道理来。可是理智上虽然没有想出一个道理来,却有一种感觉,就是我以前也讲到的李之仪的文章写道:"(小词)语尽而意不尽"①,语言说完了,而意思没有完;"意尽而情不尽",意思都说完了,它的情味还有,不尽之处就引起读者很多的联想。这很多的联想一个是它语言的微妙,还有一个是写作者的身份的微妙,我说是"双重性别"。《花间集》五百首歌词,十八位作者统统是男子,有一个女子吗?一个也没有。而里边的歌词却大都是用女子的口吻写的,女子的形象、女子的感情、女子的语言,这就是"双重性别"。"双重性别"之所以就妙了,是因为就性别文化而言,一般社会中,对于男性原有一种性别文化的期待视野。作为男子,社会对之便自有一种科第仕宦的预期,作者有此预期,读者也有此预期,所以对男性所写的女性就自然引发了托喻之想,这是"双重性别"之作用所以形成的性别文化之背景。你想,如果我们作为一个妇女说"懒起画蛾眉",这个很简单,就是这个妇女懒起在画眉。可是若是个男子说的"懒起画蛾眉",就引起读者很多的联想,说这个就是有屈原的意思。屈原就以美女自比,"众女嫉余之蛾眉兮"(屈原《离骚》),这里边就有托喻,是感士不遇,是一个人写自己的才华不被人欣赏,这是"双重性别"的作用。还有呢?就是"双重语境"的作用,"语境"就是语言的情境,你在什么样的情境说的这句话。怎么会是双重的语境呢?在晚唐五代,干戈扰攘,颠沛流离,其中有两个地区能保持小范围的安定,而且生活也比较富庶。一个就是南唐,一个就是西蜀,南

---

① 李之仪《跋吴师道小词》,《姑溪居士文集前集》卷四十,文渊阁《四库全书》本。

唐、西蜀这两个地方，小环境当时是安定的，是富庶的。而且南唐、西蜀的君主都是浪漫的，都喜欢文学艺术，喜欢歌舞宴乐，所以小范围里边他们就在填写歌词。冯正中写道："日日花前常病酒，不辞镜里朱颜瘦。"（冯延巳《鹊踏枝》）他写的是伤春的小词，可是张惠言说他是"忠爱缠绵"[1]。香港的饶宗颐教授说这是"鞠躬尽瘁，具见开济老臣怀抱"[2]，为什么？那就因为冯正中身处的小环境。《阳春集序》记载："金陵盛时，内外无事，朋僚亲旧，或当燕集，多运藻思，为乐府新词，俾歌者倚丝竹而歌之。"[3]冯正中喜欢宴乐，是在宴乐之间演唱这些歌词。可是呢，冯正中身为南唐的宰相，他身负着国家的安危，朝廷里面有党争，进不可以攻，退不可以守，所以他忧思烦乱，他显意识说不出来的话，就写在伤春怨别的小词之中。unconsciously, subconsciously，无意识地、潜意识地有所流露。而读者也因为他有这种双重的语言环境，说他是"忠爱缠绵"，说他是"鞠躬尽瘁"。所以小词给读者很丰富的联想，一个是因为它有"双重的性别"，一个是因为它有"双重的语言环境"。像韦庄的《菩萨蛮》（红楼别夜堪惆怅），张惠言也说它是"留蜀后寄意之作"[4]。他怀念的是当时他所离别的"绿窗人似花"的那个美人，可是他也说了"凝恨对残晖，忆君君不知"，他也怀念他的故国。所以双重的语言环境就使得作者既在无心之中有了另外一层意思，也使读者从双重语境之中想象它有另外一层意思。

---

[1] 张惠言《词选》，唐圭璋编《词话丛编·张惠言论词》，中华书局1986年版，第1612页。
[2] 饶宗颐《人间词话平议·附说》，《文辙：文学史论集》下册，台湾学生书局1991年版，第44页。
[3] 陈世修《阳春集序》，金启华等编《唐宋词集序跋汇编》，江苏教育出版社1990年版，第8页。
[4] 张惠言《词选》，《词话丛编》，第1611页。

当男性的像《花间集》这样的作品出现的时候,男性的词作对于男性的诗歌传统是一种背离。诗是言志的,而且中国所说的"志",还不只是你的悲欢哀乐的感情而已。

"志",孔子说"盍各言尔志"(《论语·公冶长》),"士志于道"(《论语·里仁》),这个"志"有一种理念在其中。如果你把《唐诗三百首》翻出来,朱自清先生也写过《怎样读〈唐诗三百首〉》,所有引的那些例证,那些个读书人,那些个男性的作者所想的是什么?"坐观垂钓者,徒有羡鱼情"(孟浩然《临洞庭》),"致君尧舜上,再使风俗淳"(杜甫《奉赠韦丞丈二十二韵》),都是希望有一天能够仕宦的,得志就要兼善天下,或者退隐就要独善其身。也有的先要追求隐,说"南山有捷径",先得高名再去追求厚禄;也有的是得了厚禄以后,归隐去享受我的余年。总而言之你看男性的作者,多多少少,正正反反,他所牵涉到的是"仕"与"隐"的问题,正如莎士比亚所说的"To be, or not to be"(《哈姆雷特》)。你是做官还是不做官,是"仕"与"隐"的问题。可是女子有这样的资格吗?女子能够想到我是要修身齐家,以后我是要治国平天下的吗?哪一个女子配有这样的理想?哪一个女子敢有这样的理想?所以弹词的故事说,孟丽君女扮男装考中了,也做了官,一旦人家发现她是女子,就老老实实回家去相夫教子,要延续后代,侍奉公婆,就没有资格追求治国平天下的志意了。所以在言志的诗篇里边,女子一直处在不利的地位,你没有资格跟那些言志的男子争一日之短长。我们说现在好不容易有了"词"这种文体,是女性的形象,女性的语言,女性可以写自己的伤春怨别。可是古代的女子哪一个有谈爱情的自由,没有啊!女子就是要相夫教子,侍奉公婆。"不孝有三,无后为大",你如果没有延续后代,就犯了"七出之条",至于谈爱情,哪一个女子有胆量去谈爱情。所以诗呢,女子虽然作,可是作不过男子,因为他们男子都有志可言,女子无志可言。你说写小词,男子可以写爱情的歌词,男子可以用女子的口吻写爱情的歌词,温庭筠说:"玉楼明月长相忆。柳丝袅娜春无力。门外草萋萋。送君闻马嘶。"(《菩萨蛮》之六)"画楼音信断。芳草江南岸。"(《菩萨蛮》之十)他是写一个女子对男子的怀念。女子不能写这样的感情,尤其是良家的妇女,所谓缙绅之家的妇女。我刚才说我的讲题是从李清照到沈祖棻,李清照是一个勇敢的女子,她写自己的相思爱情。她说"雁字回时,月满西楼",她说"才下眉头,却上心头"(《一剪梅》),她写她的相思,而且是对她丈夫的相思,这本来是合乎礼法的。可是宋朝有一个人叫王灼,写《碧鸡漫志》的,里面讲了很多关于词的故事,王灼的《碧鸡漫志》就批评李清照的歌词,说"自古缙绅之家能文妇女,未见如此无顾忌也"[①]。陆放翁的《渭南文集》里有一篇《孙夫人墓志铭》,有一位孙夫人,小的时候非常聪明,很有才华,李清照想要收她做弟子,也要教她填词,孙夫人家里的人不同意,连孙夫人自己都说不可以跟李清照去学填词。所以你就看,写诗女子写不过男子,写词女子根本就不敢写,所以最早期的歌词就是歌妓之词。歌妓一天到晚就唱这些歌词,她们熟悉这些个调子,敦煌曲子也是歌妓之词。"天上月,遥望似一团银"(《望江南》),天上圆的月亮像一团白银;"夜久更阑风渐紧",夜很深了,风吹得越来越紧了;"为奴吹散月边云",你这个风啊,就替我把天上的云彩吹散,把月亮露出来;"照见负心人",照见那负心的人。"我是曲江临路柳,这人折了那人攀。恩爱一时间"(《望江南》),真正的女子写歌词就是骂那些男子的负心。可是男子写歌词

[①] 王灼《碧鸡漫志》卷二,《词话丛编》,第88页。

都是女子怎么样对他相思，怎么样对他怀念，从来也不骂他负心。这是早期的"歌词之词"，歌女都是通过这样的歌词抒写她的不平、她的悲哀、她的痛苦。偶然有士大夫人家，有一个女子也写了歌词，那是什么？那是因为她遭遇了最大的不幸。她平常不像一个男子舞文弄墨。歌筵酒席之间你喝一杯酒，我喝一杯酒；你点一支曲子，我点一支曲子；你写一首歌词，我写一首歌词。男子这样做了，女子平常不敢写这种爱情的歌词，只有当她遭遇了非常悲哀痛苦的经历，她内心的悲哀痛苦没有办法表示，才偶然留下了一首歌词。我说过在中国古代"女子无才便是德"，《红楼梦》里面薛宝钗不是劝林黛玉说你是不可以写诗的，尤其不可以流露到外面去给人家看见。所以宋人的笔记偶然记载了一些女子的歌词，都是女子在极大的不幸痛苦中偶然写下的作品，如："目送楚云空。前事无踪。漫留遗恨锁眉峰。自是荷花开较晚，孤负东风。　客馆叹飘蓬。聚散匆匆。扬鞭哪忍骤花骢。望断斜阳人不见，满袖啼红。"（幼卿《浪淘沙》）这是宋人记载的故事，这个女子幼卿有一个感情非常好的亲戚，一个男子。后来因为她的父亲不满意，不赞成，两人就分别了，她的表哥就另外结了婚，这个女子也结了婚。然后有一天在路上碰到这个表哥，她想跟表哥打一个招呼，表哥骑着马过去，连理她都不理，所以是"客馆叹飘蓬。聚散匆匆。扬鞭哪忍骤花骢。望断斜阳人不见，满袖啼红"。因为她有一段悲哀的感情故事，所以写了这首词。这首还不是最悲哀的，再看戴复古妻的一首词。戴复古是宋代有名的诗人。他本来在家里已经结过婚，后来在外面有一个有钱的人家欣赏他的才华，要把女儿嫁给他。当时他隐瞒了，没有说他结过婚，就跟第二个妻子结了婚。可他毕竟是有了家室的人，所以他就怀念他的家人，被他第二个妻子发现了，也被他的丈人发现了。他的丈人很生气,就要责备他。可是他第二个妻子和他感情很好,很同情他,看到他有以前的妻子,便不再留他,于是写了这首歌词把戴复古送走了。词是这样写的:"惜多才,怜薄命,无计可留汝。"(《祝英台近》)我是欣赏你的才华,可惜只是我自己没有福分跟你在一起结为夫妇,我没有办法把你留住。"揉碎花笺,忍写断肠句",我想写一首给你送别的词,但是我真不知道从何下笔,我几次写了,几次把我的纸揉碎了,我怎么忍心写下这样断肠的词句呢?"道傍杨柳依依,千丝万缕,抵不住、一分愁绪",要送你走,你看那路旁柔丝飘拂的杨柳依依,"柳"有"留"的声音,可是千丝万缕的杨柳也留不住你,而且那千丝万缕的长条也抵不住我内心离别的愁绪。"如何诉。便教缘尽今生,此身已轻许",这几句有人说是后人添的。"指月盟言,不是梦中语",当年你跟我结婚的时候,你也曾经指天誓日,说过天长地久不相背负的,那不是梦中的语言,可是现在你毕竟已经结婚,你有家室,你要走了。"后回君若重来",如果你再有一次回到这里来。"不相忘处",如果你没有忘记我,还怀念我们当年的一段感情。"把杯酒、浇奴坟土",你就拿一杯酒浇在我的坟土上。这个女子后来就投水死去了。所以女子没有资格、没有胆量写爱情的歌词,早期的那些女子都是在极大的不幸痛苦中用血泪写自己的歌词,是真的悲哀痛苦,无可奈何的时候,偶然留下了一些歌词。

时代当然是不断地在演进,下面再来看李清照。在时代的演进中,李清照是个很幸运的人,她的父亲李格非是有很好的才学的,所以她小的时候受到很好的家庭教育。而她的丈夫赵明诚也是有很好的才学的,两人在一起看金石画册,写了《金石录》,"赌书消得泼茶香"(《浣溪沙》),这是清代纳兰性德对他们的羡慕和赞美。中国古代如果一个女子能够成名,如果能有作品留下来,一个就是她家庭的教育。像我们说能够续成《后汉书》的班昭,还有像能够替他父亲蔡邕整理书籍的蔡文姬,是她们的家庭有这样好的教育,而她们完成了自己。因此,造成一个女子有很好的文学成就的,一个是她家庭的教育,她先要受过很好的教育,她才能够有能力来写作。你看看蔡文姬留下的作品《悲愤诗》跟戴复古妻一样是用她的血泪写成的,是用她平生不幸的生活写成的。她丈夫死去了,她后来到了匈奴,结了婚有了儿子,又跟儿子分别,回到自己的故乡。回到故乡后曹操给她配的一个人叫作董祀,董祀犯了法,她还要替她丈夫求情。而你看看历史上竟没有蔡文姬的传,写的是董祀妻,是她那个犯法的丈夫的妻子,没有她自己的名字。这就是女子当年的地位,所以她们这些诗篇真是用她们的生命、她们的生活、她们的血泪留下来的。李清照是比较幸运而且是比较有勇气的,是个勇敢的人,所以李清照大胆写了很多首好词。可是在当时,一个是社会上女子的地位,一个是女性词的演进还与男性词的演进互相影响。在李清照那个时代,宋人的笔记记载有李清照的《词论》,她说词"别是一家",像苏轼、晏殊、欧阳修这些人作词"如酌蠡水于大海,然皆句读不葺之诗尔"①。所以李清照有一个观念:词一定是婉约的,声调一定是要和谐的,只能写闺房之中的事情。李清照也经历了一段国破家亡的悲哀和痛苦。北宋沦亡,她的丈夫赵明诚也死去了,所以她在诗里边说"生当作人杰,死亦为鬼雄。至今思项羽,不肯过江东"(《夏日绝句》),"木兰横戈好女子,老矣不复志千里,但愿相将过淮水"(《打马图赋》),写出这样激昂慷慨的辞句。你看她写的《金石录后序》,完全看不到一点妇女之气,完全是男子之气,非常典雅的。

---

① 李清照《词论》,王仲闻《李清照集校注》引,人民文学出版社 1979 年版,第 194 页。

所以女子受了男性的教育，就有这种男性的笔墨可以写出男性化的作品来，可以写出激昂慷慨的家国的悲慨来。可是李清照的观念不是如此，你的能力是一个问题，你的观念是另一个问题，她的能力可以写，她在诗里边写得这样激昂慷慨，然而她在观念上认为词不能够写这样的句子。像苏东坡"大江东去"之类的是"句读不葺之诗尔"，那不是词。所以李清照也很妙，她有她的成就。

同样是写破国亡家，写家国的败亡，我还想举另外一个女子，就是清朝初年的女作家徐灿，我们可以把她们做一个比较。李清照写得很妙，她把国破家亡的感慨不是明明白白地说出来，有两首词，一首长调《永遇乐》："落日镕金，暮云合璧，人在何处。染柳烟浓，吹梅笛怨，春意知几许。元宵佳节，融和天气，次第岂无风雨。来相召、香车宝马，谢他酒朋诗侣。"这是说她南渡以后的那种寂寞的生活，所以她就回想到从前："中州盛日，闺门多暇，记得偏重三五。铺翠冠儿，捻金雪柳，簇带争济楚。如今憔悴，风鬟雾鬓，怕见夜间出去。不如向、帘儿底下，听人笑语。"真是国破家亡，人事全非，她写得非常委婉，她不是正式地写国家的悲慨。另外还有她的《南歌子》，我觉得写得更妙。我认为《南歌子》是李清照很有特色的一首词，就是她把国破家亡不明白地写出来。她说："天上星河转，人间帘幕垂。凉生枕簟泪痕滋。起解罗衣聊问、夜何其。"我认为这头两句写得非常好，本来是国破家亡的沧桑的变故的悲慨，她没有说，她写的是一个庭院。天上的星河转，我们说地球有自转，有公转，所以天上的星星跟银河在不同的季节、不同的时间它的方向是不同的。"天上星河转"，季节改变了。"人间帘幕垂"，秋天又来了。"银河掉角，要穿棉袄"，这是我老家北京的一句俗话，表示星象与季节气候的关系，冬天厚厚的帘子就垂下来。"凉生枕簟泪痕滋"，你觉得在枕席之间一片凉意升起了,就不知不觉地流下泪来,多少国破家亡的感慨,她不正面写。"天上星河转,人间帘幕垂。凉生枕簟泪痕滋。起解罗衣聊问、夜何其。"漫漫的长夜什么时候才是天明?"翠贴莲蓬小,金销藕叶稀。旧时天气旧时衣。只有情怀不似、旧家时。"写得很好!"翠贴莲蓬小",莲蓬、荷花都零落了,莲蓬是小小的莲蓬,什么叫"翠贴莲蓬小,金销藕叶稀"呢?她后面的第三句"旧时天气旧时衣",给我们一个提示,所以前面的两句既是写天气,也是写衣服。翠贴的莲蓬小,是秋天了,"菡萏香销翠叶残",荷花、荷叶都零落了,莲蓬露出在水面上。至于"金销"一句,这个"金"呢,可以说是金风,是秋季,秋季是金,是肃杀之气,金风使得荷叶也残破了,贴在水面上的荷花,零落后的小小的莲蓬,金风萧瑟,荷叶残破。上两句是写外界的景物,但同时也是写她的衣服,衣服上有贴绣。这个"贴"字有两种可能:一个是熨平了,熨帖;一个是贴绣,绣在衣服上的图案。我衣服上绣有荷花、荷叶、莲蓬,翠贴也磨损了,金线也脱落了,我衣服上的贴绣是零落磨损了。"旧时天气旧时衣",又到了旧时的秋天的天气,我还穿着我旧日的衣服。"只有情怀不似、旧家时",可是我的感受、我的情怀跟当年再也不一样了。她当年跟赵明诚在一起,赵明诚从太学回来,买来古玩书籍,买来小点心果物,在一起欢笑的日子再也不会回来了,所以说"翠贴莲蓬小,金销藕叶稀。旧时天气旧时衣。只有情怀不似、旧家时。"永远回不到从前去了。她是写国破家亡,她是写沧桑的悲慨,但是她不用慷慨激昂的调子来写她的悲慨,她用非常女性化的语言来写她的悲慨。当然,李清照毕竟是一位学问很好的女作家,你看她写的那些个诗文就有一种激昂的志气,她还有一首小词《渔家傲》也表现了这种志意:"天接云涛连晓雾。星河欲转千帆舞。仿佛梦魂归帝所。闻天语。殷勤问我归何处。"她可能是写实,也可能是想象。也许有一天的早晨,看到天上都是云海,天上的云像一层一层的波浪,"星河欲转",天上的银河好像在转动,云彩从银河上飘浮过去好像多少船帆,看着天上的浮云在银河上飞动,那么高远,那么渺茫,好像我的灵魂、我的精神也随它飞到天上去了。"仿佛梦魂归帝所",好像我的梦魂走向帝所,"帝"是天帝,是天上的主宰。"闻天语",而且我好像听到天帝在跟我说话,说的什么话?是"殷勤问我归何处",你李清照何尝没有才华呢?你的一生一世完成了什么?你最后的归宿又是什么?天上的天帝如此之殷勤,如此之多情,"问我归何处",我们每个人都应该问自己将来归向何方。"我报路长嗟日暮",我就回答了天上的天帝,我这一生走过来不是容易的,我走过了遥远的路,经过国破家亡,走过几十年人生的艰苦的路途,而现在我是衰老迟暮了,我李清照完成了什么?她说"学诗谩有惊人句",我是学过诗的,我也觉得我写过一些个不错的诗句,"谩"是徒然,你真的完成了什么?你留下这些诗句果然就是你的意义和价值吗?所以她说"我报路长嗟日暮。学诗谩有惊人句"。"九万里风鹏正举",这是《庄子》中的故事,说北海的鱼变成一只鹏鸟,鹏鸟就带起九万里的天风飞向南溟去了,如果有九万里的风飞起,我就像那个鹏鸟一样地飞起来。"风休住",我希望那九万里的风不要停下来,如果中途风停下来,我就会跌下去。"风休住。蓬舟吹取三山去",希望能够有一只小船把我吹到海上的三山那里去。这是她迟暮时回想她一生所产生的飞扬的想象和感慨,这是李清照。但是李清照毕竟是没有把她国破家亡的感慨直接地写下来,后来到了明清之际有另外一个女作者就是徐灿。这些女作家身世有相近之处。徐灿的父亲徐子懋也是出身于仕宦家庭,徐灿从小受了很好的家庭教育,嫁的丈夫陈之遴也是非常有才华的人。徐灿跟她的丈夫结婚以后不久,她丈夫也高中了进士,在明朝的崇祯年间做了很高的官。可是不久她的公公陈祖苞就因为犯罪死在监狱里边了,公公死在狱里而且是自杀的。崇祯皇帝大怒,因为皇帝叫你死,你要等到皇帝给你处死,皇帝没有处死,自己先自杀了,这是违抗圣旨的,因此就处罚他的儿子永不录用。他们就离开了朝廷,离开朝廷不久,明朝也灭亡了。到了清朝的时候,她丈夫又做了清朝的官,经历了这种种波折还不说,她丈夫在清朝也获罪了,后来他们被流放到东北的尚阳堡,流放到很远的地方去了。

徐灿也是一位著名的女词人,我们看徐灿所写的歌词,这也是一首《永遇乐》。刚才我们看李清照写的《永遇乐》就完全以元宵的佳节来反衬她现在的寂寞凄凉,可是徐灿写什么呢?"无恙桃花,依然燕子,春景多别。前度刘郎,重来江令,往事何堪说。逝水残阳,龙归剑杳,多少英雄泪血。千古恨、河山如许,豪华一瞬抛撇。""无恙桃花",桃花每年都开,桃花依然是桃花,燕子也依然是燕子,可是当明朝败亡之后,她觉得一切景色都改变了,春天的景色不同了。"前度刘郎,重来江令",他们又回到北京,她的丈夫又做了高官,"往事何堪说",过去的事不堪重提了。"逝水残阳,龙归剑杳",过去的他们自己的明朝灭亡了,"流水落花春去也",如同日落西斜永远不会再回来,皇帝也死了,一切人事全非,"多少英雄泪血",当明亡的时候,江南也有很多人起兵抵抗,后来也都被消灭了。"白玉楼前,黄金台畔,夜夜只留明月。休笑垂杨,而今金尽,秾李还销歇。世事流云,人生飞絮,都付断猿悲咽。西山在、愁容惨黛,如共人凄切。"我是说徐灿的时代是把国破家亡的悲慨直接地写出来,把她像男子一样的悲慨写出来,是李清照写的"木兰横戈好女子","至今思项羽,不肯过江东",是李清照在词里边不写的,她认为不能写到词里边去。而徐灿写了，徐灿之所以这样写，这不只是徐灿个人的性格的不同，而是因为时代，因为词的演进不同了。你要知道词在李清照以前，"花间"跟北宋初年的小令都是写相思的，都是写美女的，都是写伤春怨别的，所以她以为这样悲慨家国的东西不能写到词里边去。可是当北宋败亡南宋开始之前，苏东坡已经出现，他用诗的笔法来写词。像朱敦儒亡国以前写的"我是清都山水郎。天教懒慢带疏狂"（《鹧鸪天》），国破家亡以后他所写的"中原乱，簪缨散，几时收。试倩悲风吹泪，过扬州"（《相见欢》）。所以经过败亡以后，时代不同了，那些破国亡家的悲慨就写到词里边来了。不仅是北宋到南宋的败亡，而且明朝到清朝的败亡，有多少人像陈子龙之类的写下了破国亡家的悲慨的词篇。所以妇女的词是随着男子的词的演进而演进的，她们知道词里边可以写这些东西了，所以徐灿在词中就写到这些家国的悲慨。

再后来妇女就慢慢觉醒了，到了清朝末年，大家都革命，男子革命，女子也革命。我们看一首秋瑾的词《满江红》："小住京华，早又是、中秋佳节。为篱下、黄花开遍，秋容如拭。四面歌残终破楚，八年风味徒思浙。苦将侬、强派作蛾眉，殊未屑。"她说你把我派做蛾眉，我不屑于、不愿意做一个女子。据吕碧城的记载，秋瑾有一天来拜访她，吕碧城门前的用人通报外面有一个梳头的爷们要见你，秋瑾穿着男装像是爷们，可是她还梳着女子的头，后来她们谈得很投机，秋瑾就留下来跟吕碧城同住。第二天早晨吕碧城蒙眬地一睁眼，忽然间看到一个人穿着靴子，她大吃一惊，原来秋瑾还穿着男子的靴子[①]。秋瑾这个时候就是女性的觉醒，她就把女性的觉醒都写

[①] 吕碧城《欧美漫游录（鸿雪因缘）·予之宗教观》，参见刘纳编著《吕碧城评传·作品选》，中国文史出版社1998年版，第199页。

到词里边去了。"身不得，男儿列。心却比，男儿烈。算平生肝胆，因人常热。俗子胸襟谁识我，英雄末路当磨折。莽红尘、何处觅知音，青衫湿。"我是女子，不得与男子并排并列，可是我的内心比男儿还要激烈。这是女性的意识刚刚觉醒正要革命的时候，跟戴复古妻子的时代就完全不同了。

再往后我就要讲到沈祖棻先生，我真的觉得沈先生在我们女性的作者里边是一个集大成的作者。钱仲联先生作有《近百年词坛点将录》，他说沈先生是"地慧星一丈青扈三娘"，他有几句评语说："三百年来林下作，秋波临去尚销魂。"①"三百年来"是指清朝以来，"林下"指的是妇女的作品，到最后结束"秋波临去"之时尚能令人销魂，写得如此之动人。到沈先生的时代，我认为真的是不同了。我们看到早期的"歌词之词"，男子的歌词对于他的诗是一种背离。女性的词对于她的诗是继承。从《诗经》开始，《诗经》里的《谷风》、《氓》都是写那些不幸的妇女的遭遇，当然也有幸福的妇女。总而言之，女子是写她真正的感情，女子是写自己的悲欢离合，自己真正的内心的情意。词跟诗是一个系统传下来的，只是观念不同。李清照的时候认为有些激昂慷慨的句子不能够写到那些婉约的小词里边去，可是经过从北宋到南宋，从"歌词之词"到"诗人之词"，有了苏辛之出现，再到徐灿的时候，这个观念演进了，所以她可以把这些激昂慷慨都写进去。秋瑾的时候很强调女性革命的思想和意识。而到了沈先生的时候，我认为真是时代进步了，女子跟男子无论是在教育方面，在工作方面，还是在研究方面完全都平等了，她不需要再像秋瑾那样去争取妇女平等独立的地位了。而且沈先生她不但是一个词

---

① 钱仲联《近百年词坛点将录》，《梦苕庵清代文学论集》，齐鲁书社1983年版，第177页。

人,同时也是一个学者,所以她不但是"词人之词",而且是"学人之词"。我们说这些女子常常都经历了一些乱亡,像李清照经过北宋南宋之间的乱亡,徐灿经过明清之际的乱亡,沈先生也经过了一个抗战的时期,可是沈先生的词不再是李清照那样的词,也不再是徐灿那样的词,她写出来的词是很值得我们注意的。沈先生曾经写过几首《浣溪沙》的小词,我们十首取二。其词前序云:"司马长卿有言:赋家之心,苞括宇宙。然观所施设,放之则积微尘为大千,卷之则纳须弥于芥子。盖大言小言,亦各有攸当焉。余疴居怫郁,托意雕虫。每爱昔人游仙之诗,旨隐辞微,若显若晦。因效其体制,次近时闻见为令词十章。见智见仁,固将以俟高赏。"①沈先生的这一组词是写得非常好的小词。大家知道古代的词不但有"歌词之词"、"诗人之词",到了南宋的末期有所谓"赋化之词",用比兴喻托来写的,南宋词的比兴喻托常常是用长调来写的,像《乐府补题》的那些人咏"白莲"、"莼"、"龙涎香"就是用长调来写的。沈先生用小令来写比兴之词,写得非常典雅,写得非常深隐,是难得的好词。不但在女子之作中是难得的好词,就是在男子之作中也是难得的好词。词的演进,不但是词的本身在演进,词的观念也在演进,本来是没有价值的,没有意义的,本来只是"歌词之词",可是清代常州派的张惠言就从这小词里边看到了比兴变风,看到了有这种深远的意味。常州词派的继承者周济就比张惠言更进一步,他认为不是只写你个人的悲欢喜乐就是比兴寄托,所谓"比兴寄托"一定要"感慨所寄,不过盛衰"②,一定要关系到国家的危亡盛衰,这才是有价值的、有意义的作

---

① 沈祖棻《涉江诗词集》,河北教育出版社 2000 年版,第 41 页。
② 周济《介存斋论词杂著》,《词话丛编》,第 1630 页。

品。所以周济还提出来"诗有史,词亦有史"①,像杜甫的诗篇都是反映天宝年间乱离的历史,诗是可以反映历史的,词也是可以反映历史的。经过了明清之易代,果然清词里不少的作品都是反映当时历史的,所以有了所谓"史词"。那是早期的清初的史词,而到了晚清的时代,鸦片战争以后,晚清词人所写的都是反映国家盛衰事变的小词,所以你看这个小词就很妙,从给歌女写的歌词居然演化到最后变成了反映国家盛衰兴亡、记载历史的歌词了。沈先生看到了前朝词这么多的演化,她又经历了中日战争的事变,所以她真的是"诗有史,词亦有史",她真的是把历史写到小词里边去了,而且用这样深隐的比兴寄托,这样典雅的词句,写出来这么美丽的词篇。如其第一首:

兰絮三生证果因。冥冥东海乍扬尘。龙鸾交扇拥天人。　月里山河连夜缺,云中环佩几回闻。蓼香一掬伫千春。

写得非常美,真的是词,这样的幽隐深微。她写什么呢? 写的是历史,写的是日本侵华的战争。"兰絮三生证果因",佛教里边讲因果的关系,种什么因得什么果。"欲知前生事,今生受者是;欲知来生事,今生做者是。"你种了好因就应该得好果;你如果种的是芬芳美丽的兰因,你就应该得兰果;如果你跟这个人有很美好的感情,你们就应该有幸福的生活。可是怎么会是絮果呢? 飞絮飘萍,就像那柳絮,随风飘荡,不能够聚在一起。为什么种的是兰因得到的是絮果呢? 为什么种什么因没有得到什么果呢? "兰絮三生证果因",

---

① 周济《介存斋论词杂著》,《词话丛编》,第 1630 页。

中国跟日本的关系真是恩怨情仇,唐朝的时候日本派那些留学生到中国来学习,后来日本竟然发动了侵华战争。历史的演进,回头看一看真是"兰絮三生证果因"。"冥冥东海乍扬尘",日本在东方,"尘"就是烟尘、战尘,战争又兴起了。"龙鸾交扇拥天人",当年发生西安事变,蒋介石本来是不主张抗战的,西安事变后蒋介石同意和共产党联合抗战。"交扇",古代皇帝上朝的时候要用交扇。杜甫的《秋兴》里写到"云移雉尾开宫扇",皇帝上朝的时候先坐在这里等大臣,这显得没有礼貌。如果大臣都已经上朝站在那里,看着皇帝从台子上面走过去,这又不免把皇帝凡人化了,就不够神秘,所以就用很多"雉尾",就是野鸡毛做的大大的扇子把它遮住,像屏障一样,皇帝从背后上来,等皇帝一坐下,扇子向下一撤,"云移雉尾开宫扇,日绕龙鳞识圣颜"。"龙鸾交扇",国民党、共产党两党拥一个"天人",这说的就是那个时候让蒋介石来领导抗战。"月里山河连夜缺",有这样一个传说,月亮里边有一些影子就是大地的山河的影子,她不说我们土地的步步失落,那个时候败退之快真是一个城一个城地丢。"云中环佩几回闻",是说那些美好的消息,前线战争胜利的消息,我们什么时候才能听到呢?"蓼香一掬伫千春",这是说我们内心的悲苦像蓼花,蓼花是悲苦的,我们捧着蓼花等待,将来总有一天我们是会胜利的。我的老师顾随先生在沦陷区也写过一首小词《鹧鸪天》。他说"不是新来怯凭栏",我近来不是因为胆怯不敢靠近栏杆。"小红楼外万重山",因为我怕看到那小红楼外万重的山。"自添沉水烧心篆","沉水"是一种香,他说我自己要保存我的芳香,我的志节、我的感情是不改变的。"一任罗衣透体寒。 凝泪眼,画眉弯。更翻旧谱待君看。黄河尚有澄清日,不信相逢尔许难。"这都是抗战时期的作品,我的老师是在沦陷区写的,沈先生是在抗战区写的。沈先生真是"诗有史,词亦有史",而且写得这样的典雅,这样的深隐,是从清代的那个词史观念继承下来的。但同时沈先生也很会用新的语句,再看她另外一首《浣溪沙》:

碧槛琼廊月影中。一杯香雪冻柠檬。新歌争播电流空。　风扇凉翻鬟浪绿,霓灯光闪酒波红。当时真悔太匆匆。

抗战的时候有一句话在流传:"前方吃紧,后方紧吃。"后方的生活如何呢?"碧槛琼廊月影中",在重庆的后方还是花天酒地、歌舞宴乐,还是贪赃枉法。"一杯香雪冻柠檬",冰淇淋在那时候还是很摩登的事物。"新歌争播电流空",电的广播,你看沈先生用的新的意象、新的词句。"风扇凉翻鬟浪绿",如波浪一样烫的头发,在电吹风的吹动下飘扬。"霓灯光闪酒波红。当时真悔太匆匆",我刚才说沈先生那些非常典雅的传统的有比兴喻托的作品写得好,而她用新名词写新的情事也写得这样活泼,也写得这样有情致。同样沈先生把很多很不容易写出来的东西也写得恰到好处,有一首词《宴清都》。词序云:"庚辰四月,余以腹中生瘤,自雅州移成都割治。未痊而医院午夜忽告失慎。奔命濒危,仅乃获免。千帆方由旅馆驰赴火场,四觅不获,迨晓始知余尚在。相见持泣,经过似梦,不可无词。"[1]写得很好,这么复杂的这么特殊的情事,沈先生写得非常贴切。有的人说我们要写现在的生活,除非不写词,如果写词就要像一首词,有些人倒是写实,但真的不像词了。沈先生实在写得好:"未了伤心语。回廊转,绿云

---

[1] 沈祖棻《涉江诗词集》,第22页。

深隔朱户。罗裯比雪,并刀似水,素纱轻护。"写得真是美!这是医院,你看她把医院写得这么美。她说"罗裯"是雪白的,非常典雅,完全是词的语言;"并刀"是手术刀,她化用的是周邦彦"并刀如水,吴盐胜雪"(《少年游》)的语句;"素纱轻护",你想象白色的丝纱这么朦胧,她缠着纱布,但写得很美。"凭教剪断柔肠,剪不断、相思一缕",我的肠子虽然断了,可是我的感情还在。"甚更仗、寸寸情丝,殷勤为系魂住",因为我这么多情,所以这寸寸的情丝就把我留住了。"迷离梦回珠馆,谁扶病骨,愁认归路。烟横锦树,霞飞画栋,劫灰红舞",她是写的着火,"烟横"是浓烟,"霞"是像晚霞一样的红色的火光。"长街月沉风急,翠袖薄、难禁夜露",半夜里她从病房里逃出来。"喜晓窗、泪眼相看,搴帷乍遇"这句真写得好!第二天早晨,在窗前她跟程千帆先生夫妻两人"泪眼相看",把帐幔一开忽然间看见了,"搴帷乍遇",写得这么多情,这么婉转。沈先生真是一个集大成的作者!她各种的体式、各种的内容都写得非常好。

现在我还要讲到的是一个"别调"。我们说这些女性的词作,不管是李清照、徐灿,还是沈祖棻先生,都是受过很好的教育的,是高级知识分子。现在我要讲一个"别调"的女词人,一个乡下的农村的女子,这个女子是个传说中的女子,到现在我们对她的姓名仍不详知,是不是果然有这个人都不知道,这就是清人的笔记《西青散记》里记载的双卿。双卿是个农家的女子,嫁给一个农夫做妻子,"夫恶姑暴",丈夫没有受过什么教育,非常粗鲁。这个女子虽然不是出身于仕宦家庭,不同于李清照、徐灿、秋瑾,当然更不同于沈先生,可是她怎么就会写词了呢?现在这个双卿很摩登,很 popular,在西方和中国都有很多人写她,从不同的角度写,这个双卿是真是假,是有是无还不可知。我倒是以为这个双卿是有这么回事,但被《西青散记》

的作者给真真假假、虚虚实实地一写,让人觉得里边有的地方是假的。可是我认为有的地方是真的,因为她的有些个词句不是造假可以造出来的。你说模仿可以造假,你看苏东坡那么高的才学,他写的拟陶渊明的诗那么多首,他有心去模仿陶渊明,以苏东坡之高才模仿陶渊明却到底不像陶渊明,所以说我认为像这样的词不是可以模仿出来的。她是怎么样学会写词的呢?乡下的女子没有受教育的机会,因为她舅舅是一个乡村教师,她舅舅每天教学生念书,她耳濡目染就听会了。可是她后来嫁给了一个乡村的男子。在西方不但是讲女性主义,女性主义还是带有妇女意识觉醒的要跟男子争一个地位的这样一种心理。现在西方流行讲"gender",就是"性别",不再说女性主义、女性思想、女性意识。有一个美国的作者 Judith Butler 写了一本书 *Gender Trouble*,就是《性别麻烦》。Butler 在她的书里说有些妇女是觉醒的,要争取自己独立的地位和权利,而且所有女性的地位都是跟社会、跟政治结合得非常密切,但是也有一种妇女她心甘情愿地处在那种卑微的不利的地位,是有这样一类女子。我们再来看双卿,我说她很妙的就是她的感觉非常敏锐。沈祖棻先生的好处在于字字都有来历,杜甫的诗是"无一字无来处"[1],他说"读书破万卷,下笔如有神"(《奉赠韦左丞丈二十二韵》),每一字都是有来处的。但双卿这个女子她勉强学会了写词,没有"读书破万卷",所以她字字未必有来历,自己独出心裁,说自己的话,她有敏锐的感觉,是自己独造的语言。且看她的《凤凰台上忆吹箫·赠邻女韩西》。她街坊有一个女子叫韩西,这个韩西其实也不识字,也不填词。但是韩西喜欢听双卿读词,她虽然不识字,但她欣赏双卿,也

---

[1] 黄庭坚《答洪驹父书三首》,《豫章黄先生文集》卷十九,《四部丛刊初编》本。

欣赏双卿的词。后来邻女韩西许聘给人结婚走了,所以双卿在"姑恶夫暴"的环境当中就再也没有一个可以谈话的人了,于是她就写了这首词:"寸寸微云,丝丝残照,有无明灭难消。"读书破万卷有读书破万卷的好处,不读书破万卷完全是自己独造的语言有独造语言的好处。"寸寸微云",天上那一寸一寸淡薄的微云,"丝丝残照",一丝一丝落日的余辉,"有无明灭难消",没有典故,没有出处,真是写得好!光影之间一下子有了,一下子没有了,一下子明亮了,一下子黯淡了。"正断魂魂断,闪闪摇摇",我们说"黯然销魂者,惟别而已矣"(江淹《别赋》),唯一的她可以谈话的、同情她的女伴出嫁走了,"断魂魂断",我本来就是断魂,我这个断魂今天又魂断了,我的断魂如何?我的断魂飘荡在空中是"闪闪摇摇"。"望望山山水水,人去去、隐隐迢迢",走得那么远,"隐隐"是看不见了,"迢迢"是那么遥远。"从今后,酸酸楚楚,只似今宵",从今天你走了以后,酸酸楚楚的生活就像今天晚上一样,再也没有人跟我谈话了。"青遥。问天不应","青遥"两个字真是神来之笔,"青"是天之颜色,"遥"是天之距离,你走了看不见了,看到的天是"青遥",一片那么高远的蓝色,"问天不应",我要问天我为什么这么不幸?"青遥。问天不应,看小小双卿,袅袅无聊",这么纤细的、这么瘦弱的双卿,"袅袅"是她的身材,她是如此之寂寞无聊赖。"更见谁谁见,谁痛花娇。"我更看见谁,又有谁看见我,谁在跟我一样怜惜这些个花草?"谁望欢欢喜喜,偷素粉、写写描描",我还盼望有谁跟我在一起,我们常常没有纸笔,我们就把脸上擦的白粉用水调一调写在绿色的树叶上。"谁还管,生生世世,夜夜朝朝",谁再关心我,生生世世,从黑夜到白天。

我只是简单地介绍了一些个女性作家,从最初的用自己的生命血泪写出的诗篇到随着中国的男性词的演进,从婉约到豪放,到妇女的意识觉醒和解放,到沈先生完全跟男子一样了,她写出了跟男子一样的"学人之词"、"诗人之词"、"史家之词",而且写出了不同的风格,不同的作品,那真是一个集大成的作者。

浣溪沙

芳草年年记胜游。江山依旧豁吟眸。鼓鼙声里思悠悠。　三月莺花谁作赋，一天风絮独登楼。有斜阳处有春愁。

《浣溪沙》作于1932年春天，词人由是受知汪东先生，开始专力填词，所以结集时将其列于卷首，以表明渊源所自。　上片点明时间事由，春日出游，江山依旧那么美丽，使词人的眼眸豁然张大。　下片将"登楼""作赋"的事情、动作都蕴含在"三月莺花"、"一天风絮"之中，既点明季节，又给全词定下略带忧郁的基调。　问谁作赋，先留一问，而后见一天风絮中词人独自踯躅而上，回答前问。　一个"独"字，埋下了后来情由：若非满腹心事，何以独自登楼，又恰恰是在这种易滋生惆怅伤感的时节与场域。　末句紧接上文，乃"登楼"所见，全词都在为这一句蓄势。"有斜阳处有春愁"，看到的是一望无际的"斜阳冉冉春无极"，词人感受到的却是和斜阳一样无边无际的春愁，这春愁由斜阳带出，更是喻日寇进逼，和上片"鼓鼙声里思悠悠"遥相呼应，表现出国难日深下知识分子的忧患意识。

1931年9月起，沈祖棻先后在南京中央大学中文系和金陵大学国学研究班学习。其时，汪东任南京中央大学文学院院长兼中文系主任，吴梅则任教词曲必修和选修课程。在两位老师的引导下，沈祖棻和她的室友们都对学词产生了浓厚的兴趣，并且自发组织了词社，形成一种良好的学词氛围，沈祖棻这一苏州才女还被冠以"点绛唇"的雅号。他们在金陵古城遍游名胜，把所见所感，经过精心描摹写进词中，所以这时期词的主要内容以咏物、记游和登临为主。这种"胜游"既是《浣溪沙》开篇"芳草年年记胜游"的意中所指，更是此后《涉江词》中每每令词人难以忘怀的乡关之情与师友之情的真实写照。

1949年春天，沈祖棻手定而成《涉江词》，收有自1932年春以来的403首作品。词集名源自屈原《九章·涉江》和《古诗十九首》之"涉江采芙蓉，兰泽多芳草。采之欲遗谁？所思在远道。还顾望旧乡，长路漫浩浩。同心而离居，忧伤以终老"。作者不与浊世同流合污、清高自守的独立意志，以及寄望江南之情，卓然可现。

一部《涉江词》将兴亡之痛与身世之感打成一片，《浣溪沙》作为全集开篇，直揭宗旨。这首词即景抒情，用词精确，世人服其末句工妙，便戏称她为"沈斜阳"。《涉江词》中的"斜阳"往往和"江山"一起出现，如"忍看斜阳红尽处，一角江山"，"纵有当时燕，怕江山如此，减了斜阳"，"但伤心，无限斜阳，有限江山"，等等。在唐宋词里面，斜阳大多与个人心绪相关合，而沈祖棻则用来表达家国情怀，由此彰显出新时代女性的责任感。该词受到汪东先生的极高认可，赞之为"后半佳绝，遂近少游"，所谓"遂近少游"，应是肯定下阕的托兴尤深。词人曾在《八声甘州》小序中写道："忆余鼓箧上庠，适值辽海之变，汪师寄庵每谆谆以民族大义相诰谕。卒业而还，天步尤艰，承乏讲席，亦莫敢不以此勉勖学者。"女词人终其一生秉承师训，以笔抒发历代文人"天下兴亡，匹夫有责"的深厚情怀。

从沈祖棻正式学词到抗战前夕的几年间，词作收入正集8首，外集

25 首。这一阶段是她的学习期，作品多为课堂上吴、汪两先生出题的习作，以长调为多，这是因为老师们要她们抒发才情，练习笔力。33 首词作中，长调占到 25 首。小令多学秦观，长调多学柳永、贺铸，咏物推尊张炎、王沂孙。《涉江词甲稿》中 8 首，除第一首成名作《浣溪沙》外，皆为长调。在入选正集的 8 首作品中，咏物词 3 首，登临记游以托意之作 2 首，闲情之作 3 首。

这一时期虽然也有乡愁萦绕，但和逃难四川后的凄凉客怀大不相同。如集外《念奴娇》的小序中写道："甲戌中秋之夕，扶醉归来，南楼阒无一人。凭高对月，凄然动羁旅之感。"和古代大多数作家一样，词人在词中悲叹韶华虚度，久居客乡，感飘零之苦，写得情真意切，但其内蕴较寓居四川后集国忧家恤的思乡客怀之作，仍有轻重与疏离之别。其时民族危机尚未迫在眉睫，诗人的思想感情还能时时优游在一己浪漫的世界内，精心用妍妙的才情摹物描情，尽管已经在若干咏物和登临之作中对民族危机有所隐喻和寄托，但不身历战乱是无法真正感受其沉重的。

比如《高阳台·访媚香楼遗址》一词言及桃花扇故事，并借此影射今朝之危亡，但哀而不伤，是以第三者的旁观身份去看去写。寄托方面不仅有怀乡、伤逝，并且已经开始表现出对家国的忧思，但年轻气盛、不谙世事的女词人，此时在词中表达出来的是具有积极意味的朝气，即如开篇之作《浣溪沙》虽然将国难日深的客观存在暗示了出来，但感情相对闲淡，没有触目惊心的沉痛，呈现出平和灵动与纤巧的风格。所以汪先生总评为："方其肄业上庠，覃思多暇，摹绘景物，才情妍妙，故其辞窈然以舒。"

/ 张春晓

曲游春

燕

归路江南远，对杏花庭院，多少思忆。盼到重来，却香泥零落，旧巢难觅。一桁疏帘隔。倩谁问、红楼消息。想画梁、未许双栖，空记去年相识。　　此日。斜阳巷陌。念王谢风流，已非畴昔。转眼芳菲，况莺猜蝶妒，可怜春色。柳外烟凝碧。经行处、新愁如织。更古台、飞尽红英，晚风正急。

《涉江词》中，此词列于《浣溪沙》（芳草年年记胜游）之后，当作于就读大学时期。汪东曰："方其肄业上庠，覃思多暇，摹绘景物，才情妍妙，故其辞窈然以舒。"（《涉江词稿序》）又曰："曩者，与尹默同居鉴斋。大壮、匪石往来视疾。之数君者，见必论词，论词必及祖棻。之数君者，皆不轻许人，独于祖棻词咏叹赞誉如一口。于是友人素不为词者，亦竞取传钞，诧为未有。"（同上）所指多数当为这一时期作品，包括这首咏燕词。

沈祖棻就读大学时期，其流亡生涯尚未开始，而国家民族的危机已经爆发。此词与《浣溪沙》（芳草年年记胜游）都在鼙鼓声里写成，这是毫无疑义的。但此词和《浣溪沙》（芳草年年记胜游）一样，其所托意，虽有特定的时代背景，但未必都囿于当前事变（九·一八事变）之有关人和事。

词篇主题咏燕，上片泛说，谓双燕春来，思念故园杏花，归心似箭，到得归时，红楼画梁仍在，梁上却是"香泥零落，旧巢难觅"，不似去年光景，令人惆怅失望。上片所叙情事，蓄蕴悲凉气氛，为下片作了铺垫。下片专叙，说失望原因——"王谢风流，已非畴昔"。双燕旧时安身的人家，似遭离乱，纵春色十分，却物是人非，且隐隐有"莺猜蝶妒"、"晚风正急"的暗涌。镜头由近至远，由斜阳巷陌至柳树古台，层层绘出愁绪，予人越发沉重之感。词人不仅陈述一种客观物象——双燕归来，寻觅旧巢，其深层意义，当与社会人事变化相关。而这种事相，不局限于一时一地，既包括作者当时所经历之社会人事变化，又包括古往今来可能发生之社会人事变化，沧海桑田，今昔之叹，放诸四海，纵观古今，皆能生出共鸣，古与今的界限于此贯通。

全篇咏燕，以燕自喻，暗抒怀抱。既善以敏锐的观察摹绘其轻灵形态，又善以深沉思考发掘其重厚神理（汪东评曰："碧山无此轻灵，玉田无此重厚。"说可参）。王国维《人间词话》曰："'君王枉把平陈业，换得雷塘数亩田。'政治家之言也。'长陵亦是闲丘陇，异日谁知与仲多。'诗人之言也。政治家之眼，域于一人一事。诗人之眼，则通古今而观之。词人观物，须用诗人之眼，不可用政治家之眼。"对于这首咏燕词，必当以"诗人之眼"观之，才能领悟其深层意义。我想，当时词界前辈汪东、沈尹默以及乔大壮、陈匪石等对于沈祖棻之咏叹及赞誉，其着眼点应当也在于此。

/ 施议对

水 调 歌 头

<small>雨夜集饮秦淮酒肆，用东山体</small>

瑶席烛初炧。水阁绣帘斜。笙舟灯榭。座中犹说旧豪华。芳酒频污鸾帕。冷雨纷敲鸳瓦。沉醉未回车。回首河桥下。弦管是谁家。　　感兴亡，伤代谢。客愁赊。虏尘胡马。霜风关塞动悲笳。亭馆旧时无价。城阙当年残霸。烟水卷寒沙。和梦听歌夜。忍问后庭花。

此词编在《涉江词稿》甲集，序次第四。甲集始于1932年春，此词或当作于是年。词人时年二十三岁，在南京中央大学中文系读书。某个下雨的夜晚，与友人或同学多人聚饮于秦淮河畔的一家酒馆，因有此作。

所谓"东山体"，主要是指北宋著名词人贺铸所创《水调歌头》的特殊体式。贺铸词集名《东山词》，故以"东山"称之。《水调歌头》，常用格为十九句九十五字，押一部平韵，凡八处，分别是上片的第二、四、七、九句，下片的第三、五、八、十句。而贺铸的《水调歌头·台城游》却匠心独运,用一部韵平仄通押,除下片首句外,凡押韵十八句,几乎句句皆押:"南国本潇洒。 六代浸豪奢。 台城游冶。 襞笺能赋属宫娃。 云观登临清夏。 璧月留连长夜。 吟醉送年华。 回首飞鸳瓦。 却羡井中蛙。 访乌衣,成白社。 不容车。 旧时王谢。 堂前双燕过谁家。 楼外河横斗挂。 淮上潮平霜下。 樯影落寒沙。 商女篷窗罅。 犹唱后庭花。"沈先生此词,不但押韵体式用贺词,且用了与贺词相同的韵部;又与贺词作于同地,惟"萧条异代不同时"而已。

"瑶席",即酒席。 名物多用华美藻饰,是词中惯例。 下文"绣帘"即门帘或窗帘,"鸾帕"即手帕,"鸳瓦"即屋瓦,皆此类。 起二句,点"集饮"之"酒肆"。"烛初炧",点"夜"。"炧",烛芯的残烬,这里用作动词。 烛芯初残,是已入夜。 20 世纪 30 年代,都市商业区电灯已普及,此或非写实,不必呆看。 实写电灯,便无情调。"笙舟灯榭",写秦淮河中有笙歌妓乐的花船,秦淮河畔灯火明媚的亭榭。 但这不是当前的实景。 何以见得? 下文明白交代:此乃词人与友人"座中"所"说"之"旧豪华"也。 作为名闻遐迩的烟花之地,明清时期的秦淮河,灯红酒绿,纸醉金迷,人所共知。 一笔闲闲带出,便有了历史的纵深感,妙在并不经意。"芳酒"句,就"夜"、就"饮"再作渲染。"冷雨"句,缴出题中"雨"字,至此题意俱已完足。"敲"字炼,有力度,有脆响。"沉醉"句,过渡,逗出下文,于题外别开一新意,而这新意,恰恰是此词的关键所在。

"回首河桥下。 弦管是谁家",以问句收束上片,便有悬念,能调度读者参与互动。"河桥"之下,另有天地。"弦管"句遥应上文之"笙舟灯榭",不啻是说,此地之"豪华",岂止于"旧"? 尚有于"新"!"谁家"之"弦管",虽不得知,亦何庸知? 总而言之,非"富"即"贵"——若非富商大贾,定是达官贵人! 饮宴而佐欢以"弦管"("弦管"只是代名词,可能还有妓乐歌舞),市井小民乃至普通中产是消费不起的。

一般作者写到这里,往往顺承而下,即就富贵者如何如何着笔。词人偏不从俗,换头却调转笔锋,另起一意,自抒感慨:感历史之兴亡,伤时序之代谢,发客居之幽愁。词人家在苏州,只身就读于南京,故有"客愁"。"赊",多也,深也,长也。然而历史兴亡、时序代谢、客居幽愁,都还是次要的。真正使词人忧心如焚者,是"虏尘胡马。霜风关塞动悲笳"——日本军国主义者的侵略!前一年的九·一八事变,日寇强占了我国的东三省!全词的要领,须从此二句求索。

一般作者写到这里,又往往顺承而下,即就九·一八事变着笔。而词人仍不从俗,下文又调转笔锋,回到南京,回到秦淮河,回到历史。"亭馆旧时无价",退一笔回溯或曰回缩前文的"水阁"、"灯榭"、"旧豪华"。"城阙当年残霸",则进一笔补写出南京的历史定位。南京号称"六朝古都",但东吴,东晋,南朝宋、齐、梁、陈,皆非大一统王朝,只是偏安的"霸业";且享寿不永,即告覆亡,故称"残霸"。"烟水卷寒沙",以萧瑟景象烘托悲剧气氛,是渲染之笔。

从过片到这里,用笔一波三折,绝不平铺直叙,深得"咽"字诀与"无垂不缩"之法。这是北宋著名词人周邦彦长调慢词的长技,一位二十多岁的年轻人,学词未久,便能运用自如,具见其天性颖悟且善于学习。

然而,"咽"不是目的,"缩"也不是目的,其作用是为"吐"、为"放"盘旋作势,最终的表情达意,还是要"一吐为快"、"大放厥词"的。"和梦听歌夜。忍问后庭花",这最后画龙点睛的两句,便是以"咽"与"缩"盘旋作势后的喷吐和放言!从章法上看,它才是对上片结尾"弦管谁家"的隔空回应:在此国难当头之际,富贵者还在"和梦听歌",该醒醒了吧!以"忍"字领起之句,在古诗词里,往往是"怎忍"云云的反问、诘问。"后庭花",南朝陈后主时期的宫廷乐曲,历来用指统治阶级沉湎酒色的靡靡之音,是亡国的征兆。以此二句收束全篇,大声疾呼,振聋发聩,遂使此词由寻常集饮的"小题"升华成为蒿目时艰、针砭现实、忧国爱国的"大作"!

要之,沈先生的这首词,无论从其淑世情怀抑或其艺术才华来看,都是现代文坛上可与古人媲美的优秀篇章,值得我们细细研读,悉心鉴赏。

/ 钟振振

霜花腴

雪

篆灰拨尽，乍卷帘，无端絮影漫天。风噤寒鸦，路迷归鹤，琼楼消息谁传。灞桥梦残。纵凭高、休望长安。记当时、碧树苍崖，渺然难认旧山川。　　愁问冻痕深浅，早鱼龙罢舞，太液波寒。关塞荒云，宫城冷月，应怜此夜重看。洗杯试笺。枉盼他、春到梅边。怕明朝、日压雕檐，万家清泪悬。

这是一首咏物词，但并不只是单纯地咏物。表面咏雪，深层隐喻时局国势。

南方人遇早春初雪，正常心态是喜悦兴奋，会有张孝祥那般"悠然心会，妙处难与君说"的快慰。而本词作者既不是喜雪，也不是厌雪，而是忧雪、怕雪，试看词中"梦残"、"愁问"、"怕明朝"、"清泪"诸语，如果不是伤心人别有怀抱，对雪怎会如此悲愁！怎么写出如此哀境!

　　从词的创作年代来看，显然是别有寄托。此词收于《涉江词甲稿》，编列于第五首。而《涉江词甲稿》基本上是编年排列。第一首《浣溪沙》作于1932年春末，程千帆先生笺云："末句喻日寇进迫，国难日深。"其后诸篇，皆有忧国之意。第四阕《水调歌头》题曰"雨夜集饮秦淮酒肆"，词有"感兴亡，伤代谢。客愁赊。虏尘胡马。霜风关塞动悲笳"、"和梦听歌夜。忍问后庭花"等语，是有感于日本侵华、国事堪忧。第六首《高阳台》题曰"访媚香楼遗址"，楼为明末名妓李香君所居，故址在南京城南秦淮河上。词中亦有"家国飘零，泪痕都化寒潮"、"更伤心，朔雪胡尘，尚话前朝"云云，自当与第四首《水调歌头》约略同时作于南京。依此推断，列于第五首的《霜花腴》，应是1933年或1934年在南京所作，其时作者在南京中央大学读书。徐有富《程千帆沈祖棻年谱长编》系此词于1933年冬。然据词中"春到梅边"、"鱼龙罢舞"云云，似当作于1933年或1934年元宵节前后。此首与前四首都是感时伤事之作。

　　从咏物词的创作传统来看，古人咏物，本重托意。不以描摹物象之真切为能事，讲求在描写物象外部特征的同时，要表现出创作主体的人格精神、心态情感，既求形似，更求神似。形神兼备，方为高境。南宋后期，姜夔、吴文英等词人咏物，更重寄托。经清代常州词派的不断推阐，寄托式咏物，成为咏物词的基本范式。沈祖棻秉承常州词脉，作词亦重寄托。更值得注意的是，此词调名《霜花腴》，是吴文英创调，张炎《声声慢·题吴梦窗自度曲〈霜花腴〉卷后》可证。《全宋词》中仅吴文英一首用此调名。作者选用吴文英创调，应该是有意的选择，创作时自然也会仿效吴文英咏物词的创作范式。

　　再从意象营构、文本构成来看，几乎句句写雪，句句隐喻时事。虽然我们不能确指某句指何事，但可以感知有些词句应指某事。"风噤寒鸦，路迷归鹤"，写春雪初降，词人无心关注银装素裹的雪景，而是忧虑雪势随风横飞的骄横猛烈，乌鸦为之噤声不敢啼鸣，归鹤失去方向感，找不到归巢之路。这显然不是实写眼前之雪景，而是借猛烈的雪势，隐喻某种力量的凶猛。联系时局，不能不让我们联想到这是隐喻侵华日军的凶猛残暴。"琼楼消息谁传"，是对时局的担忧。琼楼玉宇，本指天上官殿或人间皇宫，此处当是隐指当时国民政府的最高当局。身为一名大学生，作者既不大可能知悉南京国民政府抗战的态度，也难以及时了解战事的进展。但她密切关注着时局，等候着"消息"，然天寒地冻，暴雪狂泄，无法得知相关"消息"，不免焦虑心烦。

"灞桥"，原是长安城东的古桥。咏雪而想到灞桥，是用晚唐诗人郑綮故事。有人问郑綮，近日作有新诗否？郑说："诗思在灞桥风雪中驴子上，此处何以得之？"因灞桥联结着风雪事典，故用来写雪景。"灞桥梦残"，意谓大雪令人忧虑，贫民之难过寒冬，军队之忍寒御敌，在在堪忧，故词人难以入眠成梦。

"纵凭高、休望长安"，意谓亟盼最高当局坚决抗战，但又不能指望。也可以理解为，急切想知道最高当局的抗战态度，但难以知悉。长安，借指都城，隐喻朝廷。辛弃疾《菩萨蛮·书江西造口壁》的"西北望长安。可怜无数山"，即此用法。此指当时的首都南京。此句包含几层词意。第一层意思是，想"望长安"，了解战事的进展；第二层意思是登高以"望长安"，体现出"望长安"的迫切；第三层是自我否定，即使登高能望到长安，也是无益，还是不望长安了罢。欲望而最终不望、休望，这回环曲折的句法，深得李清照"闻说双溪春尚好，也拟泛轻舟。只恐双溪舴艋舟。载不动、许多愁"的韵致。

"记当时"两句，表层写大雪笼罩，旧时山川草木，都难辨认。深层写日寇入侵之后，山河沦陷，面目全非。大有老杜"国破山河在，城春草木深"之怆痛。这两句句法，出自吴文英《霜花腴》的"记年时、旧宿凄凉,暮烟秋雨野桥寒"。而"碧树苍崖",则从吴文英《八声甘州》的"幻苍崖云树"化出。词人之学吴文英,不独用其调,亦用其语,更用其句法章法。

过片用问句振起,不独写大雪的寒冷,更写大雪的馀威,使人间没有了欢乐。鱼龙舞,语本辛弃疾《青玉案·元夕》:"凤箫声动,玉壶光转,一夜鱼龙舞。"鱼龙,指彩灯。如今虽逢元宵佳节,但鱼龙罢舞,没有丁点元宵佳节应有的热闹气氛。"太液",原是汉武帝时所凿的太液池,后指皇家园林,如柳永《醉蓬莱》:"太液波翻,披香帘卷,月明风细。""鱼龙罢舞",写民间过节时的冷清。"太液波寒",则写上层社会、政府机关也停止了应有的节庆活动。

从城市到关塞,从民间到上层社会,都了无生气,连月亮看了此情此景,都叹息伤心。"应怜此夜重看"句,意蕴深厚。"应怜"、"重看"的主体,不是他人,也不是作者,而是"冷月"。冷月本是天天看着这片神州大地,而"此夜重看",竟生出无限的哀感,神州大地怎会发生这样的变故?怎会如此多灾多难?不说人见此夜而可怜可叹,却说月亮见之可怜可叹,韵味更足,诗味更浓。如同辛弃疾《西江月》的"稻花香里说丰年,听取蛙声一片",说丰年的是蛙声,不是词人也不是老农。以物代人,别有情味。此种笔法,为侧面着笔法。或以人衬我,不说自己如何,却说别人如何;或以物衬人,不说人如何,却说物如何。辛弃疾《摸鱼儿》之"千金纵买相如赋,脉脉此情谁诉",姜夔《扬州慢》之"纵豆蔻词工,青楼梦好,难赋深情",都是以人衬我之法。不说自己情难诉、情难赋,而说即使是司马相如那样的赋情能手、杜牧那样的写情高人,也难以表达我此时此刻的心情。姜夔《扬州慢》之"废池乔木,犹厌言兵",则是以物衬人之法。不说人已厌倦谈及金兵南侵的往事,惧怕回忆战争带来的创伤哀痛,而说那些见证过战争惨烈的荒废池塘和孤零零的乔木都"厌言兵"。树犹如此,人何以堪!"应怜此夜重看"之侧面用笔法,即学姜白石。 不独笔法,连"冷月"二字,都是从姜白石《扬州慢》的"波心荡、冷月无声"句化出。

前人常说写词"起结最难"(冯金伯《词苑萃编》卷二),"起句好难得"(陆辅之《词旨》)。 而此词起结皆妙,笔力千钧。 开篇两句的意思是说天黑不久就忽然下雪了。 如是凡笔,可能会说:"黄昏方过"或"初垂夜幕",这也说明了天黑的意思,但形象感不强。 换成"华灯初上",虽然有了形象,但只说了天刚黑一层意思,而且华灯的色彩过于明亮,与全词的哀境不协。 如换成"篆香烧尽",也不成,这虽然有了篆香烧的镜头感和烧尽的时间感,但远不如"篆灰拨尽"含意丰饶。第一,篆香只写一物,而篆灰则写了篆香和篆灰两种有因果关系之物,篆香烧尽后,留下篆灰,才需要人去拨动。 第二,"拨"字,有了人在,有了动作感。"篆香烧尽",是无我之境;"篆灰拨尽",是有我之境,有人和动作。"尽"字,不只是表达终止性的静态结果,也包含过程和动态。 如王之涣《登鹳雀楼》的"白日依山尽",表现出夕阳沿着远山慢慢西沉的全过程,而不仅仅是写夕阳下山后的情景。 李白《独坐敬亭山》的"众鸟高飞尽",也是写一群群的鸟、一只只的鸟飞远飞走的过程,而不是只写山鸟全部飞光后的状态。 李白《黄鹤楼送孟浩然之广陵》的"孤帆远影碧空尽",也是表现孟浩然所乘之船由近而远、船影由清晰到模糊直到消失在天际线的全过程,而李白一直站在岸上目送孟浩然的船远去,正是在这空间移动及其所表现出的长时间进程中,体现出李白对偶像孟浩然依依不舍的深情。此词的"篆灰拨尽"的"尽"字,也表现出女词人坐在香炉边,看着篆香从始燃到燃尽、不停地拨动篆灰的全过程。 这个过程可能是大半天,也可能一两个时辰。 全句让我们联想到一位少女用纤纤玉手、心情沉重地拨动着香炉里篆灰的动作神态。 第三,"篆灰拨尽"还有消解时空的用意。 词人作为女大学生，住处未必真有篆香。燃香是古人常有的生活方式，如李清照《满庭芳》写到"篆香烧尽，日影下帘钩"，乐雷发《无题》也说"自折通书拨篆灰"。作者营构此意象，旨在消融具体的时代印记，似古似今，似人似我，读者可作不同的解读与联想。意象的不确定性，也扩大了语义的张力。

首句写室内景，次句写室外景。从室内到室外如何转换？词人用"乍卷帘"来巧妙过渡。天黑放下窗帘，自然就看到户外下雪。"乍"字极妙，写出无意中突然发现天在下雪的惊诧。古人咏物，往往不用所咏之物的字面。故作者写下雪情景，也不直说雪飞，而用"絮影"代之，极贴切。因为晚上看不清雪的形状和颜色，故用絮影写之。絮的外形、质地、色彩，都与雪相似。宋曹勋《和郑康道喜雪》也曾用到絮影："但喜弥空絮影下。"絮影不只是写实，又暗用《世说新语》所载才女谢道韫将飞雪比为"柳絮因风起"的故事。知此典故，更知词人用语之妙；不知此典故，亦不妨对词意的理解。用典而让人不觉，如盐着水，融化无痕，斯为妙境。"无端"二字写出下雪之意外，亦有意趣。

结拍想象明日早上将结冰，家家屋檐前会挂满冰溜。但作者不是直说挂满冰溜，而是说"万家清泪悬"。家家户户檐前滴落的不是雪水，而是泪水，则万户同此伤心可知。万家如此悲痛，自与雪寒无关，而与国难当头有关。结句之寄托寓意更加显豁。从炼字来看，"压"字有重量感，"悬"字有造型感。结句的"万家清泪悬"，借用常州词派的批评术语来说，真是"重、拙、大"之句。

结构上，首尾呼应。首句写今夜下雪，结句写明朝结冰，时间先后相承，景物因果相关。胡元仪《词旨》疏证谓"谋篇之妙，必起结相成，意远句隽，乃十全之品"。此词正是起结精妙、意远句隽的佳作。

作者写此词时，年方二十四五岁，用笔如此老成，章法如此严密，造境如此婉曲，确无愧于"当代李清照"之誉。

/ 王兆鹏

高阳台

访媚香楼遗址

古柳迷烟，荒苔掩石，徘徊重认红桥。锦壁珠帘，空怜野草萧萧。萤飞鬼唱黄昏后，想当时、灯火笙箫。剩年年，细雨香泥，燕子寻巢。　　青山几点胭脂血，做千秋凄怨，一曲娇娆。家国飘零，泪痕都化寒潮。美人纨扇归何处，任桃花、开遍江皋。更伤心，朔雪胡尘，尚话前朝。

此词作于沈祖棻先生求学于南京中央大学之时。她的老师，正是一代词曲大家吴梅。作者的才华深受老师吴梅赏识，二人及其他同学时有唱和，堪称学林雅事。这次"媚香楼唱和"，除沈祖棻外，参与的还有吴梅、唐圭璋、陈家庆等人，而沈祖棻之作在其中别具特色，令人激赏。

首先，就整体而言，此词通体浑成。大凡怀古登览之作，往往需今昔对照，故寻常作手安排章法，多以分段处理：或上片吊古，下片伤今；或上片感今，下片怀古。以客观视角览古，以主观视角察今。此法虽易成篇，终不免割裂；更由于古今有别，若作手一味描摹，易致使上下片词风悬殊，弊病会更加明显。而此词所采用的章法，是将古今人我，打成一片。若平庸作手为之，或臃肿重赘，或胡拼乱凑，而作者能下笔有次第、无痕迹，让时空与视角在不同的点反复跳跃。开篇"古柳迷烟，荒苔掩石，徘徊重认红桥"，前二句写荒凉之景，起笔便扣住了"遗址"这一主题，而"徘徊重认红桥"则由今及古，并将视角由客观转移到主观。其中"徘徊"二字，看似平凡，却不仅让作者自我亮相，还起着重要的过渡作用。依照正常人的心理轨迹，见到如此荒凉破败之景象，一时间必然很难将其和当年的美丽繁华联系在一起，巨大的反差，只能逐渐由震惊到失落再到默默接受，而"徘徊"这样一个占据较长时间跨度，又能表示踌躇不定、怅然若失之状态的词语，最能贴合这一心理轨迹。故"徘徊"二字，让时空和视角的转换显得自然不突兀。作者的创作功力，正是在这样的细节中得以体现。其后"锦壁珠帘，空怜野草萧萧"也是同样的笔法。前四字自然承"徘徊重认红桥"而来，时空仍在古，视角却已暗暗由主观转至客观，而"空怜"二字，又让时空和视角跳动起来，从古至今，由客观转向主观。第三韵"萤飞鬼唱黄昏后，想当时、灯火笙箫"也是一样的笔法，故无需赘述。其实细看下来，前三句所写之景，都没有什么奇异之处，甚至有些单调，但作者通过时空与视角的不断变迁，将全词的意脉盘活，让人丝毫感觉不到厌烦，避免了重复或拼凑的毛病。而在上片最后一句，当这种跳动的"点书写"达到极致之时，作者就要开始收住，以"线书写"贯穿古今，故"剩年年，细雨香泥，燕子寻巢"一句中，"年年"作为一个周期性的、能够贯穿时间的词语被使用，而"燕子"也作为一个能够贯穿古今的意象（如前人的"旧时王谢堂前燕，飞入寻常百姓家"等）登场亮相。此外，"燕子"这个意象也切合金陵之地，用得可谓恰当。

此词第二个值得欣赏之处是过片。过片对于一首词来说极其重要，如果过片失败，那么整首词十有八九要失败。而此首词写好过片的秘诀，在于制造反差。"青山几点胭脂血，做千秋凄怨，一曲娇娆"，这样的句子，其实无需做确切的解释，赏其神理即可，因为这样的句子是真正的诗家之笔。"青山"是美丽而象征着生机的，而"血"则是一个有着伤害和毁灭气息的意象，作者修饰为"胭脂血"，造就了一种冷艳的色彩。"青山几点胭脂血"，这样的意象组合，会让人被这种一句之间巨大的意象反差所吸引、所震撼，而这种反差也给了读者可以玩赏想象的空间，因此无需去求一个确切的解释。一句诗词有多少韵味，就取决于给读者制造了多少可以由他自己的想象来填补的空间，从这个角度来讲，这种能让人忘记解释的句子，才是真正的好句子（不过这并不意味着可以全篇写得让人不知所云）。接下来的"千秋凄怨，一曲娇娆"，也暂时无需追究是何人的凄怨，是怎样的娇娆，只需体会由"千秋"与"一曲"所带来的时间落差，以及"凄怨"与"娇娆"所带来的情感落差即可。事实上，作者之所以敢于如此下笔，是因为其词作有本事（《桃花扇传奇》故事）在，而词作下片正是要从上片一般性的怀古伤今，转入本事。如果平铺直叙，说自己由媚香楼想到李香君当年如何如何，则索然无味。作者这样运笔，并非只是为了炫人耳目。她在开头给人如此强烈的震撼，而不明确言及本事，但在后文中又有所呼应，整首词也就变得波澜起伏。这样的过片，不仅单句出彩，还照顾到了全篇，实在不可多得。

　　前面说到，词的下片由一般性的伤今怀古，转入具体的本事书写。这里就显示出了此词第三个值得欣赏之处，即词句上修饰点染的功夫。词需要叙事，但绝对不能像写小说那样，完整地把事件记录下来，或直接进行引用，不然词味尽失。词忌质实。其叙事也必须是隐约的、片段的，除去要在章法上波澜起伏，在字句上也要修饰点染，用只言片语，便能让人明白所言何事，但又不明言之，与全词形成统一。"美人纨扇归何处，任桃花、开遍江皋"，曾经居住在此地的秦淮名妓已经不知所终，只有桃花如当年那样盛开在江畔。通过中国古代诗词中常见的表现物是人非的失落与留存落差的手法，制造了供读者驰骋想象的空间，此中定有所寄托，却又不可指实。于是，仅通过纨扇、桃花两个意象，作者便把整个《桃花扇》故事意象化、诗词化，既密切地关联了《桃花扇》故事，又与全词的意象群契合，给人以美的享受。

由此可见，作者在当时已经具备了深厚的创作功底。虽然还没能够完全将前人之语锻炼熔裁，铸成自家面貌，但考虑到作者当时是一位尚在大学就读的学生，对这点无需苛责。这种年轻时就已修炼而成的深厚的创作功底，对作者日后成为一代名家，有着不可或缺的帮助。

/ 周明初

绿　　意

次石斋韵

兰舟桂楫。记绿云十里，香生皋泽。倾盖相逢，偶托微波，误被采芳人识。清阴几日鸳鸯梦，早泪泻、铜盘先湿。剩那时、炎热难忘，怕说晚凉消息。　　长抱芳心自苦，叹烟渚日暮，看朱成碧。折向西风，万缕千丝，莫把此情重织。江流不尽吴宫怨，纵唱断、莲歌谁惜。漫独立、风露中宵，已是一天秋色。

这是一首步韵的咏物词。徐有富先生《程千帆沈祖棻年谱长编》将其系于1934年秋，此时沈祖棻二十六岁，方就读于金陵大学国学研究班。"石斋"即高文，当时同为金陵大学中文系学子，他们常聚在一起论艺衡文，诗酒流连。《沈祖棻诗词集》中也多有与高文的唱和之作，只可惜与这首《绿意》相应的石斋原作早已散佚，不复可见了。

《绿意》即《疏影》，本是南宋词人姜夔自度的仙吕宫曲。姜词咏梅花，张炎则用以咏荷叶，故易名为《绿意》，其作今存于《山中白云》卷六。沈祖棻此词同样是咏荷叶，用语上不免受玉田影响，如"倾盖相逢"、"清阴几日鸳鸯梦"显自张炎"鸳鸯密语同倾盖"句脱出，"误被采芳人识"与张炎"且莫与、浣纱人说"一句颇为相似，"折向西风"也与张炎"又一夜、西风吹折"句颇有渊源。沈祖棻早期词作往往有这种模仿痕迹，但效仿之中又孕育着变革精神。这首词的妙处也正在于推陈出新，在结构、章法和命意方面都有所突破，因而显得才华横溢，灵气逼人。

上片首句将画面定格于一个水面泛舟的场景，木兰小舟，清波荡漾，桨声欸乃，引人无限遐思。然而作者并没有就眼前的视野顺势展开，而是陡然一转，将描绘的对象拉向了过去的时空。"记"字表明是回忆，领起下文，基本上统摄了上片。"绿云"两句为整体摹写，是远景、静景，似从张炎的另一首词《水龙吟·白莲》"怕湘皋佩解，绿云十里，卷西风去"句中化出，极言花香叶绿，勾勒出了一幅"接天莲叶无穷碧"的夏日荷塘丽景图。接下来，"倾盖"三句为具体描写，是近景、动景。"倾盖"指朋友途中相遇，停车交盖，形容极其亲密，也有初次相逢、一见如故之意，此处则喻指荷叶展开如车盖。"微波"指水面细小的波浪，也可视作女子的眼波，三国魏曹植《洛神赋》云："无良媒以接欢兮，托微波而通辞。"沈祖棻后来的新诗集《微波辞》正取义于此，可见是词人的钟爱语。"采芳人"就是采莲人，也即张炎《绿意》词中的"浣纱人"。郑谷诗云："多谢浣纱人未折，雨中留得盖鸳鸯。"这里反用其意，语含隐忧。作者对准荷塘一角，将镜头骤然放大，给予特写，只见在层层叠叠的翠叶之间，两片荷盖倏然相碰，水面顿时漾起涟漪，惊动了远处的采莲人。至此，有色有香，有动有静，荷叶那婀娜摇曳的风神，已经尽态极妍了。

于是接下来又一转，"清阴几日鸳鸯梦，早泪泻、铜盘先湿"，情绪转哀,这是很重要的一笔转折,奠定了全词的感情基调。 旧传鸳鸯鸟雌雄偶居不离,成双成对,因此"鸳鸯梦"常用来比喻夫妻相会的梦境。"铜盘"语出唐李贺的《金铜仙人辞汉歌》,指汉武帝仙人承露盘,这里借指清圆如盘、晶莹欲滴的荷叶。 荷叶下的鸳鸯鸟欢然相会,然而不过"清阴几日",很快就要分开,这种悲惨的境遇,惹得荷叶上水珠滚滚,仿佛也在为它们哭泣。 那么为什么会分开呢? 前面说"误被采芳人识",暗示着给它们提供庇护的荷叶将被采折。 可见前后词意虽有跳跃,而内在意脉仍是连贯的。 词中多处用了比拟的手法,耐人寻味。 我们仿佛看到两位青年男女倾盖相逢,一见如故,脉脉传情,然而没多久便"鸳鸯梦"醒,被迫散去,只剩下当时的缱绻回忆,无语话凄凉。 且看结尾处的"炎热"当指夏天,不也象征着当初欢会之时的激情吗?"晚凉消息"当然也指的是秋天的征兆,不也象征着好景不长、感情的秋寒将至吗? 汉代班婕妤《怨歌行》云:"常恐秋节至,凉飙夺炎热。"以秋扇见捐比喻嫔妃遭弃,这里则以时序之变比喻爱情遭摧折。 到那个时候,只剩下荷叶还痴痴地眷恋着盛夏的炎热,因为一到秋天,它便要枯萎而凋零了。 一个"怕"字,将忐忑不安的心情传达得淋漓尽致。 可以说,这几句语意双关,写荷兼写人,是景语也是情语。

　　过片三句再次一转,从所"记"的过往时空挣脱而出,回到开篇"兰舟桂楫"所在的现实时空。 如果说上片在物的咏叹中已经隐隐可见人事,下片就更见显豁了。"长抱芳心自苦",字面上仍是紧扣荷叶来写,这"芳心"当是指荷叶环抱下的"莲子",而莲心味苦,又恰如人心之悲愁。"看朱成碧"语本南朝梁王僧儒的《夜愁》诗:"谁知心眼乱,看朱忽成碧。"将红的看成绿的,既因眼花,也因人的心绪迷乱。一个抒情主人公的形象显化出来,她自苦于"鸳鸯梦"醒的不幸,在日暮时分久久凝望着那雾气迷蒙的洲渚,不时发出一声悠长的叹息。 恍惚中，眼前一切红色之物仿佛都变成了翠绿的荷叶。与前文的关系，仍是似断而实续。

"折向"三句突然顿住，看到荷叶在西风中摇摆不定，似乎随时都会折断，主人公的心情也如万缕千丝，迷乱已极，她不想再继续这种煎熬了，于是发出了"莫把此情重织"的呼唤。随后"江流"二句，"吴宫"指春秋时吴王夫差所建之宫殿，唐代张籍《吴宫怨》诗云："吴宫四面秋江水，江清露白芙蓉死。"人们还常将其与西施故事相联系，如罗隐诗云："家国兴亡自有时，吴人何苦怨西施。"兴寄无端。词人自出机杼，谓江流不尽，愁亦不尽，纵然你唱断莲歌，又有谁会来怜惜呢？貌似自我开解，实则郁楚之意更浓。歇拍收束语极俊，造境空灵。"漫独立"两句脱自清人黄仲则的名句"似此星辰非昨夜，为谁风露立中宵"，表面上刻画的是一枝枯荷在恻恻秋寒中翩然独立的场景，然而读者分明能感觉到一位敏感多情的女子形象，由"日暮"到"中宵"，她一直待在船上，风露沾衣，漫天星空都作了她的背景。"已是一天秋色"本不甚奇，但若与上片结句对读则极妙，前文说"怕"秋天到来，然而最后秋天终是不可阻挡地来临了，季节之变化，人生之无常，都让人无可奈何，思之黯然！

不难发现，这首词在结构上颇有特点，从现实到过去又回到现实，经历了两次时空的转换。这种写法前人早已有过，如秦观《望海潮》（梅英疏淡）即是，但沈祖棻运用起来驾轻就熟，毫不费力。从章法来看，词中转折、提顿纷繁复杂，极尽变化而又张弛有致，富于音乐的美感。全篇虽无一字及荷叶，实则处处写荷。同样是双线索并举，玉田借以寄托自己的品格和身世，沈词则与凄咽动人之爱情相绾结，物、人之间的交错化合，轻灵动荡，或隐或显，若即若离，处理得十分到位，诚可谓"足以上继玉田"（汪东评语）。词人二十馀岁就有如此艺术造诣，恐怕不仅仅是天赋使然。

最后还需探讨下这首词有无"寄托"的问题。《沈祖棻自传》曾言:"在校时受汪东、吴梅两位老师的影响较深,决定了我以后写词的方向,在创作中寄托国家兴亡之感,不写吟风弄月的东西。"结合当时日寇入侵、内战频仍的时代背景,这首词也的确有与时事相关合的文本潜能,何况将男女之情与家国之感相关涉也是词家惯用手法,但我们不必效常州词派胶柱鼓瑟之举,硬要将某一句落到实处。沈词自有寄托,但仅将其视作一首咏物词,也不损其美,所谓"才情妍妙,故其辞窈然以舒",正中鹄的。

/朱惠国　张文昌

高阳台

雨织清愁，香温断梦，十年心事堪嗟。冷落歌灯，尊前怕听琵琶。高楼只在斜阳外，更为谁、留滞天涯。但凄然，望极秋江，一片蒹葭。　　归来依旧吴山碧，对荒烟苑囿，古藓纹纱。乔木苍凉，明朝知是谁家。吟笺纵寄相思字，又何情、与说年华。待重追，昔日游踪，画舫香车。

沈祖棻幼承庭训，敏悟异人，读书时代即以诗、词、散文和小说引人瞩目，而诗词尤饶声誉。20世纪40年代末，《涉江词》编定，沈祖棻更是名重一时，流播众口，多以当代易安视之。

沈祖棻《高阳台》一词收录于《涉江词甲稿》，程千帆笺注《涉江词》，于此词未引一语，亦未下一注，故此词作年作地一时难以明判。但此词之前为《绿意·次石斋韵》，石斋即高文，曾就读、任教于金陵大学。此词之后即为四首《菩萨蛮》词，前有小序云："丁丑之秋，倭祸既作，南京震动。避地屯溪，遂与千帆结缡逆旅。适印唐先在，让舍以居。惊魂少定，赋兹四阕。"《绿意》、《高阳台》、《菩萨蛮》三调前后相连，皆写秋景秋思，盖作时相近。从沈祖棻《高阳台》中流露出来的强烈的流离之感和今昔之思，颇疑此词或亦作于安徽屯溪或由金陵至屯溪旅途中，时间当在丁丑年（1937）抗日战争爆发之后。

起拍即景生情，由秋雨连绵带出浓密愁情，着一"织"字可见愁情之深重。清香尚温而美梦已断，说明愁情不仅因雨而来，亦因突发之事而来，"香温"二字可见词人原来生活之安逸，而"断梦"二字则意味着对安逸生活的突然告别。梦中心事如何？梦后感慨如何？"十年心事堪嗟"一句约写今昔之感，呼应起笔二句。接下数句皆写眼前，亦是承"堪嗟"二字而来，"留滞天涯"直陈流离之状，此天涯或即屯溪。此时此刻，此情此景，灯火阑珊，歌舞暂歇，琵琶怕听，此写夜间情形，备见心情之冷落。而此寂寞自守，皆因黄昏之时在"天涯"登楼远眺，但见斜阳无力、秋江无声、蒹葭无边，故临晚而意趣更为落寞。上阕写梦断之后所见所思，情绪消沉，流离之苦，凄然之感，徐徐道出。

下阕的感慨更为深沉，"明朝知是谁家"一句，则由个人之颠沛流离而上升为家国之忧。换头是假设之词，此行辗转他乡，终有回来之日，料想吴山苍翠依旧，但苑囿、古藓、乔木经此动荡，想必是一片荒凉冷清，连原来的主人恐怕也不认识，也可能主人已经换了别人。此数句中的感叹引发的联想空间非常大，但物是人非则是联想的基本路径了。接下再写目前，铺开纸笺，欲寄相思文字，也不知从何写起。相思者何？大约总是香温之怡然、歌灯、琵琶之畅然，等等。但以今日之心写往日之情，已经畏于笔墨矣。何时能再兴吟诵雅趣呢？词人给出了答案：那就是重回当年安逸与雅致的生活，才能唤回曾经失去的安逸与雅致的心情。下阕有两重设想之词：其一是回归后家园之荒漠无主，其二是重回昔日之快意游踪。

此词情感在往日、今日与来日之间流转，有对往日温情的眷顾，有对今日之景的惆怅，也有对来日游踪的畅想。笔法跌宕有致，而情怀馥郁随之，深得清真、玉田之趣，虽非易安一路，但也不失女性词人清婉多姿之妙。昔朱光潜以"骨秀神清自不群"评沈祖棻词，应可概括《涉江词》中与此词相类的一种主体风格。而沈尹默以《高阳台》为《涉江词乙稿》题词，有"百啭流莺，为谁惜取华年。深情不着凉语，怕凄凉、却道无端"数句，读来似专为此词而发。知音其难乎哉？或有时易，有时难也。若沈尹默之与沈祖棻，于此词真堪称识趣特契也。

/ 彭玉平

菩萨蛮

丁丑之秋,倭祸既作,南京震动。避地屯溪,遂与千帆结缡逆旅。适印唐先在,让舍以居。惊魂少定,赋兹四阕。

其一

罗衣尘浣难频换。鬓云几度临风乱。何处系征车。满街烟柳斜。 危楼欹水上。杯酒愁相向。孤烛影成双。驿庭秋夜长。

1937年日寇开始全面入侵中国,战火直逼南京,数万南京居民开始逃离避乱,逃难的人潮,裹挟着年轻的沈祖棻与程千帆。逃难之初,沈祖棻写下四首《菩萨蛮》,这是其中的第一首。

词前小序清晰地介绍了该词的创作背景:丁丑年(1937)秋天,因日寇乱起,沈祖棻与程千帆离开南京,避难于安徽屯溪,在乱离中二人仓促成婚。结缡原指古代嫁女的一种仪式，女子临嫁，母亲为她结上佩巾，《诗经·豳风·东山》："亲结其缡。"逆旅即旅舍。印唐，即萧印唐，是沈祖棻金陵大学国学研究班的同学，当时他在屯溪做中学教员，故有"让舍以居"的友情之举。"惊魂少定，赋兹四阕"，道出女词人提笔时的心境。词前小序向读者透露出丰富的信息：既交代了作者所经历的乱离、新婚与心境的惊惶，也提示读者应将这组词放到战乱的背景下来阅读。

这首词由女性感受写起。"罗衣"、"鬓云"分别指女子所穿丝织衣裳与所梳如云鬓发，温庭筠的名作《菩萨蛮》（小山重叠金明灭）中有"鬓云欲度香腮雪"、"新贴绣罗襦"的描写，"罗衣"与"鬓云"，原本该与华美绮丽的闺房、闲适静好的岁月相合，然而此刻现实是"罗衣尘涴难频换。鬓云几度临风乱"。"涴"是弄脏、玷污的意思，精美的罗衣却被烟尘弄脏，且"难频换"，原因何在？如序中所说，因这是在避难途中，不复有往日家中的适意。不惟罗裳难换，连鬓云也常被风吹乱，"几度"表明逃难的日子已不止一日。起句写出女子日常生活中容易关注的细节：难换的脏衣、难理的乱发，并渐渐由一己的服饰引出时局背景。这便是接下来的"何处系征车。满街烟柳斜"。

征车，远行人乘坐的车。"何处系征车"？表面是词人在询问何地可以系住征车？同时又暗指行人对可以停留下来、结束漂泊流离生活的期盼，而接以"满街烟柳斜"的自答，则以满街风吹柳斜、无法系车暗指局势如风起云涌，无处可安顿身心。"烟柳斜"三字，看似平平，却因有辛弃疾"休去倚危栏，斜阳正在，烟柳断肠处"（《摸鱼儿》）的名句在前，故可引发国难当头、时局动荡的联想。1937年卢沟桥事变爆发，8月日军进攻上海，淞沪会战持续升级，战火旋即直逼南京，国势风雨飘摇，正是"满街烟柳斜"的背景。

于是此刻不再有盛唐王维"系马高楼垂柳边"（《少年行》）的意气

风发,女词人由无处可系的征车、风吹烟笼的斜柳写到"危楼欹水上。杯酒愁相向"的愁绪满怀。柳边之楼,是如柳永笔下的"伫倚危楼风细细。望极春愁,黯黯生天际"(《蝶恋花》)的危楼。高楼临水,视野开阔,楼上之人怎能不有无边春愁? 故有"杯酒愁相向"之举,这又如李清照"故乡何处是。忘了除非醉"(《菩萨蛮》)的借酒浇愁。同时,"杯酒愁相向"也引发了下文的"孤烛影成双",并呼应小序中的"遂与千帆结缡"一事。这里的"杯酒"或是友人异地重逢时的举杯,而"双烛"应是程、沈逆旅成婚时的见证。他乡遇故知,本应把酒言欢;嬿婉新婚,本应红烛高烧。然而此刻是"杯酒愁相向",是结合在"驿庭秋夜长"中。"驿庭",指旅途中驿站的庭院,这个词语呼应了词序中的"逆旅",接以"秋夜长",更给人以"愁人不寐畏枕席,暗虫唧唧绕我傍"(张籍《秋夜长》)的联想。这两个与成婚毫不相关的词,意味着一种巨大的转折:这转折中既包含着无数的现实无奈,也透露出远离太平岁月的惊惶与愁苦。因此,整首词句调虽轻盈,意蕴却沉重;叙写虽浅直,层次却丰富。所写虽为切身经历,所思却指向世变国难。

从这组词开始,沈祖棻有意识地摆脱了早年南京求学时期重长调、多模仿南宋词人的写作风格,转而多写小令,内容则重在将人生体验与时代动荡相融合,清晰地体现出将"身世家国之恨打为一片"(汪东语)的写作倾向,这一倾向将持续体现在沈祖棻此后数十年的词体创作中。这是逃亡的起点,也是昭示着沈祖棻真正词风形成的初始之作。

/ 黄阿莎

临江仙

昨夜西风波乍急，故园霜叶辞枝。琼楼消息至今疑。不逢云外信，空绝月中梯。　转尽轻雷车辙远，天涯独自行迟。临歧心事转凄迷。千山愁日暮，时有鹧鸪啼。

其二

经乱关河生死别，悲笳吹断离情。朱楼从此隔重城。衫痕新旧泪，柳色短长亭。　明日征程君莫问，丁宁双燕无凭。飘零水驿一星灯。江空菰叶怨，舷外雨冥冥。

其三

一棹蒹葭初舣处，依前灯火高城。水

风吹袂酒初醒。镜中残黛绿,梦外故山青。月堕汉皋留不得,更愁明日阴晴。涉江兰芷亦飘零。凄凉湘瑟怨,掩泪独来听。

其四

画舫春灯桃叶渡,秦淮旧事难论。斜阳故国易销魂。露盘空贮泪,锦瑟暗生尘。消尽篆香留月小,苦辛相待千春。当年轻怨总成恩。天涯芳草遍,第一忆王孙。

其五

望断小屏山上路,重逢依旧飘摇。相看秉烛夜迢迢。覆巢空有燕,换酒更无貂。风雨吟魂摇落处,挑灯起读离骚。桃花春水住江皋。戊寅春,避地益阳,尝赁庑桃花江上。旧愁流不尽,门外去来潮。

其六

百草千花零落尽,芙蓉小苑成秋。云间迢递起高楼。笙歌随酒暖,灯火与星稠。　霏雾冥冥闻阊远,凭谁诉与离忧。吟边重见旧沙鸥。巴山今夜雨,短烛费新愁。

其七

碧槛瑶梯楼十二,骄骢嘶过铜铺。天涯相望日相疏。汉皋遗玉佩,南海失明珠。　衔石精禽空有恨,惊波还满江湖。飞琼颜色近何如。不辞宽带眼,重读寄来书。

其八

寂寂珠帘春去也,燕梁落尽香泥。经年归梦总迷离。抛残镂玉枕,空惜缕金衣。　乔木荒凉烟水隔,杜鹃何苦频啼。

凤城几度误心期。　凭栏无限意，肠断日西时。

1937年8月，日寇对南京狂轰滥炸，个人、家国和时代的悲剧也由此开启，沈祖棻和程千帆避难屯溪，随即在当地结为夫妇。新婚不久程千帆即返回南京取衣物。在撤离屯溪时，程千帆因"督课有责，不欲遽行"，沈祖棻只能在四个学生的护送下先行离开，辗转于安庆、武汉。次年2月，夫妻二人先后来到长沙。他们住在好友孙望家，虽房屋短窄而意气不衰，每共读《楚辞》以抒其磊落不平之气。在长沙相聚不久，程千帆前往武汉工作，沈祖棻孤身来到重庆，是年9月，沈祖棻应聘在重庆界石场蒙藏学校教书，程千帆则转赴西康工作，可谓于流离失所中分分合合，聚少离多。

《临江仙》八首即作于1938年秋初入四川不久，"历叙自南京经屯溪、安庆、武汉、长沙、益阳终抵重庆诸事，极征行离别之情"(《涉江词稿》程千帆笺语)，将其间旅途的艰苦、相思的煎熬、生离死别的忧惧种种情绪，皆淋漓尽致地写出。词中有"经乱关河生死别，悲筘吹断离情。朱楼从此隔重城。衫痕新旧泪，柳色短长亭"的别情，有"一棹蒹葭"、"水风吹袂"的踽踽独行，也有"凄凉湘瑟怨，掩泪独来听"这等情不自已的怨艾和"乔木荒凉烟水隔，杜鹃何苦频啼"的国恨与乡愁。身世的飘零无依，情感的孤寂和忧伤，以及突如其来的深重的民族灾难和个人厄运所带来的惶恐，皆造成词人精神上极大的创伤。这组词节奏急促，意态深沉，正是词人这一时期精神状态的真实写照。"痛定思痛，痛何如哉？"这不仅是对个人身世的悲叹，更是对国家命运的关注。汪东先生认为"此与《菩萨蛮》、《蝶恋花》诸作,皆风格高华,声韵沉咽。韦冯遗响,如在人间",给予了极高的评价。

这段时期作者已经表现出对于词体的自觉意识。一是用传统意象表达当下感情,如斜阳、飞燕等,作为历史大背景的悲笳、清角等古代战争的代词被广泛地写入词中,成为景语不可分割的一部分,它们不仅是现实危机四伏的实景反映,也是内忧外患、国难当头的象征,往往起着借景抒情、感慨国事、悲愤国难的作用,如"戍角一声人语寂,四山无月天如漆"(《蝶恋花》)、"经乱关河生死别,悲笳吹断离情"(《临江仙》)等。

二是开始尝试运用组词形式,并取得了良好效果。《临江仙》八首作品主题统一,写旅途,写逃难,写战局失利,写人心惶惶,意境、感情、基调都比较一致,且是按行程有序排列,具有组词的完整性。程千帆先生在笺注中对各首大致所指皆有阐释。其一"波乍急"、"叶辞枝",比喻日寇入侵,人民流亡。"琼楼"三句,谓前方消息断绝,战况不详。新婚乍别,故有独行、临歧之语。其二写离屯溪抵安庆所感。"朱楼"指南京旧居,"水驿"指安庆。词中飘零之感犹深,"莫问"、"无凭"言前途未卜,"一星灯"有孤伶之意,"菰叶怨"系恨漂泊之苦。其三写由安庆乘船至武汉再至长沙,其四写对南京的怀念及对时局之关注,其五写小住长沙及益阳事,其六写抵重庆光景,其七写战局失利,而末一首更是"总结前文。寇患日深,乡愁日重。收京难期,惟有断肠而已"。

如果说这组词还是顺序表达历史大背景下的个人境遇,此后组词的运用则更见娴熟多样,视角更为宏阔,情感亦见深沉。如《鹧鸪天·华西坝秋感》四首咏金陵大学文学院人事纠纷;《鹧鸪天·华西坝春感》四首咏金陵大学当局乾没职工食米事;《减字木兰花·成渝纪闻》四首、《虞美人·成都秋词》五首描写前方战士之英勇惨烈、后方民众之水深火热与达官贵人"隔江犹唱后庭花"的强烈反差。

黄裳曾在《涉江词》一文中回忆："记得那天晚上在旅寓读《涉江词》，读到《丙稿》，几乎使我惊唤起来的是，在这里竟自发现了我在三十七年前在重庆土纸印的《大公晚报》上读到过的一组《成都秋词》（《虞美人》）和《成渝纪闻》（《减字木兰花》）。当时我曾将题为《涉江近词》的这两幅剪下来，一直带在身边。这两张剪报一直跟着我到昆明、桂林、印度……一直跟着我回到重庆。"又在旧文中摘录道："这两首都是《成渝纪闻》，大概都有典故可寻，可惜作者不曾把它写将下来，然而细绎词意，则嘉宾的骄横与豪门的无耻，已经明明白白不必研究了。"这些作品既保持了小令精巧上口、易于传唱的优点，又以组词的形式拓展了小令的内容与词境的广度和深度。词人之所以能以组词在当时引起较大的社会反响，与其积极主动地推尊词体有着密不可分的关系，而对于词体的自觉意识也是词人精神境界不断深化的体现。

/ 张春晓

喜迁莺

乱后渝州重逢寄庵、方湖两师，伯璠、素秋、淑娟、叔楠诸友，酒肆小集，感赋。

重逢何世。剩深夜、秉烛翻疑梦寐。掩扇歌残，吹香酒酽，无奈旧狂难理。听尽杜鹃秋雨，忍问乡关归计。曲阑外，甚斜阳依旧，江山如此。　扶醉。凝望久，寸水千岑，尽是伤心地。画毂追春，繁花酝梦，京国古欢犹记。更愁谢堂双燕，忘了天涯芳字。正凄黯，又寒烟催暝，暮笳声起。

1938年，在漂泊西南的羁旅中，沈祖棻与旧日南京师友偶然重逢于重庆。乱世中不期而遇，既惊亦喜，感慨唏嘘，遂填有这首词作。词前小序所提及诸位人物的身份，有程千帆笺云："汪东，字旭初，号寄庵，江苏吴县人，曾任中央大学文学院院长、中文系主任……。汪国垣，字辟疆，号方湖，江西彭泽人，曾任中央大学、南京大学教授……。 章璠，字伯璠，江西南昌人，中央大学中文系毕业，王晓云妻。 尉素秋，江苏砀山人，中央大学中文系毕业……。 杭淑娟，安徽怀远人，中央大学中文系毕业……。 赵淑楠，江苏人，翟某妻，祖棻在重庆时友人。"自1937年日寇入侵南京，万众出逃，辗转流离后，许多人选择渝州（今重庆）落脚。 沈祖棻也在经屯溪、安庆，转武汉、长沙的流亡后，终于在1938年秋抵达重庆。 千里跋涉，初得安定，这便是小序中所言"乱后渝州重逢"。 由程笺可知，此次重逢之人多为南京师友，可谓中央大学文学院师生聚会，然而这聚会发生的地点、缘由、众人心境都迥异往日，无怪沈祖棻提笔便是一声喟叹："重逢何世"？

重逢于怎样的人间？ 此刻是"剩深夜、秉烛翻疑梦寐"，用杜甫"夜阑更秉烛，相对如梦寐"（《羌村三首》之一）、戴叔伦"还作江南会，翻疑梦里逢"（《客夜与故人偶集》）诗意，同时也点出了重逢的时间与心境。 所谓"翻疑"，是因为异地他乡，乱后相逢，乍见之下，悲欣交集，反而疑为梦境。 这渝州的酒肆小集，虽然和从前师生们在南京时的雅集一样，有掩扇歌舞，浓香美酒，却"无奈旧狂难理"，旧日雅集时的开怀畅饮已不可重来。 为什么？ 因为"听尽杜鹃秋雨，忍问乡关归计"，此时窗外有杜鹃在凄厉地啼叫，这鸟啼原本就是"一叫一回肠一断"（李白《宣城见杜鹃花》），何况在潇潇秋雨声中听来？ 何况在离家万里的游子听来？ 何况在战火蔓延、异族入侵的乱世听来？ 然而就算听了许久、许久，这一群江南的游子，也无人忍问对方一声：何时拟还乡？ 这沉默皆因无法还乡的现实。 词人凭栏远眺，所见是"曲阑外，甚斜阳依旧，江山如此"。 至1938年秋，日寇不仅已制造了南京大屠杀的惨案，且兵力继续南下，战火逼近武汉、长沙，大半个中国都岌岌可危。 局势水深火热，乡关沦陷敌手，相逢于渝州酒肆的江南游子，除了借酒浇愁、新亭对泣，还能如何排遣心中深沉的悲伤？

女词人"中心如醉"(《诗经·国风·黍离》),词笔承以"扶醉"过渡到下阕。 词人依然凭栏远眺,"凝望久,寸水千岑,尽是伤心地"。 寸水千岑,即万水千山,这一句,极易让人想起晚清黄遵宪"寸寸河山寸寸金"(《赠梁任父同年》)的名句,与沈祖棻的成名之作"有斜阳处有春愁"(《浣溪沙》)又何其相似。 眼前的寸水千岑引人想到亡国危机下的深重忧患,正因眼前所见皆是伤心,故思绪不由转入往昔岁月:"画毂追春,繁花酝梦,京国古欢犹记"。 1931 年至 1937 年七年间,沈祖棻在南京度过了她最好的青春,她也真正享受过这座六朝古都带给她的无限欢愉,她有过"双桨东风里,待看遍、樱桃千树"(《探春慢·湖上清明薄游》)的纵赏春光,也有过"梅花结社,红叶题词,商略清游"(《忆旧游》)的知音相聚。 追忆之深,故有眷恋之切:"更愁谢堂双燕,忘了天涯芳字。""谢堂双燕",语出刘禹锡的名句"旧时王谢堂前燕,飞入寻常百姓家"(《乌衣巷》),正是她记忆中鲜活的过往象征,旧有意象遂与当下心境融合为一。"忘了"句暗指已被日寇占领的南京城中早已物是人非、换了主人。 歇拍结以"正凄黯,又寒烟催暝,暮笳声起",笳是古代北方民族的一种乐器,声调悲凉,唐代刘长卿的《代边将有怀》里有"暮笳吹塞月,晓甲带胡霜","暮笳"又隐指边塞战争。"正凄黯"三句,是说在一片凄凉黯淡的气氛中,偏又见寒烟中暮色四合,听得笳声四起,这一切都表明其忧愁与悲哀是漫无边际、无可收拾了。

这是一首写乱后重逢的词,词中却无一笔涉及重逢欢笑,而是一意盘旋于国难与乡愁的双重忧思。 这故国家山之思,也将成为沈祖棻羁留巴蜀大地一再书写的主题。 此外值得注意的是,序中提及人物中有一位是沈祖棻走上词学道路极为重要的导师:汪东。

1931 年到 1934 年,沈祖棻求学于南京中央大学中文系。 当时,汪东任南京中央大学文学院院长兼中文系主任,他也负责给学生开设有关词学的课程。正是在汪东先生讲授的词选课上,沈祖棻交上了一篇习作《浣溪沙》,汪东极为欣赏该作,"约她谈话,加以勉励"(程千帆《沈祖棻小传》)。可见是汪东慧眼识珠,最早发现沈祖棻身上所蕴藏的词学天赋与珍贵品质。他对沈祖棻的鼓励与提携,使得年轻的沈祖棻在白话诗歌的创作之外转向"专力倚声",并在若干年后手定词集时,将此词"列之卷首,以明渊源所自"(程千帆笺《浣溪沙》语),也可谓对老师知遇之恩的一种感念。

1938年,师生重逢于西蜀一隅。这次重逢使沈祖棻写下这首《喜迁莺》,汪东不久后也写下《点绛唇·余客渝州,而门人故旧先后来者甚众,尊酒相劳,感慨系之……》。随后的几年,师生均羁留四川,各自经历战乱、空袭、疾病,其间有书信往还。抗日战争结束后,汪东、沈祖棻先后离开四川,汪东在南京任国民政府礼乐馆馆长等职,沈祖棻则在上海、武汉等地寓居。1949年,汪东为沈祖棻作《涉江词稿序》,并对《涉江词》中甲、乙、丙三稿多有评点。1963年,汪东在苏州去世。第二年,汪东夫人陶氏以汪东遗命,召沈祖棻、殷孟伦一同前往苏州,"竭十日之力,共研治遗稿"(殷孟伦《〈梦秋词〉跋》)——便是今日存世的二十卷《梦秋词》文稿,这是后话了。

/ 黄阿莎

惜红衣

绣被春寒，秋灯雨夕。药烟紫碧。怯上层楼，新来渐无力。空帷对影，听四面、悲笳声急。凄寂。三两冷萤，映轻纱窗槅。初鸿远驿。雪岭冰河，依稀梦中历。书成讳病，泪湿数行墨。几日薄罗嫌重，莫问带围宽窄。但枕函沉炷，犹解劝人将息。

此词当作于 1939 年秋天。1936 年 8 月，27 岁的沈祖棻先生自金陵大学研究所毕业后，到南京《朝报》的《妇女与家庭周刊》做编辑。1937 年 9 月，日寇频繁轰炸国民党首都南京，沈先生与程千帆先生开始了颠沛流离的西行避难生活。1939 年，程千帆先生在西康建设厅任科员，居康定，沈先生任教蒙藏学校，居巴县界石场，夫妻客中又分居两地，再加上沈先生从这年春天起一直卧病，此即《霜叶飞》词序所云："岁次己卯，余卧疾巴县界石场（今巴县界石镇），由春历秋。"

词自春寒卧病写起，故首言"绣被春寒"，次及"秋灯雨夕"，以见"自春及秋"。"药烟紫碧"，用因煎药而产生的炉烟药雾缭绕不断，以见疾病之绵长。"怯上层楼",很容易让人想起辛弃疾的"怕上层楼",然而与辛弃疾"十日九风雨"(《祝英台近》)不同,这是"怯上层楼",不仅因伤春悲秋,更是由于久病的虚弱。下句"新来渐无力",令人想起李清照"新来瘦,非干病酒,不是悲秋"(《凤凰台上忆吹箫》),是对"久病"之况的进一步诉说。因病而无法登楼望远,因而又转写室中。"空帷"写床帐,以见卧病,同时表达了夫妻分离的生活状态;"对影"是写夫妇分离后的孤独寂寞。然而耳边是无所不在的急促而又悲凉的号角声,"四面"将声音空间化,居处仿佛被急促的悲笳声包裹,点明了词人身处无可逃避的战乱当中。如此,久病无力之躯,孤居客中之况,复处于战乱危亡之境,词人之心理感受只能用"凄寂"二字形容。然后转入写景:窗外两三流萤的凄冷的微光,映射在窗槅轻纱上,画面堪称凄绝。此处景中含情,对词人心境作了又一重描绘。

过片三句,应是词人梦中所历,但至第三句时,读者方始得知。前两句,词人在早秋与初雁一起飞向远驿,经过了雪岭和冰河。卢纶《塞上》诗云:"雪岭无人迹,冰河足雁声。"令狐楚《从军行》云:"却望冰河阔,前登雪岭高。""雪岭"、"冰河",在文学传统中,是塞上、边塞、从军常用的意象,因为程千帆先生此时任职西康,西康东界四川,西界西藏,在沈祖棻先生词中常以"边塞"来指代之。所以过片三句,是词人梦中追随丈夫"于役西陲"(《霜叶飞》词序)的路程,因而一反之前的"怯上层楼",写出了词中最轻快的句子,以见思念之情。然而午夜梦回,梦中之景依稀,而柔情难遣,故作书寄远。为了免于亲人牵挂,故书中又讳言己病,只是久病无依的思亲之泪打湿了书笺,透露出隐秘的感情。全篇至此,回肠千转,思致极其细腻。

罗衣本以轻、薄、柔著称,因病骨瘦弱无力,以至于"薄罗"衣都承受不起,所以也就不用再问"带围宽窄",一定是腰围清减,带围宽尽了。或许因为写信的释放作用，或许是沉香的助眠，又或者是词人温婉坚韧的性情在起作用，词人最后还是稍许平复了心绪。柳永《思归乐》赞美杜宇，能"解再三、劝人归去"，词人也从床上的枕函和燃烧的沉香中，感受到了一些温暖的怜惜和劝解。氤氲的沉香之烟与缭绕的"药烟"呼应，"将息"与"绣被"呼应，一切归于安谧。

在这首词中，作者将身体、心情、自我处境、家国之事等打并在一处，久病的词人始终幽闭在室内，与药烟、沉炷相伴，然通过怯上层楼、耳听悲笳、梦历关河等写出国家多难、亲人远行以及自己的忧国思亲与自怜之情。全词情感深郁，似近秦观，心绪婉转，不输易安，所幸最后又终能自宽。《列子》云孔子赞荣启期"善乎！能自宽者也"，可以用来移评沈先生此词。

/ 俞士玲

霜叶飞

岁次己卯,余卧疾巴县界石场,由春历秋。时千帆方于役西陲,间关来视,因共西上,过渝州止宿。寇机肆虐,一夕数惊。久病之躯不任步履,艰苦备尝,幸免于难,词以纪之。

晚云收雨。关心事,愁听霜角凄楚。望中灯火暗千家,一例扃朱户。任翠袖、凉沾夜露。相扶还向荒江去。算唳鹤惊乌,顾影正、仓皇咫尺,又催笳鼓。　　重到古洞桃源,轻雷乍起,隐隐天外何许。乱飞过鹬拂寒星,陨石如红雨。看劫火残灰自舞。琼楼珠馆成尘土。况有客、生离恨,泪眼凄迷,断肠归路。

己卯年(1939)秋,重庆遭到日军夜间空袭,这首《霜叶飞》记录了这一过程与词人的感受。词前小序交代了前后经过:1939年自春至秋,沈祖棻因病寓居巴县界石场(今重庆市界石镇),程千帆则供职于康定。这年秋天,程、沈拟同经渝州(今重庆市)沿长江西上,前往雅安。在渝州停留的夜晚,他们遭遇日寇的空袭,一夜之中便受到数次惊吓。沈祖棻当时已久病缠绵,却不得不在警报声中拖着病体奔逃,女词人不禁叹道:"艰苦备尝,幸免于难。"

起笔"晚云收雨"化用秦观《梦扬州》"晚云收。正柳塘、烟雨初休",点出时辰、天气。秦观关心的是"燕子未归,恻恻清寒如秋",女词人却说:"关心事,愁听霜角凄楚。""霜角",指边地戍卒吹的号角,这里暗指警报声。凄厉的警报声引发了女词人强烈的焦虑,当她远望城中,只见"灯火暗千家,一例扃朱户"。"一例"即一律,整个山城漆黑一片,千家熄灯,万户闭门。为什么?因为空袭在即,老百姓们怕灯光暴露藏身之所,所以紧闭门窗、不敢点灯。这是渝州空袭前的实录,个中场景非亲历者不能知晓。在这漆黑寒冷的秋夜,沈祖棻不得不顶着寒露、拖着病体,在丈夫的搀扶下赶往荒江边的避难点,这便是"任翠袖、凉沾夜露。相扶还向荒江去"。"翠袖",语出杜甫《佳人》:"日暮倚修竹,天寒翠袖薄。"古老的佳人形象与重庆江边躲避空袭的词人形象相融合。杜甫笔下的佳人尚能"幽居在空谷",此刻的词人却狼狈不堪、疲于奔命。在奔逃的过程中,四周风声鹤唳,身如惊飞的乌雀,刚想停步,又听得警报越来越近,且愈发急促,词人写道:"算唳鹤惊乌,顾影正、仓皇咫尺,又催笳鼓。"

好不容易躲进防空洞,空袭真正开始:"重到古洞桃源,轻雷乍起,隐隐天外何许。"在提心吊胆的躲藏中,听到了远处的爆炸声。"乱飞过鹬拂寒星,陨石如红雨。"鹬是一种似鹭的水鸟,此处代指敌机。在生死千钧一发之际,见敌机在寒星边掠过,炸弹掷落,红色火光中飞石如雨,无数房屋馆舍都化为灰烬:"看劫火残灰自舞。琼楼珠馆成尘土。"火海中虽没有她自己的家,女词人仍泪眼模糊地叹道:"况有客、生离恨,泪眼凄迷,断肠归路。""有客有客字子美"(杜甫《乾元中寓居同谷县,作歌七首》其一),这是杜甫的悲叹,而沈祖棻此刻想必更为悲愤,因这是异族的进攻,因武器杀伤力如此之大,瞬间可带来上千的伤亡。她已隐然意识到:归家之路,恐怕已燃满战火。家园是否也已化为火海?自己是否能熬到战后归乡?这一切都未知,所以有"断肠归路"之叹。

这首词之所以值得注意,不惟因词中记录了沈祖棻亲历的空袭,传递出女词人既惊且惧的心情,也因为女词人竟以小词来书写日寇空袭的前后经过,且"写之以雅言"(施蛰存语),这在中国词史上是很少见的。而且,这种书写充满了古典与今情之间的张力:"翠袖"语出杜甫《佳人》;"古洞桃源"竟代指现代防空洞;"轻雷"引人联想到李商隐《无题》诗中的名句"芙蓉塘外有轻雷",此处却是暗指敌机到来;"乱飞过鹢拂寒星,陨石如红雨"语出《左传·僖公十六年》"六鹢退飞过宋都"、"陨石于宋五,陨星也"。传统的语典描写的却是20世纪的现代战争场景,旧词新用不惟不隔,且极为允当,读者读之如在目前。这虽是一首纪实词,却显见沈祖棻的创意与用心。

台静农曾手书沈祖棻《浣溪沙》(莫向西川问杜鹃),并跋云:"此沈祖棻抗战时所作,李易安身值南渡,却未见有此感怀也。"其实,翻阅历来女性词作,女词人以词书写战争中感受,尤其是现代战争中一己感受的词作,都是非常少见的。很显然,随着在巴蜀大地上生活的展开,沈祖棻有意将词作为记录生活的工具,诸如空袭、战火、手术等亲历之事一一入词。为了不违背词"要眇宜修"的审美特质,她必须有意改造旧有语典来书写新兴事物。这正是特定历史条件下"词"这一古老文体所表现出的新变,也足见沈祖棻在创作时有意识扩大词境的努力。这首《霜叶飞》可视为这一时期的代表之作。

/ 黄阿莎

浣溪沙

家近吴门饮马桥。 远山如黛水如膏。妆楼零落凤皇翘。 药盏经年愁渐惯，吟笺遣病骨同销。 轻寒恻恻上帘腰。

1937年秋，因日寇入侵南京，沈祖棻随程千帆踏上流亡的旅程。在逃难之初，她便曾写下"何日得还乡。倚楼空断肠"（《菩萨蛮》四首其三）的思乡之句。也许从流亡的第一天开始，家乡就是她魂牵梦绕的所在。乡愁无处不在，从未停歇。1939年秋，经历了夜间的空袭，拖着久病的躯体，沈祖棻随程千帆由重庆乘船前往雅安避寇养病。在船行途中，沈祖棻写下了一组《浣溪沙》共10首，将乡愁贯注其中。这是其中的第3首。

"家近吴门饮马桥。远山如黛水如膏。""饮马桥"是苏州城中的一座拱桥，因东晋名僧支遁曾牵马在此饮水得名。沈祖棻旧家所在的大石头巷离饮马桥步行仅5分钟，故有"家近吴门饮马桥"之语。这固然是实录，却隐然透露出女词人身上所蕴藏的苏州风雅：饮马桥既是苏州古桥，离此极近的沈家又何尝不是历史悠久的深宅大院？事实上，沈祖棻家宅至今仍为市级文物保护单位（该宅院后转售给吴姓人家，今称吴宅)。《苏州市志》对这座建筑有详细的描写:"大石头巷吴宅相传始建于清乾隆间,北向,可分三路五进,后门通仓米巷,占地3400平方米,建筑面积2590平方米。 中路主轴有轿厅、大厅、楼厅等建筑,大厅、楼厅前各有砖雕门楼……"曾有文学爱好者特意寻访后写道:吴宅"和苏州老城厢小巷里深藏着的许多老宅一样,粉墙黑瓦,一点都不显山露水,内部却极具神韵……第一道门楼的隶书门额略有模糊,好像是'舍和履中'四字,砖雕的纹饰细腻精致。 第二道门楼行书门额为'麟翔凤游',上面的两排砖雕纹饰更是叹为观止,按其图案内容,称为'四时读书乐'门楼。"(皋玉清《沈祖棻先生故居寻访小记》)"家近吴门饮马桥",出语如此自然,仿佛脱口而出,毫无深意,然细细想来,"家"、"吴门"、"饮马桥"这三个地名既是沈祖棻度过最初人世岁月的地方,也是深厚的苏州风雅精神的代表,这风雅精神长久地影响着沈祖棻的心灵世界,所以这起笔看似平淡,实则含着无限深情。

据沈祖棻的女儿程丽则追忆:"旧宅后面小院中的二层小楼,当年祖棻与祖母住在楼上。"(程丽则《千帆身影》)沈祖棻所居既为二层小楼,从楼中窗户自可远望山水,故有"远山如黛水如膏",满目风景清嘉。 此句虽化用清人赵翼诗"山痕如黛水如膏"(《归顺州龙潭观打鱼》),却也浸润着女词人一己的感受。 家乡风景如斯美好,词笔却陡然转折:"妆楼零落凤皇翘。""妆楼"即程丽则所言"二层小楼","凤皇翘"即凤翘,是古代女子佩戴的凤形首饰。 战火焚烧,千年古城姑苏亦在劫难逃,故居与旧饰皆凋零散落。 这一句与上句之间形成强烈对比,也正可与同组词中"今日江南自可哀"、"江南风景渐成秋"等词句同观。

过片以"药盏经年愁渐惯"承上启下,既由物及人,又引出"吟笺遣病骨同销"。 沈祖棻曾在同时期所作《霜叶飞》词序中叙及"久病之躯不任步履,艰苦备尝",可见"药盏经年"并非虚语。 这逐渐习惯的

"愁"又是什么呢？同组《浣溪沙》云："词赋招魂风雨夜，关山扶病乱离时"、"久病长愁损旧眉。低徊鸾镜不成悲。"可见乡愁、乱离与久病都是引发她深重愁思的原因，这些愁绪无可排遣、无由减轻，所以词人不得不逐渐习惯。可以想见，在逃亡途中，不分山间与水边，也无论白天或月夜，这种种深愁都是萦绕于词人心头的。

病中时光何以排遣？词人云："吟笺遣病骨同销。"吟笺即词稿，宋人晏几道《采桑子》云："黄花绿酒分携后，泪湿吟笺。"当词人将全部的精力与心血都付诸填词，这举动固然排遣了病中时光，但因用力太深、用情太过，词成已形销骨立。组词其七云："断尽柔肠苦费词。朱弦乍咽泪成丝。"均可见吟边万感，辛苦备尝。结拍"轻寒恻恻上帘腰"，帘腰代指帘幕，"轻寒恻恻"语出韩偓"恻恻轻寒剪剪风"（《寒食夜》），全句则化用"漠漠轻寒上小楼"（秦观《浣溪沙》）句意，以景结情。"轻寒"辅以"恻恻"，接以"上帘腰"，写寒意渐上心头，既呼应前文，又留下了袅袅不尽之意。

这首词写于从重庆前往雅安的水路中。词人极目巴山蜀水，心中却怅念着江南旧日的楼台："一别巴山棹更西。漫凭江水问归期。渐行渐远向天涯。"（《浣溪沙》其一）。这一份入秋心事、断肠深悲，既为一己的病体、思乡的愁绪而发，也为战乱中的家国而发，这才是"轻寒恻恻上帘腰"的真正原因。

/ 黄阿莎

烛影摇红

雅州除夕

换尽年光,烛花依旧红如此。故家箫鼓掩胡尘,中夜悲笳起。拨冷炉灰未睡。忍重提、昆池旧事。明朝还怕,剩水残山,春归无地。　彩燕飘零,玉钗蓬鬓愁难理。当筵莫劝酒杯深,点点神州泪。空忆江南守岁。照梅枝、灯痕似水。星沉斗转,北望京华,危阑频倚。

此词作于1940年的新年(1940年2月8日)。1939年春至秋,沈祖棻先生独自病卧巴县界石场,是年秋,程千帆先生自康定来巴县探视,并偕沈先生西上。程千帆先生笺沈先生《霜叶飞》云:"偕余溯江西上,拟暂住雅安,避寇养病。以其时先君亦寓其地也。"不过,沈先生乃久病之躯,巴县至雅安约四百公里,旅次还遭日机轰炸,一路上"艰苦备尝"(《霜叶飞》词序),所幸年末已到达雅安。

词从除夕"共欢新故岁,迎送一宵中"(唐太宗《守岁》)的中夜写起。这是词人与家人在雅安团圆的除夕,故蜡烛高悬,虽已过中夜,旧年已尽,然蜡烛似解人意,依旧替团圆的人们红影摇曳。 词首二句是明朗的,甚至是热烈的。 可惜室内的温馨为中夜悲笳声惊破,由此想到昔时元日的箫鼓,被遗弃在日寇占领区,自然已蒙上了胡尘。 这里的"箫鼓"以及下文的"昆池旧事"、"京华"等,用的都是汉唐长安的典故。 据《三辅黄图》,昆明池为汉武帝所开,在长安西南。 初唐盛日,沈佺期、宋之问、李乂等人《奉和晦日幸昆明池应制》诗有"箫鼓杂行讴"之句,此词以之指代为日寇所占领的故都南京之事,京华是词人避难前安居乐业的所在。 然而今夜,往日除夕的箫鼓声已为悲笳代替,因词人感慨至深,以至于沉香烧尽,甚至炉灰已冷,犹自未睡。 杜甫《陪郑广文游何将军山林》诗有"剩水沧江破,残山碣石开"之句,词人则用"剩水残山"来形容破碎的山河。 杜甫《春望》诗云:"国破山河在,城春草木深。"国虽破,尚不妨碍春归,词人则发出奇想,担心这剩水残山,即使春归,也已无处依托。 除夕夜,词人不忍提"昆池旧事",然一切又涌上心头,又怕来日春归无地,如此种种,一夜无眠。

过片"彩燕飘零",以燕喻人,自伤身世和处境。 据宗懔《荆楚岁时记》,"彩燕"是立春日剪彩为燕而戴的头饰。 郑毅夫《新春词》云:"汉殿斗簪双彩燕,并知春色上钗头。"于是作品自然过渡到"玉钗"。"蓬鬓愁难理",则用了李清照《永遇乐》下阕"中州盛日,闺门多暇,记得偏重三五。 铺翠冠儿,捻金雪柳,簇带争济楚。 如今憔悴,风鬟霜鬓,怕见夜间出去"的对比写法,以见人事全非。 张先《更漏子》云:"锦筵红,罗幕翠。 侍宴美人姝丽。 十五六,解怜才。 劝人深酒杯。"此处反其意而用之,"当筵莫劝酒杯深",下句交代原因,因为杯中所斟,不再是酒,而是"点点神州泪"。 此句浓缩了苏轼《水龙吟》"点点是离人泪"、刘克庄《贺新郎》"白发书生神州泪",十分精警,又十分自然。 下三句回忆江南守岁时的景象,灯光如泄,映照梅枝，抑或如毛滂所言乃以灯"照梅枝"，寻找梅枝"上着花未"。因此词人也走出室外，但见"星沉斗转"，已是天色将明之时，虽然知苏东坡有"参横斗转欲三更，苦雨终风也解晴"（《六月二十日夜渡海》）句，但面对家国之事，只能如杜甫"每依北斗望京华"（《秋兴八首》之二），甚至如李商隐般因"此楼堪北望"（《北楼》），故"危栏频倚"了。这是词人在雅安的一次不寻常的守岁活动，与上阕的一夜无眠呼应。

这首词，上阕多从国家层面写，下阕多从个人层面写，最终家国合一。全词善用今昔对比，善于化用前人诗词，写出国破家亡、人事全非之况，也写出词人对往昔生活的怀念，以及对神州陆沉的悲愤沉痛之情。

/ 俞士玲

鹧鸪天

<small>寄千帆嘉州,时闻拟买舟东下</small>

多病年来废酒钟。春愁离恨自重重。门前芳草连天碧,枕上花枝间泪红。 从别后,忆行踪。孤帆潮落暮江空。梦魂欲化行云去,知泊巫山第几峰。

词作写于1941年春,词人时在四川雅安。程笺曰:"1941年春,余在乐山,任教技艺专科学校,时有友人为余谋重庆讲席,已而未果。故词云尔。"因获知程千帆可能应邀由乐山东下重庆谋职,词人故有此作。

上片说年来夫妇分离,相思之苦,积而成疾,春来芳草成碧,词人却无心欣赏,望断天涯,只馀离恨重重,夜不能寐,孤枕垂泪,这是现在情事。作者选取几个场景和情事,委婉地抒述离情,蕴藉含蓄。下片笔风一转,直抒胸臆,情真意切,说更将远别,恨不能将梦魂化为行云,相伴而去,这是将来情事。其中,"从别后,忆行踪",由现在推及将来,与晏小山《鹧鸪天》(彩袖殷勤捧玉钟)同一句法(竖叙法)。差别在于,小山追忆往日,子苾推想将来,一个往前望,一个往后看而已。因而，二者同样表现出一种执着痴迷之情，亦即"清壮顿挫，能动摇人心"（黄庭坚语）之情。这当是有意效法的结果。

当然，就《涉江词》的全部创作情况看，沈祖棻治词乃经历过一段多方探索、多方师承的过程，而后达致小山的境界。这与周济所揭示的途径"问途碧山，历梦窗、稼轩，以还清真之浑化"，既有相同之处，又有所变化。

/ 施议对

玲珑四犯

<small>寄怀素秋,用清真体</small>

照海惊烽,早处处空城,寒角吹遍。转尽车尘,才得间关重见。杯酒待换悲凉,可奈旧狂都减。未凭高客意先倦。凄绝故园心眼。夜窗秋雨灯重剪。有离人、泪珠千点。伤心更作天涯别,回首巴山远。愁寄一叶怨题,写不尽、吟边万感。剩断魂夜夜,分付与,寒潮管。

素秋,姓尉,沈祖棻先生《喜迁莺》词下程千帆先生笺云:"尉素秋,江苏砀山人,中央大学中文系毕业,任卓宣妻。"1960年—1963年任台湾成功大学中文系主任,著有《秋声词》等。尉素秋与沈祖棻为中央大学时同学,一起参加词社"梅社",其晚年所作《词林旧侣》(见《程千帆沈祖棻学记》)一文,怀念当时词朋旧侣十人,并各以词牌为之命名,其自称"西江月尉素秋",称沈先生为"点绛唇沈祖棻",云沈先生,苏州美人,明目皓齿,服饰入时。沈先生《摸鱼子·再寄素秋》词中自注曰:"往在南雍,尝推眉样第一,秋每以相戏。因赋诗解之曰：'谁怜冷落江郎笔，不赋文章只画眉。'"可见两人同窗时交往甚密，感情甚笃。 1938年，沈先生避难重庆时与尉素秋相逢，作《喜迁莺》词，序云："乱后渝州重逢寄庵（汪东）、方湖（汪辟疆）两师，伯璠（章伯璠）、素秋、淑娟（杭淑娟）、叔楠（赵淑楠）诸友。"其中章伯璠、杭淑娟也名列尉素秋词朋旧侣十人之中，称"虞美人章伯璠"、"声声慢杭淑娟"。 1939年秋起，沈先生避难养病于雅安，她在诗词中也称雅安为"西陲"，词中有"回首巴山远"句，因此推测此词作于雅安，时当1939年秋冬或初春。

因发动侵华战争的日本为海上岛国，故词从海上报警的烽火写起。烽火照海之后，成席卷之势，以"早"字领起，写出祖国大地受铁蹄践踏之状以及沦陷之速，二、三句更以"空"、"寒"描绘了沦陷地的荒凉凄苦。 到处流离的逃难人，经历着"转尽车尘"的命运。"转尽车尘"四字，写尽了逃亡之路的漫长、动荡和艰辛。 前四句虽未直接写人，然而饱受苦难的人们无疑笼罩在熊熊烽火和车轮卷起的滚滚尘土之中，由此更见出"间关重见"之于逃难者的非凡意义，自此，方始有乱离中的悲凉的"人"的出现。 晏几道《阮郎归》云："天边金掌露成霜。 云随雁字长。 绿杯红袖沉重阳。 人情似故乡。 兰佩紫，菊簪黄。 殷勤理旧狂。 欲将沉醉换悲凉。 清歌莫断肠。"作者化用这首词的若干意蕴：因为有词朋旧侣重逢，所以"人情似故乡"；因为有可以浇愁的杯酒，故可如小山词中人那样"欲将沉醉换悲凉"。 当词人真的欲用"杯酒"换"悲凉"时，却无奈地发现，"旧狂"已减，无法再"理"，此则反小山词意，写出乱离之悲的格外深至。 既然"旧狂"难理，或可退一步，登高消忧。 杜甫《登高》诗曰："万里悲秋常作客，百年多病独登台。" 周密《一萼红·登蓬莱阁有感》云："回首天涯归梦，几魂飞西浦，泪洒东州。 故国山川，故园心眼，还似王粲登楼。"可词人又悲哀地发现，自己尚未登高，却已"客意先倦"。 因无以消忧，因不堪登高望远，故对故园的"心"和"眼"只能永处"凄绝"之中。

下阕从秋雨夜与朋友叙话写起。"夜窗秋雨灯重剪"一句，意象来自李商隐《夜雨寄北》："君问归期未有期，巴山夜雨涨秋池。何当共剪西窗烛，却话巴山夜雨时。""灯重剪"，写出叙话之久。"有离人、珠泪千点"，离人泪与窗外夜雨一同淅沥。"伤心更作天涯别，回首巴山远"，则交代了客中远别，一走天涯，一留重庆。这里的"巴山"当指重庆缙云山，代指重庆。"愁寄一叶怨题，写不尽、吟边万感"，《本事诗》载宫人在大梧叶上题诗，怨"一入深宫里，年年不见春"，周邦彦《扫花游·春恨》也有"想一叶怨题，今到何处"句，此处是用来表现词题中的"寄"意。而为了点出词题中的"怀素秋"，词人说，自己仅存的一缕断魂，将付与寒潮做主。"寒潮"，因前有"秋雨"、"泪水"蓄势，后有"寄一叶怨题"的江水增容，必将能夜夜重回巴山。这一结，发想新奇，感情浓烈，深具匠心，使得全篇馀音袅袅，令人回味不已。

/ 俞士玲

琐窗寒

　　照壁昏灯，敲窗乱雨，闭寒孤馆。离魂一缕，欲共药烟飘断。最凄凉、梦回漏残，影扶病骨衾重展。甚炉灰烛泪，销磨不尽，故欢新怨。　　双燕。归来晚。更莫问当年，酒边春感。前游纵续，早是心情都换。任秦筝、零落雁行，赋愁渐觉如今懒。奈吹残、笛里梅花，极目江南远。

　　病中情怀，本已难堪，何况又困守孤馆，无人抚慰，这首词就表达了这种情绪。

　　首二句以写景的对句，描绘词人视听两觉捕捉到的夜晚昏暗缭乱之景：昏暗的灯光散向四壁，愈显得室内昏沉阴暗；耳边是不住的乱雨敲窗之声。而"昏灯"、"乱雨"何尝不是词人阴郁缭乱心境之投射呢？第三句交代地点和自身处境，同时将此词与秦观情怀甚恶的《踏莎行》构成关联。秦观词云："雾失楼台，月迷津渡。桃源望断无寻处。可堪孤馆闭春寒，杜鹃声里斜阳暮。　驿寄梅花，鱼传尺素。砌成此恨无重数。郴江幸自绕郴山，为谁流下潇湘去。""闭寒孤馆"出自秦观

"孤馆闭春寒",其中蕴含的种种不堪,正是两词的感情基调。

词人乃多愁多病身,其自我感知的生命仿佛是"离魂一缕"。在此,词人跳脱出来,身、魂、意分离,自己的身体看着自己的灵魂,在与药烟一起飘舞,似乎想要离开自己而去。接着词人收回心绪,又回到自己有身体的生命之中。梦回时分,恰听到将尽的漏壶滴水声。病骨支离,要扶墙站立,站立时影子恰好投射在墙上,故有"影扶病骨"之句。炼字非常精警。"衾重展"意味着再次躺卧,可见身体虚弱已甚。词人病势沉沉,故转入对人生和死亡的思考。李商隐《无题》:"春蚕到死丝方尽,蜡炬成灰泪始干。""炉灰烛泪",都是生命尽头的形态。既然生命已到尽头,则人生的遭遇("故"、"新")和情感("欢"、"怨")也尽可销磨。

下阕的情绪略有平复。过片"双燕。归来晚",写春日过半。谢懋《杏花天·春思》云:"双双燕子归来晚。零落红香过半。"昔日春天,友朋诗酒,非常欢乐,今日旧游纵在,无奈心绪寥落。此即李清照《南歌子》所谓"旧时天气旧时衣。只有情怀,不似旧家时"。也是沈先生《玲珑四犯》"转尽车尘,才得间关重见。杯酒待换悲凉,可奈旧狂都减"之意。"任秦筝"句可做两种理解。一,可理解成"弦绝秦筝镜任尘",与下句"零落雁行"同义,古代常以之写兄弟姊妹等同辈人的故去。以《沈祖棻年谱》考之,沈先生胞妹沈祖棻1943年去世,但此词见《涉江词甲稿》,《甲稿》收沈先生1932年春至1940年春之间的词作,则此处"零落雁行"或指其他某位同辈亲友去世? 这也是造成词人情怀甚恶的原因。二,就筝之形状言。张先《生查子》咏筝有"雁柱十三弦"句,因为十三筝柱斜列,犹如雁飞。此句即冷落秦筝,懒理秦筝意。词意与上句"心情都换"、下句的"如今懒"也十分吻合。同时,零落雁行亦描绘了秋天景象。宋玉《九辩》云:"悲哉秋之为气也,萧瑟兮草木摇落而变衰。憭栗兮若在远行,登山临水兮送将归。"宋玉逢秋，可作赋以销愁，而词人却说，自己连作赋也已无兴致，这是更深一层的写法。秋愁是一致的，"登山临水"思归也是一致的，只是感情更为深至沉重。由此就过渡到写冬日的思归和忧愁。庾信《杨柳歌》云："欲与梅花留一曲，共将长笛管中吹。"所谓"笛里梅花"也。然而如上文写春天，一入词，春天就已过了一半一样，冬日梅花，一入词，也已被"吹残"，尽管词人十分无奈。宋代吴氏女子有诗曰："西风不入小窗纱，秋气应怜我忆家。极目江南千里恨，依前和泪看黄花。"词人避难四川，孤馆中登高望远，极目江南，感慨千里寥远的同时，也有千里之恨。词的下阕写春怨、秋愁、冬恨，而远离亲人、故乡以及家国之思等，使得春怨、秋愁和冬恨有了更沉郁的内涵。

/ 俞士玲

霜花腴

久不得素秋书，却寄

几番夜雨，隔乱云、凭谁问讯巴山。轻梦惊春，剩寒欺病，孤衾自拥吴绵。带围渐宽，叹赋情犹费吟笺。负心期、药裹商量，小窗烧烛对床眠。　　江水带潮回处，甚相思一字，不寄愁边。歌扇飘香，珠灯扶醉，清欢忍记当年。莫凭画阑，对晚空如此山川。念乡关、别后无家，更愁闻杜鹃。

沈祖棻与尉素秋相识很早，她们既是中央大学的同窗好友、也是彼此词作的知音人。早在1932年，还在南京中央大学文学院念书时，沈、尉便与其他三名女同学一同成立梅社，专事词作交流。1937年，众人逃离南京，沈、尉均避地四川。次年抵达重庆后，两人与诸师友有过一次乱后重逢，事见《喜迁莺》。1939年秋，沈祖棻随程千帆前往雅安避寇养病，友人乱世分别，彼此牵挂，沈祖棻乃有数首词作寄给对方。 这一首《霜花腴》作于 1940 年初春，同时期同一题材的还有《玲珑四犯·寄怀素秋，用清真体》、《摸鱼儿·再寄素秋》等。

词的起笔点出所处环境与深长思念："几番夜雨，隔乱云、凭谁问讯巴山。"身处巴蜀，很容易让人想到李商隐的名句："君问归期未有期，巴山夜雨涨秋池。"(《夜雨寄北》)故词人起笔亦有"夜雨"、"巴山"之语。"隔乱云"点出与友人两地相隔，"凭谁问讯巴山"写出词人避居雅安后，久不得友朋来信的寂寞。 在这下着淅淅春雨的深夜，久病缠绵的词人因轻梦而惊醒，因春寒欺扰病体，难以入眠，故有"孤衾自拥吴绵"。"孤衾自拥"，这是诗词中常用意象，但"吴绵"却并非虚指。 因"吴绵"泛指吴地所产丝绵，这暗示了她与素秋均自吴地入蜀的背景。"带围渐宽"用柳永"衣带渐宽终不悔"(《蝶恋花》)句意，人虽已消瘦憔悴，却仍不忘赋情，犹耽填词，这便是"叹赋情犹费吟笺"。 词人与素秋均雅好填词，此刻虽相隔两地，却并未忘怀彼此或手中词笔。 接以"药裹商量"三句写久病缠绵、难以入眠，"烧烛"、"对床"也暗中传递出词人对友人的思念。 这三句暗用朱祖谋《摸鱼子·清明雨夜泊英德，寄弟闰生》词意："君信否。 便烧烛联床，不是寻常有。 蘋花十亩。 要药裹商量，书奁料理，垂老镇厮守。"

沈祖棻曾在重庆与素秋重逢，后由重庆至雅安是走水路而来，这一江流水，既交通两地，又阻隔两人。 故下阕起笔有"江水带潮回处，甚相思一字，不寄愁边"，这切合了词前小序中所言"久不得素秋书"。"歌扇"三句以清妍妙笔写出当年梅花结社的清欢如昨，"歌扇飘香"暗用晏几道"歌尽桃花扇底风"(《鹧鸪天》)句意，"珠灯扶醉"语出李商隐"珠箔飘灯独自归"(《春雨》)，追忆中的清欢愈浓，此时的离群孤独便愈难忍受，所谓"忍记"，直是不忍追记。 接以"莫凭画阑，对晚空如此山川"二句，既可视为自劝，也可视为劝人。 山川残破，晚空寥落，正是"有斜阳处有春愁"(沈祖棻《浣溪沙》)，故有

"莫凭画阑"之语。歇拍结以"念乡关、别后无家，更愁闻杜鹃"，是将乡愁、家破、国亡等种种愁绪层层铺叙，既向友人表达了自己的吟边万感，也显示出乱世友人所共同承担的国难乡愁。

同一时期，沈祖棻作《玲珑四犯·寄怀素秋，用清真体》，词云："伤心更作天涯别，回首巴山远。愁寄一叶怨题，写不尽、吟边万感。"又有《摸鱼子·再寄素秋》，词中有"流光易晚。问斟酌词笺，商量药裹，何日镇相伴"之句，均可与本首词合观。后来沈祖棻因腹中长瘤，自雅安移至成都割治，因医院火灾，她的衣被都被烧毁，尉素秋曾给她送来被褥衣物相助。在《涉江词外集》中，还收录了沈祖棻两首与尉素秋有关的词作，其一词序云："己卯秋，扶病西迁雅州，得《浣溪沙》十阕，分呈寄庵师及素秋。……秋嗣笺来，复举梁汾'我亦飘零久'之语，用相慰藉。秋固泪书，余亦泣诵。盖万人如海，诚鲜能共哀乐如秋与余者也。"（《金缕曲》）固然是因乱世的漂泊流离、因己身的潦倒孤独而使沈祖棻极为珍重这一份友谊，但二人相知为何如此之深？这不得不提及两人早年的经历与共同的志趣。

尉素秋曾撰文《词林旧侣》追忆梅社经历，其中提到的内容，或可有助于我们对这一段友谊多一份了解。据尉素秋记载，在中央大学文学院就读时，受到吴梅、汪东两位老师的引导，学生们对填词产生了浓厚的兴趣。1932年，包括她与沈祖棻在内的五名中大才女成立梅社，专事词作交流，这个词社后来吸引了很多乐于填词的女同学。梅社规定每两周聚会一次，轮流作东道主，指定地点，决定题目，下一次活动时交卷，互相研究观摩，然后抄录起来，交给吴梅批改。沈祖棻有《忆旧游》词，追忆当年梅社活动，词上片云："记梅花结社，红叶题词，商略清游。蔓草台城路，趁晨曦踏露，曲径寻幽。绕堤万丝杨柳，几度系扁舟。更载酒湖山，伤高念远，共倚危楼。"可见当年女孩子们填词欢游的雅兴。

1937年战火烧及南京,众人出逃,沈祖棻与尉素秋相继避乱四川。当她们与旧日师友在重庆诗酒重逢时,她们共同的导师汪东鼓励她们莫忘填词,还说:"你们有了词社,使上下几班的女同学,不但团结不散,和老师之间也保持着密切的联系。"(尉素秋《词林旧侣》)早年的同学友谊与共同的填词兴趣,使得漂泊西南的沈、尉二人继续以填词作为彼此交流的工具,而这一举动又更加强化了她们之间的相知——这种共同的志趣才是二人在乱世中彼此慰藉的关键。在四川时期,沈祖棻有七首词作与尉素秋有关,这些词作均可视为二人为词人知己的明证。

1949年,尉素秋前往台湾,沈、尉自此海峡相隔,终生未再相见。然而,无论是沈祖棻还是尉素秋,终其一生,她们都将彼此的才华与精力投入了词这种文体的创作与教学中。沈祖棻在抗战时期组织学生成立正声诗词社,教授并指导学生作词,1949年后也一直在高校中教授词学,直至去世;尉素秋自1959年起在台南成功大学等高校中教词选课程,组织词社,承续了当年梅社的雅集之风。她们也都出版了各自的词集:《涉江词稿》与《秋声集》。尉素秋晚年曾云:"我自己虽无能,却一直为了延续词的命脉,奉献其馀年。盼望与此中同道,共同努力,莫让这一脉艺术生命,枯萎在我们这一代人手里。"(《词林旧侣》)这是身为梅社中人的共识,这也是沈、尉这一段友情超越于寻常闺密之处。

/ 黄阿莎

解连环

余既赋《金缕曲》示印唐，来书云：得词泣诵再三，并传观师友，以博同声一哭。因更寄此解。

暮云天北。趁归鸿说与，病中消息。望故国、千尺胡尘，叹零落锦囊，枉抛心力。绝塞冰霜，早催换、春风词笔。想吟残烛影，湿透墨花，彩笺无色。　京华古欢已掷。念过江意绪，同是愁客。算此日、馀泪无多，便伤别伤春，忍教轻滴。满目山河，且留向、新亭悲泣。漫关心、断肠旧句，几人会得。

这首《解连环》为1940年沈祖棻避乱雅安所作。词序中提及的印唐即萧印唐，与沈为金陵大学国学研究班的同学。1937年秋，当沈祖棻与程千帆避难于安徽屯溪时，在屯溪做中学教员的萧印唐有"让舍以居"的友情之举。据词前小序可知，沈祖棻曾赋《金缕曲》示萧印唐，印唐得词后"泣诵再三，并传观师友，以博同声一哭"。友人的阅读体验使沈祖棻深受感动,于是更赋《解连环》寄赠。这些词作都展示了在艰难的岁月里,友人之间以词来互传信息、互相慰藉,也展现了他们之间无法量化的情感支持。

词以"暮云天北"起笔,暮云即傍晚的云彩,李清照曾以"暮云合璧"写元夕绚丽暮景,此刻词人因暮云而起的却是"趁归鸿说与,病中消息"的期盼。这既化用晏几道《南乡子》"楼倚暮云初见雁,南飞。漫道行人雁后归"词意,也与沈祖棻当时"病八阅月矣"的现实相关。愿归鸿带给友人的,除了"病中消息",还有心血投注的词作。这也正是词人继作《金缕曲》示印唐后,再填这首《解连环》寄与的原因。

目送归鸿,词人所见是"望故国、千尺胡尘",当时神州大地半壁江山皆为日寇所践踏,词人遂有"叹零落锦囊,枉抛心力"之句,这是对"国家不幸诗家幸,赋到沧桑句便工"(赵翼《题遗山诗》)的否定,也是对自己以心血填词却无补于世的慨叹。"绝塞冰霜"三句用南宋词人姜夔句意:"何逊而今渐老,都忘却、春风词笔。"(《暗香》)言下之意,是自己词笔已老,不复往昔风华。上阕结拍以"想"字领起三个四字句"吟残烛影,湿透墨花,彩笺无色",是想象中更凄凉的来日,也是兵戈漫天时无奈心境的流露。

下阕以"京华古欢已掷"起笔,这六字是对南京同学岁月的追忆与感叹,1934年秋至1936年秋,沈、萧为金陵大学国学研究班的同学。这是金陵大学首次召开国学研究班,其创设宗旨在于"培养国学师资,造就高深人才"(1934年6月4日《金陵大学校刊》)。第一届研究生仅13人(后毕业12人),导师包括胡小石、胡翔冬、黄侃、吴梅等名家。学生与老师曾在金陵山水间俯仰流连,并有诗词雅集,而今日京华古欢早已无从追觅。接以一"念"字领起"过江意绪,同是愁客"。"过江"语出刘义庆《世说新语·言语》:"过江诸人,每至美日,辄相邀新亭,藉卉饮宴。周侯中坐而叹曰:'风景不殊,正自有山河之异。'皆相视流泪。""同是愁客"绾合了印唐与自己所共同承担的愁思。词中所言"馀泪无多",呼应了词前小序中所说印唐"得词泣诵再三"。"满目山河"语出晏殊"满目山河空念远,落花风雨更伤春。不如怜取眼前人"(《浣溪沙》),这四字又与上阕"望故国、千尺胡尘"遥相呼应,正因此,这极目所望只能引发"新亭悲泣","这悲泣"与前此"过江意绪"是相吻合的。结拍云:"漫关心、断肠旧句,几人会得。"看似对读者的感受漫不经心,"断肠"二字却正透露出词人骨子里视词为生命的心理状态。同一时期,她在寄给尉素秋、萧印唐的其他词作中正反复提及这一点:"一缕心魂经百劫,还仗新词护守。"(《金缕曲》)"算从来、词赋工何味。心血尽,几人会。"(《金缕曲》)

同一时期,沈祖棻另有《答印唐见寄》(二首)、《庚辰初夏,余卧疾成都,印唐、素秋旧约来会,而久待不至。迨余返嘉州,二君始来,怅然赋此分寄》(四首)等诗作,均书写乱世友人情谊。最后,我们不妨抄录词序中所提及的那首使印唐"泣诵再三"的《金缕曲》,词云:"寂寞人间世。论交游、死生患难,如君能几。辛苦分金怜管叔,知我平生鲍子。更莫说、文章信美。不见相如亲卖酒,算从来、词赋工何味。心血尽,几人会。 重逢待诉凄凉意。且休教、等闲飘尽,天涯涕泪。我亦万金轻掷者,今日难谋斗米。空料理、年年归计。一样关山多病日,未能忘、尚有中原事。堪共语,兄和姊。"兄指萧印唐,姊指尉素秋。词前有小序云:"余病八阅月矣。印唐始约养疴白沙,素秋复邀就医渝州,皆不果行,而两君者顷亦多疾苦。余既谱《金缕曲》以寄素秋,言之不足,因再用此调分寄。词成自歌,不知涕之无从也。"这些诗词均展现了乱世中友人之间的情感交流与彼此支持,而他们以"词"作为交流的桥梁,更证明了这种文体对于他们的意义。在白话文早已席卷文坛的20世纪40年代,沈祖棻、萧印唐、尉素秋等人仍坚持以词交流情感、倾吐衷肠。沈祖棻的学生卢兆显有词云:"情知新谱盈天下,却向人间理旧弦。"(《鹧鸪天·华西坝春感》)他们这种不与时流之举,正显示出文人对传统文学所抱有的莫大信念。在旧有价值体系崩溃、白话文学席卷文坛的民国时期,更逢国破家亡之际,这种拳拳于词创作的热情,展现了传统诗词在重压下顽强的生命力,也展示了以沈祖棻为代表的文人们对传统文化的深情与坚守。

/ 黄阿莎

摸鱼子

再寄素秋

记秦淮、胜游欢宴，惊风何事吹散。狂烽苦逐车尘起，经岁间关流转。归路远。叹故国、盟鸥却向巴江见。离愁又满。甚歌席深杯，烛窗秋雨，都化泪千点。　　茶烟外，锦瑟华年偷换。朱弦难谱哀怨。江郎彩笔飘零久，今日画眉都懒。往在南雍，尝推眉样第一，秋每以相戏。因赋诗解之曰："谁怜冷落江郎笔，不赋文章只画眉。"君莫管。任扶病、登楼更尽望京眼。流光易晚。问斟酌词笺，商量药裹，何时镇相伴。

这首词作于1940年春，词人时在雅安。1940年2月起程千帆在乐山中央技艺专科学校任教，沈祖棻在雅安养病，4月曾至成都切除子宫瘤，遇火灾。

该词寄赠的对象是中央大学中文系读书时的词友尉素秋。《喜迁莺》程千帆笺曰："尉素秋，江苏砀山人，中央大学文学院毕业，任卓宣妻，曾任成功大学中文系主任，现居台北。"据尉素秋《秋声集校后记》，1932年秋天，沈祖棻、尉素秋等五位女生组织了一个词社，第一次集会于梅庵六朝松下，订名为"梅社"。

上阕今昔对比，非常伤感。开篇便写南京（秦淮）的胜游欢宴被惊风吹散。"胜游欢宴"四字含无限回忆，其中，梅庵六朝松下结梅社的场景，是与尉素秋的共同记忆，历历在目；寇准《酒醒》"胜游欢宴是良图，何必凄凄独向隅"，当是其所本。其后陡接"惊风何事吹散"的设问，写出了1937年抗日战争爆发时不得不流亡的猝不及防，令人想起张炎《解连环·孤雁》"楚江空晚。怅离群万里，恍然惊散"的描写，更类似张炎《高阳台》的起句"古木迷鸦，虚堂起燕，欢游转眼惊心"。沈祖棻《唐宋词赏析》有《张炎词小札》，赞张炎《高阳台》"欢游转眼惊心"一句"转折极陡峭"，可见其写法渊源有自。接下来，用"苦逐"、"间关"、"流转"这几个颇具力度的词，写尽颠沛流离之苦；"归路远"至"离愁又满"，抒发思念故国、向往归程而不得归的满腔离愁。上阕的末尾，作者再次回忆当年"歌席深杯"、"烛窗秋雨"的诗词唱酬之乐，从而将词境推向了"都化泪千点"的极度伤感之中。"烛窗秋雨"的典故取自唐李商隐《夜雨寄北》："君问归期未有期，巴山夜雨涨秋池。何当共剪西窗烛，却话巴山夜雨时。"沈祖棻《唐人七绝诗浅释》誉此诗"从空间时间的相关变化中写出了人的悲欢离合"，由此亦可体会这首词中"烛窗秋雨"四字的含义和妙处。

下阕在华年流逝的伤感中抒写孤独无友的怅惘。换头化用李商隐《锦瑟》"锦瑟无端五十弦，一弦一柱思华年"的意境，感慨华年易逝而哀怨难谱；其后两句以主人公懒得画眉这个细节，具体地描摹年华流逝、意兴阑珊的心态。由"江郎"两句的自注可知，作者当年在南京读书时，被推为眉样第一，尉素秋常以此相打趣，作者遂赋"谁怜冷落江郎笔，不赋文章只画眉"之句，字句间流露着作者当年对花样年华和文采风流的双重自信。"江郎笔"典出南朝梁锺嵘《诗品》卷中："初,（江）淹罢宣城郡,遂宿冶亭,梦一美丈夫,自称郭璞,谓淹曰:'我有笔在卿处多年矣,可以见还。'淹探怀中,得一五色笔以授之。尔后为诗,不复成语,故世传'江淹才尽'。"作者在此处用江郎笔来自嘲其以眉样而不是文才见称。"画眉"典出唐代朱庆馀《闺意献张水部》："洞房昨夜停红烛,待晓堂前拜舅姑。妆罢低声问夫婿,画眉深浅入时无?"沈祖棻《唐人七绝诗浅释》分析此诗通过描写新娘担心自己的打扮是否能讨得公婆的欢喜,表达应试举子"在面临关系到自己政治前途的一场考试时所特有的不安和期待"。由此可以推测,沈祖棻诗句中本有调侃的意味,相形之下,词作中"江郎"两句兼写自己对文采和容貌都无意修饰,心情十分黯淡。其后,"君莫管"等几句语意又宕开,再次抒发扶病登楼望京的故国之思以及流光易晚的感触。"登楼更尽望京眼"一句,令人想起晏殊《蝶恋花》"独上高楼,望尽天涯路",且化用周邦彦《兰陵王》"登临望故国。谁识。京华倦客"。接下来,"流光易晚"的"晚"字妙。沈祖棻《唐宋词赏析》称赏张先《天仙子》（水调数声持酒听）"临晚镜,伤流景"用杜诗而改"晓镜"为"晚镜"的妙处是"一字之差,情景全异"。此处"晚"字的好处,也由同理可推。篇末以"何日镇相伴"的提问,期待着与尉素秋的再次相会。

正如沈祖棻的诸多词篇以忧时伤世之慨写相思别离之苦,该篇的动人之处在于将故国家山之忧、似水年华之叹和青春挚友之思打并在一处。作者当时正值三十出头的美好年华,何以却陷入了类似李商隐《锦瑟》的中年伤感? 开篇对战乱时期崎岖艰难的描述,使得读者意识到,战乱、多病等因素雪上加霜地导致了词人的消沉。这就使得此篇跳出了流连光景、伤高怀远的俗套,刻画了战乱年代知识分子的心路历程,从而具有了史诗意义。

/ 吴正岚

烛影摇红

唤醒离魂，熏炉枕障相思处。漏惊轻梦不成云，散入茶烟缕。密约鸾钗又误。背罗帷、前欢忍数。烛花吹泪，篆字回肠，相怜情苦。　题遍新词，问谁解唱伤心句。阑干四面下重帘，不断愁来路。将病留春共住。更山楼、风翻暗雨。归期休卜，过了清明，韶华迟暮。

1939年9月，沈祖棻因病离开蒙藏学校，在前往西康途中因病体不支滞留雅安，《烛影摇红》即作于次年春天。这时，词人背井离乡已经三年，深感家国之恨、怀乡之情。虽然她和程千帆在离乱中结为夫妇，总算于不幸中稍可慰怀，但是生存的需要迫使两人不得不分居两地，于是念远思归、缠绵郁结等种种哀婉之情溢于言表。客观的历史背景决定了即使是相思迢递之作，亦不可能摆脱时代的因素和个人的遭遇，它们随时和客情、病怀、思归、念旧等种种情结打成一片。

这首词的词牌"烛影摇红"即是当时午夜梦回的情境。半夜时分，本已睡去，忽然又被更漏唤醒，足见其睡眠轻浅，心事纷扰。"熏炉枕障",交代了词人的女性身份,点明此时情境。"离魂"二字,点出词中的故事背景。 倩女离魂是追随爱人而去,词人离魂何在？ 便也是在"相思处"。 同是梦"无觅处",东坡《木兰花令·宿造口闻夜雨寄子由才叔》中"梧桐叶上三更雨。 惊破梦魂无觅处"是平铺直叙,晏殊《木兰花》"长于春梦几多时,散似秋云无觅处"(按一说为欧阳修作)则以"散似秋云"的有形之状写梦散的无形之迹。 女词人在此意上再作发挥,极写梦境轻而易散,不仅难成云形,而且混入缕缕茶烟,更其不知所踪。 好梦被惊已倍感惆怅,何况轻梦散去,且散得一无痕迹,道尽相思梦断、情深缘浅之意,怎不令闺中人深感怅然？"密约"句说明离魂的因由,原来是爱人失约,遂有离魂追随之梦。"又误"二字,点明这种情形已是常情。"背罗帷",是连散去的轻梦都不忍看,何来忍忆前欢？ 前欢自然无从数,却将一段痴情曲尽。 上片最后一句是景语,亦是情语,更呼应词牌之旨。 不说自己情苦,却怜"烛花吹泪","篆字回肠",以物喻人,无情之物都知道情苦,何况是多愁善感的女词人？

　　下片直抒胸臆。 词人也曾尝试消解这百般伤心,先是试图将相思之意赋于词笺,可惜没有人明白其中的伤心意绪,于是索性想放下重帷切断愁的来路,但愁本由心生,又岂能因外物而隔绝。 这一无理而妙的句子将愁的难以解脱在在表现出来。 百般无解,词人只好"将病留春共住"。 词人不再说相思无望,只说山中风雨。 病怀愁情本已难销,更何况风雨无助,伤春意绪。 久病之躯更哪堪凄凉夜雨,念念不忘江南归期未卜,偏又说"休卜",只说"过了清明,韶华迟暮",守候期盼中欲掩难掩的急切、绝望期望交织的矛盾之情跃然纸上,将相思之情苦,思乡之痛切统之于极度的愁苦,情辞哀婉动人。 相思梦断,归期未得,清明过了,年华老去。 所伤者由相思密意而起,而终落在乡情与韶华迟暮,词中将这一段愁情层层推进,其纠结处终不可解。 章士钊题《涉江词》有云："重看四面阑干句，谁后滕王阁上人。"十分激赏"阑干"以下数句。汪东先生便直接点出："人但赏阑干两句，不知此下字字沉顿，尤为凄咽。"

"凄咽"，正是词人这段时期身心状况的情感投射。因为缠绵病榻，至有不久于人世的想法。1940年2月，在沈祖棻三十一岁这年的伊始，她的新诗集《微波辞》出版了，徐仲年为之作序。诗集的出版获得了广泛的好评，并且有几首诗被谱成歌曲广为传唱。然而，在两个月后就因被确诊为腹中生瘤，不得不前往成都动手术。在赴成都之前，她在《上汪方湖、汪寄庵先生书》中写道："初受业在界石得疾，经医诊断为慢性膀胱炎，医治亦见效，惟时反覆。来雅后亦然。迭经治疗检验，所患日渐减轻，至今年三月二十日，人已渐复常状，经医检验，膀胱炎已告痊愈。方深庆幸，并拟不日赴乐山。而至四月初，复觉病痛转剧，因疑为另有他病，请医详为检查，始断为子宫瘤；为时过久（已病十一月矣），为病已深，瘤已长大，不易治疗，除手术外，已无他法。医令东走成渝，遍访名医，详为诊断，在大医院施行手术。"她在这两年为病痛折磨的情形可见一斑。在面临手术的危险时，祖棻"所遗恨者，一则但悲不见九州同，一则从寄庵师学词未成，如斯而已"。在信的末尾更道："受业天性，淡泊寡欲，故于生死之际，尚能淡然处之。然平生深于情感，每一忆及夫妇之爱，师长之恩，朋友之好，则心伤肠断耳。"则颇可作为本词情感的注脚。

/ 张春晓

浪淘沙慢

　　断肠处，楼头柳色，陌上车辙。残篆和灰再拨。吟笺卷泪自叠。待赠与、连环情不绝。又还恐、轻碎成玦。剩欲托微波向君诉，沉沉暮天阔。　凄切。素弦未弄先折。便一片、春江流愁去，更奈江水咽。拚挽断罗巾，从此离别。旧香未灭。偏系人、鸾带当时双结。　休忆江南芳菲节。阑干外、月华渐缺。念前约、相思销病骨。怕春晚、寂寂空庭，伴独客，梨花满地鹃啼血。

　　战乱中，人们四处颠沛流离，往往充满浓郁的家国之思，身世之感。这首词作于1940年春，当时词人卧病四川雅安，而丈夫程千帆又不在身边。春天到来，心中更为沉痛，乃有此作。

　　词分三叠。第一叠写别后伤感，离情无处寄托。起句"断肠处"营造出伤感的氛围，"楼头柳色，陌上车辙"两句，令人想起刘禹锡

《杨柳枝词》"长安陌上无穷树,惟有垂杨管别离"。分别之后,情怀难以排遣,只得下意识地收拾残篆和香灰,含泪整理吟卷。"残篆和灰再拨"一句,与王鹏运《倦寻芳》"卷帘栊,试香心,宛转暗灰残篆"类似,而更为缠绵。"吟笺卷泪自叠"化用吴文英《瑞鹤仙》"笺幅偷和泪卷",词人在创作上往往学吴,由此也可以看出来。以下用两层转折,抒写深情无从表达的伤感。"待赠与、连环情不绝,又还恐、轻碎成玦"数句,巧妙地化用唐韦应物《行路难》"昔似连环今似玦"的诗意,又化用周邦彦《解连环》"纵妙手、能解连环,似风散雨收,雾轻云薄"之意,并绾合二者,成为一个整体。向对方赠连环不可,托微波传情又不成。"剩",尽管。"欲托微波向君诉",典出曹植《洛神赋序》"无良媒以接欢兮,托微波而通辞"。歇拍"沉沉暮天阔",令人想到柳永《雨霖铃》"暮霭沉沉楚天阔",而意境显得更为苍茫。

第二叠继续用多重转折刻画离别的凄切无奈。先写素弦未弹而先折,这比秦观《八六子》(倚危亭)"素弦声断"多一层曲折,也是巧妙地反用张炎《琐窗寒》"弹折素弦"之意。次写江水阻咽,令离愁无法纾解。"便一片、春江流愁去"出自李煜《虞美人》"问君都有几多愁,恰似一江春水向东流",正强化了国破家亡之意。末写主人公挽断罗巾也留不住对方,旧香却在昔日的鸾带上挥之不去,是化用宋李之仪《偶书二首》"挽断罗巾留不住,觉来犹有去时香"之意,显得很有情韵。

第三叠在回忆与现实的对比中写相思之苦。主人公对自己说:别再回忆江南芳菲的美好,栏杆外,月亮渐渐地从月盈转为月缺。想起未能实现的约定,相思之苦令人形销骨立。真怕那晚春时节,只有寂寞的庭院陪伴着孤独的旅客,还有落了一地的梨花和泣血的杜鹃。"梨花满地鹃啼血"化用贺铸《忆秦娥》上阕"三更月。中庭恰照梨花雪。梨花雪。不胜凄断,杜鹃啼血",但是沈词写得更凝练,而且

"满地"二字极写梨花的凋零飘落之状，从而烘托春天将去，无法挽回的伤感。

沈祖棻创作慢词，于北宋诸大家都下过功夫。《浪淘沙慢》一调分为三叠，善于写作者，能够极尽腾挪之事。诸如周邦彦的同调之作（昼阴重），陈廷焯评价说："美成词，操纵处有出人意表者，如《浪淘沙慢》一阕，上二叠写别离之苦，如'掩红泪，玉手亲折'等句，故作琐碎之笔。至末段云：'罗带光销纹衾叠。连环解、旧香顿歇。怨歌永、琼壶敲尽缺。恨春去不与人期，弄夜色，空馀满地梨花雪。'蓄势在后，骤雨飘风，不可遏抑。歌至曲终，觉万汇哀鸣，天地变色，老杜所谓'意惬关飞动，篇终接混茫'也。"（《白雨斋词话》卷一）周词末句作"空馀满地梨花雪"，沈词末句作"梨花满地鹃啼血"，或者沈祖棻写作时，心中有周作在。沈祖棻《宋词赏析》赞赏柳永《卜算子慢》："一种无可奈何之情，千回百转而出，有很强的感染力。"从结构看，沈词也以多层转折，描写相思之情无处寄托的痛苦。主人公先是打算向对方吐衷肠：欲赠连环，却又担心连环破碎成块；想托微波倾诉衷肠，却见暮天沉沉，心愿难遂。于是主人公转而自我排遣，却同样欲罢不能：素弦未弄先折，春江阻咽也不能流走离愁，就连挽断的罗巾上还残留着旧香。词意顿挫之至，一唱三叹，有馀不尽。

/ 吴正岚

大　酺

春雨，和清真

望暮云重，香炉润，烟缕微飓深屋。丝丝愁影乱，正珠帘低掩，玉钩轻触。沁骨商声，销魂远韵，慵听人间丝竹。难忘当年事，渐江南地潎，脆梅将熟。叹鸳枕添寒，画檐惊梦，锦衾人独。　题红流去速。问行客、何处停车毂。对暝色、繁枝飘泪，社燕寻泥，倚危楼、为谁凝目。却念多情月，应不到、旧时阑曲。又寒汐、生江国。风卷罗幕，凉逼灯花如菽。夜深共谁剪烛。

沈祖棻和程千帆 1937 年在屯溪结婚后，时局动荡，战乱频仍，二人漂泊西南，又聚少离多。这首词作于 1940 年春，沈祖棻独处雅安，思念亲人。

上片写伤感、慵懒的心情，并揭示其原因是与爱侣天各一方。起三句描写春雨连绵的季节，暮云沉沉，深屋中的香炉沾染了湿气，缕缕轻烟飘动。"暮云重"出自杜牧诗句"千里暮云重叠翠"。"香炉"两句，令人想起沈祖棻《宋词赏析》中赞赏过的周邦彦《满庭芳·夏日溧水无想山作》"衣润费炉烟"之句。后三句以寻常闺阁景象写愁绪。"丝丝愁影乱"是写愁绪像细丝一般剪不断、理还乱，又如影子一般斑驳零乱，令人想起秦观的名句"无边丝雨细如愁"（《浣溪沙》）。此时此刻，连低掩的珠帘、轻触的玉钩都好像感受到主人公的情绪低沉。"沁骨"三句说由于心情抑郁，原本可以解闷的声韵反而沁骨销魂，所以连人间丝竹声也懒得听。"沁骨"一词，令人想起吴文英《锁寒窗》"冷薰沁骨"。"难忘当年事"三句回忆1937年与程千帆恋爱、定情的往事。这一年程千帆与沈祖棻先后在《文艺月刊》发表情诗，表达对彼此的爱慕。"渐江南地溽，脆梅将熟"，说的是两人在溽湿的梅雨季节情定终生。遗憾的是，不久渔阳鼙鼓动地而来，这一年9月，两人在安徽屯溪结缡，婚后却四处奔波，因此，接下来词意陡转，主人公感叹鸳枕上突然增加了寒意，画檐下美梦被惊醒，独自拥着锦衾的日子开始了。

下片写从日暝至夜深，思念越发深长，心情更加凄清。换头三句以问句表达对旅途中人的牵挂。"题红流去速"用唐代宫女题诗红叶付诸御水流去事，也可视为对吴文英《秋思耗》"料有断红流处，暗题相忆"的化用。又沈祖棻曾赞誉张炎《南浦》"'流红去'句，翻陈出新，用意更进一层"，可以参互。正如题诗的红叶急速流去，行旅中人将在何处停车休息呢？接下来用一系列惨淡的景色，一层深似一层地描写相思之苦。"对暝色"三句写繁枝飘泪的伤感与社燕寻泥的栖遑，"倚危楼"写主人公无论怎样凝目远望，也不见旅人身影；刹那间意识到，即便月儿多情念旧，也不会回照到旧时的栏杆。"却念多情月"两句写出了主人公思念爱侣不得，无可奈何，转而感叹多情的月亮不照旧时栏杆,正是所谓"无理而妙"的写法。 接下来五句,连续用"寒汐生江国"、"风卷罗幕"、"凉逼灯花如荝"等情境,极写凄凉的心境。 最后"夜深共谁剪烛"的问句,虽是由周邦彦《大酺》"夜游共谁秉烛"而来,意境却迥然有别:周邦彦取《古诗十九首》"昼短苦夜长,何不秉烛游"之意,抒发及时行乐之念;这首词则是化用唐李商隐《夜雨寄北》:"君问归期未有期,巴山夜雨涨秋池。 何当共剪西窗烛,却话巴山夜雨时。"

《大酺》是周邦彦的名篇,历来享有盛誉。 其中"行人归意速。 最先念、流潦妨车毂"句,极受清人谭献推许,甚至要求"填词者试于此消息之"(《复堂词序》)。 沈氏和作,继承周词的精神,铺排处往往极具匠心。 其师汪东曾盛赞"凉逼灯花如荝"一句,"六字横绝"。 试比较周氏原作:"门外荆桃如菽。"就不得不承认,沈氏后出转精,非常生动形象地将节候、物象与心境结合在一起,确实写得精彩。

/ 吴正岚

宴清都

庚辰四月，余以腹中生瘤，自雅州移成都割治。未瘥而医院午夜忽告失慎。奔命濒危，仅乃获免。千帆方由旅馆驰赴火场，四觅不获，迨晓始知余尚在。相见持泣，经过似梦，不可无词。

未了伤心语。回廊转、绿云深隔朱户。罗裯比雪，并刀似水，素纱轻护。凭教剪断柔肠，<small>割瘤时并去盲肠。</small>剪不断相思一缕。甚更仗、寸寸情丝，殷勤为系魂住。

迷离梦回珠馆，谁扶病骨，愁认归路。烟横锦树，霞飞画栋，劫灰红舞。长街月沉风急，翠袖薄、难禁夜露。喜晓窗，泪眼相看，搴帷乍遇。

在词发展的最初阶段，小序并未出现。经过北宋张先、苏轼等人的努力，小序成为词的重要组成部分，承担点明词旨的叙事功能。宋代著名的词人如周邦彦、姜夔、周密等人，都很重视小序。姜夔词的小序尤为令人称道,他使小序达到与词情文相生的高度,甚至小序本身就是非常优美的散文诗。 此后的作者,在精心结构词章之时,同样也会对小序倾注很大的热情,而且常常使得小序与词的正文之间,形成非常奇妙的一种张力,二者互相激发,能为词营造更为广大的叙事和抒情空间。 这首《宴清都》词便是一个非常明显的例证。

本词小序已交代了词中所叙之事的梗概,参照词人本期其他作品可知:1940年5、6月间(农历庚辰年四月),词人因患子宫肌瘤,自雅安赴成都,入四圣祠医院手术医治。 尚未痊愈,医院突然中宵失火,衣物行李俱遭焚毁,词人重病之馀奔命不暇,仅以身免。 丈夫自旅馆得到讯息,赶赴火场营救,但到处皆找不到。 直到拂晓以后,方知词人幸免于难。 二人劫后馀生,相见不觉涕泣。

词的正文,则在小序叙事的基础上加以抒情性的渲染与勾勒,虚实相生,情事摇漾,同时在个人遭际中寄寓了家仇国恨。

上阕由实入虚。"未了伤心语"一句突兀而起,为全词奠定了感伤的情绪基调;同时也是在实写手术之前夫妻双方珍重作别、依依不舍的情态,点明二人感情的真挚,也为全词伏下夫妇真情这一主线。"回廊转、绿云深隔朱户"一句,通过词人的视角实写入院,点明医院的回廊往复。"深隔"二字,由实返虚,写夫妇二人由合而分,承上启下,为词人情思的百转千回提供映照。"罗裯比雪,并刀似水,素纱轻护"句实写手术的详细过程。"凭教剪断柔肠,剪不断相思一缕"一句,承上句点明手术细节,"柔肠"是实,"相思"是虚,词人用两个"剪"字巧妙地由实转虚,写出了夫妇间的情爱深重,也为下句"甚更仗、寸寸情丝,殷勤为系魂住"的强烈抒情埋下伏笔。

下阕由虚返实。"迷离梦回珠馆,谁扶病骨,愁认归路"句写梦境中难以回归家园,但家园究竟指什么? 词人生于苏州,成年后先后求学于上海、南京;抗战中,南京沦陷,词人夫妇结缡于安徽屯溪;随后溯江西上，最后暂居于四川雅安。对于词人而言，这些曾经的居所都有可能是她梦境中萦回欲赴的"珠馆"或者"归路"。不过，除了雅安，其馀诸处皆已被日寇的铁蹄蹂躏侵袭。珠馆难回，归路愁认，不仅是梦魇，更是残酷的现实。词人的个人遭际与家国愁恨因此而合二为一，词的情感空间被极大拓宽。"烟横锦榭，霞飞画栋，劫灰红舞"句，承上而来，既实写医院突遭火灾而被焚为白地，也虚写祖国的大好河山、名城胜境在日寇的烧杀抢掠中变成废墟。"长街月沉风急，翠袖薄、难禁夜露。喜晓窗，泪眼相看，搴帷乍遇"数句则回到现实，写词人自火灾中孤身逃难，彷徨孑立于街头，直至天明之后方与得讯即来寻访的丈夫相遇。词人夫妇于是由分而合，复与上阕的由合至分相映衬。这种经历两重死生之别（手术、火灾）后的重逢，以及重逢后夫妇二人的悲喜交接，亦可与词作开头"未了伤心语"相映照，道尽二人在劫难中相互扶持的真挚，也使得全词所要抒发的真情真意能一以贯之、回环往复。

有关本词，词人的老师汪东先生曾评论"长街"以下为"清真家数"。或指词人熔炼前人成句，颇有周邦彦运化唐人佳句入词并能允正妥帖的神髓。"长街"二句，明显化用杜甫《佳人》"天寒翠袖薄，日暮倚修竹"、《月夜》"香雾云鬟湿，清辉玉臂寒"诸句，而夫妇劫后重逢、惊定拭泪、相对唏嘘的场景，更堪与杜甫《羌村三首》所营造的情感意境相接武。但本词对周邦彦的效法，可能并不止于对前人语典的化用。

如前所述，本词在小序叙事的基础上，用情事发生、发展的时空顺序来组织词章，在勾连词作时，还运用虚实相生的手法，使词产生跳跃性的回环往复式的效果，时空场景交错叠映，章法谨严而结构繁复，体现了对周邦彦词的心摹手追已达到炉火纯青的境界。词人此前的作品中，可以看出效法周邦彦的还有数首，如《玲珑四犯・寄怀素秋，用清真体》：

照海惊烽，早处处空城，寒角吹遍。转尽车尘，才得间关重见。杯酒待换悲凉，可奈旧狂都减。未凭高客意先倦，凄绝故园心眼。 夜窗秋雨灯重剪。有离人、泪珠千点。伤心更作天涯别，回首巴山远。愁寄一叶怨题，写不尽、吟边万感。剩断魂夜夜，分付与，寒潮管。

铺叙精密，结构分明，关键之处，用虚字如"早"、"才得"、"可奈"、"未"、"有"、"更作"、"剩"来承接勾勒，全词具备类似于周邦彦那样的叙事针脚细密、步步为营，情感基调愈转愈厚、笔意兼到的风神。《宴清都》词虽未采用这些虚字，但叙事的细密和情感的醇厚则与《玲珑四犯》如出一辙。 词人同时期另一首作品《过秦楼·六月重入四圣祠医院作》，汪东先生评曰："叙事细腻熨帖，是词境最难处。"又说："宛转极矣。 而下语乃如珠走盘，如丸下坂，经营刻意，复返自然。"这些评语，应同样都适用于《宴清都》词。 从这些词作对周邦彦词的体认和效法来看，词人的创作，确实已由早期的"覃思多暇，摹绘景物，才情妍妙，故其辞窈然以舒"（汪东《涉江词稿序》）而别臻高境。

"迨遭世板荡，奔窜殊域，骨肉凋谢之痛，思妇离别之感，国忧家恤，萃此一身。 言之则触忌讳，茹之则有未甘，憔悴呻吟，唯取自喻。"（汪东《涉江词稿序》）词人在抗日战争中的作品，不仅有直面现实、可补历史的佳作如《临江仙》八首等，更有词作着眼于对战乱之中社会生活画面的摹绘与自身心灵世界的探索。 本词与词人此期的大部分创作都属于后者。 这些用个人的经历与心理去勾勒时代的细节，恰与晚清周济等人所强调的"词史"之作相符合，并可与杜甫"诗史"的传统相承接。

　　尚须注意的是，本词将现代意象融入词语，"罗裯"指病床的褥垫，"并刀"指手术刀、"素纱"指术后包扎伤口的纱布，这些意象，非常精妙地表现了现代医院做手术的具体情形和细节，同时也并未在词旨表达和意境熔炼方面造成扞格。晚清以来，"诗界革命"强调"新意境"、"新语句"和"旧风格"（梁启超《夏威夷游记》），本词其实已提供了一个融新意象入古典的绝佳例证，或可为现代旧体诗词的生成转化提供一种可能的进路。

／陈昌强

蝶恋花

医院既毁,寄寓友所而日就治焉。寻帆因事先返嘉州,居停又以寇机夜袭移乡。流徙传舍,客况愈难为怀矣。

珠箔飘灯人又去。月冷荒城,警角声凄楚。瘦影相扶愁转步。香瘢未褪红丝缕。 访里寻邻迷旧处。燕子惊飞,更傍谁家住。肠断千山闻杜宇。梦中不识江南路。

1940年4月,沈祖棻因检查出腹中生瘤,由雅安前往成都进行手术治疗。其间经历半夜医院失火事件,有词《宴清都》记之。医院被毁后,她与程千帆借住于友人唐圭璋的寓所。后程因事先返嘉州,加以敌机夜袭成都,沈祖棻不得不拖着病体流徙乡下,艰苦备尝,遂写下这首《蝶恋花》。词前小序清楚地交代了当时情境与心境,"客况愈难为怀",可见客中愁绪之深,然而这愁绪并非仅仅思乡之一端。

起笔化用李商隐"珠箔飘灯独自归"(《春雨》)的名句,却与红楼、歌舞均无涉,所谓"人又去",如小序所言,是因"寇机夜袭"而不得不流离转徙。"珠箔飘灯"，点夜晚；"人又去"，点"移乡"。古典与今情巧妙地融合为一，古老的意境被用来书写二十世纪中日战争中的个人体验，这有意为之的创新是沈祖棻这一时期词作的特点。夜间奔逃，所见是"月冷荒城"，所闻是"警角声凄楚"，月色清冷，城池荒凉，加以警报声凄楚，一笔笔都渲染出词人深夜奔逃时的惊惧凄惶。此时的沈祖棻，刚做完腹部肿瘤的切除手术，病体既未痊愈，身体仍十分瘦弱，故有"瘦影相扶愁转步。香瘢未褪红丝缕"的描写。前句写出词人由人搀扶出行时的举步维艰，后句写出当时伤口未愈、手术刀口的缝线还未拆除的实况。"香瘢"原指女子手腕上印痕，吴文英有词云："香瘢新褪红丝腕。"（《踏莎行》）吴词重在描写"润玉笼绡"的佳人风致，而此处词人却特意以"未褪"对比吴词中的"新褪"，这种有意为之的对比使得读者眼前一亮：旧有名句中的意境被全然颠覆，小词中常见的纤纤佳人形象被现代意义上的流亡病妇形象所代替，且以"红丝缕"代指手术刀口缝线，这种切合当时情境的书写实在可称为"奇笔"。

这种以古典书写今情的手法在当时被沈祖棻广泛采用，比如当沈祖棻因病接受外科手术，她写下《宴清都》记录这段经历。词中她将割去腹部肿瘤兼盲肠的外科手术写成"凭教剪断柔肠"；病床上铺着的床褥，是"罗裀比雪"；术后用医用纱布包裹手术伤口，竟然是轻柔的"素纱轻护"；现代医术中所使用的手术刀，则是"并刀似水"，与周邦彦笔下柔情蜜意的"并刀如水，吴盐胜雪"（《少年游》）恰好构成一种反讽。火灾的可怖，被渲染成一幅色彩艳丽的油画："烟横锦榭，霞飞画栋，劫灰红舞。"一千多年来词作中古老且传统的意象皆被她以生花妙笔描绘为此时此刻的日常意象，既灵动活泼又允当贴切。词的创作已有千年历史，而这种精妙的改写与活用，在词史中是不多见的。

上阕是现实的流离，下阕是梦中的追忆。过片"访里寻邻迷旧处"化用张炎《渡江云》词意："乱花流水外，访里寻邻，都是可怜时。"在异乡流离的深夜，自小在吴门深宅大院中衣食无忧长大的女词人，必然会深深怀念江南故家，然而梦中"访里寻邻"却迷失了旧处，昔日"似曾相识燕归来"（晏殊《浣溪沙》）的庭前燕子，却如苏轼笔下的孤鸿，"惊起却回头，有恨无人省"（《卜算子》），且不知傍谁家栖息。此时此刻，离故乡已是千山之外；此情此景，正闻蜀地杜鹃断肠哀啼。女词人只能求之于梦境，却无奈"梦中不识江南路"，这是化用南朝梁沈约的名句："梦中不识路，何以慰相思。"（《别范安成》）增以"江南"二字，是女词人乡愁的永恒所指。事实上，在漂泊蜀地的岁月中，她的词作经常写到有关江南的梦境："熏笼经岁别。故箧馀香歇。昨梦到横塘。一川烟草长。"（《菩萨蛮》）"虎阜横塘数夕晨。年年归梦绕吴门。客衫应许浣征尘。"（《浣溪沙》）因在她的回忆里，故乡的生活是如此静好："依依柳色横塘路。未解惜，流年度。妆罢日长无意绪。听莺台榭，映花窗户。只是寻常住。"（《青玉案》）"柳度莺簧，花围蝶梦，尚觉银屏春浅。曲槛回廊，是江南庭院。"（《拜星月慢》）只可惜这一次，"梦中不识江南路"，连梦也到不了江南，更可见思乡之切，遗憾之深。汪东评此下阕："是墨是泪。"确为得其词心。

　　这首词和前此《宴清都》、《霜叶飞》等词都很能代表沈祖棻在避乱四川时期的艺术创新：她开始尝试以小词书写现实，为了将这种古老的文体、古典的意象与当下的现实、新有的事物相融合，她采用了提炼、夸张、反语、渲染等艺术手法，这些艺术手法使得这一时期她的词作由古色古香转为活色生香，富有即兴的现实感。而且，这样的词作也显示出沈祖棻性格中的坚韧与通达，这在女性词人中实在难得。

　　不应忘记的是，这些作品是由艰苦备尝的年轻女词人在病榻边、在躲避空袭时、在"流徙传舍"中写出。现实世界中的沉哀无奈被她在艺术世界中以词笔来记录与排遣——这很容易让人想到钱锺书逃难时写《围城》，张允和"文革"中挨斗时默念昆曲自娱。在苦难来临时一个人如何去承受与排解，其实更能彰显此人的性情与境界。刚过而立之年的女词人，在时事艰难、久病缠绵中，反而逐渐发展出一种既属于她个人也属于她所处时代的词作写法，随着她流亡岁月的持续，她将更广泛地以这种创新手法来写"词"。所谓艰难困苦，玉汝于成，正适用于这一时期的沈祖棻。

/ 黄阿莎

扫花游

与磊霞、汉南、白匋、石斋诸君茗话少城公园,时久病初起也。

药炉乍歇,叹病眼高楼,暗伤春暮。小园试步。算重逢忍说,过江情绪。酌梦斟愁,散入茶烟碧缕。胜游处。早歌管楼台,都化尘土。 离恨知几许。付白石清词,草堂新句。素弦漫谱。更阑干咫尺,易催筳鼓。绿遍垂杨,不是江南旧树。少城路。但凄然、一天风絮。

《扫花游》系周邦彦自度曲,因词中有"春事能几许。任占地持杯,扫花寻路"之句,故名。而周邦彦此词,正是着力于抒写"春事能几许"带来的惆怅。人似秋鸿来有信,事如春梦了无痕,"扫花寻路",不过是香消事杳之后不愿接受现实的挣扎和凭吊,所以,其词情调惝恍凄婉,词中那种徘徊无地而又不忍轻去的情绪,尤为动人。由于受到周邦彦创调词的影响,后来之《扫花游》词,往往也是痛悼往日之乐事良辰,感伤今日之欲寻无地。沈祖棻《扫花游》词,正是采用了这种写法。

词前有序云:"与磊霞、汉南、白匋、石斋诸君茗话少城公园,时久病初起也。"词作于1940年,其时沈祖棻客居成都。词序中所提到的磊霞(余贤勋)、汉南(周荫棠)、白匋(吴征铸)等人,都是她在中央大学或金陵大学时的故交。他乡遇故知,自是人生乐事,所以词人强支病体,暂放旧愁,与好友一起踏青探春,品茶闲话。"久病初起",点出词人的心境:久病,使人心绪低沉,倍受磋磨,对时间的流逝格外敏感,常有光阴虚掷、不胜今昔之感;同时,又或许会对时序的更迭感到疏离,甚至感觉晴明世界,我独销魂。所以,久病初起,应该是令人喜悦的,但这喜悦中又难免有悲酸、感慨。而因久疏旧雨,常处幽闺,乍起之时,心绪之易感,更是远过常人。了解了词人的此种心境,我们便能把握词中复杂的情绪变化。

起句"药炉乍歇",带有欣喜之意,又不乏自怜之情。由于沉疴久久未愈,"药炉"便成了沈祖棻词中的常用意象,如《二郎神》说"休叹。长愁养病,天寒孤馆。念白发青灯,药炉茶灶",《过秦楼·病中寄千帆成都》说"病枕偎愁,烛帷扶影,几日药炉谁管"。此类词句,往往暗含凄凉自伤之意。而"药炉乍歇",既是身得暂安,也是心得暂宽,但下二句"叹病眼高楼,暗伤春暮",又转说愁绪。愁绪之起,一是因为久病之后心境有变,看山看水,都非往昔;二是因为登高望远,伤天地之悠悠,悲己身之寥落;三是因为人寰久疏,久病初起,便已春暮,似有《山鬼》"余处幽篁兮终不见天,路险难兮独后来"之幽花照水、婉转自伤之意。

"小园试步。算重逢忍说,过江情绪"三句,既悲且喜。喜,在于旧雨重逢,同览春色;悲,在于无论自己还是朋友,都是乱离之人,哪怕当此春景,也忍不住新亭对泣。何谓"过江情绪"?《世说新语·言语》载:"过江诸人,每至美日,辄相邀新亭,藉卉饮宴。周侯中坐而叹曰：'风景不殊，正自有山河之异！'皆相视流泪。唯王丞相愀然变色曰：'当共戮力王室，克复神州，何至作楚囚相对！'"公元316年，刘曜攻陷长安，晋愍帝被俘，西晋灭亡。第二年，元帝继位建康（今南京），建立东晋。虽然国祚未断，但偏安之势，已让有为之士难堪其辱。当众人忆旧伤怀、凄然泪下之时，独王导"愀然变色"，犹能自振。在沈祖棻看来，国家兴亡，匹夫有责，而秉承传统士人精神、以天下兴亡为己任的文人，更应以偏安为耻。可是实际上，国民政府也如东晋朝廷一样，避地一隅，步步退缩，满怀忧国之情的自己，也无奈地成了"过江诸人"中的一员，犹如当年的李清照，纵然吟着"至今思项羽，不肯过江东"的壮语，也毕竟过了江东。念及此事，心绪难平。所以这交杂了屈辱、忧伤、悲愤的"过江情绪"，重逢之时，自然难以说起。"酹梦斟愁"句，将抽象的梦和愁具体化，其句式颇似吴文英《祝英台近》的"剪红情，裁绿意"。在与友人品茗闲话之时，久萦于心的愁，似乎稍稍减轻了，但"胜游处。早歌管楼台，都化尘土"三句，愁绪重又加深——当年与友人一起胜游的楼台、闲听的弦管，今日已杳不可寻了。所谓"歌管楼台"，也可看作象征虚写，沈祖棻的其他词中，亦常用"歌管楼台"之类美好事物的圮坏，来象征、控诉战乱对生活的影响，如《忆旧游》云："叹绮烬罗灰，珠尘翠土，碧血如苔。"《琐窗寒》云："早楼台、歌罢舞休，戍笳暗咽边角怨。"《寿楼春》云："清欢歇，离愁长。剩胡笳动地，烽火连江。"弦歌象征文明，楼台代表繁华，在无情的战火中，这类美好而脆弱的事物化而成尘，是难以避免的悲剧。词人以此作为象征来表现今昔之别，令人触目惊心。

过片"离恨知几许"，无疑而问。此种笔法，与李煜《虞美人》之"问君能有几多愁。恰似一江春水向东流"有相似之处。其后数句，着重铺叙"离恨"。首先说试图消解离恨："付白石清词，草堂新句"，词人想靠吟咏词章，借酒杯浇块垒，暂忘离恨。其次说离恨不可解："素弦漫谱。更阑干咫尺，易催笳鼓。"谱歌度曲之事，需要宽松的处境和从容的心情，而此时的词人，不是升平词客，而是乱离之人，从想望之"素弦"，到眼前之"笳鼓"，现实一遍遍提醒她时移世易，"绿遍垂杨，不是江南旧树"。此句暗用桓温之典，又翻过一层，更添凄楚。同时，还化用况周颐《浣溪沙》之"花若再开非故树"句，言心境既变，万事都非。结句进一步说离恨之绵长深远："少城路。但凄然、一天风絮。"风吹柳絮，漫天飞舞，为何词人觉得"凄然"呢？一方面，是暗用苏轼《水龙吟·次韵章质夫杨花词》之"春色三分，二分尘土，一分流水。细看来、不是杨花点点，是离人泪"，说柳絮牵引离愁，甚至就是离人别泪所化；另一方面，沈祖棻自己早年的名作《浣溪沙》有句云："三月莺花谁作赋，一天风絮独登楼。有斜阳处有春愁。""一天风絮"不仅牵惹离恨，而且勾引春愁，于是又巧妙地与上阕之"暗伤春暮"相呼应，首尾相接，草蛇灰线。

钟嵘《诗品序》云："嘉会寄诗以亲，离群托诗以怨。至于楚臣去境，汉妾辞宫，或骨横朔野，或魂逐飞蓬。或负戈外戍，杀气雄边，塞客衣单，孀闺泪尽。或士有解佩出朝，一去忘返；女有扬蛾入宠，再盼倾国。凡斯种种，感荡心灵，非陈诗何以展其义？非长歌何以骋其情？"早已道出了"忧愤出诗人"的道理。对沈祖棻而言，探春、茗话、重逢固然是忧中之喜，但别离、国忧、疾病更是牵心萦梦。这些深重的痛苦，加上与世相隔的疏离感、为相思憔悴的孤独感、远离故地的漂泊感，共同构成了词人凄苦的心境，发之为词，真可谓穷而后工。

/ 彭洁明

过秦楼

六月重入四圣祠医院作

别院飞花,断檐归燕,是处旧愁萦惹。芳裀乍拂,药盏初温,尚认剩脂零麝。谁念未褪香瘢,重试并刀,素绡轻卸。甚相逢苦记,华鬘残劫,那时情话。　休更问、病怯高楼,寒生哀角,万一好天良夜。才移月色,还怕新晴,睡起绣帘先挂。输与邻娃梦回,鱼脍金盘,橙遗罗帕。但孤灯写影,又是黄昏近也。

"愁"与"病"似乎是一代才女沈祖棻的宿命。沈祖棻一生命运颇为坎坷,从大环境来看,她经历了家国乱离,眼见大好河山变为剩水残山;从自身来看,她因腹中生瘤住进四圣祠医院,岂料医院起火,她强撑病体,仓皇逃出,可谓劫后馀生。《过秦楼》也正是写于这一背景之下。而后她因生产被庸医所误,数年之后才将当年遗留在腹中的纱布取出;晚年又因车祸意外丧生。坎坷的境遇和连年抱恙的身体让《涉江词》中五百多首作品不断书写着愁和病的主题，这里的"愁"既是自伤身世，也是忧国忧民，恰如交响乐，层层渲染，感慨遂深。

这首词的题目交代了创作背景："六月重入四圣祠医院作"，重点即是"重"字。着此一字，就将初入四圣祠医院的前事全然拉进了本篇的叙事当中，形成交相呼应的结构，成为这首词上阕描写的重点。词作以暮春景象开篇，"别院飞花，断檐归燕"，点染解不开的"旧愁"，正是四月初入四圣祠医院的自然景象，而往事在重入之时都被唤起，"是处旧愁萦惹"也就皆在情理之中。

词中不乏一些新意象。面临时代的巨变，词人们对新事物的处理各不相同，或锐意革新，或避之唯恐不及，沈祖棻则采取了相对温和的态度。一方面她坚持我手写我心，把新事物写到古诗词中；与此同时，又不想破坏诗词的传统情味，所以用"并刀"来指手术刀，用"素绡"来指纱布，扩充了传统意象的内涵，守护了古典诗词的意境。

上片结处"甚相逢苦记，华鬘残劫，那时情话"指的是1940年4月，沈祖棻因腹中生瘤住进四圣祠医院，不料医院失火，她从火场中逃出，身无长物，孑然一身，想要去旅社寻找自己的丈夫，却中途迷路，经历了一夜身体与精神的折磨痛苦，她终于与丈夫团聚，大有重生涅槃之感。他们相拥而泣，无比感恩大难之后仍然拥有彼此。这便是这首词的本事，也是沈祖棻诗词中不断书写的深刻记忆。

愁与病在《涉江词》中比较多见。即使是良辰好景，她依然以多愁多病之身害怕登上高楼，害怕听到"哀角"，害怕在时间的绵长和宇宙的浩渺间体察个体生命的短暂和渺小，害怕在动人心魄的音乐中体认自己生命的悲凉底色。良辰好景并不属于形单影只的她，陪伴她的是室内的孤灯，室外的黄昏，尾结处一个"又"字呼应了题序的"重"字，早年沈祖棻即以一句"有斜阳处有春愁"（《浣溪沙》）名世，而被誉为"沈斜阳"，从此这一抹斜阳便成为沈祖棻眼中那个时代中国的底色,也成为词人生命的底色。

在这抹斜阳之中,有着词人对国家的热爱和忧虑,有着词人对自身命运的慨叹和认同。这一抹斜阳,早已和沈祖棻的多愁多病身融为一体。

/蔡雯

鹧鸪天

再病新愈，白匋、石斋雨夕邀饮，漫拈此调

乍拂尘鸾试晚妆。钿车路转趁垂杨。当筵酒盏欺新病，开箧罗衣歇旧香。　　花市散，角声长。锦城丝管久凄凉。一川烟草黄梅雨，不是江南更断肠。

对于江南的乡愁，是沈祖棻《涉江词稿》中盘旋不断的主题。早在1937年逃难之初，避地安徽屯溪的沈祖棻写下"生小住江南。横塘春水蓝"（《菩萨蛮》）的词句，便可视为《涉江词稿》中第一首思乡之作。在四川时，沈祖棻因腹中生瘤而住院，未痊愈而医院失火，她不得不拖着病体流离。现实困顿，这一时期她的词作中，频繁出现对"江南"的思念："肠断千山闻杜宇。梦中不识江南路。"（《蝶恋花》）"绿杨垂遍，不是江南旧树。"（《扫花游》）"近黄梅，雨丝自飘，断肠却恨江南远。"（《琐窗寒》）这首《鹧鸪天》也是同一时期书写乡愁的佳作，词前小序中的白匋即吴征铸，石斋即高文，他们都是沈祖棻在金陵大学中文系的同学。

当时她病中新愈，友人们邀她小酌，她强打起精神梳妆，词由此起笔。"尘鸾"是指落满尘土的鸾镜,"乍拂尘鸾"语出冯延巳"搴帘燕子低飞去。拂镜尘鸾舞"(《虞美人》),"晚妆"暗指赴宴时间。然而此刻词人却并非如冯延巳笔下"不知今夜月眉弯。谁佩同心双结、倚阑干"(《虞美人》)的幽闺女子,也和李煜笔下"晚妆初了明肌雪"(《玉楼春》)的盛装宫女大不相同,一个"拂"字,一个"试"字,都显示出对镜梳妆之人那份慵懒与漫不经心。"尘鸾"二字,更透露出女子久已疏于打扮。虽然无心梳妆,毕竟还是出了门。"钿车"是古代诗词中常用意象,原指贵族妇女乘坐的金银装饰的车,此处代指出行车辆。"趁垂杨"点出时节为春天。"当筵酒盏欺新病",化用吴文英"残寒正欺病酒"(《莺啼序》),言下之意,是因新病而不能举杯。"开箧罗衣歇旧香"则写出对往昔的留恋与今日欢情不再。"旧香"原应存留于"罗衣"上,如晏几道曾云"醉拍春衫惜旧香"(《鹧鸪天》),然而此刻用一"歇"字,恰如李清照"金销藕叶稀"(《南歌子》)中的"稀"字,暗指罗衣如旧,旧香却不再,穿这罗衣的人情怀也不似旧时了。这是经由"罗衣"、"旧香"引发的悠悠愁思。

  下阕从眼前景、耳边音写起。花市已散,角声正长,意味着春日将尽,而战争的阴霾未散。"锦城丝管"语出杜甫《赠花卿》:"锦城丝管日纷纷,半入江风半入云。"杜甫笔下行云流水般的音乐在女词人听来却是"久凄凉"。"丝管"暗合上阕的"当筵","久"字与前此"长"字相呼应,写出心境底色的悲哀。由此乃逼出最后一句:"一川烟草黄梅雨,不是江南更断肠。"结句同时化用贺铸"试问闲愁都几许。一川烟草,满城风絮,梅子黄时雨"(《青玉案》)与韦庄"人人尽说江南好。……未老莫还乡。还乡须断肠"(《菩萨蛮》)。前句以暮春景色铺叙了此前所言"花市散",同时暗示女词人的愁绪恰如贺铸笔底那铺天盖地、无处不在的闲愁;后句更是在韦庄缠绕终生的愁思之中再推进一笔,因为"不是江南",所以更加断肠。

这首词是因吴征铸与高文雨夕邀饮而作，如前所说，他们都是沈祖棻南京求学时的同学，同时，他们三个也都是羁旅蜀地的江南人士。吴征铸是扬州人，高文是南京人，沈祖棻的旧家在苏州。因此沈词中这一句"不是江南更断肠"，不仅为一己而发，也为友人而发。吴征铸有对这首词的和作，词云："闲梦江南细马驮。繁樱千树覆春波。锦江纵有花如雪，一夜高楼溅泪多。 抛远恨，仗微酡。新烹玄鲫引红螺。莫教重听潇潇雨，还为今宵唤奈何。"两者对读，可以更好地理解沈词细腻深长的韵味。

因为战火而四处流离，和沈祖棻同时代的许多词人都曾书写萦怀的乡愁。如沈祖棻的友人唐圭璋避乱至江西时所写："乡关何在，空有魂萦。"(《行香子·匡山旅舍》)。如同为女词人的丁宁所写："沉沉云树，渺渺山川，消息阻烽烟。怅望天涯，天涯不似故乡远。"(《薄媚摘遍·己卯春日感赋》)然而《涉江词》中的"乡愁"，却因其持续时间之久、咏叹次数之多、所指意象之精微，别具一格。这在《鹧鸪天》、《浣溪沙·山居苦热，有忆江南旧事》、《微招》等词作中都有不同侧面的表现，可以参考。

/ 黄阿莎

喜迁莺

七月,帆来视疾,适余病告瘥,共返雅州。前夜,国泰、孝感、娴寿诸医师约观《巧女歌声》影片话别。三君盖南雍医学院同学也。

银屏初遇。算南雁尽是,寒江愁侣。药碗频调,锦衾轻掩,生怕病怀凄苦。无分小窗清砚,却恨相逢迟暮。笑相约,倩乌丝重写,东阳诗句。 在院时,三君见余《微波辞》而好之,孝感并约病愈以诗为赠。 更鼓催永夜,绣幕繁弦,黯黯生离绪。月浅灯深,柿红茶绿,犹记画楼言语。待拚后期无准,休到旧曾来处。陌尘起,剩香车载得,歌云归去。

这首作品在《涉江词》中较为特别,它创作于一波刚平、一波未起之时,写乱离背景下暂时的安稳,又实为应邀而作,可以归入应酬词的范畴。因此,相较于作者的大多数作品,风格较为平易,波澜不惊。

词序告诉我们，七月时，词人的丈夫程千帆先生前来医院探病，其时作者正好病愈，于是夫妻一起返回雅州。由于入院多日，沈祖棻与国泰、孝感、娴寿等多位医生已成知交，他们喜欢沈祖棻先生的《微波辞》，倾慕她的学问人品。因此，在临别之际，共同相约观赏了《巧女歌声》这部影片，沈先生作此词赠别。

词人用当下的情境起笔，沈先生与诸位医生第一次一起观影，却也是离别的时刻。"南雁"指南飞的大雁，这里是词人的自比，由于客居他乡，也就不可避免地忍受着羁旅行役之苦。而自己身在医院的这些时日，却深受大家的照顾，他们殷殷关切她病中的身体、心理状态，所以反复调制药品，又每晚在查房时帮她轻轻地盖好被子。这些细节通过词人工稳的对仗被概括出来，诸医生的医者之心，以及医患之间的深厚情意也流露在字里行间。而面对离别，业已"无分小窗清砚"，没有办法共同谈论文学、谈论人生，只能遗憾相见太晚，相聚太短，转瞬分离已到眼前。于是，临别之际，就相约他日，展开信纸，书写清词丽句。

"乌丝"是指乌丝栏，这里代指印有乌丝栏的信纸。而"东阳"则是代指做过东阳太守的沈约，这里词人以前代同姓词人自比，交代了这首词的创作背景：由于这三位医生欣赏沈先生的才华，喜欢沈先生的词作，其中孝感医生尤其以病愈后赠诗相约，这对沈先生而言也不失为一种安慰。因为久病孤寂，得遇知交，谈诗论词，真是人生中的一件快事。而沈先生正是视文学为生命，甚至胜过生命的人。

下阕集中笔墨写当下的离别。"更鼓催永夜"，漫漫长夜，着一"催"字写出时间的紧迫和短暂，反衬出作者对相聚时光的珍惜。而当银幕上的音容声影萦绕在眼前，回荡在耳畔之时，诸人心中都已生出离愁，黯然销魂。"月浅灯深，柿红茶绿，犹记画楼言语"数句，写出临别的场景：月华浅淡，而室内灯光一直亮着，陪伴着离人。有水果，有清茶，那些惜别之语，言犹在耳；离别之境，历历在目。通常而言，离人都渴望再会，尤其是在初遇的地方再会最为理想，但词人却用"休到旧曾来处"制造了一个转折。虽然时局不明，再见无期，但是医院显然不是什么好去处，所以久病的作者当然不愿在医院再会。而结尾"陌尘起，剩香车载得，歌云归去"，则以具体的离别的场景来收束，车马奔驰，陌上尘土四起，已不知何时再会。

这首词在《涉江词》中偏于平淡，对比大环境的不太平以及作者人生境遇的坎坷，词人与诸医生的相处和惜别确实是不幸人生中小小的幸运，而这种温馨的情意就在词人婉转流丽的笔端自然流淌。这一类词提示我们，在我们看来无比风雅的作品，在创作者那里可能仅仅是具体的平常生活，日常化的书写在这里体现出特别的意义。

/ 蔡　雯

尉迟杯

医院被灾，余衣物尽毁于火。素秋、天白先后有绨袍之赠，赋此为谢。

归来晚。叹绣阁、一桁馀香远。愁他薄雨微寒，闲了熏炉烟篆。脂痕酒唾，曾惜取、京华旧尘染。怕银屏、一夕西风，便催秋夜刀剪。　　遥寄蜀锦吴绵，初展拂，凄凉客意先暖。翠缕金针轻度处，尚仿佛、情丝宛转。应留待、收京出峡，好珍重、诗书共笑卷。便吟笺、写遍相思，莫教珠泪频点。

重视礼乐文化的中华文明一贯重视穿衣，穿什么衣服，怎么穿衣服都内涵丰富，不可轻视。

穿什么衣服常常代表了一个人的身份，所以"布衣"可以用来形容百姓，"缁衣"可以用来形容君子。在《诗经》中，"青青子衿"正是用学子的衣饰代指女主人公心目中的那个翩翩佳公子（《诗经·郑风·子衿")。而能穿上同样的衣服,则往往象征具有同生死共命运的情意,如"岂曰无衣,与子同袍。王于兴师,修我戈矛,与子同仇"(《诗经·秦风·无衣》),正淋漓尽致地书写了这种同袍之情。穿衣之事甚至能够代指穿衣之人,所以至今我们还将不分彼此的感情形容为"同穿一条裤子"。

其实,衣饰的象征意义远不止身份,往往还有品行:"扈江离与辟芷兮,纫秋兰以为佩",在《离骚》中屈原用披花戴草的姿态代指自己爱美好修的人格;"何桀纣之猖披兮,夫唯捷径以窘步",又用衣不束带的装束比喻桀纣不端的品行。同时,穿衣更成为一种仪式,如"进不入以离尤兮,退将复修吾初服"(《离骚》)。可见,穿衣从来不仅仅是穿衣,往往更可见一个人心之所往,志之所向。

在这首词中,词人抒发了对友人赠衣厚谊的感激。1940年4月,词人因腹中生瘤住进四圣祠医院,岂料医院半夜失火,匆忙之间,沈祖棻只身逃离火场,包括衣服在内的所有财物都付之一炬。以此劫后之身,面对熟悉的一切,深有劫后馀生之感。

词的上片写环境,是时虽为春天,即使是"薄雨微寒",若没有衣服的庇护,恐怕也很难堪。而如果一朝暑往寒来,秋风竞起,那就真是"全家都在风声里,九月衣裳未剪裁"(黄景仁《都门秋思》)了。作为寒士诗人,《都门秋思》的作者黄景仁家境贫寒,复漂泊在外,时值秋季,而未赶制寒衣,那真意味着整个冬天都有冻馁之患。词人无疑在此时也产生了这样的深刻忧虑。

正当此时,两位友人却先后雪中送炭。所以这首词的上阕写寒冷,下阕写温暖,写寒冷是为了衬托温暖。这正是文学上所常见的衬托之法,正所谓以乐景衬哀情,效果可倍之。在古代,赠衣之情其实非比寻常。古代衣服通常为手工缝制,且多为家人亲手缝制,所以孟郊才会在《游子吟》中说:"慈母手中线,游子身上衣。"将母亲的无尽牵挂都寄托在衣服的一针一线当中。在这首词中，"遥"写出了路途遥远，千里送鹅毛，尚且情意深重，何况送的是"蜀锦吴绵"，"蜀锦吴绵"进一步用衣服材质的珍贵突出友人送衣之情的可贵。而词人在劫后馀生，痛失所有财物之后，收到这雪中送炭的礼物，丰富的心理活动都在细微的动作之中传达出来，"初展拂"，写珍重之意，虽然并未上身，但一股暖意已经涌上心头。

"凄凉客意先暖"，正是这首词要描写的主题，凉与暖在作者看到衣服的一刹那碰撞。而这种回旋吞吐，挥之不去的情感都与眼之所见，触之所及融为一体。一针一线，就赠送者而言，自有无尽的缠绵情丝；在接受者而言，则眼之所见，手之所拂，身之所披，更有无尽情丝，穿在身上，暖在心中。写到这里，长期心境忧郁的词人也因这份礼物心境由寒转暖，由阴转晴，说出"诗书共笑卷"的喜庆之语，也让这首词虽然满纸缱绻，却没有泪痕。

总体来看，这首词用字造句细腻妥帖，词人善用侧面描写的手法，将友人之间的深重情意在衣物的授受之间微妙地传达出来，女性词人的细腻心思也因此展露无遗。

/ 蔡　雯

摸鱼子

系香车、客尘初浣。病馀人在江馆。此回翻悔重逢错,角枕锦衾天远。明镜畔。甚隔世相思,未抵寻常见。阑干绕遍。叹彩笔愁新,玉筝弦急,休更语恩怨。　黄昏后,沉醉悲凉待换。清尊贮泪先满。成灰宝篆心无字,不比旧时肠断。春梦短。渐秋冷银屏,画烛流光转。西风易晚。剩扇外残萤,帘前皓月,来照古书卷。

沈祖棻的词,学力深厚又不失本色。从继承的角度,她深爱北宋作家晏几道的作品,爱其词也爱其人,曾戏言甘愿给小山当丫头,更在作品中言"一生低首小山词。惆怅不同时"(《望江南》)。她的小令常常香艳入骨,流丽自然,深受晏几道的影响。而长调则章法井然,善于融化前人诗句,体现出周邦彦《清真词》的特点。取径小山以入清真,是沈祖棻的创作路径。这首词正鲜明地体现出这一特点。

比较特别的是,这首词化用小山之作,非常精彩,但在具体的操作上，汪东先生曾有评语，认为"用小山语，谓以沉醉换却悲凉也，然句意未醒"。指出沈词换头处是用晏几道的《阮郎归》："欲将沉醉换悲凉。清歌莫断肠。"小山的本意是那些频繁思及而亟待整理的"旧狂"，让他心境悲凉，所以想要借酒浇愁，用沉醉来忘之。沈氏"黄昏后，沉醉悲凉待换"句，正从此而来，不过，可能缺少晏几道那样的衔接，句意显得不那么明朗。不过，如果读者对《小山词》足够熟悉，则根本不成问题。

这首词作于 1940 年冬。词的表面写那一场"春梦"，很可能暗喻词人和丈夫短暂的相聚时光。而词人对这场梦、这段本事的态度却有着明显的情感脉络可循。词以具体情景开篇，写的是重逢。这时词人久病初愈，人在江馆，尽管百般思量，却相见不如不见，词人后悔这次重逢，因为转瞬又是天各一方。那么这一见是索然无味吗？恰恰相反，那是"明镜畔。甚隔世相思，未抵寻常见"，寻常不经意的相逢，却让人心旌摇动，远远胜过"隔世相思"。这种心态，诗词中常常写及，如姜夔《鹧鸪天》："肥水东流无尽期。当初不合种相思。"他后悔种下那颗相思的种子在心中生根发芽，只剩下两地之人在两处徒然相思。虽然如此，内心仍被往事牵绊，"剪不断，理还乱"，拿不起，亦放不下。词人在这里也是写出了这种情味。词中主人公认为没有必要相逢，因为这短暂的相逢除了搅乱心绪外没有任何意义，但是主人公的内心显然在不断追索这场春梦，这些美好的时光，她为之求索，"阑干绕遍"，她为之歌咏，用"彩笔"，用"玉筝"。因此，这种写法，正见出情之深，意之重。

词的下阕写"黄昏后"，也是离别之后，春梦梦醒之后。思及这些往事，词人满心悲凉，想要借酒买醉，忘却痛苦，谁知酒杯里却已装满眼泪。如果说旧时的"肠断"是因为尚在情事之中，那么而今梦醒，已是"成灰宝篆心无字"。李商隐在《无题》诗中说"春心莫共花争发,一寸相思一寸灰",如果说相思注定成灰,那么这首词所书写的正是这一情境。

这首词的主题就是"春梦短"。上阕写不甘心春梦的逝去,百般求索,渴望相聚,渴望书写,但是终究成空;下阕写词人的心境变化,当春天逝去,"渐秋冷银屏",写痛苦过后的萧索、寂寞和安静。渐渐地,秋天到来了。"渐"作为领字,与"画烛流光转"一起写出时光的流逝。这一句写得非常精彩,用杜牧《秋夕》"银烛秋光冷画屏"语意,营造出一种相类又相别的意境,让读者配合着"春梦短"的主题,产生"蜡炬成灰泪始干"的联想,而侧重点完全在时间上,一个"渐",一个"转",炼字精准而微妙,写出由春到秋的季节更替和人事变迁。结尾处仍以《秋夕》中的意象来收束,"剩扇外残萤",那没有被"轻罗小扇"扑到的"流萤",与"帘前皓月"一起,"来照古书卷"。这种化用的联系在有无之间,情绪非常微妙,似乎那些挣扎、求索都已变得徒劳,梦醒的主人公与丈夫长久分隔两地,仿佛也有着失意宫女的孤寂幽怨。

这首词比较本色,所谓"词之为体,要眇宜修。……诗之境阔,词之言长"(《人间词话》),正是描写人的内心那样一种婉转吞吐,难以言说的情感。

/蔡雯

双双燕

> 白匋寄示新制燕词,谓有华屋山邱之感,依调奉和。

海天倦羽,又苔井泥香,柳花如洒。红英落尽,忍忆故台芳榭。深巷斜阳欲下。更莫说、当时王谢。寻常百姓人家,一例空梁残瓦。　聊借。风檐絮话。甚信息沉沉,绣帘慵挂。移巢难稳,是处雨昏寒乍。无奈乡愁苦惹。枉盼断、年年春社。朱户有日双归,却恐岁华迟也。

词作写于1940年秋,在四川成都。小序云:"白匋寄示新制燕词,谓有华屋山邱之感,依调奉和。"依调,即依韵,指用与原作同一韵部的字为韵脚,而非步韵。白匋,即吴征铸,江苏仪征人,金陵大学中文系毕业,其时同客成都。白匋原作所谓"有华屋山邱之感",带有一种浓重的忧世意识,这是显而易见的。即以飞燕为见证,展现华屋之颓废为山邱的历史事实,并证之以当前社会人事,诸如"歌休舞罢"以及"少妇愁新"等,从而表现其对于人世间这种变故的忧虑。

这是与时局密切关联的。

子苾奉和之作，则有所不同。上片说，暮春时节，落英缤纷，燕子归来，于斜阳深巷，欲下未下。因此时，不仅王谢华堂已沦为寻常百姓之家，不堪言说，而且，原有之寻常百姓家，更是一片空梁残瓦，不堪目睹。这是作者忧世意识的表现，也是对于原作的应和。而下片说"絮话"，借助双燕在风檐间的对话，诉说着乱世之中，"移巢难稳"，"乡愁苦惹"，发泄牢骚，叙说忧虑，双燕已不仅仅是历史的见证，而且成为作者的代言人。此时之燕与人（物与我），几乎已完全融合为一。这是对于原作的进一步深化与提高。即和作既对于古今所谓华屋邱山变化表示忧虑，又对于当前因为"是处雨昏寒乍"而"移巢难稳"，以及今后"有日双归"而岁华已迟，表示忧虑。

二者相比，和作不仅将原作所忧虑的范围扩大，由沦为寻常百姓家之王谢华堂，推广及王谢华堂以外之一般百姓家，而且在这一基础之上，进而叙说其所生的忧虑。可见其于表层忧世意识之外，乃有更深一层的忧生意识存在。"江山"、"斜阳"既为历史背景，更为人生舞台；作者以"飞燕"为寄托，不仅见证历史，更是见证人生。

/ 施议对

月华清

中秋

征雁惊弦,飞乌绕树,几年尘满香径。桦烛清觞,节物故家休省。素娥愁、桂殿秋空,汉宫远、露盘珠冷。端正。想山河暗缺,故遮云影。　高处骖鸾未稳。莫忘了天涯,此回潮信。旧舞霓裳,零谱断弦谁听。早催还、翠水仙槎,待重认、碧天金镜。更永。渐云鬟雾湿,画阑愁凭。

中秋节寓有团圆之义,家山残破而适逢此节,所谓"覆巢之下安得完卵",节日时序所触发的,便不再限于家人团聚的心愿,而是自然而然地扩大到山河重圆等宏大层面。词章善用仙境意象,从眼前圆月写起,又念及未来,深怀期望,今昔比照,将家国之感这类宏大题材表达得十分恰当妥帖。

"征雁惊弦,飞乌绕树",首句反用岑参诗"横笛惊征雁,娇歌落塞云"(《奉陪封大夫九日登高》),与"几年尘满香径"一起,写出战事惊心,前景不明的境况。"桦烛"是用桦木皮卷成的烛,沈佺期诗云:

"无劳秉桦烛,晴月在南端。"中秋夜仍需点烛照明,可知月色并不十分明亮,为后"故遮云影"张本。"节物"指应中秋节所备的物品;"故家"指旧居,亦可指从前。"节物故家休省"轻叹今昔之异,这种差异,不只是节日供备应景之物异于从前,更且是巨变之后的山河迥异。"素娥愁、桂殿秋空,汉宫远、露盘珠冷"承接前句,以互文形式写旧愁新恨。"素娥"即嫦娥,"桂殿"指月宫。"汉宫远、露盘珠冷"化用李贺诗:"空将汉月出宫门,忆君清泪如铅水。"(《金铜仙人辞汉歌》)词人此时正避居成都,此处或以素娥自喻,发抒家国之感及移徙之悲。"端正"指中秋之夜的圆月。"想山河暗缺,故遮云影",空中这一轮端正的圆月,却照着已然残缺的山河,两相对照,使人神伤。

过片"高处骖鸾未稳","骖鸾"谓仙人驾驭鸾鸟云游。与下句"莫忘了天涯,此回潮信"一起,笔法与史达祖词"应自栖香正稳。便忘了、天涯芳信"(《双双燕》)相似,知词人内心所系,终是山河重圆。因此"旧舞霓裳"、"零谱断弦"皆不堪赏听,只愿早日催乘仙槎还归,以"待重认、碧天金镜"。"碧天金镜"自然是此前的中秋夜景,此处与上片"想山河暗缺,故遮云影"形成对比,加深内心对收复河山的渴望。"骖鸾"、"霓裳"、"翠水"、"仙槎"等,皆是仙境之物象。"更永"二字,将词人拉回现实。"渐云鬟雾湿,画阑愁凭",此处括杜甫《月夜》:"今夜鄜州月,闺中只独看。遥怜小儿女,未解忆长安。香雾云鬟湿,清辉玉臂寒。何时倚虚幌,双照泪痕干。"词人凭阑所生之愁,即山河破碎之愁。

汪东《寄庵随笔》论此词曰:"此与碧山《眉妩》,机杼相近,唯一则寓亡国之思,一则盼收复之初,用意微不同耳。"此篇善用对比手法,无论是将过去与今日之节物作比,还是将旧日圆月、碧天金镜与当下云影故遮、山河残缺相对比,抑或是将中秋节对团圆的渴望与眼下的残缺现实相对比,均使词人忧国忧民的心境显得格外深至。

/ 李小雨

鹧鸪天

六扇晶窗向水开。小楼霜月独徘徊。病情浑似风帘烛,心字空残宝篆灰。 欹屋树,上阶苔。昨宵梦到旧亭台。轻寒莫放重帷下,万一江南有雁来。

1940年秋,因病寓居乐山的沈祖棻惦念江南消息,写下这首《鹧鸪天》以抒发愁思。上半阕由景及人,下半阕因梦生情。景、人、梦、情,融合无间,且皆与悠悠乡愁相关。

词以"六扇晶窗向水开。小楼霜月独徘徊"起笔,既写居室的环境与时节,也暗中带出景中人"独徘徊"的忧思。"晶窗"形容所居窗室的明净,"向水开"点出居室近水,"霜月"言时辰为深秋,"独徘徊"写词人月夜在近水楼阁的心事重重。这两句化用了李商隐《霜月》中的诗意:"初闻征雁已无蝉,百尺楼高水接天。"相较于晏殊的名句"小园香径独徘徊"(《浣溪沙》),更添了一份清冷与孤独。为何如此清冷孤独?这就引出了下两句:"病情浑似风帘烛,心字空残宝篆灰。"李清照曾有"帘卷西风,人比黄花瘦"(《醉花阴》)的人花对比,此时,女词人以风帘与烛火相喻,更推进一层写出自己犹如风中烛火的病体难支。"心字"指心字形的香,蒋捷《一剪梅·舟过吴江》:"何日归家洗客袍。 银字笙调。 心字香烧。"此处以宝篆空残、心字成灰比喻心事成空。 这两个连用的比喻,以形象笔触写出了词人病体的虚弱、心事的无着。 若不理解这首词的写作背景,我们很容易将词意理解为幽闺相思之作,但下阕中的两个语码"亭台"、"江南"提醒我们,这份相思指向更广远的乡愁。

下阕从昨夜的一个梦境写起,在梦里,她又回到了江南的故家,大石头巷中的深宅大院,斜倚屋边的老树,阶上生出的青苔,旧日的亭台……这"亭台"二字,极易让人联想到东晋名士"新亭对泣"的典故。"昨宵"梦到的"旧亭台",其实也就是故国山河。 事实上,自女词人1937年秋逃离南京,至此已过去三个秋天了。 虽然她心底是如此思念江南与故家,她的行踪却离江南越来越远。 当年她匆忙出逃时,一定没有料到这次仓促的离别会持续这么长的时间,也一定没有料到生活会如此艰难,更没有料到战争会如此惨烈:1937年11月,苏州失守,12月,南京大屠杀惨案爆发,到写作此词的1940年,中国最富庶的江南地区已全部沦陷。 沈祖棻的父亲、妹妹尚在江南,沈家在苏州大石头巷的故宅饱经战火摧残,其他处于沦陷区的亲旧消息皆无——这才引发出歇拍的那一份微弱期盼。

歇拍"轻寒"二句,也是全词精妙之笔。 时令已过中秋,夜间有轻寒,原本应该放下重重帷幕以避之,词人却以一个"莫"字否定了这一举动。 为什么? 只因"万一江南有雁来"。 江南,是她日思夜想的家乡,自江南而来的雁字或可带来家乡的音信。 李清照便写过因雁而生的喜悦:"云中谁寄锦书来,雁字回时,月满西楼。"(《一剪梅》)然而,李清照能收到丈夫寄来的"锦书",而此刻的词人却毫无把握可以收到自家乡来的消息,因为这是乱世,因为有战火的阻隔,因为日寇的铁蹄早已遍布大半个中国——但是,她心中还抱着那万分之一的希冀,那微弱如烛火却始终不肯熄灭的一点点期待，万一呢？ 万一江南有消息来呢？ 正是为了这微乎其微的希望，词人固执地坚持，虔诚地等待，"万一江南有雁来"，结语悠悠，情味不尽。

沈祖棻曾在一首词中写道："别有伤心人未会，一生低首小山词。惆怅不同时。"(《望江南》)小山，即北宋词家晏几道。 程千帆笺云："祖棻尝戏云：情愿给晏叔原当丫头。 即此词意也。"可见她视晏几道为心摹手追的对象。 晏几道非常擅长写作《鹧鸪天》这个词牌，也有"明朝万一西风动，争奈朱颜不耐秋"(《鹧鸪天》)的名句。 当沈祖棻以《鹧鸪天》为调填词时，她很有可能接过晏几道留下的词学传统。因此，清人冯煦对晏几道词作的评论或也可移用于此："淡语皆有味，浅语皆有致。"(《蒿庵论词》)

/ 黄阿莎

齐天乐

烟村叠鼓催残岁。轻舟忍商归计。古鼎供梅,金炉暖酒,空记年时清事。愁盈凤纸。悔刻羽移宫,怨红啼翠。一寸相思,篆灰寒透旧心字。　　琼楼珠箔换尽,那时明月在,相照无寐。老树栖鸦,荒沙掩石,云压江声不起。幽怀暗理。剩暂伴孤吟,欲招山鬼。瘦竹霜浓,袖罗还自倚。

这首词作于 1940 年岁暮,是时沈祖棻正与丈夫程千帆分居两地。

自古季节变化和岁月更迭最能引人感喟,一年将尽,常常引起岁月流逝的悲哀。从"人生有何常,但患年岁暮"(孔融《杂诗》),"寒风号有声,寒日惨无晖,空房不敢恨,但怀岁暮悲"(陆游《长门怨》),到"况岁暮、天寒路杳"(顾随《贺新郎》),在这举目望去万物惨淡凋零的时节辞旧迎新,敏感的诗人会对自己的生存处境有更多反思。在这逝去的一年里,我都做了什么? 我的生活如何? 新的一年我要去哪里?

在沈祖棻看来，"烟村叠鼓催残岁。轻舟忍商归计"，以"残岁"点明时序，以"叠鼓"渲染氛围，似有姜夔《玲珑四犯》中"叠鼓夜寒，垂灯春浅，匆匆时事如许"的影子。眼见年关逼近，应该和丈夫一起回家过个团圆年了。但是当时整个中国战火不断，他们能够回去吗？不仅不能回去，词人更缠绵病榻，又与丈夫分离两地，处境非常凄苦。"古鼎供梅，金炉暖酒，空记年时清事"，那些风雅的、温暖的过往如今都已不复存在，真是"往事后期空记省"（张先《天仙子》），陪伴自己的只有记忆而已，故云"愁盈凤纸"。

"凤纸"原指帝王用纸，上绘有金凤，故有此名。《旧唐书·崔胤传》有云："睹纶言于凤纸，若面丹墀；认御札于龙衣，如亲翠盖。"极言纸之名贵。而李商隐"检与神方教驻景，收将凤纸写相思"（《碧城三首》），又赋予它相思的内涵。"悔刻羽移宫"则流露出曲高和寡的清寒寂寞。宋玉《对楚王问》有言："引商刻羽，杂以流徵，国中属而和者不过数人而已。是其曲弥高，其和弥寡。"周邦彦在词中亦言："知音见说无双。解移宫换羽，未怕周郎。"（《意难忘》）词人着一"悔"字，言后悔写了这么多词，那是"一寸相思，篆灰寒透旧心字"。"篆灰"指盘香燃烧后所剩的香灰。古人经常燃烧篆香，并将之比喻自己的心迹，秦观就有词句说"欲见回肠。断尽金炉小篆香"（《减字木兰花》），用婉曲的香灰比喻自己的断肠。

篆香有各种形状，其中就有心字形的盘香，沈祖棻用心字形的香灰来比喻自己的心情，那真是"春心莫共花争发，一寸相思一寸灰"（李商隐《无题》）。"透"字炼字极精，将相思写得富于重量和质感。词人说我后悔去"刻羽移宫"，让这些悲凉心灰的文字"愁盈凤纸"。其实，诗词中的后悔往往是一种书写策略，即使不去"刻羽移宫"，那些悲哀痛苦依然凝结于作者心中，更无出口，但是词人说后悔，仿佛不写出来、唱出来，那些悲苦就不存在一样。至此，入骨的相思和寂寞之情力透纸背。

过片着力渲染今昔对比,将自己的清寒孤寂淋漓尽致地表达了出来。言人事全非之情,而唯有一轮明月,仍似当时,真是"人生代代无穷已,江月年年只相似"(张若虚《春江花月夜》)。"那时明月在"用晏几道的"当时明月在,曾照彩云归"(《临江仙》),将所有美好的过往浓缩于这一句之中,足够作者细细想来,通宵不寐了。而"老树栖鸦",似在点染马致远"枯藤老树昏鸦"(《天净沙·秋思》)的句子,来表达"断肠人在天涯"的意味。"荒沙掩石,云压江声不起"似在暗示整个时局的压抑和不太平。而自己的幽怀不仅无法排遣,而且无人诉说。

后两韵将这种清寒孤寂写到极致。"剩暂伴孤吟,欲招山鬼",山鬼出自屈原《九歌·山鬼》,作者独居之际,不禁渴望有人能聆听自己的心声,既然四下无人,也就开始想象山鬼可以陪伴自己。从心理学来看,怕鬼的现象是因为无力处理婴幼儿时期的孤独,比"鬼"更可怕的,是孤独。这真是将寂寞写到了极致。

结句以形象化的"瘦竹霜浓,袖罗还自倚"来收束,是化用了杜甫的"天寒翠袖薄,日暮倚修竹"句(《佳人》),这为我们展开这样一副图景:在寒冷的岁末,日薄西山,一位才华出众的女词人,衣裳单薄,孤零零地倚着瘦竹站立。瞬间,杜甫笔下的佳人与词人合二为一。写景作结,刻画出词人的清寒孤傲和遗世独立,画外有意,境外有情。

这种感情,固然在当时的词人看来是无法排遣的孤寂和痛苦。但是数十年后,我们却能够读出一种美,这不仅仅表现在女词人的体态美,还微妙地传达出一种在神不在貌的深远的意态之美。这种美也是中国文人士大夫追求的一种精神,通过女子的形态,"天寒"、"日暮"、"修竹"的衬托,深微要眇地传达出来。

/蔡雯

凤凰台上忆吹箫

岁暮寄千帆雅州

锦瑟生尘，蜡盘销泪，近来无分闲愁。渐袅残沉炷，懒挂帘钩。休问行云别后，山共水、何处淹留。回文字，缄恩寄怨，雁也应羞。　　悠悠。此情不尽，终日倩流波，洗梦江头。正一天烟雨，慵自凝眸。还任春风偷换，将柳色、青上妆楼。馀清事，商量苦吟，静待归舟。

1940年岁暮，沈祖棻在乐山写作此词，程千帆笺云："时余执教乐山技艺专科学校，以寒假归省雅安，故祖棻有此寄也。"可知此词为怀人之作，调寄《凤凰台上忆吹箫》，且与易安词同用十一尤韵，显见对李清照同调同韵名作的追摹。

起笔以对句"锦瑟生尘，蜡盘销泪"写出别后闺房凄清。锦瑟是装饰华美的瑟，蜡盘是盛蜡之盘，如今锦瑟无心摆弄，故而生尘，蜡盘中盛满融化的蜡泪，可见点烛之久，烛泪也使人联想到词人的眼泪。虽尚未写明情绪，但景物已衬托出情绪，且又可使人想到李商隐

"锦瑟无端五十弦"(《锦瑟》)、"蜡炬成灰泪始干"(《无题》)之诗意。"近来无分闲愁",则由景及情,写出心绪的愁闷。"无分"即没有缘分、与此无关,杜甫曾有"竹叶于人既无分"(《九日》),清代黄景仁亦有"此生无分了相思"(《秋夕》)的名句,明明已点出"闲愁",却以"无分"做一否定,可知使得"锦瑟生尘,蜡盘销泪"的"闲愁",是比贺铸"试问闲愁都几许。一川烟草,满城风絮,梅子黄时雨"(《青玉案》)更深的愁思。情绪已然非常低落,接以"渐袅残沉炷,懒挂帘钩"。一个"渐"字,领起两个四字句,写出时光的缓慢与心情的百无聊赖。"袅残沉炷"指残香袅袅,沉香已尽,"懒挂帘钩"写出词人的慵懒与无力。"懒"字乃正面点出词人情绪,且与李清照《凤凰台上忆吹箫》中"起来慵自梳头"的"慵"字,同一机杼。使李清照"慵自梳头"的原因是"生怕离怀别苦,多少事、欲说还休",使沈祖棻"懒挂帘钩"的原因则是"休问行云别后,山共水、何处淹留"。"行云别后",用巫山云雨典,代指远行的丈夫。"何处淹留",语出贺铸《浪淘沙》:"为问木兰舟。何处淹留。"明明是盼着丈夫回家,自然希望知道丈夫的行踪,却为何"休问"?因一方面是明知丈夫此去为省亲,不便催促归程;另一方面也认为不必多问,这是妻子对丈夫的体谅与信任。问虽不必,但满怀思念必须倾吐,这便是"回文字,缄恩寄怨,雁也应羞"。相传前秦窦滔妻苏蕙曾为远方的丈夫作回文诗以寄相思,自此"回文字"便代指相思文字。这三句不说凭雁足寄书,也不写"云中谁寄锦书来,雁字回时,月满西楼"(李清照《一剪梅》)的期待,偏偏说这寄去的书信中,字字相思,恐怕连大雁看了也会害羞。这是女词人的妙笔,不但是移情,也含着幽默。

过片以"悠悠"二字承接,正是"心随湖水共悠悠"(张说《送梁六自洞庭山》)的无限深情,接以"此情不尽,终日倩流波,洗梦江头"，更是将江边人这份悠悠不尽的情思托付流动的清波。这几句使人联想到《西洲曲》中的名句："海水梦悠悠，君愁我亦愁。南风知我意，吹梦到西洲。"也可使人联想到温庭筠的《望江南》："过尽千帆皆不是，斜晖脉脉水悠悠。肠断白蘋洲。""洗梦江头"四字，极清雅，极灵动。此前是虚写，接下来以一"正"字领起，写出漫天烟雨中"慵自凝眸"的怀人情绪。"一天烟雨"语本"一川烟雨"（贺铸《青玉案》），"凝眸"语本"惟有楼前流水，应念我，终日凝眸"（李清照《凤凰台上忆吹箫》），"慵"字又呼应了上阕的"懒"。倚楼凝眸，所见处是春风春色，遂有"还任春风偷换，将柳色、青上妆楼"之语。以"青"字点染出盈盈春色，以"上"字勾勒出春意盎然，却以"还任"二字领起，与上阕中"休问"二字遥相呼应，都是对外物的漠视、对相思的执着。既然春色无心管领，可见她全部的心意都放在了等待上，如歇拍所云："馀清事，商量苦吟，静待归舟。"

"清事"，即清雅之事，这一对志同道合的夫妻，他们的共同志趣并非声色犬马，而是"商量苦吟"的清雅之事，即推敲字词、吟诗填词——这才是程、沈二人视彼此为"文章知己"（沈祖棻《千帆沙洋来书，有四十年文章知己患难夫妻，未能共度晚年之叹，感赋》）的真正原因，这也是他们异于寻常夫妻的地方。正因为有这份期盼，所以词人云："静待归舟。""归舟"呼应了上文的"流波"，"静待"是悠悠此情的延续。这里的女词人并未像李白笔下"相迎不道远，直至长风沙"（《长干行》）中那个热情的妻子，不惜到八百里外的长风沙去迎接丈夫，而只是"静待归舟"。但这四字中，包含着同样的深情与思念，包含着比新婚燕尔之情更真挚、更深刻的相思与知己之情。这四字相较于李清照"凝眸处，从今又添、一段新愁"（《凤凰台上忆吹箫》）的结尾，别有一种情韵悠悠，与全词的情绪正相吻合。

正因此，虽然通首词都脱胎于李清照同调同韵之名作，且化用了秦观、温庭筠等人名句，但仔细读来，女词人仍以自己的灵心慧质书写了属于她与程千帆二人之间独有的那份相思与知音之情。 汪东评此词为"漱玉遗韵"，固是知人之言，但遗韵之中自有沈祖棻特有的灵秀，读者自可体会。

/ 黄阿莎

六幺令

残年新岁，有感京都旧欢，赋寄千帆

满城箫鼓，相趁城南陌。归来小帘私语，密约烧灯夕。立尽花阴淡月，暗把金钗擘。云罗千尺。屏山一角，欢事琼楼忍重忆。　星辰依旧昨夜，露冷苍苔湿。银字待谱新声，转轴商弦涩。相守空怜蜡炬，残泪中宵滴。词笺吟笔。清狂消尽，始信相思了无益。

此词收入《涉江词乙稿》，时间是庚辰（1940）岁末，地点在成都。这一年，沈祖棻以腹中生瘤，由雅安到成都治病，经历了从入院、治愈到再入院的反复，终于在秋后痊愈，暂住江馆。此后程千帆因工作原因多次离开，不能长期守候，沈祖棻写于这一时期的作品中多次表达了对夫妻团聚的渴望："明镜畔。甚隔世相思，未抵寻常见。"（《摸鱼子》）"欲将双泪落君前。更恐相看不记旧时欢。"（《虞美人》）这一年岁末，程千帆重返雅安省亲，沈祖棻先后写作了《凤凰台上忆吹箫》（锦瑟生尘）和这一首《六幺令》（满城箫鼓）。前一首表达了对丈夫的思念,渴望早日团圆;这一首则借对过去美好生活的回忆,表达了对于爱情的执着。

词前小序交代了写作背景,时在残年新岁,节候转换,起人情思,词人想起了南京时期的美好岁月。故开篇直接入题,用了两个场景刻画,描写京都旧欢。"满城箫鼓,相趁城南陌",是第一个场景,叙写岁末京城的热闹,年轻的小情侣恩恩爱爱,携手城南陌。"满城箫鼓",传统诗词通常用来烘托节日的喜庆氛围,如赵以夫《汉宫春》:"今夕偶无风雨,便满城箫鼓,来往纷纷。"施岳《水龙吟》:"两岸花飞絮舞。度春风、满城箫鼓。"这样的美好时光,正是情侣们相携出游的日子,词人出游的地点是"城南陌"。"城南陌"也是一个特殊的意象,一个用来放飞心情的场所。叶梦得《满江红》:"兰舟漾,城南陌。云影淡,天容窄。"周邦彦《迎春乐》:"桃蹊柳曲闲踪迹。俱曾是,大堤客。解春衣,贳酒城南陌。"接着是第二个场景,年轻的情侣游后归来,相约在元宵节再次相见。"归来小帘私语,密约烧灯夕",这一句与前面的热闹喧嚣相比,更多表现的是情人之间的柔情密意。"归来"写出了此次出游的欢快心情,"小帘"、"私语"、"密约"这一系列近乎私人化的场景描写,生动而形象地刻画了情侣间的温馨和缠绵,"密约"更预示着对下一次相会的美好期待。下一次出行是什么时候呢?"烧灯夕"。既是点明时间,也是状写场面。据记载,从春节到元宵,南京都会举办大型灯会,地点通常是在秦淮河夫子庙一带。这天晚上,千门万户,张灯结彩,整座城被彩灯笼罩着,流光溢彩,那是一种何等壮丽的景象,它与前句"满城箫鼓"恰好构织了一幅声光交映的京城节日画卷。这一天晚上相携出门观灯,是充满着诗情画意的。对于未婚的青年男女来说,元宵节更有其特殊意义,这一天通常是情人相会的日子。传统诗词也不惜笔墨描写了这一场景,如欧阳修《生查子》:"去年元夜时,花市灯如昼。月上柳梢头,人约黄昏后。"辛弃疾《青玉案》:"众里寻她千百度。蓦然回首,那人却在灯火阑珊处。"但是,作者没有沿着原有思路续写元宵观灯的场景,而是宕开一笔,转向自己当下的落寞。女词人热切地期盼着丈夫的归来,"立尽花阴淡月"。"立尽"作为一种意象,传统诗词多是用以表达主人公落寞心境的,表达一种久久等候却不能实现的心理期待。如阮逸女《花心动》:"此恨无人共说。还立尽黄昏,寸心空切。"周紫芝《清平乐》:"秋千月挂黄昏。画堂深掩朱门。立尽花阴归去,此时别是销魂。""暗把金钗擘",典出白居易《长恨歌》:"钗留一股合一扇,钗擘黄金合分钿。但教心似金钿坚,天上人间会相见。"词人这里是借李隆基与杨玉环的爱情故事,表白自己对爱情的真诚与执着,相信她与爱人的分离只是暂时的,终有一天夫妻会再团聚。"云罗千尺。屏山一角,欢事琼楼忍重忆",是化用吴文英《六幺令·七夕》"云梁千尺。尘缘一点,回首西风又陈迹"句法,状写当前之所见所感,词人站在高楼之上,望远怀人,哪怕是面对着千尺阴云,重重屏山,尽管它们遮挡了她的远眺视线,却无法挡住她的心儿飞翔。一个"忍"字,下语贴切,生动刻画了词人不由自主的心理世界,思绪回溯到数年前那"相趁城南陌"、"密约烧灯夕"的美好时光。

上阕写旧时之欢娱,是为下阕表达孤独和落寞作铺垫,所谓"以乐景写哀情"也。过片"星辰依旧昨夜,露冷苍苔湿"一句,承上启下,接着歇拍一句写词人对丈夫的思念。她站在室外,仰望天上繁星,心里却牵挂着远方的爱人。"星辰依旧昨夜",用李商隐《无题》"昨夜星辰昨夜风,画楼西畔桂堂东。身无彩凤双飞翼,心有灵犀一点通"诗意,尽管此时此刻不能与爱人团聚,但两人的心却是息息相通的。"星辰"写所见,"露冷"写所感,"苍苔湿"则表明词人在室外呆的时间很长很长了,注目凝神地眺望,以致忘记了室外天气渐渐转凉。清代吴锡麒《菩萨蛮》:"露下苍苔湿。独自单衣立。烧了女儿香。拜伊和影双。"近代女词人叶璧华《菩萨蛮》:"零露苍苔湿。独自单衣立。

替我惜残春。回环蝶影双。""拜伊和影双","回环蝶影双",表达的是对于事事成双的美好祝愿,词人也是希望自己能早日结束形影相吊的生活。而后,笔触由室外转向室内,继续写她的孤独和落寞。"银字待谱新声,转轴商弦涩。"词人想把自己这苦闷的心曲用音乐表达出来,借以纾解情绪,不想在调试弦轴时弹出来的还是苦涩声调。"银字"指的是乐管,一种双簧气鸣乐器,管身刻有调名,涂以银粉,故名。戴长庚《律话》卷中"银字管考"条:"银字管乃内狭之管,可以平吹,制如近世之雌笛。"段安节《乐府杂录·觱篥》记王麻奴为尉迟青吹觱篥,演高般涉调中乐一曲,尉迟颔颐而已。谓曰:"何必高般涉调也,即自取银字管于平般涉调吹之。"商弦,指商调的丝弦,即七弦琴的第二弦。《初学记》卷十六引《三礼图》曰:"琴第一弦为宫,次弦为商,次为角,次为羽,次为徵,次为少宫,次为少商。"一般说来,商弦上弹出的都是苦音涩调,传达的是一种哀怨的情思。明人杨珽《龙膏记·邂逅》:"荡金飙秋色可怜,促商弦秋声堪怨。"这时能给予词人慰藉的却只是一支蜡烛,它一炷独明,它无言无语,却与词人相守相伴。可就是这样的一支蜡烛,到了中宵也是"残泪"满溢,让人情何以堪!上一句写商弦的"声涩",这一句写烛蜡的"泪残",把词人内心之"孤苦"和盘托出。这一年她因多次手术在医院反复出入,在年末岁初这个特殊时间,多想有人来陪伴和慰藉,也正因为这样,更激起她对远在雅安省亲的丈夫的热切思念。所以,在全词终篇不禁发出这样的心声:"词笺吟笔。清狂消尽,始信相思了无益。"这一句,化用李商隐《无题》"直道相思了无益,未妨惆怅是清狂"诗意,虽说诗人深知沉溺相思无益于健康,却愿意痴情到底,落得个终身清狂。用"词笺吟笔"写尽了内心的"清狂",这时候才能真正理解李商隐为什么要说"相思了无益",只有思之深才会有"清狂消尽"的表现。这一句,以一种对爱人的强烈思念,对爱情的执着表白,结束了全篇,也让读者坚定了的生活信念。

《六幺令》本为唐教坊曲，声调细小而繁促，其韵用仄声，其情多危苦，柳永曾用以表达男女情思。它的代表作为晏几道"绿阴春尽，飞絮绕香阁"一词，表达了一位女子对于爱情的渴望。沈祖棻在创作上也是有意学习晏几道的，词中表达的是她对于爱情的坚贞与执着。这首词在结构上可能直接受到吴文英《六幺令·七夕》的影响，上阕由忆昔而怀人，下阕则写怀人之深切。在那个战乱不宁的年代，离多聚少本是生活常态，词人以词笺吟笔，曲表衷肠，叙写了她对过去生活的美好回忆，也表达了对丈夫的无限思念。

/ 陈水云

苏幕遮

　　短檠前，微雨外。欹枕熏炉，都换年时意。欲仗清歌成薄醉。梦断高楼，旧日笙箫地。　　翠尊空，哀角起。零落朱阑，休为伤春倚。一点愁心无处寄。付与杨花，洒作弥天泪。

　　春天在中国的传统文化里一贯有着象喻的意义。春是一年四季中最好的季节，也象征了人的一生中最美好的时光，因此春天的逝去总是令人伤感的。这首词抒写传统题材，意象、词法都是传统的，但是结合抗日战争时期家国破碎的背景来看，它又具有了双重语境和幽微要眇的意蕴。

　　词的起句即化用吴文英《高阳台·丰乐楼分韵得如字》"伤春不在高楼上，在灯前欹枕，雨外熏炉"的句意。首句说"短檠前"，其实就是"灯前"，正如唐代诗人韩愈《短灯檠歌》中所说："长檠八尺空自长，短檠二尺便且光。""微雨外"其实就是"雨外"，点明是室内。这里完全将吴文英词的本意打散写入自己的词中，吴词言伤春不必在登高见春逝去之时，当伤春之情已沁入心脾，即使回到室内，也满心伤感。

而且，上阕头两韵配合下阕"零落朱阑，休为伤春倚"都是在化用吴文英的句意。

怀着无可解脱的春愁，作者"欲仗清歌成薄醉"，想要以清歌为借口饮酒浇愁，却愁根深种，不能如愿。这里与晏几道在《阮郎归》里表达的意思很相近："欲将沉醉换悲凉。清歌莫断肠。"想要用沉醉来取代悲凉，期待借听清歌消解断肠之悲，却满心悲凉，业已断肠。

伤春词一般都隐含着今昔对比的结构，"伤春不在高楼上"隐含的意思是伤春曾经在、也往往在高楼上，而作者果然"梦断高楼"，那是"旧日笙箫地"，在那里曾经"舞低杨柳楼心月，歌尽桃花扇底风"（晏几道《鹧鸪天》），有无数美好的时光。

下阕"翠尊空，哀角起"似在呼应"欲仗清歌成薄醉"一句，境界却截然不同。表面上看，"薄醉"对应"翠尊"，"清歌"对应"哀角"，但是词人用"哀"来修饰"角"，正是提示我们这角应是戍角，暗喻整个国家战事不断。同时，也似乎提示我们"翠尊"也不一定是眼前实景，可能有着象征意义，象征所有的美好事物与平安喜乐皆已成空。而"零落朱阑，休为伤春倚"也就继续借吴文英的酒杯，浇自己胸中的块垒。作者也曾"日高犹自凭朱栏，含嚬不语恨春残"（韦庄《浣溪沙》），如今却是"独自莫凭栏。无限江山"（李煜《浪淘沙》），"休去倚危栏，斜阳正在，烟柳断肠处"（辛弃疾《摸鱼儿》）。但是即使不登高、不凭栏，即使在雨外灯前，也丝毫无法化解词人的伤春和忧国之情。

结句"一点愁心无处寄"，言愁心无处寄托。李白曾说："我寄愁心与明月。"（《闻王昌龄左迁龙标遥有此寄》）张先说："一点芳心无托处，荼蘼架上月迟迟。"（《望江南》）其实，无论是"开到荼蘼花事了"（王淇《春暮游小园》），还是"枝上柳绵吹又少"（苏轼《蝶恋花》），都是最为典型的暮春景象。而作者的春心无处寄托，只能寄托在这最后的春日景物上。"付与杨花，洒作弥天泪"，化用苏轼《水龙吟·次韵章质夫杨花词》："细看来不是，杨花点点，是离人泪。"那漫天飞舞的杨花，其实都是漫天的眼泪。

整首词读下来，似乎又有范仲淹的同调名作"明月楼高休独倚。酒入愁肠，化作相思泪"的影子，其中的主要意象高楼、酒、泪都因作者内心的愁情一以贯之。

这首短调写传统伤春题材而翻深一步，将中国当时的战乱时局纳入其中，为传统婉约词加入了很多幽微要眇的意味。全词化用古人句意、句法特多，而并无斧凿之痕，可谓婉约古雅又寄托遥深。

/ 蔡　雯

燕山亭

花外残寒，垂下画帘，尽日丝丝风雨。才道这回，遣得愁心，又被两眉留住。篆字成灰，费多少、沉香烟缕。无据。漫记取书中，那时言语。　浑懒伤别伤春，任双燕，梁间暂来还去。山长水远，忍忆当年，江南旧逢君处。忘却相思，犹梦见、坠欢如故。何苦。连梦也、不如休做。

词中时见因相思已极而无力相思者，此篇则表现沉浸在相思之中却口是心非的形象，由此愈见思念之情深意切、无从驱遣。

开篇从闺中场景写起，"花外残寒，垂下画帘，尽日丝丝风雨"三句，述近日天气状况，整日风雨，春寒犹在，因此放下画帘，遮挡寒意。画帘内是一个封闭空间，词中意绪皆在此空间内生发。"才道这回，遣得愁心，又被两眉留住"，字面反用易安词"才下眉头。却上心头"(《一剪梅》)，其实表达的是"眉间心上，无计相回避"(范仲淹《御街行》)的意思。

"篆字成灰，费多少、沉香烟缕"，轻烟缕缕而升，篆香已然燃尽。

"漫记取书中，那时言语"，思绪也因之萦绕迂回，仿佛在不经意间记起了当时书信往还时柔情脉脉的言语。忆及往事，想起曾经写在信中的文字，这一切都是真实发生过的，而回想起来又是那样的不真切，似乎没有凭据。这种"无据"的不真实感，一是袅袅轻烟导致思绪飘浮，一是以书寄情之事如今想来已觉久远。

上阕写残寒天气中，闺人焚起沉香，忆及旧事，心怀愁意。过片"浑懒伤别伤春"，转说词人心境。"浑懒"写离别既久，相思亦无用，无论是思念还是赏春，都已懒得去想。其下从时空两个维度分别阐明原因："任双燕，梁间暂来还去"写此种状态时日已久，"山长水远"写空间相隔遥远。时日既久，又相隔甚远，相思何用？

"忍忆"犹"不忍相忆"，"忍忆当年，江南旧逢君处"，有一种"人生若只如初见，何事秋风悲画扇"（纳兰性德《玉楼春》）之意。不唯忘却相思，甚且连当初的相遇也一并不要发生才好，即姜夔所谓"肥水东流无尽期。当初不合种相思"（《鹧鸪天》）。然而，"忘却相思，犹梦见、坠欢如故"，即便词人已经无奈到想要忘却相思的地步，梦里却仍然全是往昔的快乐。理性想忘却这相思，但情感却仍沉浸其中，无法欺骗自己。如此，则词人只能叹一句"何苦"，即使梦里都是欢乐，实际上根本不可能再回到过去，那这样的梦有什么存在的意义，何苦要做这样的梦呢？不如连梦也不要做为好。末句"连梦也、不如休做"，翻用宋徽宗《宴山亭》"和梦也、新来不做"，汪东先生曰："寻常语，翻进一层，便尔深刻。"原句是想梦见昔日，以梦来排解愁情，得到安慰。而此处翻用，更进一层，写一切既是虚幻，何必沉浸其中？看起来决绝，细味之实是一片深情。

词中所云"遣得愁心"、"忍忆当年"、"忘却相思"、"何苦"等，字面上多是反语，恰恰反映出思念之情挥之不去，甚为深刻。

/ 李小雨

薄　幸

剩寒做雨，懒料理、伤春意绪。甚点点、杨花吹起，又是旧愁来处。纵赋情、犹似当年，沉吟忘了相思句。叹只此双蛾，能供几盼，容易新妆成故。　便望尽、天涯路，惟只见、绿阴无数。也知潮难准，黏天风浪，不辞更向江头住。水窗山户。怕轻烟薄霭，寻常化作行云去。灯残梦醒，还共馀香自语。

这首词作于1941年暮春。几年间，战火不断，百姓流离，词人与丈夫也时常分隔两地。面临春天的离去，作者将自己浓挚的相思与伤春之情打通，并借由这首词表达出来。

春秋代序，如果以春天为参照物，那真是"年年岁岁花相似，岁岁年年人不同"（刘希夷《代悲白头翁》）。词中一贯以伤春为多，而如果从沈祖棻的角度来看，就更是如此。这首词没有以或细微或浓烈的伤感情绪开篇，而是一开始就写出一种心灰意懒的态度，这就比以往诸作更翻深一层。这种写法就如同离别固然可悲，但是"人间别久不成悲"（姜夔《鹧鸪天》），当我习惯了离别，便不觉得可悲了，这是更深一层的悲哀。而"剩寒做雨，懒料理、伤春意绪"，则告诉我们伤春的意绪那么绵密悠长，"剪不断，理还乱"，作者已经疲于料理，索性就任由他去。

春天天气多变，经常是"乍暖还寒时候，最难将息"（李清照《声声慢》）。而春天毕竟将要逝去，夏天将要到来，春寒总是越来越少。于是想象力丰富的词人认为这是春天将所剩不多的寒冷融入雨中的缘故。春雨过后，作者看到点点杨花，这里化用的是苏轼的名作《水龙吟·次韵章质夫杨花词》"细看来不是，杨花点点，是离人泪"，暗示自己的愁情是由于相思，是"旧愁"而非"新愁"。这就提示我们，这种相思之情已持续良久，几经辗转而不得宣泄、化解，"若问相思甚了期。除非相见时"（晏几道《长相思》），强调夫妻离别日久。接以"纵赋情、犹似当年，沉吟忘了相思句"，继续渲染慵懒情绪，仿佛还是继续写词，却不再直笔写相思了。这正是"此情无计可消除，才下眉头。却上心头"（李清照《一剪梅》）。当"沉吟忘了相思句"，或许才是相思入骨之时，恰如李清照在《南歌子》中所表达的："旧时天气旧时衣。只有情怀、不似旧家时。"还是这春天，还是这相思，作者的情怀却已不同。

"叹只此双蛾，能供几盼，容易新妆成故"，是自怜之语，通过外在形态的描述强调自己内心的深情和盼望经历了多少尘世的消磨。过片继而书写自然的阻隔，"便望尽、天涯路"，这当然是化用晏殊的《蝶恋花》："昨夜西风凋碧树。独上高楼，望尽天涯路。"当作者登高远眺，望眼欲穿，"惟只见、绿阴无数"，入眼草木郁郁葱葱，却没有见到心中的那个人。所以作者说"也知潮难准，黏天风浪"，用潮信比喻世事无常，用风浪比喻连天战火。至此，作者层层渲染，将自己久别独居、风刀霜剑的凄苦处境勾画得淋漓尽致，如果将这种情意一以贯之，那么后面该写的是决绝吧！既然日日相思并无意义，自己再也经不起这样的消磨，而外界环境亦充满艰难险阻，那索性就在心灰意懒之间听之任之吧。谁知，作者却为我们带来了很大的反转，那就是"不辞更向江头住"，很有冯延巳说"日日花前常病酒。不辞镜里朱颜瘦"（《鹊踏枝》）的味道。这里当然在点化李之仪的《卜算子》：

我住长江头，君住长江尾。日日思君不见君，共饮长江水。
此水几时休，此恨何时已。只愿君心似我心，定不负相思意。

作者告诉我们尽管潮信无准，自己依然愿意住在江头，和自己思念的人共饮一江水。而这番深重的情意恰如这江水，将永无休止。这里很有几分誓词的味道，突出了女词人面对爱情的坚贞不悔。

"水窗山户"，作者以水为窗，以山为户，日日远眺，像极了温庭筠在《望江南》中的描述："过尽千帆皆不是，斜晖脉脉水悠悠。肠断白蘋洲。"于是作者内心也生出了几分恐惧，如果说"不辞"句是大的转折，那么"怕轻烟薄霭，寻常化作行云去"，就是小的转顿，正所谓"浮云遮白日，游子不顾返"（《古诗十九首·行行重行行》），作者也害怕在长久的离别之间，对方会轻易地不再将自己放在心上，担心所有的不辞辛苦与深情执着，终究成空。于是"灯残梦醒，还共馀香自语"。那"馀香"可能是烧残的熏香，更是夫妻团聚时的温暖吧，而作者在灯残梦醒之际，只能对着这些回忆自言自语。

这首词以《薄幸》为词牌，字里行间也绵延着一种幽怨。而更深刻的是作者对丈夫刻骨的相思和深情。那些辗转难眠，那些恐惧犹疑，那些许身不悔，都是因为作者内心深重的爱恋相思之情。

/ 蔡雯

摸鱼子

送春

透重帘、晚来风急,繁香零落如许。夕阳容易黄昏近,何况断云吹雨。流景暮。便剩水残山,千万留春住。闲愁忍诉。甚密缀朱幡,遍生芳草,不阻去时路。 长堤上,多少江南旧树。而今空惹离绪。飞红点点相思泪,惟有杜鹃声苦。肠断处。叹乱蝶狂蜂,竟作园林主。凭栏自语。尽分付江梅,丁宁社燕,后约莫相误。

其二

过清明、几番晴雨,还愁寒滞风骤。秋千拆了芳时换,容易绿新红旧。苔似绣。便密系金铃,不是寻常有。离愁暗逗。算啭梦流莺,栖香粉蝶,未解镇相守。　东风老，漫记熏梅染柳。　残鹃空自啼瘦。　飞花过尽帘栊静，无奈翠阴长昼。春去后。　渺芳信天涯，休问来时候。　词笺谱就。　念归燕空林，题红远水，能寄此情否。

词作写于1941年间，时在四川乐山。合题"送春"，但所写仍有所侧重。第一首主要说留春不住所产生之闲愁，其二说春归以后所产生之离绪。王国维《人间词话》谓："一切景语皆情语也。"二词极写春天景致，属于自然现象，然句句含情，呼应社会人事。社会人事中，除闲愁、离绪外，可能另有寓意。汪东评曰："比兴之体，最近碧山。"当颇为注重于此。这是对于碧山的因承或效法，亦即其相合之处。但是，如果与碧山之同调送春词《摸鱼儿》（洗芳林）对读，那么，将不难发现，沈祖棻并非只求与碧山合，而是于合中求异，以为进一步变革与提高。因为碧山所作，只是围绕一个春字，叙说其留恋之情，其中所涉及之社会人事（姑苏台及美女西施），虽亦可见其古今兴亡之感，但仍觉过于平淡，缺乏撼人心魂之力量。亦即"风骨稍低"（陈廷焯评碧山《摸鱼儿》语）。沈祖棻问途于彼，着重在内容上加以增添，以加强其"风骨"。同样为风雨送春归，同样惜春、留春，而沈祖棻更进一步。谓留春不住，令得长堤上之江南旧树，空惹离绪，令得杜鹃之啼声，一声声最苦。而今，园林已换了主人，只能寄希望于"后约"。谓春归以后，流莺与粉蝶，根本不理解"镇相守"之意。东风空老，残鹃啼瘦，天涯芳信杳杳。纵使谱就词笺，也不知道能不能随着流水,传到伊行。 凡此种种,使得因送春而生之闲愁与离绪,显得更加丰富多彩,更加带有社会现实依据,作者忧国思家的婉转愁肠,随蕴藉的文字一路生发开去,馀意不尽,因而也更加富有感人力量。 这就是对于碧山的变革与提高。

问途阶段,包括其后所作若干效法南宋诸家篇章,大多体现其变革精神。 例如《曲游春》(归路江南远),所谓轻灵其形,重厚其神,已为碧山、玉田所未能及(参见汪东评语);《双双燕》(海天倦羽),以典雅补纤巧,高出梅溪一筹(参见汪东评语);《探芳信》(玉炉畔)之所谓"清于梅溪,厚于玉田"(汪东评语),也是对于前人的提高。 说明沈祖棻已有本领,可依循前人所指示的门径,达到清真之浑化境界。 但是,沈祖棻并未依循这条道路走下去,而是通过自己的实验,另行选择,另辟新境。 这就是入门之后的重新探索,这一阶段与问途阶段并未有明确界限。 即在问途过程中,已开始新的探索;在探索过程中,仍然继续问途。 因此,这一阶段,应从大学国学特别研究班毕业算起,一直到定居武汉为止。 汪东所说"三变"中之第二、第三阶段,当包括在这一探索阶段内。

/ 施议对

鹧鸪天

聊借春寒掩画屏。赋愁零句久慵赓。蚕丝烛泪当时意,禅榻茶烟此日情。　　花剩蜜,絮为萍。不妨风雨下帷听。却怜数尽残更漏,一枕收京梦未成。

在境遇惨淡之时,回味往昔生活中的暖意,却更使眼下处境显得孤苦。词人已勉力投入当下,但孤寂与痛苦依旧侵袭而来。个人之遭际,国势之艰辛,其中况味,有难以言说者。

起句言"聊借春寒掩画屏",一个"聊"字,实际上是说明内心无绪。在无绪的心绪面前,春寒算得了什么呢?这其中有一种"谁谓荼苦,其甘如荠"(《诗经·邶风·谷风》)的深味。"赋愁零句久慵赓",与吴文英《霜叶飞》中"聊对旧节传杯,尘笺蠹管,断阕经岁慵赋"意绪相类。以前,欲赋词章以遣胸中愁闷,但下笔却仅得零星几句,可见无甚心情。没料到现如今,就连这"零句"也不能赓续,词人之灰心可知。

"蚕丝烛泪"从李商隐《无题》诗中化来:"相见时难别亦难,东风无力百花残。春蚕到死丝方尽,蜡炬成灰泪始干。""禅榻茶烟"勾勒出冷寂的孤独氛围，与往昔之缱绻形成对照。"当时意"、"此日情"，这番今昔对比，如人饮水，难以为怀。

由此，词人不由得感喟："花剩蜜，絮为萍。"这里有对世事因由的沉思。前句似与罗隐《蜂》相关："不论平地与山尖，无限风光尽被占。采得百花成蜜后，为谁辛苦为谁甜。"后句则可以参见叶嘉莹先生对沈祖棻《浣溪沙》（兰絮三生证果因）的解释："中国跟日本的关系真是恩怨情仇，唐朝的时候日本派那些留学生到中国来学习，后来日本竟然发动了侵华战争。历史的演进，回头看一看真是'兰絮三生证果因'。"（《从李清照到沈祖棻——谈女性词作之美感特质的演进》）两个短促的三字句并列组成过片，强烈的节奏使人感受到，世事变迁给词人带来无以化解的心忧。"不妨风雨下帷听"，窗外风雨声正印合此时心境，又平添几分凄切难安。情感郁积、意绪难平，残夜之中，唯有滴漏声愈发清晰可闻。

古时以漏壶滴漏计时，"数尽残更漏"，知夜已极深，而人至此时依然无眠。刘克庄《风入松》云："残更难睡抵年长。晓月凄凉。"在幽静的深夜里，孤怀凄凉，难以入眠，任由思绪为漏声牵引。"一枕收京梦未成"，字面从苏轼《南乡子》"一枕初寒梦不成"化来。"收京"而寄希望于梦，不过是聊以自慰，而醒来方知连梦也无，"无据。和梦也、新来不做"（赵佶《宴山亭》），真是失望到极点。但这里仍可以看出作者内心的炽热，因为"一枕收京梦未成"句，字面上虽然出自苏轼，内容却可以参考陆游的诗篇，题为《五月十一日夜且半，梦从大驾亲征，尽复汉唐故地，见城邑人物繁丽，云西凉府也。喜甚，马上作长句，未终篇而觉，乃足成之》，其中有"苜蓿峰前尽亭障，平安火在交河上。凉州女儿满高楼，梳头已学京都样"的描写。词人也许想起了陆游，梦想自己的收复国土的愿望能够实现，哪怕只是在梦中也好，可惜却终究未能实现。这末尾一结，使得前面的种种愁怀，就不仅仅是个人之愁，而更掺以家国之愁，使词情更为丰厚，无奈也愈为加深。

篇中对虚字的运用，也幽深婉转地书写出词人内心的不平之气。开篇"聊借"已奠定全篇基调，传递了一种无所依托的思致。"不妨"、"却怜"，一句一转，使人体味到词人心曲之起伏。《鹧鸪天》一调篇幅短小，词人借助虚字及典故的使用，使词章容量大为增加，也更好地体现出"词之言长"的文体特征。

/ 李小雨

水龙吟

与千帆共检行箧,得旧日往返书简数百通。离乱经年,欢惊都尽,因将绮语,悉付摧烧。纪之以词云尔。

几年尘箧重开,古芸尚护相思字。钗盟钿约,此中多少,故欢清泪。学写鸳鸯,暗瞒鹦鹉,封题犹记。更飘灯隔雨,吟笺小叠,凭商略、游春意。 惆怅玉炉红起,搅三生、梦痕都碎。传恩递怨,风怀渐老,柔情漫费。烟袅残丝,灰温剩火,旧愁消未。算从今但有,平安一语,倩飞鸿寄。

近代名人夫妻多有往来书简存世,如沈从文写给张兆和的《湘行散记》、鲁迅与许广平的《两地书》等,遗憾的是,在已出版的《程千帆全集》与《沈祖棻全集》中,我们几乎找不到这对夫妻的书信往来资料。是因为他们从未分离?还是因为信件已全部散佚?这首《水龙吟》向我们透露了些许答案。

这是在1941年的乐山,据词前小序可知,当时沈祖棻与程千帆一同整理行囊,翻出了两人之间往日的往返书信数百封。他们并没有像珍视诗词一样"爱惜如护头目"(李清照《金石录后序》),而是将这数百封书信付之一炬。究其原因,沈祖棻云:"离乱经年,欢惊都尽。"所谓"欢惊",就是欢乐。虽然书信都化为灰烬,沈祖棻却写下这首词记录当时的心境,这首小词因而也可视为这些书简留在人间的最后一丝痕迹。

词以"几年尘箧重开"起笔。箧已生尘,说明久不开启;几年后重开,说明光阴已逝。词人尚未言及情绪,而时光流逝、物是人非的感伤已跃然纸上。"古芸尚护相思字。""古芸"即旧日芸香,芸香可防止书籍生蠹虫,故古人常为书斋、诗集取名"古芸书屋"、"古芸诗稿"等。在女词人眼中,"古芸"亦有情有义,守护着这些书写相思的书信。将这些信件一封封展开重读,字里行间都曾写了些什么呢?"钗盟钿约,此中多少,故欢清泪。"大概,这些信件是他们爱情最好的见证吧,字里行间有着往昔的欢笑以及别离的清泪,有着花前月下的细钗盟约。这最早的通信,要追溯到五年前的南京古城了。

1936年,程、沈在南京金陵大学求学时相识,那时程千帆尚是大三的学生,沈祖棻则就读于金陵大学国学研究班。由于程千帆跑去研究班旁听课程,这才认识了比他大四岁的沈祖棻。后来程千帆简单地回忆道:"由于志同道合,(我们)很快便相爱了。"(《沈祖棻小传》)可以想见,这两位中文系的高才生在相识之初,必定有过情书往来,这情窦初开的娇憨正如词中所云:"学写鸳鸯,暗瞒鹦鹉,封题犹记。""学写鸳鸯"语出欧阳修《南歌子》:"等闲妨了绣功夫。笑问鸳鸯两字怎生书。""暗瞒鹦鹉"化用朱庆馀《宫词》:"含情欲说宫中事,鹦鹉前头不敢言。""封题"即封信题签,"封题犹记",女词人记得的,也许是第一次收到对方来信时的怦然心动，也许是自己第一次写信给对方时的羞涩与谨慎，也许兼而有之。那是在六朝古都南京，那时岁月尚安宁，这一对璧人，畅享着"更飘灯隔雨，吟笺小叠，凭商略、游春意"的最好年华。在1937年1月《文艺月刊》上刊登着署名"绛燕千帆"的《赠答题五章》，"绛燕"是沈祖棻的笔名，"千帆"即程千帆，这是这对恋人共同署名发表的新诗作品，以这几首小诗，他们公开表达彼此炽热的爱情。他们也共同参加了土星诗社，这些都是"飘灯隔雨，吟笺小叠"的明证。至于"凭商略、游春意"，更可想见在秦淮河边、莫愁湖畔，这一对恋人的携手相伴。有诗为证："忽忆凉飔残照里，万花双桨是当年。"（沈祖棻《琼楼》二首其二）

假若岁月始终安宁，他们大概会过上"被酒莫惊春睡重，赌书消得泼茶香"（纳兰性德《浣溪沙》）的美满生活，然而战火惊破了这一场美梦。下阕以"惆怅"二字起笔，不惟词意、情绪皆陡然转折，且带出国难当头的时代背景。"惆怅玉炉红起，搅三生、梦痕都碎。""玉炉红起"暗指1937年日寇进攻，上海、南京一带战火四起，"三生梦痕"用三生石典，传说唐李源与僧圆观友善，圆观殁前与之相约十二年后中秋月夜相会。及期，源赴约，闻牧童歌《竹枝词》："三生石上旧精魂，赏月吟风不要论。惭愧故人远相访，此身虽异性长存。"源知牧童即圆观之后身。后《牡丹亭·标目》有"但是相思莫相负，牡丹亭上三生路。"《红楼梦》第一回也云："只因西方灵河岸上三生石畔，有绛珠草一株。"三生石遂成为姻缘象征。"搅三生、梦痕都碎"是"岁月静好，现世安稳"的盟誓在战争中的脆弱与破碎。1937年两人为避日寇逃离南京，在经历了长时间的逃难、流离、不安定的生活之后，沈祖棻写道："传恩递怨，风怀渐老，柔情漫费。"

当年逃难途中，夫妻新婚小别，女词人有"不逢云外信，空绝月中梯"（《临江仙》八首其一）的叹息；后来程千帆为小吏于西康，留在重庆的沈祖棻有念远之作，词中有"更无雁字到愁边"（《浣溪沙》）之语，古人认为雁足传书，"雁字"即指书信；此后在乐山，夫妻小别，沈祖棻有"云外青禽传信到。恰是银屏，昨夜灯花照"（《蝶恋花》）的喜悦，这些都说明夫妻之间常有书信往返。但"传恩递怨"之间，年华倏忽而逝，所谓"风怀渐老"，即情怀历经沧桑后的疲惫悲凉。值此国破家亡的乱世，对此"柔情漫费"的上百封书信，夫妻互视，或许也有"笑篱落呼灯，世间儿女"（姜夔《齐天乐·蟋蟀》）的一丝苦笑。既然"梦碎"、"漫费"，索性将这些情书都"悉付摧烧"，遂有"烟袅残丝，灰温剩火，旧愁消未"三句。望着渐渐燃尽的残烟馀灰，却不知旧愁是否与这些书信一同销尽？过往已矣，结拍以一"算"字领起，表达战乱时代个体微弱的期望："算从今但有，平安一语，倩飞鸿寄。""平安"，是乱世中有情之人最大的渴望，"但有"即只有，从今以后，请飞鸿寄与的唯有"平安"二字，这是将欢惊与绮语抛弃后，女词人对生活最素朴的渴望，也是对丈夫最深情的嘱托。

　　书简已烧，爱情渐老；战火未熄，家国将亡。这首词不惟向后人道出这对夫妻曾经拥有的上百封书信的下落，也道出个体在乱世艰难备尝后的心态变化。爱情与绮语，不再是沈祖棻生命的重心，她将目光投向当下的国难、现实的乱象，开始更多地书写抚事忧时之感，留下了大量沉郁深厚的佳作。

/ 黄阿莎

苏幕遮

过春寒,怜骤暑。山上层楼,高处多风雨。一霎潮声生远树。碧瓦纷纷,似叶敲窗户。　下罗帷,移蜡炬。夜黑更长,倚枕朦胧处。电幻狂烽雷幻鼓。梦里惊疑,不敢江南去。

许浑有诗形容"山雨欲来"的场景:"溪云初起日沉阁,山雨欲来风满楼。"(《咸阳城东楼》)沈祖棻先生用词体来写,同样将山雨欲来的声势写得十分逼真,使人如闻其声,如临其境,更且能够体会在这种体验下的心态。

"过春寒,怜骤暑"交代春尽夏来的时间。"山上层楼,高处多风雨",指出地点在高山之上。"多风雨"引出以下三句。"一霎潮声生远树"首先从听觉写这场风雨。风吹树动,摇晃起伏的树冠发出潮水涌动一样的声音,人在山间房屋之中,远远地听见波涛一样的风声由远及近地传过来。用潮声来形容风,唐诗中已有之,许浑诗:"云连海气琴书润,风带潮声枕簟凉。"(《晚自朝台津至韦隐居郊园》)张祜诗:"树色连秋霭,潮声入夜风。"(《题樟亭》)均用此意。而此处以"一霎"极言山居风雨来势之突然。紧接着"碧瓦纷纷，似叶敲窗户"，住处顶上的青绿瓦片被雨点砸得纷纷作响，风刮起的落叶卷到窗户上，玻璃也跟着震动。"一霎"三句，汪东先生评曰："山居雨来，真是此景。亦非山居人不能领也。"这三句，从三个层次分别由远至近地写出了山雨欲来的声音特点。

过片"下罗帷，移蜡炬"，写突如其来的风雨声似乎使人呆滞，但反应过来之后，便赶紧下床去移蜡炬，免得为风雨所侵。短短两个三字句，写出人在这种突如其来的风雨声中的惊慌之态。"夜黑更长，倚枕朦胧处"，本来山间如有月色，不至于完全陷入黑暗，而这一场风雨袭来，云遮住月光，夜便更加漆黑，而在风雨席卷之中，人的心理感受导致对时间的感觉错乱，会愈发觉得夜长了。"下"、"移"、"倚"三个由动至静的动作，也反映出人在山居风雨中由慌乱而至逐渐适应的心理状态。

"电幻狂烽雷幻鼓"，写一闪而过的闪电像是狂闹的烟火冲上天际那样明亮，雷声像敲鼓那样震耳欲聋。"梦里惊疑，不敢江南去"，在这种情势之下，原本要进入归乡之梦的词人，却因为这真实环境中的风雨声势太过浩大，似乎侵入虚幻的梦境之中，即便发梦，也为这声势所慑，不敢回到江南故地去了。"电幻"三句，汪先生曰："奇想。然实是人人口头语，故为绝妙。"所评甚为允当。

这首词充满了动态，上片写自然界的动态，下片写人物的动态，相映成趣。词篇作于抗战期间，末三句亦真亦幻，但"不敢江南去"又反映出现实中战事日久，词人欲还乡而不可得的矛盾心情，这种心情正是战时心态的折射。

/ 李小雨

琐窗寒

蜀道鹃啼，江潭柳老，又逢春晚。风多雾重，未料夜寒深浅。近黄梅、雨丝自飘，断肠却恨江南远。更路长漏短，梦魂难到，旧家池馆。　　经眼。芳菲换。叹故国青芜，燕斜蜂乱。泥香蜜熟，已是繁红都变。早楼台、歌罢舞休，戍笳暗咽边角怨。正烟迷、四面遥山，漫把珠帘卷。

宋以来，词人好于暮春之时雅集，作词以送春，但南宋灭亡之时，刘辰翁作《兰陵王·丙子送春》，所送者不是自然之春，而是南宋之国祚、民生之寄望，字字血，声声泪，唱出了遗民的心曲，也使得送春词多了一番意蕴。从此，身处国家忧患之时的词人借"春愁"写国愁，也成为词史的传统。在《涉江词》中，以"春愁"写国事的作品所在多有，譬如成名作《浣溪沙》："芳草年年记胜游。江山依旧豁吟眸。鼓鼙声里思悠悠。三月莺花谁作赋，一天风絮独登楼。有斜阳处有春愁。"此词作于1932年九·一八事变之后，江山依旧，芳草如茵，三月莺花，一天风絮，如此胜景，却不是胜赏之时，只因鼓鼙之声频起，国难当头，生灵涂炭，这铺天盖地的"春愁"，也就随着日暮的斜晖，笼罩在词人的心头。抗战爆发后，词人更是万里无家，"春愁"不断。《琐窗寒》就是一首叙写"春愁"和漂泊之感的作品。

词作于1941年，其时作者客居蜀地。起句云"蜀道鹃啼"，既是点明所处之地，暗伤漂泊，又用杜宇死后化为杜鹃为国事心伤而啼血的典故。"江潭柳老"，既切合暮春柳褪初黄、渐增浓绿之实景，又暗用东晋桓温的典故。桓温北征之时，重经故地，见旧日所种之柳树今已十围，因而感叹"昔年种柳，依依汉南。今看摇落，凄怆江潭。树犹如此，人何以堪"。所以词的前二句，一是暗叹所处之地让人"何以堪"，一是暗叹今昔对比让人"何以堪"。而"又逢春晚"既承"江潭柳老"点出时令，又引出春愁。以下进一步渲染环境，"风多雾重，未料夜寒深浅"，言春日轻寒轻暖，"近黄梅、雨丝自飘"言春日乍雨乍晴。这种变化无常、乍暖还寒的天气既是实写，也体现出词人的心境因忧伤而易感，正如李煜《浪淘沙》说"帘外雨潺潺。春意阑珊。罗衾不耐五更寒"，与其说是天寒难耐，不是说是心寒难忍。铺垫至此，"断肠"是自然而然之事，"断肠却恨江南远"，其原因是家山难寻。纵然难寻，未必不思，所以"更路长漏短，梦魂难到，旧家池馆"。梦本是人在面对现实阻隔时的寄托，但词人却感叹夜短而路长，关山千里，梦也难到。沈祖棻在词中，常将"旧家"情形与漂泊岁月相对比。如《徵招》："还记旧家时，疏帘静、轻漾素兰风细。瓷碗碧螺春，更香浮茉莉。别来飘泊久，总难忘故乡风味。去程远，鼓角年年，叹误人归计。"又如《二郎神》："休叹。长愁养病，天寒孤馆。念白发青灯，药炉茶灶，当日何人照管。待断柔肠，拚埋瘦骨，那定夜台相见。惟梦到，淡月梨花院宇，旧家欢宴。"在这些词中，"旧家时"岁月静好，有良辰乐事、美景清欢；而梦醒人惊，身在鼓鼙声里。此词也是以昔日之欢，写今日之痛，由此引出过片"经眼。芳菲换"。

以下数句虚写,"叹故国青芜,燕斜蜂乱",故国杂草丛生,象征山河残破;燕子难寻故家,象征战火中的人民如覆巢之燕,漂泊无依;蜂蝶狂飞乱舞,象征当局者不思恢复,反而沉溺于权力斗争。"泥香蜜熟,已是繁红都变",承上二句而来,纵然燕泥仍香,蜂酿已熟,但花落春去,风景早非当时。"早楼台、歌罢舞休,戍笳暗咽边角怨",楼台歌舞的升平之景,换成了戍角胡笳,怎不让人暗生凄怨!"正烟迷、四面遥山,漫把珠帘卷",烟迷群山,一无风景可看,且如此心境,实在容易触目伤怀,但词人反而漫卷珠帘,要把四面遥山看遍,直面这深沉的痛苦。

此词处处对比。词人身在蜀道,心在江南,是一对比;以昔日的"旧家池馆",映衬今日之连天烽火,也是一对比;往日听歌观舞,今日听笳声愁咽,又是一对比。这些对比,或虚写,或实写,或比喻,或象征,着力于表现词人伤今悼昔的悲凉心境。此种心境,在词人同时期的词中多有表现,如《减字木兰花》:

新寒乍暖。细葛轻绵朝夕换。暗雨昏烟。不是江南四月天。 年年蜀道。休说不如归去好。剩水残山。付与流人着意看。

《减字木兰花》所写的情境、心境,与《琐窗寒》极为相似。时节,都是"新寒乍暖"的春日;天气,都是"暗雨昏烟";心境,都是身在蜀道,心系江南;而愁之所起,都是因为大好山河,成了"剩水残山";且词人都是强忍心酸,着意看尽剩水残山,沉痛之中,偏饶倔强。

/ 彭洁明

澡兰香

辛巳重午

三年蓄艾，五色缠丝，一缕宫魂暗续。江沉楚魄，渡竞吴舟，往事自伤心目。记银盘纤手包香，家家新炊黍熟。远水迷烟，忍问汀洲菰绿。　　永昼商量薄醉，莫惜蒲觞，更倾醽醁。残题小扇，旧泪单衫，未称画屏兰浴。又墙阴红到榴花，消息归期未卜。漫更忆泼酒添熏，当时裙幅。

节令，是中国古代诗词重要的叙写题材。上元观灯，花朝游春，上巳流觞，七夕乞巧，中秋赏月，重九登高，每一种节令都有其独特的风俗活动，所以相应的节令词也就有相对固定的写法和意蕴。如上元词多写邂逅，七夕词多写爱情，中秋词多写聚散，重九词多写秋情。沈祖棻的《澡兰香·辛巳重午》作于1941年端午节。其时抗战烽火正炽，战况胶着，词人逢此佳节，难胜今昔之感，故有此作，同时，又因端午的起源与屈原有关，所以词又借凭吊屈原来暗藏对国事的感怀。

"三年蓄艾，五色缠丝，一缕宫魂暗续"三句，写端午之习俗及其意蕴。"五色缠丝"指用五色丝线包裹粽子，"三年蓄艾"用《孟子》典，《孟子·离娄上》说："今之欲王者，犹七年之病求三年之艾也。苟为不畜，终身不得。"比喻为政应提早准备，以备不测。梁启超《论变法不知本原之害》说，"精于审证者，得病源之所在，知非此方不愈此疾，三年蓄艾，所弗辞已，虽曰难也，将焉避之"，用"三年蓄艾"比喻长期酝酿救世良策，沈祖棻即用此意。而"三年蓄艾"字面上又可理解为准备端午节所需的艾叶，一语双关。"一缕宫魂暗续"用齐女含恨化蝉的典故，意指世人在端午节的习俗中，寄寓了对忠魂的凭吊，魂之"暗续"，似乎也象征文化精神生生不息，纵遇千难万险也不可磨灭。"江沉楚魄，渡竞吴舟，往事自伤心目"写端午景象。端午赛龙舟，祭屈原的旧俗，勾起了词人对旧事的回忆，当承平之时，"记银盘纤手包香，家家新炊黍熟"。杜甫《忆昔》说："忆昔开元全盛日，小邑犹藏万家室。稻米流脂粟米白，公私仓廪俱丰实。"漂泊中忆团圆，乱离中忆承平，总是令人神伤，所以引出下二句："远水迷烟，忍问汀洲菰绿"。端午节有包粽子的习俗，以菰芦叶裹黍米，尖角，如心之形，故曰粽或角黍。"远水迷烟"象征着时局，去愁如海，来日茫茫，自然再无心思坐享佳节。

永日无聊，情有不堪。何以解忧，唯有杜康。"永昼商量薄醉"是词人无奈的选择，菰叶"不忍"问，而蒲觞更"莫惜"，旧欢难寻，但谋一醉。正如周邦彦《满庭芳·夏日溧水无想山作》所写："年年。如社燕，飘零瀚海，来寄修椽。且莫思身外，长近尊前。憔悴江南倦客，不堪听、急管繁弦。歌筵畔，先安簟枕，容我醉时眠。"痛苦，让词人无消遣之情，有避世之意，对周邦彦而言，是漂泊之痛让他"不堪听、急管繁弦";对沈祖棻而言,是国事之忧让她"忍问汀州菰绿"。不仅无心裹粽,其他的端午仪式,也一并荒置了,"残题小扇,旧泪单衫,未称画屏兰浴"就是此意。据《礼记》载,古人五月有蓄兰沐浴的习俗,他们采摘兰草,以兰草汤沐浴来除毒。如今万事零落,又岂有"画屏兰浴"的环境和心境。"又墙阴红到榴花,消息归期未卜",上句说时序催人,下句说来日无着,又暗用辛弃疾《祝英台近》之"试把花卜心期,才簪又重数"典。词以"漫更忆泼酒添熏,当时裙幅"二句作结,以表现今昔之感,"当时"与"今日"、"故我"与"今我"的对比,风景之同和人事之异,都让词人愁满胸臆。

故国沧桑,佳节难过,这类词古有佳作。如蒋捷在宋亡后所作的《女冠子·元夕》:

> 蕙花香也。雪晴池馆如画。春风飞到,宝钗楼上,一片笙箫,琉璃光射。而今灯漫挂。不是暗尘明月,那时元夜。况年来、心懒意怯,羞与蛾儿争耍。 江城人悄初更打。问繁华谁解,再向天公借。剔残红炧。但梦里隐隐,钿车罗帕。吴笺银粉砑。待把旧家风景,写成闲话。笑绿鬟邻女,倚窗犹唱,夕阳西下。

词写元夕的感怀,深藏亡国之痛。池馆如画,笙箫齐鸣,琉璃光射,都已成为记忆,哪怕明月如昔,也不再是"那时元夜"了。"心懒意怯"一句,是词人心境的实写,似乎也可以概括身负国仇家恨的寻常人的心境。李清照《永遇乐》的"如今憔悴,风鬟霜鬓,怕见夜间出去",何尝不是如此。刘永济《水龙吟·庚辰重午》(作于1940年)的"高唐梦冷,章华春晚,江山谁主。极目心伤,断魂难返,江南红树",又何尝不是如此!而沈祖棻的另一首节令词《烛影摇红·雅州除夕》，也是同一心境：

> 换尽年光，烛花依旧红如此。故家箫鼓掩胡尘，中夜悲笳起。拨冷炉灰未睡，忍重提、昆池旧事。明朝还怕，剩水残山，春归无地。　彩燕飘零，玉钗莲鬓愁难理。当筵莫劝酒杯深，点点神州泪。空忆江南守岁，照梅枝、灯痕似水。星沉斗转，北望京华，危阑频倚。

除夕，是辞旧迎新的团圆佳日。但如今，故国何忍辞，新生不可待，团圆更无从说起，所以词人空忆旧事，忍对残杯。此词格调低沉忧伤，正是"点点神州泪"化而成文。王夫之《姜斋诗话》云："以乐景写哀，以哀景写乐，一倍增其哀乐。"沈祖棻乱离中所写的节令词，正是以昔写今、以乐写哀的好例子。词人所在意的，不是除夕守岁、端午兰浴本身，胡尘得靖、家国平安才是她心念所在，"北望京华，危阑频倚"之中的忧世之情，读者不可不知。

/ 彭洁明

寿楼春

茗肆夜话，客有念白门消夏之乐者，感而赋此。

寻荷亭追凉。有霓灯乱月，冰盏凝霜。是处风回金扇，麝飘罗裳。笼冷雾、添秋光。向广寒、琼宫瑶廊。任对影闻声，听歌看舞，垂幕度新腔。清欢歇，离愁长。剩胡笳动地，烽火连江。永夜荒蛩吟砌，湿萤穿窗。萝补屋，莓侵墙。曳瘦筇、河桥茶坊。甚零梦如尘，今宵异乡空断肠。

沈祖棻的《寿楼春》词作于1941年，词前有序云："茗肆夜话，客有念白门消夏之乐者，感而赋此。""白门消夏之乐"是关于往昔生活的回忆，且点明"消夏"这一特定活动。古代文人对时序的更迭十分敏感，"春风春鸟，秋月秋蝉，夏云暑雨，冬月祁寒，斯四候之感诸诗者也"（锺嵘《诗品》），他们也往往将物候之变化作为写作诗词的素材，甚至还会起诗社词社，如送春、消夏、消寒等，都是常见的集社主题。

这既是对自然生命的礼赞，也是充盈着文化韵味的高雅享受，词中所说的"听歌看舞，垂幕度新腔"正是指此。

在记忆中，当时的消夏之乐，是香、光、声、触的多重享受。香，系"荷亭"之荷香和熏衣之麝香，一浓一淡；光，是灯光和月色，一人工一自然；声，是歌舞之声与人声，既有清歌出尘之感，又不失人世的烟火气息；触感，是凉风和冷雾带来的清凉感，热中得凉，好不惬意！上片的写法，颇似李煜的《玉楼春》：

> 晚妆初了明肌雪。春殿嫔娥鱼贯列。笙箫吹断水云间，重按霓裳歌遍彻。 临风谁更飘香屑。醉拍阑干情味切。归时休放烛花红，待踏马蹄清夜月。

《玉楼春》词写夜晚开宴的情形。"晚妆初了明肌雪"是眼之所见，"笙箫吹断水云间，重按霓裳歌遍彻"是耳之所闻，"临风谁更飘香屑"写香味，"醉拍阑干情味切"写情态，"归时休放烛花红，待踏马蹄清夜月"写心境。从多方面的感知来描写一次春风得意的夜宴，正是二词的共同点。

过片"清欢歇，离愁长"，言陡然从回忆中惊醒回到现实。所见，远有"烽火连江"，近有"湿萤穿窗"；所闻，远有"胡笳动地"，近有"荒蛩吟砌"；所居，是"萝补屋，莓侵墙"之处，所经行处，是"河桥茶坊"。往日繁华，竟归一梦，所以羁留异乡的词人，只能"空断肠"了。

词多处化用前人成句。"寻荷亭追凉。有霓灯乱月，冰盏凝霜"三句，暗用秦观《望海潮》"西园夜饮鸣笳。有华灯碍月，飞盖妨花"。"萝补屋，莓侵墙"化用杜甫《佳人》"侍婢卖珠回，牵萝补茅屋"。至于"曳瘦筇、河桥茶坊"，又可与朱祖谋《过秦楼》之"流尘巷色，飘鼓街声，不称曳筇心眼"颇为相似。而杜甫《佳人》、秦观《望海潮》、朱祖谋《过秦楼》都是写冷寂之心境，且均有世事沧桑、今非昔比的感喟，可见词人化用的巧妙。

《寿楼春》是史达祖自度曲，在史达祖《梅溪词》中，这首词题为"寻春服感念"，系悼亡之作，"声情低抑，全作凄音。有用以填寿词者，大误"（龙榆生《唐宋词格律》）。《寿楼春》的特点是多用拗句，以沈祖棻词为例，上片首句"寻荷亭追凉"五字皆平，上片第六句"笼冷雾、添秋光"、第七句"向广寒、琼宫瑶廊"等也都是拗句，且以平声为主。另外，此调多用短句，上下片各押六仄韵，用韵较密，又多杂拗句，所以声情较为压抑急促，适于表现低沉忧伤的情绪。沈祖棻《寿楼春》词，声情便与内容结合得十分熨帖。

从全词的章法来看，这首《寿楼春》又与吴文英的名作《夜合花》非常相似。《夜合花》云：

> 柳暝河桥，莺晴台苑，短策频惹春香。当时夜泊，温柔便入深乡。词韵窄，酒杯长。剪蜡花、壶箭催忙。共追游处，凌波翠陌，连棹横塘。　十年一梦凄凉。似西湖燕去，吴馆巢荒。重来万感，依前唤酒银罂。溪雨急，岸花狂。趁残鸦、飞过苍茫。故人楼上，凭谁指与，芳草斜阳。

两首词的上片都是写旧日繁华，且都是夜中清游，对酒吟诗；下片都是写今日的冷寂，感叹时移世易，萧条此身。过片都是陡转，从往日的场景切换到如今。"风月无情人暗换。旧游如梦空肠断"，是二词共同的主题，所以，都是极力渲染"风月"之美，"旧游"之欢，以突出世事之如梦，"肠断"之凄凉。

/ 彭洁明

点绛唇

近水明窗，烟波长爱江干路。乱笳声苦。移向山头住。　　径曲林深，惟有云来去。商量处。屋茅须补。莫做连宵雨。

1940年8月，沈祖棻和程千帆迁居到乐山，暂时过着相对安定的生活，心情也比较愉快。在其后的两年里，词人得以静下心来精益求精，一方面对词的内容进行开拓，一方面在艺术上不断学习。这一时期，感情的表现同时向着两个方向发展，一方面乡关情绪已经融入深重的国仇家恨，思乡中忧生忧世的意识日益增强，情感大量外释，从温和到激烈。另一方面，词人的感情又在积淀中下沉，表现出一种近乎沉着、超然的情思。她在《水龙吟》的小序中写道："与千帆共检行箧，得旧日往返书简数百通。离乱经年，欢惊都尽，因将绮语，悉付摧烧。纪之以词云尔。"词中末句"算从今但有，平安一语，倩飞鸿寄"，是词人在感情上力图从绚烂归于平静的自白，一首《水龙吟》便已透露出她要求重新梳理感情、分流感情的信息。

1941年6月，沈祖棻就得到了这样一个与她的感情需要相吻合的契机，程千帆在《点绛唇》一词的笺注中交代了这个契机的原委："居乐山时，始赁庑徐家埠，旋以避空袭，迁学地头，旧学官荒地也，与刘丈弘度及钱歌川先生为邻。以地名不文，改称雪地。屋在一小丘之巅，下临清溪，风物甚佳，故词中颇及之。"为避空袭，词人迁居乐山学地头，山丘之上，风物甚美，且与钱歌川、刘永济等毗邻而居，由此产生了一组描写田园牧歌式的山居生活的词作，《点绛唇》便是其中的代表作。

作品用白描的手法，以超然闲淡的诗情处理着原生态的贫寒窘迫，摆脱了绮丽的词汇，以清新的笔触，记录着生活的琐碎和细节。所有的不幸遭遇都被作者朴实无华的语言、生活的平淡从容，悄悄地淡化处理了。见于文字的，是寄居山间的恬静平凡；流于行间的，是系心世事的淡淡哀愁；感于时代的，是艰难时事下仍没有失去的人生乐趣，是乱世中生命稍加休憩的平静。

这标志着一段新生活的开始，和一种新词境的开拓。《点绛唇》上阕写搬至学地头的缘起，下阕则写幽深简陋的生活环境，明明茅屋破漏，却只轻言"莫做连宵雨"，将忧患之意一笔带过。这种生活，可与其他相关作品互参。如《摊破浣溪沙》："豆荚瓜藤处处栽。柴门还在最高崖。一雨经宵庭草长，上闲阶。山色故教云作态，好风常与月相偕。小犬隔林遥吠影，有人来。"将日常起居中的小片段信笔拈来，屋外豆荚瓜藤，庭前野草。风月相偕，偶有人迹，便闻犬吠，以动写静，更见居处幽僻，生活散淡。此外，《清平乐》六首集中描绘了生活的碌碌和艰难，而《鹧鸪天》"浣衣归后新炊熟，一卷残书自在看"又把女词人聊以自适、且寻自在的心态表现了出来。汪先生在点评中指出："自此以下，词境又一变矣。大抵如幽兰翠筱，洗净铅华。弥淡弥雅，几于无下圈点处。境界高绝。"

学地头毕竟不是桃花源，不可能隔断与现实、时代相连的血脉。即如《调笑令》："人静。人静。满地横斜树影。小廊如水澄清。

今夜千山月明。明月。明月。警角中宵愁绝。"虽然也是在田园风格笼罩下的一首轻倩灵动的小令，却于娴静如水之境，凸显日寇欺凌下无处可得片刻安宁的历史真实。女词人在优美的语言中描绘着山居生活的宁静和美丽，突如其来的警报作为与山居风物尖锐对立的一方出现，没有任何感情回旋的馀地，戛然而止，如此反衬笔法足以让人感受到那个动荡不安的时代。

又如《苏幕遮》：

过春寒，怜骤暑。山上层楼，高处多风雨。一霎潮声生远树。碧瓦纷纷，似叶敲窗户。　下罗帷，移蜡炬。夜黑更长，倚枕朦胧处。电幻狂烽雷幻鼓。梦里惊疑，不敢江南去。

全词描写山居的风雨欲来，极其逼真。汪先生对上阕"一霎"三句评曰："山居雨来，真是此景。亦非山居人不能领也。"对下阕"电幻"三句又说："奇想。然实是人人口头语，故为绝妙。"写在词中虽是亦真亦幻，梦里惊疑，但"不敢江南去"又无疑是真实的内心陈述，"不敢"之后是挥之不去的还乡之愿。所以全词虽是写山居风雨，但落到此处，即使全不着实笔，也已表足久客凄凉。这些山居田园词不是空中楼阁，而是铺展于社会历史的大舞台之上，所以尽管有超然物外的几缕闲情，但仍是无法真正摆脱时代内蕴的悲哀。

/ 张春晓

法曲献仙音

鸦，和弘度丈

流水孤村，野屯悲角，几度荒烟催暝。月皎频惊，炬明还散，寒枝暂栖难定。欲说与南飞意，迢迢暮天迥。　晚风劲。遍延秋、旧家空啄，人去后，团扇玉颜休省。景色异昭阳，满关山、残照凄冷。忍忆吴江，对愁枫、啼彻霜影。但归程呼侣，不惜白头相等。

刘永济字弘度，时任武汉大学中文系系主任。1940年，流亡蜀地的程千帆、沈祖棻初次在四川乐山谒见刘永济。刘永济极为赏识两位后学，在阅读完程、沈二人的作品后，刘永济写下《浣溪沙·读涉江词，赠千帆子芯伉俪》相赠，词云："鼙鼓声中喜遇君。硗硗头玉石巢孙。风流长忆涉江人。　画殿虫蛇怀羽扇，琴台蔓草见罗裙。吟情应似锦江春。"随后，刘永济引荐程千帆进入武汉大学教书，1941年秋，程、沈与刘永济在乐山郊外的一个小山丘上结邻。这一时期，沈祖棻有五首和刘永济的词作，这些词作给予我们一个窗口，来打量刘永济与沈祖棻彼此交叠的词学世界。这首《法曲献仙音》即其中的代表性作品之一。

这首词是对刘永济《法曲献仙音·看鸦》的和作，因此我们先来看刘词，词云："寒角荒屯，晚钟残刹，倦翼呼俦成阵。散入苍烟，带将斜日，翻翻乍明还隐。爱古柏分栖好，啼声故相引。　转蓬恨。傍西风、被他惊觉，山径窈，闲曳瘦藤低趁。漫省少陵诗，绕延秋、空噪饥吻。晓色唐宫，更谁怜、纨扇愁损。料南飞零梦，尚怯关河凄紧。""乌鸦"作为一个意象，在古诗词中并不少见，而刘永济此词专咏乌鸦，且多用语典，词中之乌鸦已显具象征之意义。此词上阕写鸦，下阕写及看鸦的自身，飘蓬零落，则是寒鸦与自身共同的处境。"少陵诗"用杜甫《哀王孙》诗意，点醒词意，亦为全词关络。安史之乱中，唐玄宗西逃，宗室王孙或被杀戮，或以流离乞食为生。杜甫写下《哀王孙》以伤之，起笔亦咏鸦："长安城头头白乌，夜飞延秋门上呼。又向人家啄大屋，屋底达官走避胡。"刘永济词中"漫省"二字，绾合杜诗与今日，可知今日己身经历正与杜甫亲历的乱世相同，暗指日寇侵华、民众流亡的现实惨景。全词虽句句写鸦，透过一层看，却是借"鸦"寓兴亡。

理解了刘永济的原作后，我们再来看沈祖棻的这首和作。词作以"流水孤村"落笔，以"野屯悲角"、"荒烟催暝"加重对荒凉环境的描写，暗用秦观《满庭芳》词意："斜阳外，寒鸦万点，流水绕孤村。"在这荒郊野外之处，暝色渐起之时，乌鸦因惊吓而无处栖息。"月皎"三句，写皎洁的月光使乌鸦频频受惊，家家点灯又惊散栖息之鸦，它们暂栖于寒枝，随时又惊飞。这三句也句句用典。"月皎频惊"语出周邦彦《蝶恋花》："月皎惊乌栖不定。""炬明还散"语出杜甫《杜位宅守岁》："列炬散林鸦。""寒枝"句用苏轼《卜算子》："拣尽寒枝不肯栖，寂寞沙洲冷。"这频繁受惊、无枝可栖的乌鸦心中仍有希冀，即

"欲说与南飞意",南飞意语出曹操《短歌行》:"月明星稀,乌雀南飞。"乌鸦南飞,意在归家,然此刻却是"迢迢暮天迥"。暮色四起,归家之路,迢远不可及。

下阕以晚风劲疾起笔,延秋门上,乌鸦空啄。此处"延秋"二字极为要紧。延秋,延秋门的省称。安禄山乱起,唐玄宗即由延秋门出长安赴蜀避难。如前所引,杜甫《哀王孙》起笔云:"长安城头头白乌,夜飞延秋门上呼。"此后"延秋乌"即象征国家破亡。词以"延秋"语典,带入现实山河破碎之感。随后由鸦关联至人,"团扇"句用"玉颜不及寒鸦色,犹带昭阳日影来"(王昌龄《长信秋词》)诗意,所谓"休省",呼应"人已远"三字。"忍忆"二句,化用"月落乌啼霜满天,江枫渔火对愁眠"(张继《枫桥夜泊》)。结拍以"归程呼侣,不惜白头相等",写出孤鸦对同伴的渴求。此词句句写鸦,且几乎句句用典,显见为寄托之作。由于本词为和作,故在用词、用典、立意等方面均与刘永济原词有所重合。用词相似处如"野屯"、"荒烟"、"寒枝"、"关山"、"呼侣"等;用典重合处如"南飞"、"延秋"等;用意亦与刘词一致,均借鸦寄兴,暗寓日寇侵华,家国残破与人民流亡的凄凉处境。只不过,刘词由鸦及人,沈词则着重写鸦,且以"吴江"一句暗指旧家苏州的身世。

单看这两首咏物词,可视为对南宋以来咏物词传统的继承,亦可视为乱世中文人借物寓情的代表作。但这两首咏鸦词若放在晚清民国词坛的大背景中进行解读,则更能有新的感受。事实上,在晚清咏物词中就有一大批咏鸦词,作者既包括"晚清四大家"中的朱祖谋、王鹏运,也包括同时期刘福姚、曾习经等人。以朱祖谋《齐天乐·鸦》为例,词云:"半天寒色黄昏后,平林渐添愁点。倦影偎烟,酸声噪月,城北城南尘满。长安岁晏,又啼入延秋,故家啄遍。问几夕阳,玉颜凄诉旧团扇。　　南飞虚羡越鸟,乱烽明似炬,空外惊散。坏阵秋盘,虚舟瞑踏，何处衰杨堪恋。 江关梦短，怕头白年年，旧巢轻换。 独鹤归无，后栖休恨晚。"有学者判断："此词即以咏鸦寄兴，暗寓八国联军占领下的北京凄凉混乱情况。"（朱德慈《常州词派通论》）这种判断是有道理的，因该词中所使用的语典如"城北"、"又啼"等，同样语出杜诗《哀王孙》。 可见词虽咏归鸦，其主旨却是借鸦咏劫后乱象。 无独有偶，同时期王鹏运、刘福姚、曾习经、于齐庆等均有唱和之作。 这些咏鸦词作的集体出现构成了一个丰富的语境，在这个语境中，"鸦"的意义超越生物概念的所指，在多重意义、多重文本的交叉与重叠下，具有了一种符号与象征的指向。 晚清词人为何好咏"鸦"？ 因为满族人素喜乌鸦，且尊其为"神鸟"，"鸦"便具有特殊的意义。 清末老太监信修明曾记录下庚子国变时一幕："庚子西巡，在长安行宫，每日落日时，乌鸦群集于行宫各殿脊上，多不胜数。 早晚漫城喧噪不息，两宫未到之前所未有也。"（信修明《老太监的回忆》）明白这一点，可更好地理解朱祖谋等人身处庚子国变，选择荒寒境地中无处可依、惊飞四散的"鸦"来进行比兴寄托的文化意义。

　　理清了王鹏运等人咏物词的传统，在这条传统的延长线上，再来看刘永济、沈祖棻的咏鸦之作，我们便可理解刘、沈二人创作的渊源所自。 比照这些咏鸦之作，我们可看出一条明显的脉络：在字面上，"少陵诗"、"南飞意"是贯穿诸词的重要意象；在手法上，咏物以寓寄托，是诸位词人皆遵循的写作手法；在内容上，忧患的家国意识与乱世情怀，是诸词兼有的感慨。 只不过因为时代不同，朱祖谋等人与刘、沈所面对的政权主体已不同，且在朱词中，尚有"南飞虚羡越鸟"，因1900年中国南方尚未遭受严重兵祸，而到了刘、沈写词的1943年前后，日军已长驱直入，南方各地沦陷处甚多。 因此，刘、沈词中才有更深的悲慨，即词中所云："料南飞零梦，尚怯关河凄紧。"换句话说，在这条由"鸦"所搭建的词学脉络中，"鸦"的具体隐喻所指、时世背景虽不尽相同,但这种将神州陆沉之痛、铜驼荆棘之悲寄托于咏物词的创作方法与创作理念,则是一以贯之的。庚子年间飞舞在晚清词人笔下的寒鸦,在 20 世纪 40 年代,经由刘永济、沈祖棻的词作,获得了另一种当下的意义。

/ 黄阿莎

鹊踏枝

芳草凄迷秋更绿。不上层楼，怕纵伤高目。早晚归期浑未卜。无端更近弹棋局。 魂梦天涯随转毂。乱拨秦筝，容易蛮弦促。恩怨纷纭情断续。伤心旧谱翻新曲。

在漂泊西南的羁旅中，沈祖棻与程千帆拜访了前辈刘永济，深得其赏识。沈祖棻感其知遇，时以词相酬和。继《法曲献仙音·鸦，和弘度丈》后，她又写有四首《鹊踏枝》，仍是属和之作，此为其中第二首。乍看上去，此词所写无非伤别念远，没有太多新奇之处。但如果考虑到词序所交代的写作背景，这首词将呈现出一幅全新的图景。

组词前小序云："往者，半塘翁以冯正中《鹊踏枝》郁伊恼恍，义兼比兴，端居嗜诵，依次属和。情韵之美，蒙窃慕焉。比弘度丈亦拈斯调新制秋词见示，风力所诣，揖让《阳春》。退不自揆，继声为此，非敢上方王氏也。"词序中涉及的三位词人及其词作分别为：南唐词人冯正中（冯延巳）的《鹊踏枝》，晚清词人半塘翁（王鹏运）对冯延巳《鹊踏枝》的唱和，弘度丈（刘永济）"亦拈斯调新制秋词"。在叙述了这条创作脉络之后，沈祖棻谦虚地写道："退不自揆，继声为此。"既然沈祖棻是受到冯延巳、王鹏运、刘永济的同调之作影响才填写的这组《鹊踏枝》，我们有必要先了解这三位词家所填《鹊踏枝》的特色。

先看冯延巳，在晚清词评家的眼中，冯延巳是这样一个形象："翁俯仰身世，所怀万端，缪悠其辞，若显若晦，揆之六义，比兴为多。"（冯煦《蒿庵论词》）王鹏运曾就冯延巳《鹊踏枝》十四阕评曰："郁伊惝恍，义兼比兴。"（王鹏运《半塘定稿·鹜翁集》）冯、王二人皆致意的"比兴"原属《诗经》六义之二，但在晚清的词学语境中，以"比兴"来评词显然是受到常州词派影响，即认为小词可深含寄托。如常州词派鼻祖张惠言评冯延巳词，有"忠爱缠绵，宛然《骚》、《辨》之义"的说法。《骚》是指《离骚》，屈原《离骚》建立了以香草美人托喻君臣的传统；《辨》是指宋玉《九辨》（也作《九辩》），该文用萧瑟秋象托喻国运衰败，张惠言认为冯延巳的词作和《离骚》、《九辨》一样，以小词写"忠爱缠绵"，这也是冯、王二人所看重的"义兼比兴"。

再看词序中提及的半塘翁，即晚清四大家之王鹏运，他是常州词派的殿军人物之一。光绪二十二年丙申（1896），他写下十首《鹊踏枝》，词前有小序云："冯正中《鹊踏枝》十四阕，郁伊惝恍，义兼比兴，蒙嗜诵焉。春日端居，依次属和。……"录其一如下："落蕊残阳红片片。懊恨比邻，尽日流莺转。似雪杨花吹又散。东风无力将春限。慵把香罗裁便面。换到轻衫，欢意垂垂浅。襟上泪痕犹隐见。笛声催按梁州遍。"这组词被王国维认为"乃《鹜翁词》之最精者"（《人间词话》）。从其模仿对象与词前小序可知，王鹏运这组词深含寄托。1896年慈禧欲重修圆明园，身为御史的王鹏运上书直谏，慈禧大怒，欲置之死地，幸得翁同龢等人营救，他才免于刑戮。此词为王鹏运事后所作，抒发时局既危，书生忠心却报国无门之意。词中"残阳"可视为对国势的担忧；"东风无力"或指光绪帝受制于慈禧，无力掌权;"比邻"的"流莺转"或指朝廷中阿谀慈禧之辈而言;而"香罗"、"泪痕"则以女子伤别寓己身遭际之伤痛。王国维曾转引王鹏运词序的原话来移评王鹏运这组词:"郁伊惝恍,令人不能为怀。"(《人间词话》)这句评论再次提醒我们注意这组词作丰富的内蕴与深沉的感慨。

刘永济《鹊踏枝》四首词序云:"秋气动物,予怀万端。音赴情流,罔知所谓。虽然,枝鸟草虫,何必有谓,亦自动其天耳。"此词作于辛巳年(1941)避乱四川时,录其四如下:"过眼纷纷朱变碧。始信人生,不似琴弦直。费尽晶盘鲛泪滴。思量不及山头石。锦瑟年华驹过隙。柱柱弦弦,犹自成追惜。渺渺觚棱星斗北。罗衣夜久支寒立。"此词表面写相思怨念,但结句暗用杜甫《秋兴八首》其二:"夔府孤城落日斜,每依北斗望京华。"这使词作有了更深广的含义,即词人战乱中的忧国之思。同时期刘永济有词《望江南》,结句为:"夷歌愁断后庭声,孤烛梦神京。"均可视为同一情绪的抒发。

由此我们来看沈祖棻的这首《鹊踏枝》。虽然这首词的比兴深意不能得其确解,但其中蕴含寄托深意是可以肯定的。起笔以"芳草凄迷"写秋感,接以登楼伤高,"早晚归期浑未卜"写归乡之计难定,"无端更近弹棋局"则不知确指。下阕写情,有梦逐天涯、秦筝乱拨之叹。歇拍以旧谱翻新暗指新旧恩怨。词中深意我们或需借助沈祖棻同时期的其他词作来推测。同时期沈祖棻有《浣溪沙》十首问世,该组词皆以游仙体寄托国事。程千帆对这十首词均有详细笺注,其中第三首有"弹棋未了费纵横"语,程笺云:棋盘所指为日本与德、意、西班牙等诸国结盟,"弹棋未了"则指"日本在此盘棋局中,虽纵横捭阖,而收效甚微"。本词中"未卜"、"弹棋局"或与此意相似。下阕"蛮弦"显指异族。结句"伤心旧谱翻新曲",虽不可确知所指何事,但《浣溪沙》十首之五有词云:"玉牒瑶函虚旧约,云阶月地有新期。"程笺："虚旧约，有新期，谓国际间之暮楚朝秦，翻云覆雨，而特指苏联与德日之签约也。"借此亦可推测"旧谱"、"新曲"之深意。

由于王、刘、沈本人都未对各自词作的寄托所在做出说明，我们的阐释也只是建立在相关文本与语境下对其托意的猜测，但这三组词均是以香草美人寓家国之慨，则是分明可见的。这种词学理念，正是常州词派所一再致意的"托志帷房，眷怀君国"（庄棫《复堂词序》），或曰"托志帷房，眷怀身世"（陈廷焯《白雨斋词话》）。通过这首词，以及《法曲献仙音》咏鸦诸作，我们可以在词学世界的脉络上清晰勾连出沈祖棻与刘永济、王鹏运、朱祖谋、冯延巳等人的关系，这个线索的勾连，也将启发我们思索沈祖棻与常州词派的关系。可以推测，如果不是置身于常州词派的词学脉络中，如果不是置身于由王鹏运、朱祖谋等人建构的词学传统中，沈祖棻不会写下这样的词作。而促使她与这个词学传统构成对话的，是刘永济。刘永济以创作的实绩来鼓励和提示她与传统的对话。在与刘永济唱和之后，沈祖棻循着这条路径，创作出了更有她个人风格的、纯以比兴手法写作时事的《浣溪沙》十首。

/ 黄阿莎

临江仙

故国烟芜秋又绿,伤心忍话铜驼。高楼无复梦笙歌。尊前难醉醒,雁外有山河。　　落尽芙蓉菰叶怨,空江残照无多。乱烽寒角几销磨。旧游池馆废,愁见柳婆娑。

四季之中,春秋二季最容易引起人的感触。春季是生命从冷寂中复苏的开始,秋季是万物从繁盛走向衰飒的转折,春光骀荡则生春心,秋风萧瑟则赋秋意,本是人情之常。自古诗人感春悲秋,名作所在多有。沈祖棻《临江仙》词,也是写"悲秋"这一传统题材,但所悲者,不仅是季候的更迭,更是国家的前途、自身的离乱和时光的迫促。万绪千言,皆借悲秋而发。

词处处写"不忍"。"故国烟芜秋又绿",写不忍见秋之猝临。王安石《泊船瓜洲》之"春风又绿江南岸"句,世所称赏,此句云"秋又绿",同一机杼。不过,它感情的关键不在"绿"字,而在"又"字:一个"又"字,说明秋天的来临似乎让词人猝然若惊。为何震惊?一是因为流光迅羽,不经意间,一年又过。二是因为世事不称人意,本令词人有力不从心之感，但从浑噩中惊醒的一瞬，更感无奈之深。"伤心忍话铜驼"，写不忍提眼前的现实。铜驼荆棘，是文人们写国家兴亡时惯用之典，此处用"铜驼"指代国家的境况，词人翻过一层，说因为对国事忧虑太深，所以反而不敢谈起。"高楼无复梦笙歌"是不忍重忆旧日。"笙歌"代表的是旧日升平时的逍遥，今日，高楼仍在，烽火连天，笙歌不仅难闻，且再难梦见了。"尊前难醉醒"是不忍见今日之事。酒是暂时的解忧散，醉后万事皆忘，而解醒之后，忧愁却比醉前还深。词人不愿忘怀国事，所以到底醉不得；而忧思深沉，催人心肝，又毕竟醒不得。醉醒之间，徘徊无地。"落尽芙蓉菰叶怨，空江残照无多"是不忍面对时光之流逝。芙蓉菰叶，香花美草，可惜秋江日暮，残阳将尽。美好生命的凋残本就惹人凄怨，且当此将残未残之时，词人更是欲留无计，欲去不忍。"乱烽寒角几销磨。旧游池馆废，愁见柳婆娑"是不忍接受生命被无端消磨。在战乱之中，秩序被打破了，时间迟滞了，哪怕在乱离中求得暂时的平安，也无法心安。烽烟未定，池馆都颓，而在战乱造成的废墟上，却长出了婆娑的新柳。所以，"愁见"有二层意：其一，与《诗经·王风·黍离》之"彼黍离离，彼稷之苗。行迈靡靡，中心摇摇。知我者谓我心忧，不知我者谓我何求"一样，从楼台废、木叶盛中窥见国家的噩运，所以不忍熟视；其二，与张炎《高阳台》的"无心再续笙歌梦，掩重门、浅醉闲眠。莫开帘。怕见飞花，怕听啼鹃"一样，因心情低落，不胜今昔，而不敢熟视。

李璟《山花子》词云："菡萏香销翠叶残。西风愁起绿波间。还与韶光共憔悴，不堪看。细雨梦回鸡塞远，小楼吹彻玉笙寒。多少泪珠何限恨，倚阑干。"词中，"细雨梦回鸡塞远，小楼吹彻玉笙寒"二句以工稳的对仗写思妇的幽怀，颇受词论者赞誉。但是，王国维认为，词中最精彩的句子，是"菡萏香销翠叶残。西风愁起绿波间"两句，因为它有"众芳芜秽，美人迟暮之感"，亦即蕴含着一种时间意识和生命焦虑，但又不直说，而是借着香花美草的消残，来寄寓对生命的忧伤。从这个意义上说，沈祖棻的《临江仙》词和李璟的《山花子》词有相似之处。且不止《临江仙》一词独然，沈祖棻在战乱之中所作的很多作品都是如此。如《惜红衣》云："绣被春寒，秋灯雨夕，药烟萦碧。怯上层楼，新来渐无力。空帷对影，听四面悲笳声急。"《鹧鸪天》云："何处清歌可断肠。终年止酒剩悲凉。江南春水如天碧，塞上寒云共月黄。波渺渺，事茫茫。江乡归路几多长。登楼欲尽伤高眼，故国平芜又夕阳。"这类词往往通过登楼、悲秋、伤老等角度，写"众芳芜秽，美人迟暮"之感，又隐隐寄寓了对国事的忧思，既蕴藉，又深沉。

况周颐《蕙风词话》提出了"词心"的说法，他说："吾听风雨，吾览江山，常觉风雨江山外有万不得已者在。此万不得已者，即词心也。而能以吾言写吾心，即吾词也。"词是心灵之歌，最动人的词，往往不是行有馀裕之时浅吟而出，而是忧愤困苦之时不得不尔。沈祖棻的词，多用典故，也常化用前人成句，但给读者的感觉并不陈旧，而自有标格风骨，正是因为有此"万不得已"之词心在。

/ 彭洁明

拜星月慢

　　柳度莺簧,花围蝶梦,尚觉银屏春浅。曲槛回廊,是江南庭院。踏青罢,永日、描花爱学新样,刺绣愁拈残线。刻意妆成,便熏香都懒。　　好湖山、看舞听歌惯。金杯滟、照席珠灯烂。几度酌绮斝罗,乍轻寒轻暖。又谁知、一夕经离乱。狂烽起、事与流烟散。剩过雁、得到横塘,早西风世换。

　　拜月,是古代民间盛行的习俗,它是从秋分祭月这一古老礼俗演化而来。后来人们拜月多在中秋,通过祭拜月亮来寄托各种心愿,如施肩吾《幼女词》云:"幼女才六岁,未知巧与拙。向夜在堂前,学人拜新月。"拜月祈愿,所祈之愿,又常与爱情有关,如常浩《赠卢夫人》诗云:"佳人惜颜色,恐逐芳菲歇。日暮出画堂,下阶拜新月。拜月如有词,旁人那得知。归来投玉枕,始觉泪痕垂。"《拜星月慢》的调名,就是来自这一习俗,所以,它往往也用来写温柔缱绻之事,表缠绵婉转之意。

词写初春景况：黄莺啾啁，蝴蝶翩跹，穿花度柳，无限春意。地，是"江南庭院"、"曲槛回廊"，无疑是诗礼簪缨地，温柔富贵乡。人的活动，更是充满了意趣，或踏青，或描花，或刺绣，或梳妆，或看歌舞，或开酒宴。当此时，她对这一切都是不经意的，所以，踏青继以描花，描花继以刺绣，皆可"永日"为之。湖山风景，轻歌曼舞，是听熟看惯了的，金樽清酒，是饮惯了的，绫罗绸缎，是穿惯了的——不经意时，一切都是从容的、天经地义的，纵然浸淫其中，未免稍有些审美疲劳，也不免仍有愁绪，但她已经接受这是生活理所应然的样子，全不曾逆料到它会被骤然打破。词在"又谁知、一夕经离乱"句之后骤转，这句着力表现战乱的突然以及它造成的巨大心理裂痕。此前，人们有心情、有机会享受精致的、审美化的生活，但未必意识到它的珍贵；此后，当"狂烽起、事与流烟散"，已良时难再得。

结句中的"西风世换"四字，是此词词眼。不难看出，词所表现的是昔盛今衰之感。这种题材在词中并不新鲜，但此词之新，不在题材，而在结构。写昔盛今衰的双调词，多为上片写昔，下片写今，过片处转换，表现昔和今的内容量基本相称。诗中写此题材，也多用这种平衡对称的结构以突出对比。但有时也有例外，如李白的《越中览古》：

越王勾践破吴归，义士还家尽锦衣。宫女如花满春殿，只今惟有鹧鸪飞。

诗系怀古之作，所怀古事为春秋越国故事。李白选取勾践破吴凯旋这一场景，用衣锦还乡的战士、貌美如花的宫女映衬他的春风得意。但不同于大多数绝句前二句铺垫、第三句转折、第四句收束的写法，此诗前三句铺垫，第四句方转折，而转折也是全诗的收束，戛然而止，不留馀地。初读略觉突兀，细品则领悟到这种安排的巧妙和独特——破吴，是勾践隐忍多年、苦心孤诣所得，破吴凯旋，是勾践平生最得意之时刻，诗人写其最盛之时，且不惜以三句的篇幅渲染烘托，但接下来的一句，则突然点画今日的荒烟枯草之景，这种毫不留情、突兀而来的转折，其形式本身似乎也是时间的强大、无情，能扭转一切、销蚀一切的佐证。而且，诗人采用这种不对称结构，所表现的今昔变化，便不是"渐变"，而是"骤变"，既笔如刀斧，又举重若轻。

在词中，也有这样的例子。如周邦彦的同调《拜星月慢》词：

夜色催更，清尘收露，小曲幽坊月暗。竹槛灯窗，识秋娘庭院。笑相遇，似觉、琼枝玉树相倚，暖日明霞光烂。水眄兰情，总平生稀见。画图中、旧识春风面。谁知道、自到瑶台畔。眷恋雨润云温，苦惊风吹散。念荒寒、寄宿无人馆。重门闭、败壁秋虫叹。怎奈向、一缕相思，隔溪山不断。

词写爱情。重点写与斯人邂逅的场景。那是风露中宵之时，幽栏曲院之地，初见，就觉得她如琼枝玉树、暖日明霞，更令人难忘的，是她兰情蕙盼，温柔多情。上片和下片的前两句都是写昔日之聚，"眷恋雨润云温，苦惊风吹散"，突然一转，写今日之散。"今"的部分笔墨不多，但色调陡变，下笔浓重，与写"昔"的部分对比鲜明。

纳兰性德的《浣溪沙》（谁念西风独自凉）也是转折出奇的佳作，其下片举世称赏："被酒莫惊春睡重，赌书消得泼茶香。当时只道是寻常。"它深合《浣溪沙》结句的功能要求：既能有深远的回味，又不显得过于喧宾夺主；既能承接上文之铺垫，又能转出另一意，开出另一境。这句词既与开头的"谁念西风独自凉"相呼应，又将"被酒莫惊春睡重，赌书消得泼茶香"的当年绮梦猛然惊醒，以乐写悲，悲不自胜。沈祖棻《拜星月慢》一词的结构，正是从周邦彦《拜星月慢》词而来，看似"头重脚轻"，其实匠心独运。同时，又兼有纳兰性德《浣溪沙》词的悲凉情调。

《拜星月慢》词的抒情主人公是一位闺阁女子，但我们未必要将她看作沈祖棻本人。而看到描花、刺绣、熏香等常用来表现古代闺阁女子的生活的词汇，也不必将其看作生活在二十世纪的沈祖棻的真实日常。沈祖棻的词，有古典情怀，多用古典语汇，也多写古典意境，同时，又不乏对现实的关心和时代精神。所以，词中女子的生活场景，有时并不是作者日常生活的实写，是作者借传统式的人物和情境，来描写、隐喻、象征，此其一；其二，沈祖棻词中的抒情主人公，大多数都是弱质多情、闲居无聊的闺阁女性，而沈祖棻本人又多病多忧，但我们在阅读时，不能简单地将抒情主人公和作者视同一人。将政治托于爱情，本是中国文学的传统，而沈祖棻的忧国之情、忧生之叹，也往往是借闺阁情境写出，她的作品，实在洋溢着中国传统士大夫的人文理想和精神。

/ 彭洁明

祝英台近

雨花台，邀笛步，京国十年住。一夕胡沙，飞毂载愁去。漫怜旧贴珠钿，新裁罗绮，早都化、六街尘土。　　几凝伫。北望轻命危阑，神州暗烟雾。斜日平芜，极目断归路。便教烽外相逢，覆巢残燕，更休问、画楼何处。

国家，是同土同根、同源同种的共同体。同一国家的人，有着共同的历史记忆和文化传承，对生于斯长于斯的故土，自然有着发自内心的归属感。见其兴，则欢欣鼓舞；观其衰，则痛心疾首。尤其是红羊劫起、国家危亡之时，更是不能已于言。而纵观诗词史，我们也不难发现，叙写家国情怀的名篇佳作，大多是出于国家危难之时。从《诗经·黍离》的"知我者谓我心忧，不知我者谓我何求"，到杜甫《登楼》的"北极朝廷终不改，西山寇盗莫相侵"，从岳飞《满江红》的"靖康耻，犹未雪。臣子恨，何时灭"，到文天祥《过零丁洋》的"人生自古谁无死，留取丹心照汗青"，或发黍离之叹，写沧桑之感，流落之悲；或写报国之誓愿，矢志不改，至死不渝。在沈祖棻的《涉江词》中，对国事的感怀是重要的主题，《祝英台近》就是一首忧时伤世的作品。

《祝英台近》作于20世纪40年代，是乱中忆安之作。沈祖棻自从1931年从中央大学上海商学院转学到南京中央大学文学院，此后六年，一直都在南京求学、工作、生活。南京是当时的首都，也是词人的第二故乡。而自从"一夕胡沙"亦即抗战爆发，词人不得不离开南京，开始了漫长的漂泊生涯。她先后辗转安徽、湖南、四川等地，虽然与"京国"暌隔千里，但南京在她心中的地位，始终是难以取代的。

词的上片是从个人的角度，写对作为"故地"的南京的眷念。在南京，她结识了良师益友，找到了相伴终身的爱侣。这里是他们曾经同吟共赏之所，也是承载了青春记忆的特殊之地。雨花台、邀笛步都是南京名胜，而在战火中，非但此二处，整个南京都满被疮痍。对于这一悲剧，词人没有进行具体的描写，而是采用象征手法，用"旧贴珠钿，新裁罗绮"的一夕成尘，来象征战火对人、对国家的摧残。

下片是从公共的角度，写对作为首都的南京的感触。此时，南京不再是具体的地点，而是一个代表国家的精神符号。"北望轻命危阑"化用李商隐《北楼》诗，诗云："春物岂相干，人生只强欢。花犹曾敛夕，酒竟不知寒。异域东风湿，中华上象宽。此楼堪北望，轻命倚危栏。"李商隐《北楼》作于桂林城北楼，写的是政治上的苦闷和异乡思归的心情。正因心中忧愁缠绕，所怀之地又可望而不可即，加之诗人对现实又极端失望，所以"轻命倚危栏"。沈祖棻的"北望轻命危阑"之愁，比李商隐更为深重，因为她所见是"神州暗烟雾"，是"斜日平芜"，故园欲归而不得，国家正水深火热。"覆巢之下，焉有完卵"，失去了国家的依托，战乱中的国民，正如覆巢的燕子，纵然思念着当时筑巢的画楼，又有何用呢？

正因上下片是从不同的角度来抒写，所以意象的选取、语言的风格也有明显的不同。上片是偏个人化的抒写，用"珠钿"、"罗绮"来象征一切绮丽温柔之物，它们精美而脆弱，在灾难到来时，便只能迎来化土成尘的悲剧命运。下片则是偏于公共化的抒写，用"神州"、"平芜"等阔大的意象，表现举国同悲，愁满天地；又用"危阑"、"烟雾"、"斜日"等衰飒的意象，表现对国运的担忧和伤感。

沈祖棻的《祝英台近》之所以触动人心，原因有二。其一，美好之物的消逝，永远是令人感叹的。诗词的本质，就是抒写对世间良辰、美景、乐事的期待、拥有和失去。《祝英台近》写国事，从个人的生活和美的消逝着笔，哪怕对于未曾经历战乱的读者而言，也容易触动情肠。其二，在时代的洪流之前，个人往往是渺小而无力的。所以，国难当头，大多数人所做的是关注个人有限的生存空间，努力求得生存。而诗人虽然也颠沛流离，却仍以家国天下为念，当杜甫在《秋兴》中写下"夔府孤城落日斜，每依北斗望京华"之时，当沈祖棻在《祝英台近》中写下"北望轻命危阑，神州暗烟雾"之时，他们未必不知此愁"无用"，但正是这种"知其不可而为之"的精神，使得自古而今抒写家国情怀的诗词具有如此感人的力量。

/ 彭洁明

忆旧游

记繁花碍路，远草连波，人试新妆。俊侣清游惯，几湖楼倚醉，画舫追凉。大堤钿车雷转，尘飐绣衣香。甚北渚芙蓉，台城杨柳，只当寻常。　　凄凉。忍回首，想禾黍离离，宫苑都荒。纵有当时燕，怕江山如此，减了斜阳。乱峰不度归梦，征路似愁长。便载酒听歌，吟杯赋笔消旧狂。

欧阳修《蝶恋花》词云："画阁归来春又晚。燕子双飞，柳软桃花浅。细雨满天风满院。愁眉敛尽无人见。　独倚阑干心绪乱。芳草芊绵，尚忆江南岸。风月无情人暗换。旧游如梦空肠断。"燕子楼台，垂杨庭院，细雨斜风，转成凄黯——人生之变化无常，不正是如此吗？此词系欧阳修名作，金庸《神雕侠侣》曾引其为开卷词，又取其中语命名第一章为"风月无情"，以寄寓沧桑之叹。的确，"风月无情人暗换。旧游如梦空肠断"正是此词词眼，而叙写旧游如梦、繁华成空，也是词中常见题材。沈祖棻的《忆旧游》词也是遵循这一传统，但旧中有新——词人为之肠断的,不只是岁月抛人,风月无情,还有山河破碎,尘海飘零。所以,词在对"风月无情"的叹惋中,又融入感时伤世的情怀,况味深沉。

《忆旧游》一调系周邦彦自度曲,双调,押平韵,周邦彦《忆旧游》词,以"记愁横浅黛,泪洗红铅,门掩秋宵"起,以"但满眼京尘,东风竟日吹露桃"结,抒写词人与恋人的别离相思之情。在坠叶寒螀、夜雨潇潇的羁旅寂寞之中,词人所思忆的,是当日烛影摇红、夜窗相伴的旖旎风光。此日,音信难通,后会难期,温情的回忆和冷峻的现实形成鲜明的对比,让词人更不堪今日之寥落。调名为"忆旧游",既涵括了词以旧游之欢映衬别离之苦的内容和写法,又奠定了词凄凉感伤的基调。所以,后人作《忆旧游》词,往往也多写今昔之感,抒寂寞之怀抱,格调低沉忧伤。

沈祖棻《忆旧游》词,自是采用了此调的传统作法。上片写昔,下片写今;上片写拥有,下片写失去;上片的抒情主人公是未经世事的承平少年,下片的抒情主人公则是饱览沧桑的飘零词客。因此,上片色调暖而浓,下片色调冷而淡;上片情绪轻盈而欢快,下片情绪沉重而忧郁。词人正是用这种霄壤有别的对比,来表现战乱对世事人心的摧伤,以寄托忧国之情。

且看正文。上片铺叙旧日繁华。花系"繁花",多得几乎"碍路",草为"远草",不仅青青满眼,还远连碧水。良辰美景,自有赏心乐事,景物既然如此富有生意,人当然也免不了满怀春心。所以,试好"新妆",自然要携侣同游,看遍湖山,吟尽风月。俊游之后,先满饮金尊,再闲乘画舫,如此清欢,自然难忘。"大堤钿车雷转,尘飏绣衣香",前言清欢,此二句说浓情,而无论是俊游之乐,还是携手之欢,当时其实并没有珍而重之,更不曾预料它会成为记忆中不敢触碰的伤痛。纳兰性德《浣溪沙》词云"被酒莫惊春睡重,赌书消得泼茶香。当时只道是寻常",情怀都变,而事不可挽,以今视昔,沉痛非常。沈祖棻此处说"甚北渚芙蓉,台城杨柳,只当寻常",同一机杼。

由此,又引出过片数句:"凄凉。忍回首,想禾黍离离,宫苑都荒。"一个"凄凉",把旧日风光一笔掩去,只剩今日"九地黄流乱注"(张元幹《贺新郎》)的情形。下数句化用前人名句。"想禾黍离离,宫苑都荒"化用《诗经·王风·黍离》之句,"纵有当时燕,怕江山如此,减了斜阳"化用刘禹锡《乌衣巷》之句。此二作都是叙写沧桑之感的名篇,沈祖棻化用时,自饶变化。"想禾黍离离,宫苑都荒"着一"想"字,改实写为虚写;"纵有当时燕,怕江山如此,减了斜阳"用透过句。所谓透过句,唐圭璋先生《论词之作法》解释道:"此种句法,多用'纵'字,意谓纵然如此,亦无可奈何,何况不如此也。透过一层立说,亦甚表心中哀伤之极也。"刘诗说往事千年,王谢故居已成寻常巷陌,而这一变化,又是通过燕子来贯串。而沈词则透过一层,说即使燕子犹是当年之燕,而如此江山,也再难寻旧迹了。由此落笔于现实,写此时心境:"乱峰不度归梦,征路似愁长",词人被时事所困,倍感无奈,归又难得,梦复难成,愁思满怀,无从排解,所以词人一则寄望于酒,一则寄望于词,期望将此二物作为凄凉中的一点慰藉。结句说"吟杯赋笔消旧狂",其实是化用晏几道《阮郎归》中句:"兰佩紫,菊簪黄。殷勤理旧狂。欲将沉醉换悲凉,清歌莫断肠。"沈祖棻在词中曾多次化用晏几道此句。如《鹧鸪天》云:"羞借清尊理旧狂,红楼珠箔但相望。"《喜迁莺》云:"掩扇歌残,吹香酒醱,无奈旧狂难理。"《玲珑四犯》云:"杯酒待换悲凉,可奈旧狂都减。未凭高客意先倦,凄绝故园心眼。"所谓"旧狂",指旧日不羁之狂,这是在舒展的生活状态下,因为别有怀抱而任情任性的状态。歌哭笑骂,一任我心,纵惹旁人侧目,也不以为意。所以,"旧狂都减",才让人如此黯然,那么此处,为何要"吟杯赋笔消旧狂"呢?因为昔日的无忧无羁，任情任性，已经变成了如今的临风堕泪、触目伤怀，所以词人索性说要"消"此旧狂，这与晏词词句一样，看起来像是解脱语，其实还是沉痛语。黄庭坚《再次韵兼简履中南玉》其二云："与世浮沉唯酒可，随人忧乐以诗鸣。"诗和酒，本是消愁所常用，但若愁恨太深，则酒不能消之，词亦不能消之。

此词通过"旧游如梦"，写对"江山如此"的忧思，以昔写今，以盛写衰，让人更感伤于江山之残破。明末清初诗人吕留良曾作有《题如此江山图》诗，道出了深怀国忧的诗人们的心曲，诗云："其为宋之南渡耶，如此江山真可耻。其为崖山以后耶，如此江山不忍视。……吾今始悟作图意，痛哭流涕有若是。……以今视昔昔犹今，吞声不用枚衔嘴。尽将皋羽西台泪，砚入丹青提笔泚。所以有画无诗文，诗文尽此四字里。……尝谓生逢洪武初，如瞽忽瞳跛可履。山川开霁故璧完，何处登临不狂喜。"诗中反复说"如此江山"，有二层意：其一，纷飞的战火，使得江山有恙，非同往昔，使人见之不忍；其二，纵然江山之貌仍一如往昔，但诗人之心眼已经沧桑非故。燕子无家，忍看旧巢，所以举目所见，尽成悲慨。这满腹悲凉，来自"先天下之忧而忧"的责任感，也来自遭受颠沛别离之后的创伤感。所以，诗人无法"活在当下"，他或者回忆往昔，以此自慰，或者幻想梦境，"一晌贪欢"。沈祖棻在战乱中所作词，也往往着力表现这种无法"活在当下"的心境。当下，是纠集了飘零、离别、疾病、穷愁的恨海情天，而过去，是囊括了清欢、浓情、青春、生命力的绮丽梦境。其实，过往未必一无愁，今日未必一无欢，但醒时说梦，追怀往事，恐怕是在国难中的词人唯一的解愁之法，只是"抽刀断水水更流，举杯浇愁愁更愁"，恐怕，正如吕留良诗所说，只有"山川开霁故璧完"，才能"何处登临不狂喜"。

/ 彭洁明

风入松

高楼酒醒怕闻歌。倾泪易成河。钿蝉金凤飘零尽,算年来、惯识干戈。雁外不逢芳讯,鸥边还起惊波。 江山缺处聚愁多。风雨奈秋何。吟蛩留得商声住,更萧萧、霜叶辞柯。有限残笺断阕,那堪夜夜销磨。

1940年,沈祖棻曾在致老师汪辟疆与汪东的信中写道:"受业向爱文学,甚于生命。曩在界石避警,每挟词稿与俱。一日,偶自问,设人与词稿分在二地,而二处必有一种遭劫,则宁愿人亡乎?词亡乎?初犹不能决,继则毅然愿人亡而词留也。"不难看出,她是将词作为全部情志甚至生命的寄托,所以其词中的悲喜愁怨,往往摇动人心。 这首《风入松》写愁。 吴文英《唐多令》云"何处合成愁。离人心上秋",其愁是离别和秋意合酿而成。 沈祖棻的《风入松》,用意则全在"江山缺处聚愁多"一句。 此愁,是国家兴亡、金瓯有缺引起的愁绪,又被秋色触发,倍加浓重,令人不胜其苦。

"高楼酒醒怕闻歌",让人联想起晏几道《临江仙》的"梦后楼台高锁，酒醒帘幕低垂"，小晏因恋情的失落而对酒耽眠，但眠起之时，春梦消散，酒醒之后，倍增惆怅。所以，"高楼酒醒"一语，隐含着恍然若惊、怅然若失的心情。"怕闻歌"让人联想起郑文焯的《御街行》："年来对酒怕闻歌，换了疏狂身世。"何以"怕闻歌"？对沈祖棻而言，是因为曾经"好湖山、看舞听歌惯"，但如今已"狂烽起、事与流烟散"（《拜星月慢》），是因为"歌扇飘香，珠灯扶醉，清欢忍记当年。莫凭画阑，对晚空、如此山川"（《霜花腴》）。"歌"属于升平之世，而在乱离之时，它不仅不合时宜，还会让词人抚今伤昔，更难面对今日之离乱。"倾泪易成河"，说一旦闻歌，则难免愁深似海，泪流成河。沈祖棻词中，常以这种比喻夸张法写愁恨之深，如《摸鱼子·得家书作》："便倾泪如江，断肠成寸，难悔此回误。"《鹧鸪天》："倾泪成河洗梦痕。""钿蝉金凤飘零尽"化用温庭筠《赠弹筝人》诗，诗云："天宝年中事玉皇，曾将新曲教宁王。钿蝉金雁今零落，一曲伊州泪万行。"诗借他人之酒杯浇自己之块垒，用"弹筝人"零落天涯抒发世事无常之感。钿蝉，指妇女贴于面颊的蝉形金花；金凤，代指筝琶等乐器，因其弦柱上端刻凤为饰，故称。词人将"钿蝉金凤"的飘零，作为渔阳鼙鼓动地而来时，一切精致的、美好的事物风流云散的象征。"雁外不逢芳讯，鸥边还起惊波"化用文廷式《采桑子·记西湖旧游》之"红袖拈香。雁外鸥边易夕阳"。"雁"是传书的使者，"鸥"是闲适的象征，在纷飞的战火中，远书难通，桃源梦断，故有此语。

"江山缺处聚愁多。风雨奈秋何"，言忧国之情。杜甫《春望》诗云："国破山河在。"一句有二重愁，"山河在"说物是，"国破"说人非，物之俨然如旧，人之忧伤无奈，两相对照，更显出世事之沧桑无常。此处，"江山缺处聚愁多"，见国家因战火而满目疮痍，是一重愁，"风雨奈秋何"，不堪秋日之风雨凄寒，又是一重愁。以下承此句而来。"更萧萧、霜叶辞柯"，化用朱庭玉（一说为白朴）《天净沙·

秋》之"辞柯霜叶,飞来就我题红",叶落知秋,悲秋之愁叠以国愁、家愁、离愁,词人不觉吟出"有限残笺断阕,那堪夜夜销磨",因愁满胸臆,词人只能借作词抒发心中郁积的情感,尽管如此,仍是愁难解的"销磨",长此以往,如何承受?

  此词着意说外物对人情的触动,因词人心情抑郁,既伤世,又怀远,所以所见所闻,皆着"我"之色彩。甚至,她不说因怀愁心而见天地异色,而说自己本已有心相避,但风雨声、木叶声都来耳边,悲秋恨、离别恨都上心头,其情状正如江淹《恨赋》所说:"或有孤臣危涕,孽子坠心。迁客海上,流成陇阴。此人但闻悲风汩起,血下沾衿,亦复含酸茹叹,销落湮沉。"

/ 彭洁明

西　河

　　天尽处。残鸦数点归去。遥峰隐约隔渔村，淡烟一缕。莫将摇落问西风，秋声偏在疏树。　　曲廊外，黄叶路，独吟着甚情绪。新寒乍到小阑干，晚阴做雨。四山暝色拥孤楼，苍茫愁满今古。　　远书漫道过雁误。想萧条、人事非故。听彻严城笳鼓，向黄昏、片霭凭高凝伫。缥缈神京重云暮。

　　宋玉《九辩》云"悲哉，秋之为气也！萧瑟兮草木摇落而变衰。憭栗兮若在远行，登山临水兮送将归"，开悲秋之先河。自此，文人常因悲秋而曼声长吟。悲秋者，所悲何事？一则悲风凄霜冷，绿惨红愁；二则悲天地肃杀，凄然生感；三则悲万里漂泊，岁晚难归。所以，悲秋，是悲时间的流逝、生命的凋残和自身的零落，而非悲秋天本身。《西河》亦是一首悲秋之作，零落之愁，漂泊之感，忧国之思，满溢笔端。

　　词多用典型意象来渲染情境。"残鸦"、"遥峰"、"淡烟"、"疏树"、"黄叶"、"晚阴"、"暝色"、"过雁"、"笳鼓"、"重云",濡染出一幅万里秋山图,词人笔下的秋天,色调阴沉,氛围凝重,格调冷寂。黄叶飘落,萧然有声;晚阴作雨,氤氲欲湿;过雁哀鸣,杂以笳鼓;重云翻卷,暝色渐重——这幅图,不仅有秋日的色调,还夹杂着秋日的声响,裹挟着秋日的寒意。

《西河》为三阕词,三阕词在长调中不常见,其写法也与双阕词有所不同。双阕的词,或上景下情,或上情下景,或上今下昔,或上昔下今,或上虚下实,或上实下虚,或上悲下喜,或上喜下悲,其上下片如双峰并峙,分量大抵相当。而三阕词,三段或渐次递进,或前两段并列,第三段收束,此词采用的是后一种章法。词的前二段重在写景,但两段的角度又有不同:第一段为全景图,天地莫不囊括,气象阔大;第二段景中有人,人景相映,笔法更为细腻。第二段末句"苍茫愁满今古"引出第三段,第三段转写情,以词人凭高凝伫、极目苍茫作结,又与起句"天尽处"首尾相应,连环相扣。

此词对前人颇多化用。如"残鸦数点归去。遥峰隐约隔渔村"化用秦观《满庭芳》之"斜阳外,寒鸦数点,流水绕孤村";"莫将摇落问西风,秋声偏在疏树"化用张炎《玲珑四犯》之"流水人家,乍过了斜阳,一片苍树。怕听秋声,却是旧愁来处";"曲廊外,黄叶路,独吟着甚情绪"化用周邦彦《玉楼春》之"当时相候赤栏桥,今日独寻黄叶路";"新寒乍到小阑干,晚阴做雨"化用张其锽《蝶恋花》之"晚阴更酿风和雨";"四山暝色拥孤楼"化用托名李白的《菩萨蛮》之"暝色入高楼。有人楼上愁";"向黄昏、片霎凭高凝伫"化用柳永《竹马子》之"凭高尽日凝伫"。其所化之词,亦都是情调凄凉之作。

除了局部词句的化用之外,此词似乎还有整体化用。词与柳永的《竹马子》的用语、章法十分相似。柳永《竹马子》云:

登孤垒荒凉，危亭旷望，静临烟渚。对雌霓挂雨，雄风拂槛，微收烦暑。渐觉一叶惊秋，残蝉噪晚，素商时序。览景想前欢，指神京，非雾非烟深处。　向此成追感，新愁易积，故人难聚。凭高尽日凝伫。赢得消魂无语。极目霁霭霏微，暝鸦零乱，萧索江城暮。南楼画角，又送残阳去。

虽然柳永所写是羁旅怀旧之情，沈祖棻所写的是悲秋忧国之情，但沈词对柳词的借鉴是显而易见的。"天尽处，残鸦数点归去"正是"登孤垒荒凉，危亭旷望"所见，"遥峰隐约隔渔村，淡烟一缕"正是"静临烟渚"，"秋声偏在疏树"正是"渐觉一叶惊秋"，"缥缈神京重云暮"正是"指神京，非雾非烟深处"，"远书漫道过雁误。想萧条、人事非故"与"向此成追感，新愁易积，故人难聚"其情相近，"向黄昏、片霎凭高凝伫"与"凭高尽日凝伫"其行相近。

喜化用前人成句，是沈祖棻词的一大特点。所谓化用，是指以前人成句为原型，造出用语、意蕴、意境相近的语句，有时又翻出新意，旧中见新。《文心雕龙·事类》云："凡用旧合机，不啻自其口出。"又云："用人若己，古来无懵。"此处虽然是说运用典故，但移以评论化用，亦无不可——高明的化用，能够完全消弭化用的痕迹，其语仿佛作者随意道出的天然言语。读者不知其典时，亦能大致领会文意；但若读者知晓化用的原句，则会心领悟，更觉文意丰富，涵泳不尽。沈祖棻的化用，多能达到这种挥洒自如、如盐着水的境界。

/ 彭洁明

八声甘州

　　正寒潮乍落晚江空，危阑又孤凭。问斜阳哀角，西风残叶，多少秋声。错怨春来柳絮，宛转化流萍。一片芦花雪，依旧飘零。　有限荒烟衰草，恼乱蛩絮语，倦客愁听。剩扁舟心事，重与白鸥盟。怕归时、烟波非故，早断烽、青磷换渔灯。消凝处、洒伤高泪，还在新亭。

　　登高而生愁，是古今骚人所共有的情怀。在词中，也有不少这方面的名作名句。晏殊《蝶恋花》说："昨夜西风凋碧树。独上高楼，望尽天涯路。"登高而生的，是寂寞。柳永《曲玉管》说："每登山临水，惹起平生心事，一场消黯，永日无言，却下层楼。"登高时想起的，是伤心事。范仲淹《苏幕遮》说："明月楼高休独倚。酒入愁肠，化作相思泪。"登高时勾起的，是相思。辛弃疾《水龙吟》说："落日楼头，断鸿声里，江南游子。把吴钩看了，阑干拍遍，无人会、登临意。"登高时触动的，是平生未曾尽情扬厉之志。

　　登高为何会生愁？对此，钱锺书解释道："客羁臣逐，士耽女怀，孤愤单情,伤高望远,厥理易明。若家近'在山下',少'不识愁味',而登陟之际,'无愁亦愁'。忧来无向,悲出无名,则何以哉?虽怀抱犹虚,魂梦无萦,然远志遥情已如乳壳中函,孚苞待解,应机怅触,微动几先,极目而望不可即,放眼而望未之见,仗境起心,于是惘惘不甘,忽忽若失。"(《管锥编》)认为原因在于"仗境起心"。"仗境起心",是说登高时,面对辽阔的空间、自然的感发,内心深处的情感易被触动,如李峤《楚望赋》所说:"夫情以物感,而心由目畅,非历览无以寄杼轴之怀,非高远无以开沉郁之绪。"而在高天厚地和无穷宇宙的参照下,人往往能体悟到个体的渺小和生命的短暂,如王勃《滕王阁序》所说:"天高地迥,觉宇宙之无穷;兴尽悲来,识盈虚之有数。"了解了这一点,我们就能读懂沈祖棻的《八声甘州》。

词开篇就说"正寒潮乍落晚江空,危阑又孤凭",表明此词是登高而作。"寒潮"、"晚江"、"危阑"、"孤凭",字字都写出岁晚飘零之感。"问斜阳哀角,西风残叶,多少秋声"是无疑而问,点出秋之节气,从"斜阳"、"哀角"、"残叶"等意象,能看出秋的凄冷对词人心境的影响。"错怨春来柳絮,宛转化流萍"二句,采用古人的柳絮飘零化为浮萍的说法,意思是说此前春日柳絮飘落之时,还怨它无知无觉,谁知它并未无情地离开,而是化成了浮萍相伴。"一片芦花雪,依旧飘零",既是化用张炎《八声甘州》之"折芦花赠远,零落一身秋",也有清人蒋春霖《甘州》"待攀取、垂杨寄远,怕杨花比客更飘零"的影子。浮萍、柳絮、芦花,一样飘零无根,正如辗转无依的词人,"依旧飘零"。"有限荒烟衰草,恼乱蛩絮语,倦客愁听"化用姜夔《齐天乐》的句子,《齐天乐》云"庾郎先自吟愁赋。凄凄更闻私语。露湿铜铺,苔侵石井,都是曾听伊处",用庾信的典故引出所咏之物蝉。而沈词又翻过一层,说"倦客"意冷心懒,当听到蛩声之时,甚至因情有不堪而着恼。"剩扁舟心事,重与白鸥盟"典出《列子》:"海上之人有好沤鸟者，每旦之海上，从沤鸟游，沤鸟之至者百住而不止。其父曰：'吾闻沤鸟皆从汝游，汝取来，吾玩之。'明日之海上，沤鸟舞而不下也。"这个典故本是说"机心"，而沈祖棻这里化用张炎《八声甘州》的"向寻常、野桥流水，待招来，不是旧沙鸥"，且又有变化。张炎词用此典是说重来故地，今非昔比；而沈祖棻反用之，说重来故地，此心不改。纵然此心不改，而世事凄然，仍有不胜今昔之感，"怕归时、烟波非故，早断烽、青磷换渔灯"就是写这种担忧。词的结句，又呼应起句所写的登高生愁，"消凝处、洒伤高泪，还在新亭"，点出此时"伤高"，不仅是因为秋意袭人，也不仅是因为己身漂泊，更是因为伤怀国事。

《八声甘州》一调，句式参差多变，押韵句的末二字都是"平平"，押韵有疏有密，声情婉转，气韵流动，是一个极富节奏感、音乐美的词调，刚柔相济，荡气回肠。历来《八声甘州》的佳作，往往气脉流畅，婉转中自饶一股不平之气，既柔婉动人，又英气勃勃。汪东先生评论此词云："起处如高屋建瓴，后遂顺流而下。"正说出这首词的妙处。

／彭洁明

浣溪沙

漫道人间落叶悲。蓬莱风露立多时。长安尘雾望中迷。　填海精禽空昨梦，通辞鸩鸟岂良媒。瑶池侍宴夜归迟。

张惠言为代表的常州词派，喜以比兴寄托解词。如张惠言分析温庭筠《菩萨蛮》诸词曰："此感士不遇也。篇法仿佛《长门赋》，而用节节逆叙。"又评其中的"小山重叠金明灭"一首曰："此章从梦晓后领起，'懒起'二字，含后文情事；'照花'四句，《离骚》'初服'之意。"（张惠言辑《词选》）周济进一步指出词的功能："感慨所寄，不过盛衰。或绸缪未雨，或太息厝薪，或己溺己饥，或独清独醒，随其人之性情学问境地，莫不有由衷之言。见事多，识理透，可为后人论世之资。诗有史，词亦有史，庶乎自树一帜矣。"（《介存斋论词杂著》）。沈祖棻先生的《临江仙》八首、《浣溪沙》十首、《浣溪沙》三首等词，以词写史，可以看作是对常州词派理论的最好实践。甚至可以说，沈祖棻先生的这类词，使常州派词论少了些牵强，多了份妥帖。

此首为《浣溪沙》十首之第二首。总题下小序曰："司马长卿有言：赋家之心，苞括宇宙。然观所施设，放之则积微尘为大千，卷之则纳须弥于芥子。 盖大言小言，亦各有攸当焉。 余疴居怫郁，托意雕虫。 每爱昔人游仙之诗，旨隐辞微，若显若晦。 因效其体制，次近时闻见为令词十章。 见智见仁，固将以俟高赏。 壬午三月。"壬午年即1942年，程千帆先生当时任教于乐山武汉大学，沈祖棻先生则家居。

此词确如小序所言，乃游仙诗的写法。"人间落叶悲"，是言志抒情诗的基调。《文赋》云："悲落叶于劲秋，喜柔条于芳春。"梁萧综有诗题即作《悲落叶》："悲落叶，联翩下重叠。 重叠落且飞，纵横去不归。"然而词人以"漫道"将人间景象和情感悬置，而进入神仙世界"蓬莱"，那里永远风暖露清。 神仙世界可俯视人间，白居易《长恨歌》说："昭阳殿里恩爱绝，蓬莱宫中日月长。 回头下望人寰处，不见长安见尘雾。"这也正是词第三句"长安尘雾望中迷"之由来。 下片第一句用《山海经·北山经》炎帝女儿溺死于东海而化精卫鸟衔木石填东海的传说，第二句浓缩《离骚》"吾令鸩为媒兮，鸩告余以不好"和曹植《洛神赋》"无良媒以接欢兮，托微波而通辞"而成，不过词人以"空昨梦"、"岂良媒"来否定这两种神话，漫游到西方瑶池的神仙世界里。 然而这只是词人营造的显性世界，其序言提示此词尚有一个幽微隐晦的世界可以寻绎，而这一幽微世界是以"近时闻见"写成的。

程千帆先生揭此词之旨为："咏汪精卫叛变。"兹据程千帆先生笺，略述此词之意如下： 1939 年 10 月，汪精卫（1883—1944）到南京与众人商量诸伪组织合流组织伪政府事，其间曾赋《忆旧游》"咏落叶"词，词以落叶自喻，虽充满哀伤情绪，然使人无法同情，故曰"漫道人间落叶悲"。 1935 年 5 月，汪精卫第一次访问日本，此后屡次东游，曾受日本昭和天皇接见并赐宴，"蓬莱风露立多时"、"瑶池侍宴夜行迟"指此。 1939 年，南北汉奸聚集南京，既互相勾结，又互相倾轧，南京城中，一片乌烟瘴气，故有"长安尘雾望中迷"句。"填海精禽"名精卫，指汪精卫。 汪精卫早年追随孙中山先生（1866—1925），投身民主革命，1910年正月，谋刺摄政王载沣（1883—1951），事泄被捕，然晚节不保，遗臭万年，若其抚今思昔，岂堪回首？故有"填海精禽空昨梦"句。当时为汪精卫与日本牵线搭桥者为陶希圣（1899—1988）、高宗武（1905—1994）之辈，词人将之比喻成羽中含有剧毒的鸩鸟，故有"鸩鸟通辞岂良媒"句。

相对于缥缈的神仙世界，词中深隐的是真实的人间世界，实际上显性世界是幻设的，隐性世界却是政治的、历史的，一个"漫道蓬莱风露顶"的"人间黄叶悲"的故事才是词人最想表现的。汪东先生评曰："音节悲凉。"正得其意。而此词以典雅的文学传统表现沉痛的当代史，有深隐的比兴寄托，是别致的时评，也真正达到了"词亦有史"的境界。

/ 俞士玲

浣溪沙

闻道仙郎夜渡河。星娥隔岁一相过。机边亲赠水精梭。 纵使青天甘寂寞,应怜银汉近风波。云盟月誓莫蹉跎。

1942年农历三月,沈祖棻曾创作一组《浣溪沙》,共十首。其小序有云:"每爱昔人游仙之诗,旨隐辞微,若显若晦。因效其体制,次近时闻见为令词十章。"这是其中的第九首。作者的小序至少点出了两层意思,一是辞旨隐微,二是涉及时事。从词体文学发展的传统来看,这两个关键词,就是提醒我们要从比兴寄托的角度,对作品加以理解。

涉及比兴寄托,最难落实的是词的本事,好在对此最为熟悉的程千帆先生,亲自作了笺注。云:"此第九首,望印度参加同盟军,同抗日帝也。一九四一年十二月,中英军事同盟成立,中国军队开入缅甸,协助英军作战。而与缅甸为邻之印度犹徘徊于两大之间,故蒋介石于一九四二年二月飞加尔各答会晤印度人民领袖甘地,劝其抗日。仙郎喻蒋,星娥喻甘地,此用牛郎织女故事。隔岁相过,谓磋商经年始克相晤。赠梭,喻献策。下阕谓印度虽欲置身事外,而战争范围日益扩大，终恐波及，不如早日参加盟军之为愈也。"

蒋介石访问印度，是近代以来中国领导人首次以元首身份出国访问，也是中国历史上首次有最高领导人访问印度，这是中国对外关系史上的一件大事。而第二次世界大战爆发以来，作为中国战区的最高统帅，蒋介石访问作为同盟国英国的殖民地印度，也具有战略上的意义。所以，当时词人对此密切关注，有所思考。

沈祖棻为学推崇清代常州词派，在创作上也心摹手追，身体力行。程千帆先生曾这样评价她1945年以后的词："大抵作者东归后所为美人香草之词，皆寄托其对国族人民命运之关注。尝谓张皋文求之于温飞卿者，温或未然，我则庶几。"[沈祖棻《鹧鸪天》（极目江南日已斜）笺] 常州词派的开创者张惠言非常推崇温庭筠的词，他以"感士不遇"的比兴寄托之意来解释温词，在词学史上有着重大影响，但后世也有人不以为然，认为牵强。如王国维说："固哉皋文之为词也！飞卿《菩萨蛮》、永叔《蝶恋花》、子瞻《卜算子》，皆兴到之作，有何命意？皆被皋文深文罗织。"（《人间词话》）蔡嵩云也说："飞卿《菩萨蛮》，本无甚深意，张皋文以为感士不遇，为后人所讥。"（《柯亭词论》）沈祖棻一定程度上同意王国维等人的看法，所以说是"温或未然"，但她又服膺常州词派的思路，所以进一步说"我则庶几"。也就是说，她是有意识地按照常州词学的要求去从事创作的。

从这个角度看，就能够理解程先生的笺注了。苏轼的名篇《卜算子·黄州定慧院寓居作》："缺月挂疏桐，漏断人初静。谁见幽人独往来，缥缈孤鸿影。 惊起却回头，有恨无人省。拣尽寒枝不肯栖，寂寞沙洲冷。"宋人鲖阳居士评云："'缺月'，刺明微也。'漏断'，暗时也。'幽人'，不得志也。'独往来'，无助也。'惊起'，贤人不安也。'回头'，爱君不忘也。'无人省'，君不察也。'拣尽寒枝不肯栖'，不偷安于高位也。'寂寞沙洲冷'，非所安也。"（黄昇《唐宋诸贤绝妙词选》）这段句句比附的话，被张惠言原原本本录入《词选》中，成为常州词派说词的重要范本。后来端木埰评王沂孙的《齐天乐·蝉》，也说："详味词意，殆亦碧山黍离之悲也。首句'宫魂'字点清命意。'乍咽'、'还移'，慨播迁也。'西窗'三句，伤敌骑暂退，宴安如故也。'镜暗妆残'，残破满眼。'为谁'句，指当日修容饰貌，侧媚依然，衰世臣主，全无心肝，真千古一辙也。'铜仙'三句，伤宗器重宝，均被迁夺北去也。'病翼'三句，更是痛哭流涕，大声疾呼，言海徼栖流，断不能久也。'馀音'三句，哀怨难论也。'漫想熏风，柳丝千万'，责诸人当此，尚安危利灾，视若全盛也。"（端木埰批注《词选》）这实际上可以看作常州词派的重要家法，鲖阳居士和端木埰的解读可能有比附的成分，但沈祖棻按照这个思路去创作，却完全是脉络清晰的。

讨论这首词，还有两点值得提出来。

一是如汪东先生所评："比兴中乃有议论。"一般来说，比兴隐微，议论直白，二者的结合不是太容易。这首词中的"纵使青天甘寂寞，应怜银汉近风波"二句，承接前面牛郎织女句意，却又发出议论，提出无法置身事外的见解，就使得作品的意蕴更加丰富，更加深刻。

二是对于牛郎织女这一传统意象的使用。在中国古代诗词中，牛郎织女是经常出现的意象，或云有情人之受到阻隔，如古诗《迢迢牵牛星》；或做翻案语，提倡应以感情之品质为重，如秦观《鹊桥仙》（纤云弄巧）。但用以比喻两个政治人物，却还少见。沈祖棻的这首词，为牛郎织女的形象系列，增添了新的内容。

/ 张宏生

浣溪沙

满目青芜岁不芳。 啼鹃听惯也寻常。 而今难得是回肠。 燕子帘栊春晼晚,梨花院落月微茫。 人间何处著思量。

此词为《浣溪沙二首》之第一首,其二为:"忍道江南易断肠。 月天花海当愁乡。 别来无泪湿流光。 红烛楼心春压酒,碧梧庭角雨飘凉。 不成相忆但相忘。"此词另有沈祖棻先生学妹盛静霞(1917—2006,1940 年中央大学毕业)以及盛静霞夫君蒋礼鸿(1916—1995)的和词。 盛词为:"谢尽名园百种芳。 客中春事太寻常。 漫凭鹦鹉说离肠。 碧篆有心香蕴结,青山无恙梦微茫。 泪丝离绪不堪量。"蒋词为:"小院春归散剩芳。 履痕苔掩已寻常。 此中驻得九回肠。 料得欢期犹间阻,只应星汉怨微茫。 漫同孤影做商量。"(见《怀任斋诗词·频伽室语业合集》)故可做些对比分析。

春天的满目青芜,从大自然的角度讲,是"人间四月芳菲尽"(白居易《大林寺桃花》)、"花事匆匆了"(刘克庄《晚春》)后的"芳郊绿遍"(晏殊《踏莎行》),也就是盛静霞词的"谢尽名园百种芳",蒋礼鸿词的"小院春归散剩芳",可是在蜀道未归人的词人的心中眼里,蜀地的春天甚至是整年，花都不曾芬芳地开过。此句还暗用《离骚》"恐鹈鴃之先鸣兮，使夫百草为之不芳"之意。"鹈鴃"也就是杜鹃鸟，也即下句的啼鹃。李商隐《锦瑟》有"望帝春心托杜鹃"句，杜鹃正是蜀中之鸟，更何况此鸟还能发出一声声"不如归去"的呼唤。杜甫到蜀地后，也为子规啼声心惊、烦恼、不堪忍受。其《子规》诗云："两边山木合，终日子规啼。眇眇春风见，萧萧夜色凄。客愁那听此，故作傍人低。""啼鹃听惯"从听者的角度写出了老杜诗中的"终日子规啼"，而"听惯也寻常"，则超越了杜甫所言的"客愁"，是"无家归不得"的沉重和绝望，使人不得不采取一种自我保护的木然方式去应对，上引同组词第二首"不成相忆但相忘"，也是相类似的开解，感情深至，又透着一份冷静和理性。"而今难得是回肠"，是对"寻常"做进一步说明，也从反面写出鹃啼曾让词人"感心、动耳、回肠、伤气"，此时应该像同组词第二首所说的"别来无泪湿流光"了。相对于鹦鹉声，鹃声更贴合避难蜀中、流离思乡等情事，又将《离骚》、杜诗等文学经典以及以此构建的深厚的文化作为小词的底蕴，再注入大晏、六一词的沉吟和哲思，甚具雅人深致。

下阕"燕子帘栊"、"梨花院落"，很容易让人联想到晏殊描绘富贵气象的诗句。吴处厚《青箱杂记》卷五载："晏元献公虽起田里，而文章富贵出于天然。尝览李庆孙《富贵曲》云：'轴装曲谱金书字，树记花名玉篆牌。'公曰：'此乃乞儿相，未尝谙富贵者。'故公每吟咏富贵，不言金玉锦绣，而唯说其气象。若'楼台侧畔杨花过，帘幕中间燕子飞'、'梨花院落溶溶月，柳絮池塘淡淡风'之类是也。故公自以此句语人曰：'穷儿家有这景致也无？'"词人保留了晏殊作品中的安雅景致和醇厚气象，既然词首句已是"满目清芜"，则此处的"梨花院落"和"燕子帘栊"应该都是词人心中、梦中之景，或如同组词第二首所言的"江南"之景。在上引第二首词中，词人说："忍道江南易断肠。 月天花海当愁乡。"过去的江南,现在道来可断肠,过去的月天花海,现在只能当愁乡,此处词人将"燕子帘栊"定格在晚春,将梨花院落"溶溶月"作昏黄和模糊处理,因为在过去和现在之间隔着一重梦境,过去是词人无时不怀有的思量和念想。"人间何处着思量"? 就是小山《临江仙》的"觉来何处放思量",这份恬静、安雅的生活,已如梦如幻,如前尘往事,所以词人转而问:人间何处可以安放我的这份思量呢? 在恬淡的语言中,安置了如此深重的家国之思,真非点金手而不办。

/ 俞士玲

苏幕遮

柳绵飞，庭院悄。酒淡花稀，人意和春老。酿得深愁成浅笑。绮席相逢，只道新晴好。　乱山多，流水杳。绿树啼鹃，莫问归迟早。薄晚重帘休放了。犬吠林阴，万一书邮到。

远人迟迟未归，词人内心总为思念之情所牵绊，所表达之期望看上去是安慰，其实是消磨。

开篇六字，括苏轼《蝶恋花》写春景词意，所谓"枝上柳绵吹又少，天涯何处无芳草。墙里千秋墙外道。墙外行人，墙里佳人笑"。"柳绵"是柳絮，暮春随风飘散。"柳绵飞"既是春末之景，亦暗喻愁绪纷繁难止；"庭院悄"既是写主体所处客观环境，又是寂然心境的外化。"酒淡花稀"分述主体与环境，人对淡酒，春已疏花，"人意和春老"，无论怎样都无心情。前四句交错往复，写暮春时节，深深庭院之中心怀愁情之人。

"酿得深愁成浅笑"，"酿"字本是专指造酒的发酵过程，后亦泛指类似发酵造物的过程，如"树宿含樱鸟，花留酿蜜蜂"（庾信《陪驾幸终南山和宇文内史》)。此处既在字面上与前句中"酒淡"相呼应,同时又将抽象的精神意绪置于具体的酿造过程中,传达出在日居月诸的消磨中,内心深处逐渐蓄积起来的愁绪,最终只化为面容上的浅浅一笑。"深愁"与"浅笑"对举,其中所蕴百般滋味,非亲身经历者不能道。纳兰性德《浣溪沙》用"旋拂轻容写洛神。须知浅笑是深颦"来形容神女之态,似颦似笑,使人魂牵。沈祖棻先生此处则着重描述难消难解之愁。

内心愁城既不可破,苦情亦无人可诉,所以"绮席相逢,只道新晴好"。种种愁苦,深蕴于心,无人可说,亦无人能解,大家见面,也不过是谈论无谓的天气罢了。与外界的隔阂,就使得内心更添孤寂。

过片也许是对实际风景的速写,也许又是词人心境之映射。皎然诗云:"积水悠扬何处梦,乱山稠叠此时情。"(《送皇甫侍御曾还丹阳别业》)方干有诗:"乱山重复叠,何路访先生。"(《寄普州贾司仓岛》)毛开《风流子》有句:"念千里云遥,暮天长短,十年人杳,流水东西。"乱山流水,承载着观者之心境。"乱山多,流水杳",接续上阕末的表达,愁苦既无人可说,只好寄情于风景。孰知这常见的山水风貌,却使词人愈发感受到内心思绪涌动,又兼独自一人,更加黯然魂销。

"绿树啼鹃"二句,于视觉中增入听觉。"啼鹃"指杜鹃鸟的啼声,杜鹃又称子规,其声有催归之意。明田艺蘅《留青日札》载:"子规,人但知其为催春归去之鸟,盖因其声曰归去了,故又名思归鸟。"杜甫《子规》诗:"两边山木合,终日子规啼。"宋陈亮《水龙吟》词:"正销魂又,疏烟淡月,子规声断。""莫问归迟早"终于透露出深藏于心的隐秘渴望。本来便已孤惶,复闻子规此声,内心愈加凄切。

下句云"薄晚重帘休放了",可知天色向晚。"薄晚"即傍晚,"重帘休放"写词人内心颇无着落,又是一个念远不归的日子,失魂落魄到忘记放下帘幕遮挡夜寒,既如此,那么干脆不要再去放下重帘,这样万一归人有书信寄来,也好快一些知道。 日暮向晚,林中光线昏昏,声声犬吠,若有人来,这来人是否信差呢? 主人公心中不免有所希冀。 这神来一笔,充满复杂的心理活动,使得全篇的收束,显得馀味无穷。

/ 李小雨

玉楼春

帘外桃花开又谢。袅尽炉烟帘未挂。校书心绪尽从容，入梦春愁无顾藉。　　漫从女伴寻闲话。终日春山如看画。荒村沽酒绿杨边，浅水浣纱斜照下。

沈祖棻先生此时所写《玉楼春》共二首，此为其二，第一首是："莺满亭台花满野。当日江南浑似画。闲寻红杏雨中楼，曾系绿杨阴下马。　　而今梦与梨花谢。燕去空帘慵不挂。千山杜宇呼乡愁，一穗残灯摇暗夜。"第一首上阕写过去江南多姿多彩的游春生活，下阕写今年春天梨花自谢，燕子不来，只有千山杜宇频唤乡愁。第二首则从今年春天写起，词人珠帘不卷，一任帘外的桃花开而又谢，她似乎是在与帘外的春天赌气，执意要将春天挡住。"袅尽炉烟"既表明时间之长，又是阻隔春天的另一层稀薄的屏障，甚至熏香也有阻隔、稀释春天气味的企图，"帘未挂"不顾与前句之"帘"重复，更见词人之刻意。如此拒绝春天，又能用什么方法让自己镇定呢？那就是要做自己喜爱的然而又是严肃、郑重的事。这是沈祖棻先生词中较早表现出学者气的一首。虽然"校书"，与下文之"女伴"相联系，很容易让人产生

"女校书"的联想，但此处词人倒不是为了表现女性身份或女性特色，而是要表现自己对心不旁骛的"校书心绪"的建设。"从容"是对校书心绪的描写，然着一"尽"字，则不经意间流露出对帘外蓬勃的而又稍纵即逝的春天的不能自持。词人似乎是急切地入梦的，一旦入梦，所有的自持和理性的压抑都宣告溃退，所有潜意识的春天的怀想都得以在梦中恣肆蔓延。小山词云："梦魂惯得无拘检，又踏杨花过谢桥。"（《鹧鸪天》）"梦回芳草夜，歌罢落梅天。"（《临江仙》）。"入梦春愁无顾藉"，也有小山词的痴情和任性。虽云"入梦春愁"，但词中的春天充满了活力，词中的主人公知性，又十分可爱。

下阕全写梦中游春。词人常怀念过去的"胜游欢宴"（《摸鱼子·再寄素秋》），这四句就是对"胜游"的具体描绘。"漫从女伴寻闲话"，女性结伴游玩，说着闲话，过着快乐放松的生活。"终日春山如看画"，与前引第一首"当日江南浑似画"呼应。但前一首是醒着时的回想，故有对江南的明确认识；此处是"无顾藉"的梦中，故无江南还是蜀中的分辨。前首词写春游时"闲寻红杏雨中楼，曾系绿杨阴下马"，此处梦中的春游，也出现了"绿杨"，似乎是对过去春游记忆的部分再现。因为梦魂的自由，词人甚至"荒村沽酒绿杨边"，这里的"荒村"就不显得荒凉，而是远离尘嚣的淳朴的有野趣的村落，词人甚至在斜阳下浅水中浣纱。这是词人无顾藉的春梦，作为游历荒村的旅行者，作为劳动者，在绿杨边饮酒，在斜阳下劳作，显示出质朴而又萧散的生活态度和生活趣味。汪东先生评此词曰："小山、六一之间。"从词中感情看，确实是痴情任性近小山（晏几道），萧散淡泊近六一（欧阳修）。

/ 俞士玲

谒金门

闻鹃

灯焰黑。帘外子规声急。岁岁烽烟留远客。无家归不得。 啼断残春几日。泪共落红千尺。如此月痕如此夕。江山应有血。

迁居学地头后,沈祖棻的词风固然有沉淀的一面,在感情激越方面亦有增无减。因此,词作甚至显出豪迈的气象。这主要表现在乡关情绪、国破家亡的感慨中。如:

天尽处。残鸦数点归去。遥峰隐约隔渔村,淡烟一缕。莫将摇落问西风,秋声偏在疏树。 曲廊外,黄叶路。独吟著甚情绪。新寒乍到小阑干,晚阴做雨。四山暝色拥孤楼,苍茫愁满今古。 远书漫道过雁误。想萧条、人事非故。听彻严城笳鼓。向黄昏、片霎凭高凝伫。缥缈神京重云暮。(《西河》)

正寒潮乍落晚江空,危阑又孤凭。问斜阳哀角,西风残叶,多少秋声。错怨春来柳絮,宛转化流萍。一片芦花雪,依旧飘零。　有限荒烟衰草,恼乱蛩絮语,倦客愁听。剩扁舟心事,重与白鸥盟。怕归时、烟波非故,早断烽、青磷换渔灯。消凝处、洒伤高泪,还在新亭。(《八声甘州》)

前者汪先生评云:"此以下格又变,易绵丽为清刚。　盖心情境界酝酿如是乎?"后者感情急促,一泻千里,既感"斜阳哀角",国势衰微,又自伤飘零,徒劳期待。　汪评:"起处如高屋建瓴,后遂顺流而下。"感情的脉络丝丝入扣,一气呵成。　此外,一些小令亦写得气格不凡,即如本词。

《涉江词》中深沉的兴亡感具有丰富的情感表现层面,多哀婉之音,更有慷慨激昂之调。　这首词以泣血悲啼的鹃声兴起,而托以乡关之念的悲苦,还有对国事的愤慨激昂。"灯焰黑",喻国势岌岌可危,"黑"和血色相映,触目惊心。"帘外子规声急",杜鹃声苦,声声"不如归去"。　思归本是长久以来的切肤之痛,无奈岁岁烽烟,远客他乡,更何况在侵略者的铁蹄下根本无家可归,最终"归不得"三字,血泪相和。　下片感情的表达更加有力,直呼出"如此月痕如此夕,江山应有血",又应上片"子规声急",知恨如许,化用辛稼轩《贺新郎》"啼鸟还知如许恨,料不啼、清泪长啼血"之意。　直如杜鹃心苦,字字痛切;又如疾雨骤至,感情抑郁难以舒转,难得的是情境无不铺垫完整,并暗含比兴。　笔力刚健峻拔,又不失细腻。

这首小令词面缴足了词题"闻鹃"。　上片首句即点明题旨:暗夜是闻鹃的时间;声急,是描述鹃啼的情态。　下片的首句点明了闻鹃的季节,即残春,更以"几日"拉长了情绪浸染的时间。　不仅仅是一个夜晚,而是数个暗夜,如此落红满地,与泪相和。　上下片的后数句皆是因闻鹃而引起的词人心绪。　整篇作品的感知主体是词人,子规意象通常自带的"不如归去"、"望帝春心托杜鹃"、杜鹃啼血等便自然寄托其中，从而内外贯通，思致深婉。

旧体诗词也能体现出现代性。此词的艺术感受比较强烈，不仅在于感情，同时在于通过鲜明的对比所造成的印象。对比的层面是多元的。首先是色彩上红与黑的浓烈对比。词人选取了两组意象：于黑，一是"灯焰"之黑，二是月夜之黑；于红，一是"泪共落红"，二是"江山有血"。前者之黑，由"帘"推出内外之境；后者之红，既是作者啼血之心，亦是江山残破之血。在红与黑的强烈对比中，由个人境遇而推及国家命运，更觉沉痛。其次是在似是而非的对比中加深个人的无望之感，即如远近物象之对比，帘外之景与帘内之人之对比。帘内之人分明心系远方，却不得不羁留下来；明明居似有家，却又如无家之人。

通过传统意象与现代性书写的有机结合，这首作品在强烈的色彩对比之下，托付以个人心绪，并且在是耶非耶的恍惚之中，不断地打破美好，从而呈现出残酷的生命意绪。由闻鹃的个人感受推及国家兴亡，遂形成本词峻切而深沉的风格。

/ 张春晓

浣溪沙

飞到杨花第五春。依然蜀道未归人。不听啼鴂也销魂。 已遣闲愁还入梦,渐忘乡语记难真。空阶绿遍旧苔痕。

杨花飞时,春事已尽,伤离念远之情、去国怀乡之意,往往伴随着惜春之心,被铺天盖地扑面袭来的杨花勾惹起,充塞萦绕于胸臆之内、天壤之间。此情此景常常激发作家的创作灵感,尤其是长短参差、深婉缠绵的小词,更适宜抒写这种曲折意绪。张先的"永丰柳,无人尽日飞花雪"(《千秋岁》),晏殊的"春风不解禁杨花,蒙蒙乱扑行人面"(《踏莎行》),苏轼的"去年相送,馀杭门外,飞雪似杨花。今年春尽,杨花似雪,犹不见还家"(《少年游》),都是个中佳作。这首《浣溪沙》也是以飞舞的杨花揭开整首词的帷幕。几度看尽杨花在风中浮沉起落,不觉已是来蜀地的第五个年头,眼前的杨花年复一年依然如故,而未来的归期也年复一年依然不可预知,那漂泊无依的杨花,也正是词人自身的写照。客中送春,别是一番凄凉景况,啼鴂与杨花一样,在中国古典诗词中都是代表春尽的物象,如"数声鹈鴂。又报芳菲歇。惜春更把残红折"(张先《千秋岁》)。但"啼鴂"一词中所蕴含的深意又不止于惜春,还隐藏着深沉的家国之思,如南宋词人姜夔的"最可惜、一片江山,总付与啼鴂"(《八归》)之句。此时祖国的美好河山大片沦陷于日寇之手,词人亦不得不随学校西迁,更多一份忧时之隐痛。前人往往因啼鴂而触动家国之思,词中的"不听啼鴂也销魂"则更进一层,说明忧思无时不有、无处不在,故不待啼鴂勾诱亦时时刻刻黯然销魂。黄庭坚诗云"人到愁来无处会,不关情处总伤心"(《和陈君仪读〈太真外传〉》),可谓对此句最好的注脚。

上阕直写忧思深重,下阕则从反面着笔,写"已遣闲愁",但这种自我安慰终究是徒劳,醒时尽力排遣误以为暂时消弭的愁绪又固执地浮现在梦中,易安词用"才下眉头,却上心头"来突出"此情无计可消除"(《一剪梅》)的无奈,而词人之愁则是"才离醒时,又入梦中",愈发凸显了忧思无法释怀、愁绪无计摆脱的痛苦心境。苏州是词人的故乡,乡音像一种标志,代表着浪迹天涯的游子对故乡的归属,是以贺知章《回乡偶书》中的"少小离家老大回,乡音无改鬓毛衰"成为脍炙人口之名句。而异乡陌生的语音语调则增加了漂泊者的孤独焦虑之感,北宋灭亡后,大批被迫南渡的中原文人便曾深谙此中况味,例如陈与义在《点绛唇》中写道:"寒食今年,紫阳山下蛮江左。竹篱烟锁。何处求新火。 不解乡音,只怕人嫌我。愁无那。短歌谁和。风动梨花朵。"词人同样因为兵祸而背井离乡,由于滞留蜀地时日渐长,故乡的吴侬软语似乎已被渐渐淡忘,以至于即便出现在梦中也有"记难真"之感,故乡因此显得更加遥不可及,思乡之情也更加难以排解。苔痕绿遍空阶本已体现出人迹罕至的荒芜之意,而词人在收稍处却为"苔痕"再添一"旧"字,这就更强调了这种孤寂寥落的处境持续已久,亦呼应了起首处的"飞到杨花第五春"。整首词自首至尾,渲染的都是年复一年无止境的等待,以及一次又一次从希望到失望的轮回。

晚清著名词学家谢章铤曾评温庭筠名篇《更漏子》(玉炉香)下阕

曰："语弥淡，情弥苦。"民国时期著名学者汪东先生亦以"淡语弥苦"评价此词，可谓一语中的。全词看似若无其事，闲闲道来，既无呼天抢地之控诉，亦无撕心裂肺之痛哭，却恰恰于平淡处蕴藏着感人肺腑的力量。这也正是中国古典诗歌所提倡的温柔敦厚、含蓄蕴藉的传统，即便极深沉的哀愁，也总写得那么淡、那么轻，像杨花一样悄无声息飘过，只在一个不经意间，就潮湿了人的眼睛。

/ 乔玉钰

清平乐

山回路转。隔水烟村远。行过小桥人未见。林外晨喧一片。 两三上市新蔬。担前问价踟蹰。几日囊中钱少,归来何止无鱼。

1941年,程千帆得到同乡前辈刘永济的帮助,进入迁至乐山的武汉大学教书。沈祖棻没有急着找工作。一来,武大的规矩是夫妻不能同在一所学校教课。二来,依程千帆说:"当时沈祖棻不是一个社会性的女性,她并不是非要教书或工作不可。两个人只要能够生活,她就不教书。"(《桑榆忆往》)由于乐山城区被轰炸,他们住在乐山郊区的一个小山丘上,钱歌川教授和他们住在山顶,刘永济先生住在山腰,相距不过一百米,有一条石级相通。地方原名学地头,他们嫌地名不雅,改名为"雪地"——可能是模仿苏东坡"雪堂"雅事。安静的山居生活对于沈祖棻的病体是有益的。到了1942年,沈祖棻的身体已逐渐康复,《清平乐》六首便写于此时,此处选录其中第二首。这是一组有着乡野之趣的小词,和之前沈祖棻词作深婉悲凉的词风大相径庭。一惯"沉咽而多风"(汪东评语)的沈祖棻,为什么能写出这组情味盎然的《清平乐》？我们先来看词作本身。

起笔"山回路转，隔水烟村远"，写山中道路迂回，女词人要翻山涉水才能走到远处的"烟村"。"隔水烟村"化用了当地流传的一首《竹枝词》："隔水烟村四五家，岩前水际正山花。"（周光镐《竹枝词》）也使人联想到南宋叶绍翁的名作《烟村》："隐隐烟村闻犬吠，欲寻寻不见人家。只于桥断溪回处，流出碧桃两三花。"峰回路转之间，一座山间水畔的小村落呼之欲出，田园气息也扑面而来，我们不禁想知道：女词人要去那烟水之中的村庄干什么呢？

女词人并没有急着回答我们，她慢慢描述自己的行程："行过小桥人未见。林外晨喧一片。"过了小桥，还没看见人影，先听到了林子那边传来一阵喧哗声。这种未见其人、先闻其声的写作手法，显然也受到叶绍翁《烟村》诗的影响。只不过一两声"犬吠"换成了"晨喧一片"，这说明词人已到村口，且这村口非常热闹。能让村子在大清早就热热闹闹、人声嘈杂的，大概只有早市，这也是女词人不惜赶个大早、又走很远的路过去的原因吧。为什么只听到喧哗看不见人影？因这村子林木繁茂，和孟浩然笔下"绿树村边合"（《过故人庄》）差不多。虽然女词人没有一笔夸赞环境，但这有山、有水、有林木、有小桥、有晨喧、有早市的山村，难道不是乱世中的世外桃源吗？

好不容易走到了市场，女主人自然要挑挑买买。可是"不问不知道，一问吓一跳"。看中了几种刚上市的新鲜蔬菜，一问价格，我们的词人竟然"踟蹰"起来。按照日常的生活经验，新上市的当季菜蔬价格自然会偏贵，可毕竟只是菜蔬，何至于让人"担前问价踟蹰"？如果连新鲜蔬菜都囊中羞涩，那就更别提买鸡鸭鱼肉了。果然，接下来我们听到女词人叹道："几日囊中钱少，归来何止无鱼。"言下之意，囊中羞涩，别说没买鱼了，几乎是两手空空就回来了。熟知古典文学的人一定能读出这其中的典故。齐人冯谖客孟尝君，因不受器重，"居有顷，倚柱弹其剑，歌曰：'长铗归来乎！食无鱼。'"（《战国策·齐策》）后常以"食无鱼"作为不受重视或生活贫苦的典故。很显然，满腹经纶的女词人在现实中又碰了一次壁：她囊中的钱太少，或者是她对物价所知甚少？总之她白赶了一次集市。

这一趟赶集所得甚少，但收获了这首小词。如果你以为这白跑一趟里全然是不满和抱怨，那就大错特错了。这其实只是女词人对当时生活的一种本色记录，带着点闲情逸致，带着点黑色幽默。何以见得？看看这组词其他几首就能知道。比如第一首写道：住在山中的女词人打算趁难得一见的晴天晒衣裳，特意寻拣高枝，但又担心燕子衔泥，于是"属付檐前燕，等闲莫堕香泥"。和燕子对话的词人，心儿也和燕子一样活泼吧。第三首写自己没心情去"描花绣凤""斗新妆"，穿着自制的鞋子踏春也觉得不错："自制平头鞋子，何妨绿野寻芳。"第五首写和朋友小聚，分别时已经很晚了，山里的月光明净，女词人于是对友人说："归晚不须红烛，山前月子弯弯。"第六首最有趣，女词人写自己耽于填词，以至于厨房里锅都烧焦了："帘里苦吟才罢，空怜厨下焦铛。"把这些词句和"几日囊中钱少，归来何止无鱼"放在一起，我们就能读出这其中的苦中作乐。在这组词里，惯常描写国难乡愁的女词人回到了生活的日常中：晒衣、买菜、制鞋、下厨……也许，是乐山城外这片山林给了她一份难得的安静与闲适：与檐下的燕子对话，向赶集的农人问价，行走在樵蹊渔舍间，这乡间农人的淳朴，这身边的一草一木、一月一桥，都使得饱经流离、病痛之苦的女词人带着素朴的眼光回到生活本身。虽然，这生活并不尽如人意，物资还十分缺乏，但女词人的与众不同之处在于她不耽溺于这愁苦，她在一日日的生活中咀嚼到了一丝丝情味，并且以词的方式记录下来。汪东对这组词评论道："数词皆有味。此正本色语，非浅俗也。""有味"——有生活的情味，正是这组词的特色。

以《清平乐》词牌写村居生活，最负盛名的莫过于南宋词人辛弃疾的《山居》，词云："茅檐低小。 溪上青青草。 醉里吴音相媚好。 白发谁家翁媪。 大儿锄豆溪东。 中儿正织鸡笼。 最喜小儿亡赖，溪头卧剥莲蓬。"沈祖棻选用《清平乐》这一词牌写山居生活，很显然受到了辛弃疾的影响。 这组词用词平易，情味却深浓，是《涉江词稿》中少见的轻快之作，也是"本色语"的佳作。

/ 黄阿莎

东 坡 引

楼前江水绕。 风外柳绵少。 几回相见还重道。 不如归去好。 不如归去好。 烽烟别久，关山梦杳。 愁又看、春光老。 阑干倚尽昏和晓。 家书何日到。 家书何日到。

开篇写景，江水绕楼流去，柳絮随风飘散。"柳绵"即柳絮，是柳树的种子，有白色绒毛，随风飞散如飘絮。春水复涨，柳絮飘飞，二句所写，皆为春景。字面极简洁，正从苏轼《蝶恋花·春景》上片化来："花褪残红青杏小。 燕子飞时，绿水人家绕。 枝上柳绵吹又少。 天涯何处无芳草。"同是描述春光，沈词单撷取"江水"、"柳绵"二物，可结合李煜"问君能有几多愁，恰似一江春水向东流"（《虞美人》）及贺铸"试问闲愁都几许。 一川烟草，满城风絮。 梅子黄时雨"（《青玉案》）来看，具有起兴意味，关联起下阕一片愁情。

"几回相见还重道"，"几回"、"重道"和"还"，流露出心态之急切。 紧接着两个叠句"不如归去好。 不如归去好"，"不如归去"相传是杜鹃鸟的啼声，《华阳国志》载杜鹃鸟为古蜀王杜宇之魂所化，杜宇禅位退隐，国亡身死后魂化为鸟，常于暮春哀啼。此二叠句，仿佛说与人听，又仿佛喃喃自语，杜鹃昼夜发出的哀切啼鸣所触发起乡愁乡思，在战乱时期，更增一层国破的深忧。

过片"烽烟别久，关山梦杳"揭出忧心之来源，因为战争的缘故，不得不与旧乡作别。别时既久，兼之路程遥远，连"惯得无拘检"的梦魂，如今也难以抵达。昔日熟识的故乡，因为很久没有回去看过，在记忆中竟已不那么真切了。欲归而不得，连梦魂也无法抵达，词人内心之忧愁可知。

"愁又看、春光老"，又是一年春归时节，春来复又去，而人却依旧归不得。春光渐老，时节往复，而人在这种无望的盼望当中，只能一年年地老去，不可逆转。元代关汉卿《大德歌·春》有云："子规啼，不如归，道是春归人未归。"含义与此处相同，只是说得一览无遗，不如沈词蕴藉。

"阑干倚尽昏和晓"，极言思归愁绪之深，多少个晨昏梦晓，都在这怅然无望的等候中度过。最末两个叠句，复念"家书何日到"。杜甫《春望》中"烽火连三月，家书抵万金"二句，已将战乱时期家书的珍贵写出，沈词承之，写得朴实无华，感情深挚。

整首词作表达了战乱时期不能归乡的愁情，深衷浅语，平凡而感人。"不如"二句，汪东评曰："如此叠句，乃有意味。"沈词此首上下阕末皆用两叠句，上阕"不如"二叠句，接续在看似美好的春光之后，写风景虽美，毕竟不是故土风景，则词人内心思乡之情可知。下阕"家书"二叠句，则直陈心声，更显哀痛。叠句的使用，语音上有一种循环往复的效果，表意上则有对情感指向的强调，从而使意蕴的表达更加委婉，也更为动人。

/ 李小雨

浣溪沙

剩烬零灰换绮罗。关山笳鼓咽笙歌。归期禁得几蹉跎。　　接梦微云连夜远,飏愁丝雨一春多。醉时难遣奈愁何。

这是一首战乱中抒怀的小词,女词人以深婉含蓄的笔触,书写了她痛苦忧愁的内心世界。时间是1942年,地点在四川乐山,距离她避难入蜀已过去五年。五年来,亲人消息几无,还乡之期无望,战火焚烧于神州大地,国家处于危亡之中。避居于乐山山中的沈祖棻,挂念在上海的父亲与胞妹,心系家国存亡,遂有此作。

起笔是一个强烈的对比:"剩烬零灰换绮罗。""绮罗"指华丽的衣裳,也暗指安稳富贵的生活,如今,"绮罗"换成了"剩烬零灰",这是美好事物的消亡,是安稳富足生活的消逝。"绮罗"原是词中常用语,多用来代指女性衣物,但对于沈祖棻而言,她真正享受过"初暖绮罗轻"(周邦彦《如梦令》)的静好生活。因她是在姑苏的深宅大院中锦衣玉食地长大。年轻时她去南京念大学,同学说她"明眸皓齿,服饰入时。当时在校女同学很少使用口红化妆,祖棻唇上胭脂,显示她的特色"(尉素秋《词林旧侣》)。可见"绮罗"二字所代表的,是她亲身经历过的殷实富足的生活。但自从1937年逃难以来，正如她词中所云："罗衣尘浣难频换。鬓云几度临风乱。"（《菩萨蛮》）她在颠沛流离中历经艰辛，她在江南的故家也早已"妆楼零落凤皇翘"（《浣溪沙》）。在成都住院时，因医院起火，她的衣物尽毁于火（事见《尉迟杯》），一句"剩烬零灰换绮罗"，道尽五年乱离生涯中的艰辛备尝、繁华散尽。接以"关山笳鼓咽笙歌"，更道出战火纷飞的现实背景。"笙歌"泛指歌舞欢宴，从前在南京，她与友人雨夜集饮秦淮酒肆，有过"笙舟灯榭，座中犹说旧豪华"（《水调歌头》）的风流畅饮，而如今，耳边响起的是"关山笳鼓"。"关山"泛指关塞山川，"笳鼓"代指军乐，同一时期的词作中，她反复提及笳鼓声声："严城四面悲笳动"（《玉楼春》），"听四面、悲笳声急"（《惜红衣》），"仓皇咫尺，又催笳鼓"（《霜叶飞》）。不说"笳鼓"替换了"笙歌"，却说"关山笳鼓咽笙歌"，一个"咽"字，恰如"箫声咽。秦娥梦断秦楼月"（李白《忆秦娥》）中的断肠情绪，女词人内心的悲凉由此道出。正因绮罗成灰、笙歌幽咽，到处是战乱，所以"归期禁得几蹉跎"。还乡，始终是沈祖棻的心愿。当年刚逃离南京，她就有"何日得还乡。倚楼空断肠"（《菩萨蛮》）的幽怨之语，随后道路迂回，离乡渐远，她也许动过无数次返乡的念头，但战火纷飞，故家零落，这"归期蹉跎"，是无奈，也是悲哀。

下阕笔锋一转，竟以空灵代替质实，以轻盈代替沉重。过片两句"接梦微云连夜远，飏愁丝雨一春多"，写得如梦如幻。夜晚的云、春天的雨，原本与梦、与愁毫无关系，可在女词人诗意的眼中，夜空淡淡的"微云"可以"接梦"，春天无边的"丝雨"可以"飏愁"，夜空中梦与云都飘荡得很远，春天里雨与愁都飘落下许多，这是化无形的梦为有形的云，化内心的愁为无边的雨。且这梦追着云，去向远方的家乡；这愁随着雨，细细密密，无穷无尽。笔触纤细曼妙，正与秦观"自在飞花轻似梦，无边丝雨细如愁"(《浣溪沙》)的"奇语"相类似。同时，"接梦"呼应了上阕的"绮罗"、"笙歌"，"飐愁"正因"归期蹉跎"而起，上下片之间似断不断，结句更出以"醉时难遣奈愁何"，耐人寻味。人在悲哀之时，往往逃向醉乡，以期醉中忘愁，而此时正如"举杯消愁愁更愁"（李白《宣州谢朓楼饯别校书叔云》），所谓"奈愁何"，直是拿愁无可奈何，言下之意是即使喝醉，也难遣忧愁，更可见清醒时满心愁苦之状。同时，此词虽短，"愁"字却两次出现，愁如丝雨轻飐，愁是醉时难遣，这反复加重的书写，更显出"愁"的分量之重。

沈祖棻很擅长以比兴寄托的手法写词，但这首词所展现出的，是她对赋笔的圆熟掌握。这首乱中抒怀的小词，词眼即在一个"愁"字。其实，又何止这一首小词的主题是"愁"呢？同一时期，女词人反复书写这无边之愁，有词云："千山杜宇唤乡愁，一穗残灯摇暗夜。"（《玉楼春》）"烽烟别久，关山梦杳。愁又看、春光老。"（《东坡引》）"病枕偎愁，烛帷扶影，几日药炉谁管。"（《过秦楼·病中寄千帆成都》）这一份"愁"，也并非沈祖棻一个人的体会，而是国破家亡之时，所有背井离乡、心忧国难的中国人所共有的。所以同遭寇难的文人，总能从她的词中找到共鸣。正如施蛰存在《北山楼抄本〈涉江词抄〉后记》中云："十载倭氛，乱我禹域，子苾于流移转徙间，写之以雅言，鸣之以哀韵。离鸾别鹄，心伤漆室之吟；抚事忧时，肠断楚骚之赋。今虽时移代换，海靖河清，读此词犹使我怆然。"

/ 黄阿莎

蝶恋花

楼外重云遮碧树。山上鹃啼,山下流人住。别泪濛濛知几许。夜来寒雨朝来雾。 漫问荒烟家在否。犹望生还,重到江南路。飞尽杨花春又暮。沉吟忍信归期误。

其二

乳燕交飞莺乱语。如此江山,只有鹃声苦。杨柳无情千万缕。年年却系行人住。 水上流花枝上絮。已是天涯,何必愁风雨。极目绿波芳草渡。转怜春有归时路。

这两首《蝶恋花》作于1942年暮春,两首词结为一组,表达着同样的主题。

第一首起句"楼外重云遮碧树。山上鹃啼,山下流人住"写隔绝,用的正是苏轼同调词的笔法:"墙里秋千墙外道。墙外行人,墙里佳人笑。"流人是指离开家乡，流浪外地的人，是作者自比。"楼"是流人所居之处，登楼眺望，树木被重云遮挡，视野无法展开。这和"昨夜西风凋碧树。独上高楼，望尽天涯路"（晏殊《蝶恋花》）截然相反，一写暮春，一写秋景。虽然看不到杜鹃，却能听到它的叫声"不如归去"，撩动了词人内心强烈的思乡之情。杜鹃啼血的典故早已广为人知，所以思念故乡也可以引申为思念故国。杜鹃的叫声正点染出流人的心声。而"别泪濛濛知几许"，作者将深重的离别之情化为眼泪，"似惜别离情，知几许"（杨无咎《垂丝钓》），以"知几许"来点染，极言泪水之多，正如"夜来寒雨朝来雾"，这一句似化用李后主"无奈朝来寒雨晚来风"（《相见欢》）的成句，并稍加修改，涵义非常丰富。一方面，别泪之多恰如"夜来寒雨朝来雾"，另一方面，"夜来寒雨朝来雾"也可以是人世间的风雨，这里比喻战乱，阻隔了归家的路，以至于让流人泪眼蒙眬。

经过上阕巧用兴法的铺垫之后，过片处直接点出主题"漫问荒烟家在否。犹望生还，重到江南路。"沈祖棻是浙江海盐人，生长于江南，那么，在这一片战火之中，我的家还在不在？我希望我还能活着回去，重新走到江南路上。这与作者在《苏幕遮》里表达的"梦里惊疑，不敢江南去"，写的是相似的情感，这做梦都想回去的地方，到了梦里也会惊疑，因为一片战火，回去不知道将要面对的是什么。这两首词一写醒，一写梦，也可以相互参看。"飞尽杨花春又暮"，正如汪元量所说："更落尽梨花，飞尽杨花，春也成憔悴。"（《莺啼序·重过金陵》）当杨花落尽，也是春天离开的时候，正如"杨花落尽子规啼"（李白《闻王昌龄左迁龙标遥有此寄》）一贯被认为是伤春的代表意象。而就在这春天离开之际，"沉吟忍信归期误"，词人在吟咏之间不得不相信已经错过了那约好的归期。在那战火不断的日子里，真是"争奈归期未可期"（晏几道《鹧鸪天》）。

第二首词仍以鸟声起兴:"乳燕交飞莺乱语。如此江山,只有鹃声苦。"在这些暮春的莺声燕语之间,只有杜鹃的声音最为凄苦悲切。这完全是在呼应第一首的主题,点染思乡的情怀。"杨柳无情千万缕。年年却系行人住",写出身之所在,"柳"谐音为留,正所谓"拂水飘绵送行色"(周邦彦《兰陵王·柳》),所以送别一贯有折柳的传统。"无情",用韦庄《台城》"无情最是台城柳,依旧烟笼十里堤"句意,两相对照,突出人之"有情"。但是尽管杨柳无情,仍然是千丝万缕,一年一年留得流人居于此地,正如周紫芝《踏莎行》中所写:"一溪烟柳万丝垂,无因系得兰舟住。"其实,分明是流人自身难以离开,而假托是杨柳留人,真是曲折有致。

下阕全然化用苏轼、黄庭坚词句,情调愈发悲苦。"水上流花枝上絮。已是天涯,何必愁风雨。"着一"流"字,呼应第一首的"山下流人"。暮春时节,已是"流水落花春去也"(李煜《浪淘沙》),那落入水中的凋残的花朵,不正像身不由己客居在外的流人吗?这几句实际上是暗用苏轼《蝶恋花》中的名句:"枝上柳绵吹又少。天涯何处无芳草。"据《林下词谈》记载,这两句曾让苏轼的侍妾朝云哽咽不能歌。吴世昌先生曾指出此二句其实暗用了屈原的《离骚》中"何所独无芳草兮,尔何怀乎故宇"二句。对于屈原来说,作为伟大的爱国主义诗人,芈姓,在楚国享有尊贵的身份,势必要与自己的国家同呼吸,共命运;对于苏轼来说,绍圣二年,身在遥远的惠州,这天涯的芳草里,其实也没有他的政治出路,甚至是人生出路。而词人也写到"天涯","已是天涯,何必愁风雨",正是"人间别久不成悲"(姜夔《鹧鸪天》)的写法,充满了在苦难之中业已习惯苦难,在风雨之中不必再忧愁风雨的悲哀。"极目绿波芳草渡",写在这夏日无边的芳草之中,看不到个体和国家出路的悲哀和痛苦,至于"转怜春有归时路",则正是化用黄庭坚的《清平乐》:"春归何处。寂寞无行路。"春天在不知不觉间已经离开了，找不到她的踪迹，四处一片沉寂。不过，黄庭坚词的下阕告诉我们："春无踪迹谁知。除非问取黄鹂。百啭无人能解，因风飞过蔷薇。"透露了春天似乎随着黄鹂的叫声回到了她的来处。但是作者呢？和作者一样由于国难而流离失所的人们呢？却无家可归。

全词从写法到内容都在致敬苏轼的《蝶恋花》（花褪残红青杏小），在此基础上又有所创新。全篇将归思依托于杜鹃鸟的意象，啼血的杜鹃代流离失所的人民唱出"不如归去"的心声，而在此背景下，又用春归尚有归路来反衬自身及大批和自己一样流离失所的人民无家可归的苦难。词人在苦难之中寻找自己和国家的出路而不得，情绪非常凄苦悲凉。整首词委婉含蓄，又情感浓烈，堪称《涉江词》中此期作品的代表作之一。

/ 蔡　雯

浣溪沙

碧槛琼廊月影中。一杯香雪冻柠檬。新歌争播电流空。　风扇凉翻鬓浪绿，霓灯光闪酒波红。当时真悔太匆匆。

抗战期间，沈祖棻漂泊西南，即所谓大后方。作为一个深具忧患意识的人，她固然对战事的发展时刻萦怀，对沦陷区的故乡非常牵挂，而对她栖身的城市，特别对其中的某些不良风气，也非常敏感，因而用自己的笔，作了深刻的揭露。

在词人看来，国难当头，应该不分前方后方，万众一心，同仇敌忾，一切都以抗战为主，她目之所见，却有令她深深失望者。"碧槛琼廊"，见居处之华美。在这样华美的环境中，人们纵情享乐。怎样享乐呢？作者写了一些具有现代生活色彩的事物。"一杯"句指冰淇淋，具体说是加柠檬的香草冰淇淋。韦庄《浣溪沙》有"暗想玉容何所似，一枝春雪冻梅花"，沈祖棻稍加改动，成为对冰淇淋的生动表述。"香雪"固然是描写冰淇淋之味道，这一神来之笔，也许和生长于苏州的作者对"香雪海"的记忆有关。"新歌"句指收音机中或留声机中传出的歌。不说"声流空"，而说"电流空"，可见这一娱乐手法带来的深深刺激，而一个"争"字，则形象地表现了当时人们享乐的热情。

"风扇"句写烫头,那被烫起的头发,如波浪般翻卷,电吹风吹过,带来些凉意。"霓灯"句则写霓虹灯闪闪,映在酒杯中,酒波也漾着红光。作者就是用这四种事物,来写当时大后方一部分人的醉生梦死。所谓"当时真悔太匆匆",就像李后主的《浣溪沙》:"红日已高三丈透。金炉次第添香兽。红锦地衣随步皱。 佳人舞点金钗溜,酒恶时拈花蕊嗅。别殿遥闻箫鼓奏。"真是后悔时间过得太快,恨不得夜以继日,如此享乐。

19世纪末,一些批评家和诗人面对社会形势的变化,痛感中国古老的诗歌传统必须进行革命,才能适应那个迅猛发展的时代。正如梁启超指出的:"支那非有诗界革命,则诗运殆将绝。"而"欲为诗界之哥仑布、玛赛郎,不可不备三长:第一要新意境,第二要新语句,而又须以古人之风格入之"。(《夏威夷游记》)梁启超之所以这么说,是因为"当时所谓新诗者,颇喜挦扯新名词以自表异。………此类之诗,当时沾沾自喜,然必非诗之佳者,无俟言也"(《饮冰室诗话》)。什么叫"挦扯新名词"呢? 比如谭嗣同《金陵听说法》:"而为上首普观察,承佛威神说偈言。一任法田卖人子,独从性海救灵魂。纲伦惨以喀私德,法会盛于巴力门。大地山河今领取,庵摩罗果掌中论。"其中喀私德是 caste 的译音,指印度社会的等级制;巴力门是 parliament 的译音,指议会。可以说是彻头彻尾的新名词,虽然在中国诗歌传统中提供了非常新鲜的因素,但缺少诗意,确实"非诗之佳者"。

在梁启超看来,诗界革命的成功之作,应该是新意境、新语句加上旧风格。按照这个标准来看沈祖棻的这首词,堪称符合标准。她写了冰淇淋,写了收音机或留声机,写了烫头发,都是新事物,却又是那么的典雅,那么的有诗意,正可以为梁启超的话作一注脚。所以,她的老师汪东评云:"如此用新名词,何碍?"在汪先生看来,旧文体中不是不能出现新名词,关键看怎样用。沈祖棻的这首词提供了范例。

/ 张宏生

浣溪沙

客有以渝州近事见告者，感成小词

岁岁新烽续旧烟。人间几见海成田。新亭风景异当年。如此山河输半壁，依然歌舞当长安。危阑北望泪如川。

其二

莫向西川问杜鹃。繁华争说小长安。涨波脂水自年年。筝笛高楼春酒暖，兵戈远塞铁衣寒。尊前空唱念家山。

其三

辛苦征人百战还。渝州非复旧临安。繁华疑是梦中看。彻夜笙歌新贵宅，连江灯火估人船。可怜万灶渐无烟。

这三首词作于1941年前后，词前小序交代了创作缘由，是有感于重庆战事。彼时重庆城被定为"陪都"，正饱受日军轰炸之苦，民不聊生。国难当头，"纸醉金迷和啼饥号寒两种截然不同的生活"（程千帆《沈祖棻小传》）却并存在一起，不禁使忧国恤民的词人生出万千悲慨。

第一首总写战乱带来的巨变，以及由之而来的深切愁情。以新烽旧烟、沧海桑田开篇，"岁岁"、"几见"，更加表现出时事之巨变，故而有"新亭风景异当年"的感慨。"新亭"出自《世说新语·言语》："过江诸人，每至美日，辄相邀新亭，藉卉饮宴。周侯中坐而叹曰：'风景不殊，正自有山河之异！'皆相视流泪。"当年"过江诸人"尚知"相视流泪"，如今的陪都，却是一片奢靡之气，这是所谓"新亭风景"最大的"异"。过片"如此山河输半壁，依然歌舞当长安"，大好河山丢失半壁，当权者却以"陪都"为"首都"，依旧歌舞升平，不知国势日危。南宋林升《题临安邸》"暖风熏得游人醉，直把杭州作汴州"，是这两句所出，而且一直贯穿通篇。"商女不知亡国恨，隔江犹唱后庭花"（杜牧《泊秦淮》），不知以史为鉴，反重蹈其覆辙，历史或将重演乎？念及于此，词人登高椅栏，北望已沦陷的河山故土，内心愤懑如堵，一腔泪水如滔滔江水，难以控制。

第二首主要是对当局者的反讽。西川作为行政区划名，此处代称重庆。杜甫有《杜鹃》诗云："西川有杜鹃，东川无杜鹃。"《华阳国志》载，杜鹃鸟为古蜀王杜宇之魂所化，杜宇禅位退隐，国亡身死后魂化为鸟。此处"杜鹃"为双关语，词人仅用杜诗字面，所表达的其实是亡国之事。"涨波脂水"，语出杜牧《阿房宫赋》"渭流涨腻，弃脂水也"，形容当局者在国家危亡之际，仍然生活在奢靡之中。上片三句皆为反语。1940年，重庆被定为陪都，故有"小长安"之说，"繁华争说小长安"与前二句一起，用以讽刺当局者偏安重庆，苟安过活，无所作为。过片"筝笛高楼春酒暖,兵戈远塞铁衣寒",对仗工整,句意及手法与"战士军前半死生,美人帐下犹歌舞"(高适《燕歌行》)如出一辙,均是将生死悬于一线的前线战士,与后方仍然寻欢作乐的权贵进行比对。末句"尊前空唱念家山",《念家山破》为词牌名,是南唐李煜自度曲,今已失传。马令《南唐书·后主纪》载:"旧曲有《念家山》,王亲演为《念家山破》,其声焦杀,而其名不祥,乃败征也。"在败亡之时思念故乡,无疑只是一场空念。

第三首从征人角度写战乱后的重庆。征人辛苦,百战方还,而归后所见的重庆城,早已"非复旧临安"了。临安是南宋首都,此处借指重庆。目下山河破碎、百姓离乱,而重庆仍然是一片繁华胜景,在征人眼中,真是恍如梦寐。一边是新贵宅中,笙歌彻夜;另一边是一江灯火,百姓已无家可归。"可怜万灶渐无烟",是词作最末的点睛之笔,激愤之情无以言表。

从主题上说,这组词具有鲜明的"词史"特征。夏承焘先生题《涉江词》,有"几人过路看新婚,垂老客,无家者"之句。周退密先生题《涉江词》云:"杜陵诗史千秋业,肯与清真作后尘。"程千帆先生在《沈祖棻小传》里指出,抗战时期的沈词,"忠实地写出了当时政治社会生活的某些侧面"。这些评价都指出了沈祖棻先生这类词作具有作为"词史"的历史价值与社会价值。

从形式来看,这组联章词采用了总分的结构,第一首总述,第二、三首分别以当局者和征人为主体分述。具体来说,这三首词作的写作模式极其相似,上片点出命意,过片二句均使用对比手法,结句则揭出主旨,深化词作情感。

汪东先生《涉江词稿序》称:

  余惟祖棻所为,十馀年来,亦有三变:方其肄业上庠,覃思多暇，摹绘景物，才情妍妙，故其辞窈然以舒。迨遭世板荡，奔窜殊域，骨肉凋谢之痛，思妇离别之感，国忧家恤，萃此一身。言之则触忌讳，茹之则有未甘，憔悴呻吟，唯取自喻，故其辞沉咽而多风。寇难旋夷，杼轴益匮。政治日坏，民生日艰。向所冀望于恢复之后者，悉为泡幻。加以弱质善病，意气不扬，灵襟绮思，都成灰槁，故其辞澹而弥哀。

这组联章词实兼有"沉咽多风"与"淡而弥哀"的风格特征。措词婉转，其中又注有深沉的哀痛与愤争。台静农先生跋"莫向西川问杜鹃"一首云："李易安身值南渡，却未见有此感怀也。"（见程千帆笺）将沈词放在词史发展的大背景中加以审视，堪称精审。

/ 李小雨

浣溪沙

<blockquote>山居苦热,有忆江南旧事</blockquote>

竹槛蕉窗雨乍收。 纱窗轻箑小茶瓯。 枕边茉莉暗香浮。 绘彩瓷盘供佛手,镂银冰碗剥鸡头。 晚凉庭院忆苏州。

乡愁,是沈祖棻词作永恒的主题。 这首《浣溪沙》,因其对江南风物的细腻书写,因最后一句"晚凉庭院忆苏州"的深情缱绻,可视为她乡愁词中的上乘之作。 这是在1942年的乐山,山居苦热,引她追忆故乡江南的闲适生活。 在之前所有关于乡愁的词作中,女词人往往直抒胸臆,在这首词中,却出现了大量有关江南生活的细节描写,耐人寻味。

起笔便写江南的雨水,雨滴打在槛外的竹丛、窗外的芭蕉叶上,倏来乍收。 这记忆中的雨点仿佛特意为此刻的"山居苦热"而落,而这有竹槛、蕉窗、可供女词人听雨的深幽庭院在哪里? 大概就是沈祖棻生于斯、长于斯的江南故家——那靠近饮马桥、大石头巷内、粉墙黛瓦的苏州庭院吧。 在她人生的初期,以这所庭院为代表的苏州山水风物,陶冶了她观看世界的心灵;而当她因为战乱不得不离开家乡,姑苏的山水风光与风雅文化便成为她终其一生的乡愁所在，且一再出现在她的梦境与文字中。

苏州人喜欢喝茶，也很讲究喝茶，一盏清茶是日常闲适生活的标配，此即沈祖棻所写："纱窗轻簟小茶瓯。"簟即竹席，茶瓯原是典型的唐代茶具，茶碗花口，通常为五瓣花形，此处代指精美茶具，配以一"小"字，更可见茶具的精致。苏州人喜欢佩花、饮花，至今苏州街市仍有老人提一篮茉莉或玉兰花沿街售卖。"枕边茉莉暗香浮"，既闲雅，又闲适。竹槛、蕉窗、碧纱、轻簟、茶瓯、茉莉，这不仅仅是数个名词、数个意象的简单叠加，而是由户外写到室内、由纱窗写至枕边、由远及近、由物及人的描写。于是慢慢地，我们眼前浮现出一幅清新闲适的姑苏晚凉图，我们也仿佛闻到了茉莉与清茶的淡香，词人并没有直接描写她享用这一切时的感受，但是我们都明白了她的那份惬意、那份闲雅。

苏州人既懂得营造庭院，喜欢品茶、赏花，在饮食上，他们也讲究器皿精美，喜爱时令果蔬。词人在下阕继续回忆苏州生活中最精致的细节："绘彩瓷盘供佛手，镂银冰碗剥鸡头。"佛手即佛手柑，是室内的清供，可堪赏玩。《红楼梦》第四十回写探春的闺房："左边紫檀架上放着一个大观窑的大盘，盘内盛着数十个娇黄玲珑大佛手。"与词中情景相似，但词中是将娇黄的佛手摆在彩绘的瓷盘中，色彩更明丽。鸡头是一种水生植物，又名鸡头米、芡实，属"水八仙"之一，南芡是苏州的特产，极为可口。将鸡头剥在盛着冰块的镂银小碗中，饮食何等讲究。"镂银冰碗"，比晏殊所云"玉碗冰寒"（《浣溪沙》）更富贵精致，也从侧面写出词人故家生活的优游富贵。一个"冰"字，又正与词序中的"热"字形成鲜明对比，反衬出故乡的舒适。同时，簟席、茉莉、佛手、鸡头、冰碗，这些都是夏天才有的风物，在炎热困顿的异乡，词人回忆起夏日傍晚的故居，以及摆设于故居中的清供与品尝过的乡食，这种具体而微的故乡之思，如未染尘埃的山中溪水，在词人笔下潺潺流淌。

  这首词前五句均在追忆江南生活的细节情境，无一语点明心境，最后一句才直抒胸臆，且点出那个令她魂牵梦绕的地点："晚凉庭院忆苏州。"苏州是沈祖棻的故乡，苏州园林举世闻名。"晚凉"、"庭院"、"苏州"，这六个字意味着最闲适的时辰、最宜人的天气、最雅致的故家、最江南的城池——对于词人来说，这难道不就是她"甘心老是乡矣"（李清照《金石录后序》）的地方吗？一旦离开，怎能不思念？而插入一"忆"字，更点明词人遥想之远、追忆之切、乡愁之浓。这结拍七字，出语自然，抒情却深刻，且因为经过了前面五句的铺叙，郁积的乡思已达到饱和状态，所以这最后一句的直白才显得格外直击人心。也正因为这些细节令词人难以忘怀，在异乡苦热的盛夏，她才会一再回忆起江南日常生活的点滴。而当由细节过渡到总结，一切的描述、铺陈、夸张都是多余了，无穷的感喟浓缩为一句如此简单、平直又朴素的独白："晚凉庭院忆苏州。"她关于苏州的一切思念都已道尽，我们也全然明白了她萦绕于心的乡愁。

／黄阿莎

过秦楼

病中寄千帆成都

病枕偎愁,烛帷扶影,几日药炉谁管。穿风败壁,破梦昏灯,一夜拥衾千转。更永月暗高楼,山鬼窥窗,野蚊萦扇。但朦胧向晓,归期重数,去程犹远。　休更忆、赌酒迟眠,伤春慵起,便觉画眉浑懒。浆倾酪碗,香满橙杯,俊侣紫骝来惯。还念空帘此时,衣桁尘侵,茶铛烟断。况新方未检,门掩青苔静院。

1942年夏,任教于乐山武汉大学的程千帆赴成都招生,沈祖棻独留乐山,且抱恙在身,伤怀念远,遂填寄此词以述说相思别离之苦。

起笔舒缓,摹写眼前所见与凄黯心境。枕是"病枕",炉是"药炉",与词题"病中"二字绾合。"病枕偎愁",可与晚清朱祖谋"病枕不成眠"(《南乡子》)互参,"烛帷扶影"既与温庭筠"红烛背,绣帘垂,梦长君不知"(《更漏子》)词意相近,"扶影"又暗示人如风前残烛,"几日药炉谁管"更写出无人照顾的凄凉。 独居山中,愁病相仍,夜里又刮起了很大的风,"穿风败壁"。 也许是风声惊破了她的梦境,睁眼所见,昏灯如豆。 夜黑更长,断瓦翻风,于是再也难以入眠,只能"一夜拥衾千转"。"更永"以下,以三个四字句写出夜深情境:"月暗高楼,山鬼窥窗,野蚊縈扇。"更漏已深,在这山空月暗之夜,高楼上无眠的词人想到了传说中的山鬼,那"乘赤豹兮从文狸"(屈原《九歌·山鬼》)的山鬼也许正在窗外偷窥? 她听见有些声响,是野蚊在扇边飞舞。 至此,词笔由"病枕"、"烛帷"、"昏灯"写至"暗月"、"山鬼"、"野蚊",意象辗转腾挪,却脉络井然:由户内写到户外,由视觉写至听觉,笔笔细致,非山居人不能领会,非失眠人不能知晓。"但"字以下更推进一层,直点离愁。"朦胧向晓"是写在辗转反侧、朦朦胧胧中好不容易挨到天明,但醒来后面对新的一天,夜间心事浮上心头。 她将"归期重数",离人"去程犹远",词人再次陷入相思的深愁。 可见这一份相思与愁绪,是不分黑夜或白天,也无论梦中或醒来,都始终萦绕在词人心头的。

过片以"休更忆"转入对往昔岁月的追忆——虽明言"休"忆,但正说明不能不追忆、无法不回忆:"赌酒迟眠"化用清代纳兰性德"被酒莫惊春睡重,赌书消得泼茶香"(《浣溪沙》)句意,"伤春慵起"暗用李清照"昨夜雨疏风骤,浓睡不消残酒"(《如梦令》)句意,同时这"迟眠"、"慵起"又正与上阕"一夜拥衾千转"构成鲜明对比,突出了往日生活的安宁与惬意,也含着"当时只道是寻常"(纳兰性德《浣溪沙》)的轻叹。 正因起得很迟,词人云:"便觉画眉浑懒。"语出温庭筠《菩萨蛮》:"懒起画蛾眉。"汪东评此句曰:"虚字承接处,倍觉凄婉。"可见女词人用笔之妙。 回忆中除了有夫妻之间的赌酒沉醉、懒起酣然,还有友朋与佳肴,这便是接下来所写"浆倾酪碗,香满橙杯,俊侣紫骝来惯"。 用字虽华丽典雅,用意却清晰明白,写高朋满座、美酒佳肴，正可与同一时期写友朋欢聚之乐的"鸾刀乍试。脍玉丝难细。一味从容怜小婢。却问高朋来未"（《清平乐》）同观。昔日家中惯常的俊侣欢聚之乐，正凸显了此时难以承受的孤寂。词以"还念"陡转入现实，是"空帘此时，衣桁尘侵，茶铛烟断"。"衣桁"指挂衣服的横木，犹衣架；"茶铛"即釜类煮茶器。此时是帘幕空垂，衣架生尘，茶事久废。"况"字以下更推进一层："况新方未检，门掩青苔静院。""新方"即新开药方，"新方未检"呼应了首句"几日药炉谁管"与题中"病中"二字，"门掩"句以景结情，与"门前迟行迹，一一生绿苔"（李白《长干行》）情境相似，这又暗中透露出了对远行人的思念。

这是一首夏夜念远词，深受周邦彦同调名作《过秦楼》（水浴清蟾）的影响，抒情深婉曲折，往复缠绵，词笔由现实至回忆再折回现实，黑夜与白昼、幻中影与眼前物、时空与意象交错穿插，酣然沉醉的往昔与孑然一身的今夕构成鲜明对比。而这一切的书写、愁病与辗转难眠皆因一个人的远行而起——其实，成都离乐山并不远，此次暑期离别也只是小别，饶是如此，妻子对丈夫的思念仍如此深浓。想必在成都的程千帆收到这首小词后，定会被其中的柔情深深打动吧。五十多年后，已至耄耋之年的程千帆为这首词写下笺注："余于一九四一年秋改任乐山武汉大学教席，次年暑假，赴成都招生。故祖棻有此寄也。"在1942年的乐山，沈祖棻写下《过秦楼·病中寄千帆成都》、《声声慢·卧病空山，夜值风雨，赋此寄远》、《浣溪沙》（小簟轻帷尽日眠）等念远之作，寄与在成都的程千帆，五十多年后程千帆仍对这些词作念念不忘，或许，这正可为视为这一对"文章知己千秋愿"（程千帆《鹧鸪天》）的患难夫妻情谊的最好证明吧。

/ 黄阿莎

浣溪沙

小簟轻帷尽日眠。晚凉扶起镜台前。家常闲话写红笺。　病枕有谁量药裹，明窗无力管茶烟。相思都不似当年。

因离别而相思，因相思而晏起无聊、无心梳妆甚至憔悴消瘦，是词中的传统题材。这类题材肇端于《诗经·卫风·伯兮》。《伯兮》第二章云："自伯之东，首如飞蓬。岂无膏沐，谁适为容。"女为悦己者容，自从心上人远行以后，她无心梳妆，"首如飞蓬"。诗以人物的行止写其心绪，与直接抒怀相比，似乎更加缠绵多情。后世词人远绍《伯兮》，将这种写法发扬光大。如温庭筠《菩萨蛮》："小山重叠金明灭。鬓云欲度香腮雪。懒起画蛾眉。弄妆梳洗迟。照花前后镜。花面交相映。新帖绣罗襦。双双金鹧鸪。"写女子晚起梳妆，自伤寥落，万千心事，尽在不言。通篇不言情而情自出。李清照的《凤凰台上忆吹箫》也采用了类似的写法，上片云："香冷金猊，被翻红浪，起来慵自梳头。任宝奁尘满，日上帘钩。生怕离怀别苦，多少事、欲说还休。新来瘦，非干病酒，不是悲秋。"香冷人懒，日高初起，宝奁尘满，词人慵懒已极，消沉已极。离别之愁苦占据了她全部的生命空间，所以日常的秩序一再被打破。词人正是借这种慵懒的混乱，写出深沉的相思。

沈祖棻的《浣溪沙》与李清照《凤凰台上忆吹箫》同中有异。上片云："小簟轻帷尽日眠。晚凉扶起镜台前。家常闲话写红笺。"李词写"日上帘钩"方才起来，沈词却说"尽日眠"，其心态之慵懒消沉，似乎更深。"小簟轻帷"，竹簟清凉，帷透轻风，热中得凉，一派清静，但"尽日眠"的无聊心绪，似乎让它染上了一层寂寞色彩，与李词中"金猊"、"红浪"、"宝奁"的浓艳设色截然不同。"晚凉扶起镜台前"，晚凉初起，若有不胜。"镜台前"让人联想起温庭筠《菩萨蛮》的"照花前后镜。花面交相映"，既有期盼带来的寂寞，又有孤芳自赏的自足感。"家常闲话写红笺"，"红笺"寄托的是对远行人的思念，写的是"家常闲话"而非浓情密语，因为此时心情，已非青春的热恋，更多的是相伴相携之情。

下片云："病枕有谁量药裹，明窗无力管茶烟。相思都不似当年。"李词写因相思而生愁病，沈词则写因相思与病而生愁：李词的"新来瘦"、柳永《蝶恋花》的"衣带渐宽终不悔，为伊消得人憔悴"，甚至《伯兮》的"愿言思伯，使我心痗"，其所谓香肌暗减，更多的恐怕是文学化的修辞和形容，沈词的"病枕有谁量药裹"却是切实地在写病况。抗战期间，词人愁病相仍，百忧缠身，这种状态，自然使得她没有太多馀裕去陷入审美化的相思之中。相思虽然使人煎熬痛苦，但进入这种状态也是有"门槛"的——纯粹的相思，是拥有青春、热情且没有其他太多现实困扰的人，才能充分感受到的，而对渐入中年、缠绵病榻的词人而言，她欲相思而"无力"，"明窗无力管茶烟"一句，正写出这种感觉。杜牧《题禅院》诗云，"今日鬓丝禅榻畔，茶烟轻飏落花风"，茶烟，是闲适的书斋生活的典型意象，在充盈着生命力、拥有无穷的时间时，人万事管得，万事看得，清风明月，一一入怀，但是当疾病、别离、战乱、漂泊销蚀了词人的生命力时，她不禁发出"明窗无力管茶烟"的喟叹，这也就引出了结句"相思都不似当年"。全词皆写今日之境况心情，但结句一出，则今中处处带昔。读者不免想象，当时"红笺小字，说尽平生意"时，有几多痴语；当时赌书泼茶，明窗日暖，有几多欢笑；当时相思入骨，辗转无眠，有几多愁怀。而"相思都不似当年"，并非其情不似当时真挚，亦非其人不令人牵肠挂肚，而是词人已在现实的消磨中变换了心境，难以再用全部的生命力，坠入纯粹的相思中。此时，相思的煎熬似乎减少了，但词人怅然若失，因为，那难寻的"少年心"，本是人生中终将失落、又始终使人眷念的东西。

词有一种隐约的"中年情怀"。少年人浓说相思，中年人淡说相思，并非情减，只因世味渐增。对词人而言，这种"中年情怀"的产生，除了年岁的增长和世事的纷扰之外，疾病的困扰也是重要的原因。沈祖棻在词中经常写疾病，譬如"病枕"一词，在她的词中就曾多次出现。如《浣溪沙》："病枕愁回江上棹，秋风重检旧家衣，见时辛苦况分离。"《蝶恋花》："剩粉零香飘泊久。盼到相逢，病枕人消瘦。"《过秦楼》："病枕偎愁，烛帷扶影。"当疾病并非审美化的修饰，而是真实的日常时，它会令人消沉、厌倦、沧桑，这种心态的变化，自然也会在词作中呈现出来。

说到这里，我们不难发现，沈祖棻的《浣溪沙》与李清照的《凤凰台上忆吹箫》题材相似，但神髓不同。而李清照作于南渡后的一首《临江仙》，其意态心绪倒和沈祖棻《浣溪沙》词十分相似，其词云："庭院深深深几许，云窗雾阁常扃。柳梢梅萼渐分明。春归秣陵树，人老建康城。感月吟风多少事，如今老去无成。谁怜憔悴更凋零。试灯无意思，踏雪没心情。"将二词合读，体会"试灯无意思，踏雪没心情"的意蕴，自然也就更能读懂"明窗无力管茶烟，相思都不似当年"是何种心情。

　　《浣溪沙》的格式有其特殊性，上下片都是三句，似乎打破了中国文学中传统的"对称"原则，又绝不同于某些歌行中三句一转的意味；它上下片的总句数还是偶数，上下片在形式和平仄上基本对称，在用韵的部位上又有不同，这就保持了一种与传统的"对称"有所不同的和谐。上片句句用韵，一气而下，下片加入一个对偶，似乎稍有馀裕，而接下来的一句即要收束全篇，那么，如果笔力过于刻露，则有损情味，破坏整体的平衡，如果笔力不足，又容易流于滑易，乃至收束不住。如何能做到既有远味，又能表现《浣溪沙》一调流丽婉转、含蓄轻灵的特点，绝非易事。《浣溪沙》押平韵，声律谐婉。上片三句用三平韵，节奏较急促；下片三句押两平韵，节奏较和缓。所以一般上片铺垫，下片点出，但结尾往往并不说透用尽，而是自然转折，挽住全篇并留有馀味。此词运笔流畅自然，情味突出，境界独到，正如汪东先生所说："随笔写来，此境殊不易到。"在《浣溪沙》调中，可称佳作。

/ 彭洁明

拜星月慢

<small>夏夜病中念白门旧游,和清真</small>

片月流波,千荷迎棹,绕堞花明叶暗。隔水笙歌,出秋千深院。系船处,但觉、楼头玉瓮香满,槛曲珠灯星烂。小扇轻绡,只寻常相见。　料芙蓉、褪色如人面。江南远、病卧荒江畔。夜半旅梦惊回,早欢痕烟散。剩吟蛩、絮夕空山馆。严城闭、画角成长叹。怎又任、别恨萦回,折柔肠欲断。

这首词作于1942年夏。这年春程千帆在乐山武汉大学任教,二人住在乐山。3月间,沈祖棻曾往成都治病,据词题"夏夜病中念白门旧游,和清真"可知其主旨是病中思念金陵旧友。

上片通过光感、听觉和嗅觉等多种感知方式,描写与友人相见过从之乐。起三句写月夜在城墙边的荷花池里泛舟的乐趣。月光洒在水面上,无数荷花盛开,仿佛在迎接船棹。城墙边,荷花明而荷叶暗。一个"迎"字，以拟人化的手法，写出了荷花盛开的灿烂，以及赏荷者的兴致。起三句都是目力所见，接着的"隔水"两句描写听觉感受。从水的另一方传来笙歌之声，词人猜想：或是从摇荡着秋千的深宅大院里传出的。而"系船处"三句则兼写嗅觉和光感。停船靠岸之后，只闻到楼上酒瓮里飘出的香味，栏杆上珠灯闪烁，像夜空的星星一般灿烂。友人像平常会面时那样，摇着小扇向我走来。"寻常"二字，要联系下片，才能见其深意。

上片回忆旧游，不是正面描写人物活动，而是浓墨重彩地烘托相聚的环境和气氛，这种手法也与作者所和的周邦彦《拜星月慢》（夜色催更）上片相似，可见确实揣摩有得。

下片写病卧江畔的寂寞凄凉。继上片描绘相见之乐后，换头陡转，写芙蓉如人面一般褪色。这一写法的妙处在于将"人面桃花相映红"的诗意反其道而用之，并揭示芙蓉褪色的原因是主人公病卧于荒江之畔，从而将物我交织在一起。接着，作者从不同层面描绘病卧荒江的凄凉心态。"夜半"句写午夜梦回时，才意识到往日的欢乐早已如轻烟飘散，只有吟虫在空寂的山馆里絮语。城门紧闭，画角声如同长长的叹息。结尾写离愁别恨在心头挥之不去，令人柔肠寸断。"怎又任"三字加强语气，突出了情感的强度和深度。作者在描写病卧荒江的凄凉时，显然借鉴了周邦彦原作的意象，如"吟蛩"与"秋虫叹"，"空山馆"与"无人馆"，"严城闭"与"重门闭"，除了步韵的要求外，意境上的效仿也十分明显。

这首词的妙处在于将追思与实写打成一片。《宋四家词选》评周邦彦《拜星月慢》（夜色催更）云："全是追思，却全用实写。但读前阕，几疑是赋也。"此说也适用于这首词。上片运用视觉、听觉和嗅觉等多种感知方式描写相见的情形，其中视觉效果尤其鲜明，画面感很强。下片"夜半旅梦惊回"一句，又提示了上片所写也许是梦境。无论是真是幻,上片欢乐陶醉的心情完全是通过环境的明艳灿烂表现出来的,这就是所谓"全用实写"的含义;此外,上片的明艳灿烂、沉醉快乐与下片的寂寞凄凉、柔肠欲断构成鲜明的对比,结构上大开大合,也强化了这首词的情感效果。 沈祖棻研析清真词颇有心得,集中常见和作,不少作品都能写得形神兼备。 这首词也是一个很好的例子。

/ 吴正岚

徵　招

　　人生不合吴城住，消魂粉尘脂水。柳影画中楼，任春眠慵起。断肠歌舞地。付词客、醉红吟翠。一棹横塘，落花双桨，涨波都腻。　　还记旧家时，疏帘静、轻漾素兰风细。瓷碗碧螺春，更香浮茉莉。别来飘泊久，总难忘、故乡风味。去程远、鼓角年年，叹误人归计。

　　这首《徵招》写于1942年，地点在乐山。词人漂泊异乡，回忆家乡风物，用笔细腻，对比强烈，且将乡愁与鼓角同步书写，其中的意蕴非常耐人寻味。

　　吴城即苏州。起笔翻用南宋词人吴文英《点绛唇·有怀苏州》中的名句："可惜人生，不向吴城住。"用的却是反语，说"人生不合吴城住"，"不合"是不应该、不应当的意思。为什么？接以"消魂粉尘脂水"，"粉尘"指浓浓的脂粉香尘，"脂水"即香艳的洗脂流水。美人如云，脂粉香浓，真是富贵温柔乡，怎不让人"消魂"？使人消魂的，还有宜人的春夜、曼妙的歌舞。"柳影画中楼，任春眠慵起。"楼外风景如画,柳影匝地,楼中人春眠慵起,不问世事。 阊门歌舞繁华,多少风流才子在歌儿舞女的环绕中吟诗醉酒,为之销魂,这便是"断肠歌舞地。 付词客、醉红吟翠"。 这暗合了五代韦庄《菩萨蛮》中的名句:"人人尽说江南好。 游人只合江南老。 未老莫还乡。 还乡须断肠。"

横塘是苏州城外的古堤名,宋人贺铸《青玉案》词云:"凌波不过横塘路。 但目送、芳尘去。"横塘从此便成为苏州的代称。"一棹横塘,落花双桨,涨波都腻。"这是写游人泛舟湖上的快乐。"涨波都腻",语出唐人杜牧《阿房宫赋》中名句:"渭流涨腻,弃脂水也。"吴文英《八声甘州》(渺空烟四远)也有"腻水染花腥"句。 这一句"涨波都腻",承上"消魂粉尘脂水",写尽苏州的金粉繁华。

换头由歌舞横塘之乐写到平日家居之静好,回忆的视角由湖山信美的大背景渐渐转到粉墙黛瓦之内。"还记旧家时,疏帘静、轻漾素兰风细。""还记"二字,多少深情留恋,蕴含其中。 词人在苏州的"旧家",是一座有轿厅、大厅、楼厅、砖雕门楼、数间厢房的深宅大院。 深闺之中,帘幕低垂,空气中有兰花的素净香味。 帘外是"素兰风细",帘内是"瓷碗碧螺春,更香浮茉莉"。 掬一碗碧螺春,空气中浮动着茉莉的暗香,这种情境,大概是词人对家乡的回忆中一个刻在心底不可磨灭的细节。 碧螺春是苏州太湖洞庭山所产名茶,苏州人极喜碧螺春,饮茶时茶具也讲究,常用细瓷盖碗。 词中"瓷碗碧螺春",便细腻地描绘出这个唯有苏州人才懂得的饮茶细节。 这个细节,代表了一种安稳、闲适的时光,也代表了苏州人生活的风雅与优游。 难怪同为江苏人的汪东先生评曰:"非吴人不能领略也。"

此后词笔陡转入现实:"别来飘泊久,总难忘、故乡风味。"以"别来"结束"还记",以"飘泊久"对比之前细笔描摹的深闺宁静岁月。 而"总难忘故乡风味",则是以毫无修饰的直陈,把对故乡的思念和盘托出。 既然如此思乡,为何不买舟东归呢? 结拍道出现实的无奈:

"去程远、鼓角年年,叹误人归计。"所谓"鼓角",是战鼓与号角的代称,"鼓角年年",即战乱年复一年。日寇的侵袭、战火的阻隔、吴蜀两地相距的遥远,这些都是词人思念故乡却不能返回故乡的原因。"叹误人归计",叹得极沉痛、无奈,因她早有归乡之计,只是一再被耽误。至此才让人明了:原来起笔的"人生不合吴城住",看似否定,其实正与"人生只合吴城住"同一机杼。这不曾明说的乡愁,是要用接下来全部的笔墨,才能让人明白这反语说得何等沉痛。这决绝背后,藏着无限伤怀,也藏着战乱与流离的大背景,无怪乎汪东就起笔评曰:"翻梦窗句,倍觉感慨。"

这首《徵招》描绘了词人在苏州度过的安宁岁月。要知晓她在苏州所习见的山水、成长的环境、所接受的文化熏陶,才能懂得她才华的源泉来自何处。也只有了解她后半生所遭遇的颠沛流离,才能知道在苏州度过的安宁岁月,对于她而言究竟意味着什么。"晚凉庭院忆苏州"(沈祖棻《浣溪沙》)、"总难忘、故乡风味",她所追忆与难忘的,不仅仅是苏州的老宅与家人,不仅仅是苏州度过的安宁岁月,更是苏州所代表的一种传统与风雅。对于一位文人而言,在日寇侵华、国难当头的年代,对这种风雅的深深眷念,或许是另一种意义上的文化乡愁。

/ 黄阿莎

霜花腴

壬午九日

角声乍歇，压乱烽、高楼乍理吟觞。愁到囊萸，泪飘丛菊，登临万感殊乡。旧游断肠。更有谁、杯酒能狂。正消凝、满目山河，忍教风雨做重阳。　　凄断十年心事，纵尘笺强拂，梦与秋凉。吴苑烟空，秦淮波老，江流不送归航。雁鸿渺茫。叹客程、空换流光。飏茶烟、鬓影萧疏，自羞簪晚香。

这首词作于1942年10月18日重阳节，是年，程千帆、沈祖棻任成都金陵大学副教授。据程千帆笺，壬午九日词有作者八人，庞石帚首唱。汪东评此词曰："此梦窗自制腔，四声宜依之。"《霜花腴》是吴文英的自度曲，其词题为《重阳前一日泛石湖》，而此篇亦和重阳有关，正是深有会心处。

上片写重阳节登高，触发了战乱中的家国山河之感和思念故乡之情。起三句写角声初歇，烽火纷乱，主人公在高楼上填词饮酒。连用"角声"、"乱烽"和"高楼"三个意象，都是战争诗中常见的，一下子把读者带入兵荒马乱的战争氛围中。后三句写插茱萸、赏菊花、登高望远等活动，原本是重阳佳节的赏心乐事，却因为战乱离乡，反而令人愁思满怀，洒泪不已，百感交集。"旧游"三句说与昔日的友人天各一方，因而再也没有且狂且歌的兴致了。"更有谁"的问句，强化了无可奈何的情绪。"杯酒能狂"化用杜牧《池州送孟迟先辈》"酹此一杯酒，与君狂且歌"的诗意。末三句写战乱岁月使重阳节蒙上了抑郁伤感的情调。"正消凝"，是指正因心情抑郁伤感而呆呆地站着的时候。"满目山河"语出晏殊《浣溪沙》"满目山河空念远"，从词意来说，更接近杜甫《春望》"国破山河在"之意。"忍教风雨做重阳"化用潘大临"满城风雨近重阳"之句，而"忍教"二字嗔怪老天，可谓"无理而妙"。

　　下片写归期渺茫、年华易逝的伤感。"凄断"三句写长期流亡导致作者无心写信，心情悲凉。沈祖棻自1937年冬与程千帆一起离开南京，已流亡近五年，此处"十年"是极写流落他乡之久。吴文英《霜叶飞》（断烟离绪）有"尘笺蠹管"，当是此处"纵尘笺强拂"所本。一个"纵"字，强化了无奈之情，写出了主人公即使强打精神拂去信笺上的灰尘，也难免被夜梦的凄凉弄得意志消沉。"吴苑"三句写思念江南，却未有归期。"吴苑烟空"对"秦淮波老"，意境迷离凄清。秦观《望海潮》（梅英疏淡）有"兰苑未空，行人渐老"之句，相形之下，这首词的对仗更为工整。歇拍"江流不送归航"，将归期渺茫怪罪于江流不送归航，越是无理，越显得情深。"雁鸿"三句写流落他乡时连亲朋好友的书信都渺茫不可得，不禁感慨身居异乡的岁月真是虚度。末三句通过描写鬓影稀疏来抒发年华老去的伤感，同样化用了杜甫《春望》"白头搔更短，浑欲不胜簪"的诗意。下片在"凄断十年心事"之后，先后写到"尘笺"和"雁鸿"，也可见杜甫《春望》"烽火连三月，家书抵万金"的影响。此外,"鬓影萧疏"与"秦淮波老"也相互呼应,强调了韶年不再的忧伤。

  重阳登高念远,抒发别情,或自伤老大,感慨岁华等,都是古典诗词中常见的感情。但这首词一开始就密集地展现战争的意象,以见此一重阳之特殊性,从而突出了深切的家国山河之思。下片结尾,正值34岁美好年华的作者期待家书而不可得,又自叹头发稀疏,这就将思念亲友之情与青春易逝之慨打并在一处,突出了战乱令人老的主旨,使得整首词笼罩着深深的悲哀。

/ 吴正岚

高阳台

岁暮枕江楼酒集,座间石斋狂谈,君惠痛哭,日中聚饮,至昏始散。余近值流离,早伤哀乐,饱经忧患,转类冥顽,既感二君悲喜不能自已之情,因成此阕。

酿泪成欢,埋愁入梦,尊前歌哭都难。恩怨寻常,赋情空费吟笺。断蓬长逐惊烽转,算而今、易遣华年。但伤心,无限斜阳,有限江山。　　殊乡渐忘飘零苦,奈秋灯夜雨,春月啼鹃。纵数归期,旧游是处堪怜。酒杯争得狂重理,伴茶烟、付与闲眠。怕黄昏,风急高楼,更听哀弦。

1942年秋到1945年秋,作者和爱人迁居成都,创作了《涉江诗词集》丙稿中的113首作品。这一时期,夫妇二人主要在金陵大学和华西大学执教。抗日战争后期,由于心绪上长期无法得到解脱舒缓,词人情感沉郁,出语逐渐含蓄吞咽。在创作上,将身世之感并入柔情,乡关之怨融入伤春,身世家国打成一片,愁到极处,反不知愁从何来。

此时学小山、清真已臻化境，尤以小令为工。

起句"酿泪成欢"，一个"酿"字，昭示了感情上的难耐而至无奈，现实中的愁情既不可解，唯有埋之入梦，"埋"字足见情伤、情深、情怯。"尊前歌哭都难"，欲哭无泪，是伤悲之极。这样巨大的悲哀，却作"恩怨寻常"来讲，是至为沉痛之语，故而汪东先生曰："起句惊心动魄。"往下是剪不断、理还乱的种种感情纠缠，一落而下，说到急处却是一转，"怕黄昏，风急高楼，更听哀弦"，将诸多情感悉数收束，戛然而止，仅留微微馀韵，荡人心弦。作者的小序是对这一情感的最好注释。这一时期词人的胸中块垒比较明显，感情很少再是单线发展，而是种种纠合一处，最终欲说还休。

基于"但伤心，无限斜阳，有限江山"一句，不妨将此篇与《涉江词》的开篇之作，以"有斜阳处有春愁"名篇的《浣溪沙》进行对读。两篇一长调，一小令，意象上颇有相似，都出现了"斜阳"、"江山"，感情亦皆由游览、登楼引出，然而二首情、境相去甚远。如果说《浣溪沙》中仍是对于战争的敏感，但闻"鼓鼙"，那么《高阳台》中已是"惊烽"遍地，身世与战争的密合不可同日而语。学生时代，词人独自登楼，虽然危机重重，但是江山依旧。而今一切俱到眼前，斜阳仍然冉冉无极，江山却已非完璧，词人感受到的早已不再是淡淡的哀愁，而是浓烈且不可解的悲慨。与友朋聚于枕江楼，纵然常杯痛饮，难浇块垒。此处所忆"旧游"正是往日"胜游"，落得今日怀想，唯有"堪怜"二字。

《浣溪沙》作于1932年春，《高阳台》作于抗战后期的岁暮冬日，二词相隔十年左右。家国命运的巨大变化，使得后者更其沉咽多风。前者三月莺花，风絮漫天，忧愁不定。而十年后，战争带来的创伤如此真切，十年来情感的郁结，岂是青春年少时的忧患可以等同。词人历经世变，由此生发出不同的感情力度和艺术风格。《浣溪沙》更具含蓄蕴藉之风,《高阳台》则在层层铺叙之下更具情绪的感染力,由此可以看出词人创作的路数变化:在学习对象上从托兴尤深的少游,到深于情感的小山,体现出个人身世、时代境遇对心力与词风的影响。

值得注意的是,"但伤心,无限斜阳,有限江山",一个"但"字,便把前面各种个人恩怨全部扫却,伤于怀抱者,最终仍是国家兴亡。从这一点上来看,从学生时代到饱经流离,历经十年沧桑,词人的衷心所在又从未变化过。

/ 张春晓

探芳信

玉炉畔。正旧句慵题,清游浑懒。叹酒消愁醒,长夜有谁管。锦衾角枕馀熏冷,翻忆蓬山远。照银缸、未抵年时,梦中相见。　人事寂寥惯。怕皓月阑干,幽花庭院。一幅鲛绡,渐难得、泪痕满。人天纵有相思字,争奈心情换。数归期,屈指年华又晚。

　　思念之人难以会面,托之于梦,亦难如愿。抒发相思之情在词中十分常见,而深受相思之缚,乃至无力相思,却是此词一大亮色。

　　上阕从"懒"这一情态写起。以慵懒之态写相思之情,是诗词中常见手法,最早可追溯至《诗经·卫风·伯兮》:"自伯之东,首如飞蓬。岂无膏沐,谁适为容。"无心梳妆,正是由于内心相思深重。开篇三句,写竟日懒于游赏,慵题旧句,正是这种心态的反映。满腹相思,只好借助酒力以入梦,而酒意终究消退,为酒暂掩的愁情重新浮泛于心。"借酒消愁愁更愁",何况那思念之人不在身旁,便是"醉也无人管"了。宋人有词云"花无人戴，酒无人劝。醉也无人管"（《青玉案》），正可解"长夜有谁管"之意。"锦衾角枕馀熏冷"，孤枕难眠，心神恍惚，直至薰炉中馀烬也渐冷却。长夜已深，酒醒灯残，此时"翻忆蓬山远"，思念之情重又袭来。"蓬山远"出自李商隐《无题》诗："刘郎已恨蓬山远，更隔蓬山一万重。""照银釭、未抵年时，梦中相见"，"银釭"句字面上用晏几道"今宵剩把银釭照，犹恐相逢是梦中"（《鹧鸪天》），晏句说今宵会面之欣喜，令人担心是在做梦，沈词则翻用其意，如今梦中也见不到思念之人，只有灯盏烛台还在为形单影只之人照明。往时还能在梦中相见，聊慰相思，如今却连梦也不做，更添惆怅。

　　上阕将相思之情写到极致，几乎难以为继。换头"人事寂寥惯。怕皓月阑干，幽花庭院"，荡开一笔，转而从词人寂寥心态写起，因为所思不在近旁，所有良辰美景都成为虚设，"便纵有、千种风情，更与何人说"（柳永《雨霖铃》）。这种孤寂落寞的心绪已渐成习惯，以至"一幅鲛绡，渐难得、泪痕满"。鲛绡是传说中鲛人所织的绡，此处借指薄帕、丝巾之物。陆游《钗头凤》中"春如旧。人空瘦。泪痕红浥鲛绡透"句便以泪透鲛绡极言伤心欲绝。而此处词人却说"难得泪痕满"，正呼应上文"人事寂寥惯"，又承接下句"人天纵有相思字，争奈心情换"。"人天"是佛教语，泛指诸世间、众生。清人况周颐作有《浣溪沙·听歌有感》："惜起残红泪满衣。它生莫作有情痴。人天无地著相思。花若再开非故树，云能暂驻亦哀丝。不成消遣只成悲。"况词明明是写相思，却偏说它生不要有情，实因相思实在是人世间难以承受之苦，故以反语来写相思。沈词则转换角度，表现出因世事消磨，心情已换，纵有相思之情，已无相思之力。结句"数归期，屈指年华又晚"，一个"又"字，看似平淡，但结合前文所写相思之深、情味之苦,其中意味既深且曲。

汪东先生评论此词称:"清于梅溪,厚于玉田"。"清"是就语句的清新风格而言,"厚"是就其表意委曲来说的。沈词骨秀神清,浅语深衷,此论得之。

/ 李小雨

西平乐慢

　　转毂兵尘，伴愁药裹，还叹久客殊乡。薄幕风灯，自怜寒夕，书签不遣流光。甚酒迹衣痕细检，沉醉狂吟顿减，争如昔日，江南断尽回肠。空念朱颜暗改，明镜里、漫记旧时妆。　　戍笳催晚，新烽换岁，惆怅尊前，难觅疏狂。休更忆、吹笙月下，系棹花阴，水阁醅春酒酽，惹梦香浓，歌舞湖山夜未央。无奈凭阑，平芜故国，残照新亭，寂寂江潭，怕说离情，谁教种遍垂杨。

　　这首词作于1943年初，时沈祖棻、程千帆在成都金陵大学任教。起三句写出了令作者愁苦的原因是战乱、疾病和客居他乡。以下从三个细节，通过今昔对比，描写战乱年代以有病之身客居异乡的无奈和惆怅：夜晚在"薄幕风灯"之下阅读，难以排遣寒夕的惆怅。因寒夕难以将息，转而嗔怪"书签不遣流光"，可谓无理而妙，其中暗含了以往读书总能很快地打发时间的意味，这是一层今昔对比。以书签打发寒夕的说法，令人想起李清照《声声慢》（寻寻觅觅）"乍暖还寒时候，最难将息。三杯两盏淡酒，怎敌他、晚来风急"。李清照嗔怨"三杯两盏淡酒"也抵挡不了"晚来风急"的凄凉，沈词的写法与此同一机杼。"甚酒迹"四句写往日的胜游欢宴不可重来，检点旧物，沾在衣上的酒痕都是往日欢乐的痕迹，现而今诗兴顿减，狂篇醉句都不比从前。回忆江南真令人柔肠寸断，这是第二层今昔对比。此处化用晏几道《蝶恋花》（醉别西楼）"衣上酒痕诗里字"和《小山集自序》"昔之狂篇醉句"，承接无痕，由"酒迹衣痕细检"到"沉醉狂吟顿减"，使人感觉到巨大的感情跨度。之后是第三层的今昔对比：徒劳无益地想到朱颜偷偷地在改变，只有对着明镜，才能想起旧日曾有的妆容。"朱颜暗改"是"空念"，"旧时妆"是"漫记"，无可奈何的心情跃然纸上。秦观《千秋岁》（水边沙外）有"日边清梦断，镜里朱颜改"之句，这首词加上了"空念"、"暗"等字，词意更为沉郁。

下片起三句点明触发感伤情绪的由头是在战乱中辞旧迎新。岁末年初原本就令人多愁善感，"戍笳"、"新烽"等意象再次强调了战争仍在持续的残酷事实，因此即便是为新年干杯，也鼓舞不起年少疏狂的情怀。"休更忆"数句极力铺陈往日的赏心乐事：在月色下吹笙，花阴中系船，在水阁上畅饮香浓的春酒，酒后沉浸在香甜的梦乡中，山湖之间歌舞喧阗，夜色还早，欢乐似乎无穷无尽。"歌舞湖山夜未央"从字面上看是咏叹欢乐无尽，但"歌舞湖山"令人想起林升《题临安邸》"山外青山楼外楼，西湖歌舞几时休"，"夜未央"出自《诗经·小雅·庭燎》，两者都含有对宴乐的批判意味，因此"歌舞湖山夜未央"实际上是词意的转折。以下几句就从对往日欢聚的回忆转为对现实的无奈之情。凭阑处，但见故国的原野杂草茂盛。"平芜"意象寄托了登高怀远之情，欧阳修《踏莎行》"楼高莫近危阑倚。平芜尽处是春山，行人更在春山外"。这首词将"平芜"与"故国"相连,使得词境更为开阔苍茫。"残照"意象以天地日月之悠悠,写无尽之离情。传为李白所作的《忆秦娥》(箫声咽)"西风残照,汉家陵阙",柳永《八声甘州》(对潇潇暮雨洒江天)中的"残照当楼",均表现了苍茫辽阔的景色和高远雄浑的境界,历来为人们所激赏。"新亭"典出《世说新语·言语》"过江诸人"条,是说东晋南迁之后,北方高门士人在新亭聚会,周𫖮感慨"风景不殊,正自有山河之异",使得众人相视流泪,唯有王导愀然变色,激励大家:"当共戮力王室,克复神州,何至作楚囚相对?"这首词将"残照"与"新亭"相连,大大地强化了故国山河之思。"寂寂江潭"用张炎《木兰花慢》(采芳洲薜荔)"正寂寂江潭"。"怕说离情,谁教种遍垂杨",以责问的语气嗔怪种遍垂杨之人,这就跳出了以垂杨直说离情的俗套。

作者的老师汪东先生曾评此词,认为"休更忆"以下"一气呵成",如此往事,只有念念于怀,才能笔随意走,脱口而出。词人以这些密集的意象极力抒写往日的胜游欢乐,现实中面对的却是"平芜故国",两相对照,就更加深沉地抒写了故国山河之思。

/ 吴正岚

声声慢

瞒愁鸾镜,咽泪清尊,回肠只当寻常。过眼芳菲,飞花未惜流光。分明旧情遣却,甚无端、入梦凄凉。寻断谱,怕春风词笔,都换冰霜。　　空记江南初见,正繁灯水榭,低映垂杨。漫说深盟,人间容易相忘。伤心酒醒何世,叹虫沙、难数沧桑。春又晚,听啼鹃、还在异乡。

这首词作于1943年暮春。和同时的许多作品一样,也是以时间的流逝、空间的转换,来表达漂泊在外的感情。

上片写暮春时节回忆旧情。起三句是说主人公极力克制自己的情感。无论是在对镜梳妆时,还是举杯小酌时,都刻意隐藏心中的愁和泪。"回肠只当寻常"一句,是说愁思辗转不解的状态持续了很久,自己都习以为常了。姜夔《鹧鸪天》写道:"肥水东流无尽期。当初不合种相思。梦中未比丹青见,暗里忽惊山鸟啼。春未绿,鬓先丝。人间别久不成悲。谁教岁岁红莲夜,两处沉吟各自知。""回肠只当寻常"句,正是从"人间别久不成悲"化出,都有着打动人心的力量。

"过眼"两句是说转眼间人间芳菲已尽,但飞花并不会惋惜时光的流逝。张耒《春日遣兴》有"过眼芳菲能几时"之句,可见其渊源。接下来写原以为已经被遗忘的旧情,无缘无故地入人梦中,是那么凄凉。这几句以飞花不惜流光与自己难忘旧情作对比,构思新颖。最后说主人公想接续中断的声谱,却又怕往日春风一般温润的词笔,都变得像冰霜一般僵硬了。这几句也是从姜夔词作而来。姜夔著名的《暗香》(旧时月色)有"都忘却、春风词笔"之句,二者的思路,却有不同。

下片感叹旧情已逝和故乡难归。换头写主人公情不自禁地回忆江南初见的情形。"江南"二字使人体会到主人公的旧情离散与流落他乡之间的联系。初见情态,在前人词作中多用来刻画美好的印象,如张先《醉垂鞭》(双蝶绣罗裙)有"东池宴,初相见",晏几道《临江仙》(梦后楼台高锁)有"记得小蘋初见"。至于纳兰性德著名的《木兰花令》,一开始就说:"人生若只如初见,何事秋风悲画扇。"可见一见钟情之说,洵为不虚,而初见带来的感受,也往往令人永远难忘。"正繁灯水榭"两句出人意料,本以为要写对方的动人,却转而刻画环境的美好。类似的以环境的清幽陪衬人物之美好的手法,在周邦彦《拜星月慢》(夜色催更)中也可以见到。值得注意的是,一个"空"字表明了旧情早已烟消云散,因此下文伤感地说:别再说什么海誓山盟了,人间相忘是如此的容易!"伤心酒醒何世"令人想起柳永《雨霖铃》(寒蝉凄切)"今宵酒醒何处",问句强化了情感的力度。"叹虫沙、难数沧桑"与"人间容易相忘"相呼应,感叹旧情不再,恰如沧桑之变。据《抱朴子》载,周穆王南征,三军之众,一朝尽化,君子为猿为鹤,小人为虫为沙。此处将旧情之逝与沧桑之变相联系,词境显得开阔辽远。末句"春又晚"与上片"过眼芳菲"呼应。张炎《高阳台·西湖春感》(接叶巢莺)以"怕听啼鹃"收篇,这首词的末句写听到啼鹃,才意识到自己还在异乡,这就进一步加深了无可奈何之感。

这首词写得感情强烈,却又低回往复。如"回肠只当寻常"一句,以轻描淡写之笔,抒百转千回之情;又如"飞花未惜流光"以飞花无情来反衬主人公难忘旧情。另外,通篇都写旧情,却一再用"旧情遣却"、"人间容易相忘"等极为克制的表述。陈廷焯《白雨斋词话》赞张炎《高阳台》(接叶巢莺)"郁之至,厚之至",这首词亦足以当之。

/ 吴正岚

踏莎行

曲曲回廊，阴阴碧树。小帘朱户知何处。草痕还共乱愁生，柳丝不绾春光住。新恨空题，归期又误。斜阳消得鹃声苦。不辞泪眼湿飞花，断红却趁流波去。

闺中相思是词中常有的主题。沈祖棻先生此词把"无计留春"与"归期又误"结合起来，以春归而人不得归形成对照，从而使思念之情愈发浓郁。

起首"曲曲回廊，阴阴碧树"，两两相对，写春日之幽静美好，由此引出"小帘朱户知何处"，点出闺中相思之人。"小帘朱户"是宋词中常见的春日意象。如王沂孙《琐窗寒》："认小帘朱户，不如飞去，旧巢双燕。"周邦彦《琐窗寒》："暗柳啼鸦，单衣伫立，小帘朱户。"这一意象与春燕、春柳并写，设色分明。晚近词人也喜以之来点缀春景，如易顺鼎《长亭怨·社题饯春》其一："正人在、乱红飞处。添个啼鹃，小帘朱户。此际江南，落花时节甚情绪。"又樊增祥《一萼红》："忆前度、清明相见，是小帘、朱户那人家。""草痕还共乱愁生"，或从贺铸《青玉案》"试问闲愁都几许。一川烟草，满城风絮。

梅子黄时雨"中化来，贺词用烟草、风絮及梅雨将抽象的闲愁具象化，沈词此处更将愁思加以动态化，春草的生长速度极快，未察觉间便见其新痕，此处用以比喻不断增长的愁绪。"柳丝不绾春光住"，将"柳丝"拟人化，柳丝虽长，也无法系住春光，将"无计留春"的惜春之情表达得具体动人，亦更增无奈。惜春这一主题在词作中常常表现为不舍春归、怨春早归及留春不住，然而美好的春日总是短暂，转瞬即逝是客观的自然现象，不可能被人的愿望所控制。至此，上片将惜春愁情写得非常深至，充满无奈。

过片"新恨空题，归期又误"，可知上片所写春愁，其实是为下片做铺垫。思念之人今春又不得归，引入在春愁之上的另一层愁苦，"空"、"又"二字，点出归期之误已非首次，但词人对此仍无计可施，只能默默承受。"斜阳消得鹃声苦"，其字面及意境皆从秦观"可堪孤馆闭春寒，杜鹃声里斜阳暮"中（《踏莎行》）化来，在重门深掩的小帘朱户之中，无心赏春，更且无人一同赏春，于是日日便如此孤寂地消磨掉，所谓"鹃声苦"其实是词人内心苦闷的外化。沈祖棻先生早年填《浣溪沙》（芳草年年记胜游），因"有斜阳处有春愁"一句得名"沈斜阳"，亦因此受知于汪东先生。此首词中的"斜阳"，于春愁之外，更兼相思之意。最末"不辞泪眼湿飞花，断红却趁流波去"，前句化用欧阳修《蝶恋花》"雨横风狂三月暮。门掩黄昏，无计留春住。泪眼问花花不语。乱红飞过秋千去"，切伤春。后句用红叶题诗传情事，唐宣宗时，中书舍人卢渥偶临御沟，见一红叶上题诗云"水流何太急，深宫尽日闲。殷勤谢红叶，好去到人间"（范摅《云溪友议》卷十），切相思。

汪东先生评论此词称："何减珠玉。"这可以从遣词造句及意趣意境两方面来理解。北宋晏殊《珠玉词》婉丽流美，思致圆融。清人郭麐将其归入"风流华美，浑然天成"一派（《灵芬馆词话》卷一）。沈祖棻此词写伤春及相思意绪，上下片也是浑然一体。此外，李调元评《珠玉词》云："极流丽，能以翻用成语见长。如'垂杨只解惹春风，何曾系得行人住'，又'春风不解禁杨花，蒙蒙乱扑行人面'等句是也。翻覆用之，各尽其致。"（《雨村词话》卷二）沈祖棻先生此词也化用了贺铸、秦观、欧阳修等人字面句意，这还不包括对事典的使用。朱光潜题《涉江词》称："谁说旧瓶忌新酒，此论未公吾不凭。"汪东先生题《涉江词》亦赞其"熔金合璧，吐语清新"，皆是对其深厚的化用功力的认可。

/ 李小雨

踏莎行

病枕残书,吟笺别绪。迟迟长日和愁度。钿车怕过旧池台,珠帘自掩闲风雨。 嫩约无凭,芳音易阻。红楼遥隔垂杨路。今宵有梦向花阴,回廊不是经行处。

韩愈《荆潭唱和诗序》曾说,"和平之音淡薄,而愁思之声要妙;欢愉之词难工,而穷苦之言易好也",认为忧愤出诗人,以沈祖棻《涉江词》验之,信然。从1932年到1949年,沈祖棻作词计五百馀首,其中,有四百馀首作于抗战时,其词往往沉咽凄恻,忧思多风。而除了忧时伤世之外,相思恨别也是这段时期沈词的重要主题。沈、程二人1934年相识相恋,1937年结婚,正当抗战爆发。此后,二人数年漂泊,时有聚散,多历悲欢。对于这种情形,林思进《声声慢·题沈子苾祖棻〈涉江词稿〉》云:

箫鸾姹咽,彩凤追飞,如花眷美无双。春风倚棹,鹣酬艳写吴江。问谁海潮翻搅,便梦中、惊起鸳鸯。愁不尽,渺长洲茂苑,故国潇湘。 待唱累侬夫婿,更子规声里,蜀道微行。怨绮辞菲,关山别度新腔。奈看锦流东去,送凌波、不过横塘。只赢得,涨秋池、同听雨窗。

词从沈祖棻与丈夫的伉俪之情起笔,二人两情缱绻、琴瑟和鸣,堪称神仙眷侣。不料战火突起,惊散鸳鸯,几度别离,天各一方。在此期间,沈祖棻的相思凄怨,尽寄之于词,《踏莎行》正是这样的一首作品。

《踏莎行》一词的笔法和用语颇类唐宋人小令,所用典故,也是写相思常用的。"残书"、"吟笺"表现出词人的孤寂,这种孤寂既来自"别绪",也与词人缠绵"病枕"有关,所以"迟迟长日和愁度",日长,是因为心绪不佳,独处无聊,所以更觉时光难过,与李清照《声声慢》的"守着窗儿,独自怎生得黑"是同一用意。所谓"钿车怕过旧池台,珠帘自掩闲风雨",心情抑郁之时,往往是内向的、封闭的,所以,不敢重游旧地,只怕再起新愁,也不敢开帘,只怕"闲风雨"声声入耳,点滴关心。"嫩约"已经失落难寻,"芳音"依旧杳然无踪,虽与爱人远隔蓬山,尝尽相思苦楚,却依然难抑相望之心。只是,当心念起时,迎来的还是失望,词人一退再退,只求在梦中与他花下相见,可没想到还是"梦入江南烟水路。行尽江南,不与离人遇"(晏几道《蝶恋花》)。词至于此,伤心已极,难怪汪东先生评论道:"凄苦极矣。"

此词的着意点,在一个"隔"字。首先,是自己和爱人的关山阻隔。所以,词人说"红楼遥隔垂杨路",正是"美人如花隔云端"(李白《长相思》),纵然相忆,却难相寻,似乎总是错过。其次,是因为被相思、疾病所困扰,心灰意懒,将自己与外界相隔,所以"钿车怕过旧池台,珠帘自掩闲风雨"。再次,是现实对内心期望的阻隔。词人期望"双照泪痕干"(杜甫《月夜》),期待着爱人的音信和相聚,或者退一万步,只希望在梦中相遇,聊慰相思,但这些期望逐一落空,退无可退。

非但此词,词人在相近时段创作的其他作品,也分明展现出这种心境。如《蝶恋花》组词,其中就有"谢尽红榴消息阻。枝上流莺,解得相思否。遮断钿车来往路。垂杨终是无情树"、"音信难凭魂梦阻。穿帘燕子空来去"、"曲径回廊,长记相寻处。别后回肠千百度。红楼永夜思量否"等句子,屡屡将被"被阻隔"的痛苦诉诸笔端。在别离一事中,词人所苦的,不是刻骨的相思寂寞或无人相怜相惜,而是隔断音讯和望眼之后,从笃定到犹疑、从热望到心冷的状态。

说到对"被阻隔"感的描绘,我们不难联想起李商隐的《春雨》诗:

怅卧新春白袷衣,白门寥落意多违。红楼隔雨相望冷,珠箔飘灯独自归。远路应悲春晼晚,残宵犹得梦依稀。玉珰缄札何由达,万里云罗一雁飞。

《春雨》的动人之处,正在于诗人描绘了一种惝恍幽微的境界、如梦如幻的氛围,在此氛围境界中,诗人带着爱情的失落、不被人理解的寂寞感受着春雨的寒凉。他的内心仍有微弱火焰,但是事事处处都被阻隔:红楼只能相望,是阻隔;旧爱只能梦里相寻,是阻隔;锦书无从相寄,也是阻隔。而词人笔下与之相应的"怅卧新春"、"珠箔飘灯"、"春晼晚"、"梦依稀",皆是因为生命力被阻隔所导致的状态。《春雨》所表现的纤微感伤之美让人沉醉,而沈祖棻的《踏莎行》词,无论用语、取境、情绪,都体现出对《春雨》诗的步武,它的忧伤,正是它的美之所在。王国维说,"天以百凶成就一词人",而沈祖棻也是用她的愁病忧思,成就了《涉江词》。

/ 彭洁明

鹧鸪天

华西坝春感

百尺高楼数仞墙。蛮弦羯鼓度新腔。暗收香稻防鹦鹉，故斫孤桐恼凤皇。　春漏泄，意仓皇。记名瑶册忍相忘。何曾一斗供闲醉，空自殷勤捧玉觞。

1942年秋，沈祖棻的身体已逐渐康复，便和程千帆一起应聘到成都华西坝金陵大学任教。据程千帆笺可知："华西坝，华西协和大学所在地。金陵大学迁成都，假其校舍以办学。"沈祖棻在金陵大学开设词选课，指导学生进行诗词创作，并组织了"正声诗词社"。仅仅两年后，沈祖棻与程千帆便因揭露学校当局丑闻而被解聘，这便是沈祖棻四首组词《鹧鸪天·华西坝春感》的主题。这是其中的第一首，写作时间是1944年春。

仅从字面上来看，这首词所写不过闺中春感，"高楼"、"鹦鹉"、"凤凰"、"玉觞"都是古典诗词中常用意象，"春感"、"闲醉"也是词家多用的闺怨之语。首句写主人公的居所，"蛮弦"句暗示其身份或为歌女，擅歌"新腔"。"暗收"二句化用杜甫名句："香稻啄馀鹦鹉粒，碧梧栖老凤凰枝。"(《秋兴八首》其八）以一"防"字、一"恼"字，似点出主人公所处环境需时时防备。下阕过片写因"记名瑶册"的消息泄露，使情绪不佳，结句"空自殷勤捧玉觞"则化用晏几道"彩袖殷勤捧玉钟"（《鹧鸪天》）句意，写出主人公对重逢的期待。从表面上看，全词似写一歌女的幽怨之情，无论用词还是意境，这首词均无出奇之处。但如果读者看到程千帆先生对这首词本事的详细笺注，一定会大跌眼镜，因此词原来竟和歌女无涉，与相思无关。

程千帆笺云："此咏金陵大学当局乾没职工食米事也。当时米价昂贵，政府因按公教人员每家直系亲属人口，不论其是否在成都，一律发给平价米一大斗，合三十二斤，以维持生活。平价米价格远较市场价格为低。校方见利忘义之徒竟篡改法令，擅自按照教职工家口实在成都者发放平价米，馀人则按平价给予法币。多馀之米则按市场价私自售出，以饱私囊，所得甚丰。"直到1944年春此事才泄露，全校大哗。程、沈夫妇立即上告教育部，学校当局仍多方掩饰，最后以学校退还半年侵吞之米了结，而程、沈夫妇亦因此事被金陵大学解聘。落实到这首词中，每一句均有对时事的讽刺，据程笺："上阕首二句谓其事出于外人出资兴办之大学。新腔，谓新闻，实丑闻也。第三句喻侵渔食米，第四句喻扼杀正义，皆斥贪渎之徒。下阕首三句谓名单曝光，群丑惶恐。末二句谓多数教职工姓名虽在配米册中，然所得甚微，犹举空杯而饮，实无酒也。"

至此，关于这首词的含义才算水落石出，原来这是一首全用比兴寄托手法来讽刺现实的词作。所谓"比兴寄托"，即言在此而意在彼，这是诗词中传统的写作手法。"比兴"原属《诗经》六义之一，汉代经学家郑玄云："比，见今之失，不敢斥言，取比类以言之；兴，见今之美，嫌于媚谀，取善事以喻劝之。"（《周礼·春官·大师》注）"比兴"因而兼具诗艺和政教美刺双重涵义。清嘉庆以后，以张惠言、周济为代表的常州词派提倡以"比兴寄托"论词以推尊词体,这一观念对晚清民国词坛产生了深刻影响。沈祖棻的词学老师汪东、吴梅也极为推举以"比兴"入词。汪东很早就因"有斜阳处有春愁"中寄托了家国忧思而欣赏沈祖棻的才华。吴梅则将"比兴寄托"视为词学之命脉:"唯有寄托,则辞无泛设,而作者之意,自见诸言外。"(《词学通论》)后来沈祖棻又在刘永济的鼓励下以比兴手法写作《法曲献仙音·鸦,和弘度丈》、《鹊踏枝》四首等。在这条词学传统的脉络上看沈祖棻这首小词,我们就能理解这首词所采用的写作手法。事实上,这组词的其馀三首皆采用同样的比兴手法,以小词隐喻时事。如第二首以"皓腕争收玉镜台"写当时"校方又暗中保证发给不继续追究者以下年度聘书,亦有受其迷惑者",第三首以"十载芳华忍泪过,高坛广座负春多"悲"当时附丽当局,阿谀取容者之终无所得也",第四首以"塘外轻雷梦未惊,羽书空费墨纵横"写"米案之馀波"等。同一时期,沈祖棻另有《鹧鸪天·华西坝秋感》四首,写作手法和这组《鹧鸪天·华西坝春感》相似,都是以比兴手法讽刺学校当局行事。

从这些词作中我们可以看到:现实是沈祖棻始终关注的重心。她的词笔不仅可以写闺情、写相思、写乡愁,也可以写丑闻、写乱象、写国事。赋笔与比兴,都是她圆熟掌握的艺术手法。我们也能清晰地看到:沈祖棻固然是婉丽温柔的苏州闺秀,同时她也有疾恶如仇的胆识,敢于挑战学校当局,敢于揭发不公行为,也不会苟且以合流俗。《鹧鸪天·华西坝春感》、《鹧鸪天·华西坝秋感》两组词作,正可见她不惧强权、勇于抗争的性格。程千帆曾云:"时有不以余等揭发贪污之举为然,致书丑诋者,亦有扬言欲饱以老拳者。"虽然如此,沈祖棻仍写词记录该事件,且在词中云:"自知不是秦楼侣,一任鸾笺负旧盟。"(《鹧鸪天·华西坝春感》其四)程笺曰:"羞与彼辈贪污势利之徒为伍,虽被解聘,亦无所顾惜也。"

值得一提的是，除了借助程笺来了解这首词的背景，我们还可寻得其他依据。1945年3月12日吴宓记载道："在程、沈处久谈，聆述在金大讦发校长食米舞弊事。"（《吴宓日记》）可见此事之真实性。此事关涉民国时期金陵大学的管理情况，非亲历者不知其详，外人亦无从得知。沈祖棻以组词的形式将其记录下来，可谓补史家之阙。

/ 黄阿莎

薄　幸

　　十年情事，但付与、尘弦蠹纸。历几许、春烽秋警，况自牵萦离思。更江关、寻遍神方，流离药盏供憔悴。甚宝镜妆残，罗衾梦冷，灰尽香炉心字。　　渐忘了、当时恨，争忍把、旧愁重理。怨恩寻常极，蛾眉无用，新欢未必婵娟子。岁芳容易。任参差暗树，纵横野草生庭砌。徘徊小扇，还待西风又起。

　　久弃不理、业已布满尘埃的琴弦，被虫蠹过的陈纸旧笺，此般旧物皆承载着往昔之情事。此处"尘弦蠹纸"与吴文英《霜叶飞》中"聊对旧节传杯，尘笺蠹管，断阕经岁慵赋"相类似，皆为成空过往之凭据，词人因之触发怅然若失的迷惘意绪。"十年情事，但付与、尘弦蠹纸"，奠定全篇怅惘基调。"历几许、春烽秋警，况自牵萦离思"，战乱连年已使人饱经摧残，何况在这硝烟战火之中，还要经受分离之苦！周邦彦《庆春宫》"尘埃憔悴，生怕黄昏，离思牵萦"写寻常时刻离别在即的心神不宁，而沈词点出"春烽秋警"的时代背景，则这战事之中的分别更使人难以为怀。两地分离，更兼长年受疾病困扰，"寻遍神方"、"流离药盏"也无可奈何，只有眼看着日渐憔悴。如此日复一日，年复一年，"甚宝镜妆残，罗衾梦冷，灰尽香炉心字"。"宝镜妆残"写相思无着而无心妆容。《离骚》："日月忽不淹兮，春与秋其代序。惟草木之零落兮，恐美人之迟暮。"《诗经·卫风·伯兮》："自伯之东，首如飞蓬。岂无膏沐，谁适为容。"此处"宝镜妆残"将二意合用。"罗衾梦冷"，即赵佶《宴山亭》中"怎不思量，除梦里、有时曾去。无据。和梦也、新来不做"之意，因分隔长久，别说梦魂不到，连梦也无从做起了。上阕末连用"妆残"、"梦冷"、"灰尽"三个意象，写美人迟暮、衾冷梦寒，直至相思成灰。萦绕于心的那些思念和希冀，而今像是炉中的心字香，逐渐冷却，不复重燃。

过片"渐忘了、当时恨"承前启后，从上阕的回忆之中重归目下，昔日的旧恨似已忘却，或者不如说不想再刻意回顾。"争忍把、旧愁重理"，"争忍"犹"怎忍"，极写其心情之纠结。"怨恩寻常极，蛾眉无用，新欢未必婵娟子"是下阕的表意中心，以下五句都是对这三句的申述。"蛾眉"是用细长而弯曲的蚕蛾触须来比喻女子美丽的眉毛，此处借指女子容颜之美。"婵娟子"亦指美人。诗词中多有述及"怨恩"者，如无名氏《满江红》"谁知恩爱，变成怨恨"，刘攽《长门曲》"君恩春风回，那向秋时怨"等，揭示出情人间"怨"与"恩"之间心态的微妙转换。"岁芳容易"，此处"岁芳"一是与后句连起，说明春天易逝；二是暗喻青春不在，应前"宝镜妆残"语。"任参差暗树，纵横野草生庭砌"，则出之于景语，深化了这一层意思。最末"徘徊小扇，还待西风又起"，明用乐府《怨歌行》："新裂齐纨素，鲜洁如霜雪。裁为合欢扇，团团似明月。出入君怀袖，动摇微风发。常恐秋节至，凉飙夺炎热。弃捐箧笥中，恩情中道绝。"此处"小扇"、"西风"意象的使用，点明词人心态，亦与上片"灰尽香炉心字"相照应。

此词"怨恩"三句，汪东先生有评："所谓怨而不怒者欤？"其实"怨而不怒"也可说是整首词的风格。

/ 李小雨

浪淘沙

一水隔胡尘。未到朱门。销金窝里易销春。灯火楼台歌舞夜,旧曲翻新。　梦语正纷纭。铁骑如云。新亭对泣更无人。漫想黄龙成痛饮,整顿乾坤。

汪东先生在为沈祖棻《涉江词稿》写序时曾云:"夫声音之道,与政相通;情感之生,与物相应。彼处成周之盛世者,必不得怀《黍离》之思;睹褒妲之淫乱者,又岂能咏《关雎》之什?"诚如汪东所言,身处乱世的经历给沈祖棻创作带来极大的影响。在20世纪40年代的成都,沈祖棻写下《浪淘沙》组词共四首,以抒发对现实的焦虑与愤慨,这是其中的第四首。

起笔以"一水隔胡尘,未到朱门"写出当时成都因长江天险而暂未被日军侵占的现实,"胡尘"喻敌兵,陆游有诗云:"遗民泪尽胡尘里,南望王师又一年。"(《秋夜将晓出篱门迎凉有感》)"朱门"喻富豪人家,兵临城下,此地权贵并未"泪尽胡尘里",而是醉生梦死、挥霍光阴,词笔由此一转:"销金窝里易销春。"销金窝即销金锅,是轻易便可消耗千金的地方。南宋周密《武林旧事》云:"西湖天下景,朝昏晴雨,四序总宜。杭人亦无时而不游,而春游特盛焉。……日糜金钱,靡有纪极。故杭谚有'销金锅儿'之号,此语不为过也。"当时的成都正如南宋的杭州,众人皆纸醉金迷,不思国事。如何"销金"又"销春"呢?接下来即云:"灯火楼台歌舞夜,旧曲翻新。"灯火楼台,歌舞升平,把酒听新曲。据记录,当时有不少美国空军将士麇集成都,所谓"旧曲翻新",或指美国音乐。这种种奢靡生活,在沈祖棻同时期其他词作中亦有描述,如《虞美人·成都秋词》其二云:"朱娇粉腻晚妆妍。依旧新声爵士似当年。"其四云:"市招金字作横行。更有参军蛮语舌如簧。"皆可与此词参看。

面对国事日非的现实,作者不能无感,故下阕云:"梦语正纷纭。铁骑如云。"梦中铁骑如云,词人呓语纷纭,无怪乎梦醒后有"新亭对泣更无人"之叹。"新亭对泣"用东晋王导典,语出《世说新语·言语》:"过江诸人,每至美日,辄相邀新亭,藉卉饮宴。周侯中坐而叹曰:'风景不殊,正自有山河之异!'皆相视流泪。唯王丞相愀然变色曰:'当共戮力王室,克复神州,何至作楚囚相对!'"周颛痛心国难之时,尚有王导"克复神州"的振臂一呼,而此时沈祖棻所处的成都,学校学风流荡,权贵又唯利是图,可与言国事者几无一人。现实如此,只能寄希望于"漫想",遂逼出结句:"漫想黄龙成痛饮,整顿乾坤。""痛饮黄龙"语出《宋史·岳飞传》,表现的是岳飞的豪情壮志:"直抵黄龙府,与诸君痛饮尔!"泛指为打垮敌人而开怀畅饮。"整顿乾坤"语出杜甫《洗兵马》:"二三豪俊为时出,整顿乾坤济时了。"辛弃疾也曾用此语入词:"待他年,整顿乾坤事了,为先生寿。"(《水龙吟·甲辰岁寿韩南涧尚书》)黄龙痛饮、整顿乾坤,都是词人对时局安定、天下治平的遥想与期盼。"痛饮"、"整顿"则分明显出女词人的昂扬气概。这首词正与李清照《夏日绝句》中的豪迈之语"至今思项羽,不肯过江东"一样,全无女儿态,别有一种丈夫英伟之气。

正如汪东所言:"声音之道,与政相通。"在国难当头的时代,在歌舞升平的成都,沈祖棻愤慨于时事不振,写下如此英伟之作。这体现了她词作风格的新变,而同时期她的词学思想也在日臻成熟。1944年,沈祖棻为学生编撰的《风雨同声集》写序时云:"在昔南宋群贤,靓逢多故,陆沉天醉之悲,一寄诸词,斯道以之益尊。今者,岛夷乱华,舟覆栋倾,函夏衣冠,沦胥是恫,是戋戋者,乌足以攀跻曩哲。然其缅怀家国,兴于微言,感激相召,亦庶几万一合乎温柔敦厚之教,世之君子傥有取焉,而不以徒工藻绘相嘲让邪?"这种词学理念虽上承南宋传统,但意在指明词在乱世的社会作用,可见当时救亡图存的气氛对文学创作的影响。她不仅提出了融合传统词学与时代要求的词学理念,她也将这种词学观自觉地实践在她的创作中。

伴随着这种词学观的提出,沈祖棻的词作向纵深拓展,无论是风格上、内容上,还是对现实关注的力度上,都进一步向士大夫词作靠拢。这组《浪淘沙》便是代表性作品。除本篇的壮语外,另有第三首下阕云:"跃马梦中游。新病添愁。相思红泪暂时收。独立水西桥畔路,北望神州。"歇拍反用南宋词人刘克庄《玉楼春·戏呈林节推乡兄》:"男儿西北有神州,莫滴水西桥畔泪"句意。后村词中对男儿的谆谆告诫,在女词人的身上,却成为一种自觉,一种深植于内心、念念不忘的家国情怀。正是这种拳拳家国之思与伤时念乱之感,使得沈祖棻在精神的层面不拘于闺阁之思,而具有更阔大的历史视野与更广泛的社会关注。这种精神气质投射于词体创作中,辅以她明确的词学观念,使得她的词作突破了传统闺阁女性词作的题材范围与风格特征,堪与抱有同样家国情怀的士大夫词作媲美。

之前沈祖棻的作品大多仍遵循"怨而不怒"的诗教传统,如同样是写家国情怀,有词云:"十年情事,但付与、尘弦蠹纸。历几许、春烽秋警,况自牵萦离思。更江关、寻遍神方,流离药盏供憔悴。甚宝镜妆残，罗衾梦冷，灰尽香炉心字。"（《薄幸》）所以前期汪东对她的词多评为："大抵如幽兰翠筱，洗净铅华。弥淡弥雅。""语多深婉。"但她的词风至此突破，这组《浪淘沙》词既刚健沉郁，亦慷慨激烈，难怪汪东评此词云："变调，然集中正宜有此。"

/ 黄阿莎

祝英台近

候红桥,探碧渚,芳约记前度。春意如花,香委旧游处。可怜纵有并刀,愁丝难剪,系多少、幽欢私语。 此情苦。长夜深锁重门,离魂沐风雨。泪作珠灯,持照梦中路。甚时帘底凝眸,相思潮汐,待都付、眼波低诉。

词中发抒相思之情,十分常见,但在不同作家的笔下,又会呈现不同特点。

"候红桥,探碧渚,芳约记前度",起首逆入前度访春之事。红桥碧渚,写当时相约之地。"春意如花,香委旧游处",回想起旧日游赏之时,春意盎然,而今旧游之地,是否还有那同游时的花香? 不过即便还有,也一定不是那时之香了。 这一句,与吴文英《风入松》:"黄蜂频扑秋千索,有当时、纤手香凝"表达的意思相类,其实都是在追忆过去,也在写过往不复重来。"可怜"二句直接取用姜夔《长亭怨慢》"算空有并刀,难剪离愁千缕"。"并刀"是具体之物,而"愁丝"是抽象之物,以具体斩抽象,本是无理语,在这无理的背后,实是内心无以安顿的烦恼。"愁丝难剪"的原因，一则是愁多，一则这愁中又蕴含着往日那许多"幽欢私语"。往昔相处得有多欢愉，而今独自一人回味便有多衰飒，正是柳永"暗想当初，有多少、幽欢佳会，岂知聚散难期，翻成雨恨云愁"（《曲玉管》）的意思。

上片回忆往昔朝夕相处时的欢愉，以乐写哀。"前度芳约"、"旧游"等，给词人留下不可磨灭的美好感受。过片"此情苦"既承前"愁丝"，又点明相思之情，是全篇词眼。离别又兼风雨，孤寂独听风雨，皆令人不堪其苦。"深掩重门"的意象常用于表达相思。耿沣《秋夜》诗云："寂寞重门掩，无人问所思。"史承谦《南楼令》："惜别掩重门。凭谁验粉痕。展芳衾、独自黄昏。"重门深锁，漫漫长夜，只留这深受相思所困之人，暗自思量。姜夔《踏莎行》云："别后书辞，别时针线，离魂暗逐郎行远。"沈词之"离魂沐风雨"或即由此而来，但更为生动具体，具见所念之深，所感之切。"泪作珠灯，持照梦中路"，对此二句，汪东先生称赞："奇语，前人未道。"所谓珠灯，就是缀珠之灯，沈祖棻在这里将珍珠之珠，换成泪珠之珠，不仅情境生动，而且想象奇妙，确实不同寻常。然而，梦中是否相见，词人没有接着往下说。下一转笔写将来"甚时帘底凝眸"，其表现手法与李商隐《夜雨寄北》"何当共剪西窗烛，却话巴山夜雨时"略同。词人何尝不知道，真正会面之时，如今这般如潮汐般翻涌奔流之思念，又怎么表达得出来呢？"相思潮汐，待都付、眼波低诉"，到那时，所有的思念、失落与伤怀，都凝于眼波，融化在那深情地注视之中了罢。

全篇词意环环相扣，从过去历历在目的欢愉，到当下难以为怀的思念，再到对未来相见场景的揣度，从而真切细致地写出了有情之人分离后的况味。

/ 李小雨

过秦楼

小砚凝尘，短笺栖蠹，几日病怀浑懒。频温药盏，细检神方，却奈梦魂撩乱。　空记晓镜妆成，门掩春风，玉骢嘶惯。叹相思别后，芳期无准，锦鳞书断。　休更想、月影霏烟，花香散雾，絮语夜凉庭院。茶铛易冷，诗卷慵开，绣枕昼长谁伴。　闲坐还牵旧情，堤上钿车，袖中纨扇。纵前游再续，回首清欢自远。

这首词作于1944年夏。是年春季，沈祖棻在成都金陵大学任教，因反对学校当局贪污教师口粮被解聘。

上片写主人公相思成病。通过砚台蒙上了灰尘、信笺被蠹虫侵蚀等细节，表现病中的慵懒之态。"频温"三句说明了生病由相思所致，疾病又因相思而迁延不愈。尽管主人公很用心地求医问药：频频地给药盏加热，仔细地核对药方，但梦魂总是搅得她心神不宁。以下三句点明了使她念念不忘的，是往日的欢会：早晨她梳妆打扮之后，心上人来到她的身边，于是门儿关闭，连春风都吹不进来，马儿等得不耐烦了，常常嘶叫起来。"玉骢嘶惯"化用南宋太学生俞国宝《风入松》（一春长费买花钱）"玉骢惯识西湖路，骄嘶过、沽酒炉前"的词意。通过"门掩春风，玉骢嘶惯"的侧面描写，表现两情相悦的欢愉，可谓蕴藉之至。以上三句简短地忆旧之后，词意转折，"叹相思别后"三句写别后音讯渐杳的惆怅：不但再会之期渺茫，连书信都断绝了。这进一层的写法，与前三句恰成鲜明的对比。

情至深处，难以自已，于是下片就写主人公不断地劝慰自己放下旧情，却又不断地陷入回忆。"休更想"以下三句回忆了相亲相爱的另一番场景：轻烟袅袅的月夜，花香驱散了雾气，在夜凉如水的庭院里，两人絮语谈心。将两人谈情说爱的环境描绘得烟雾迷蒙，如梦如幻，使得情爱带有超越尘俗的仙气。不过，美好的时光总是那么短暂，主人公很快回到现实中来：茶铛一会儿就变凉了，诗卷也懒得打开，绣枕之畔，昼长夜短的日子里，谁来陪我度过呢？主人公寂寞地闲坐之际，情不自禁地又想起旧情，一个"牵"字，写出了旧情挥之不去的感觉。"堤上钿车，袖中纨扇"是这首词描绘的第三幅恩爱图：两人并肩坐着钿车欣赏堤上的风光时，从袖子中拿出纨扇追凉。"钿车"是饰以金花之车，白居易《春来》有"金谷踏花香骑入，曲江碾草钿车行"之句，是其所出。"纨扇"是细绢制成的团扇。吴文英《齐天乐》有"曲尘犹沁伤心水"、"暂疏怀袖负纨扇"之句。作者将其句意合而写之，精粹而又有意蕴。末尾再次转折，感叹即便能够重续前游，往日的清欢也一去不复返了。如此一结，馀韵亦远。

正如篇末"清欢"二字所点明的，这首词的特点在于以清新淡雅之笔写相思之情，洗去了一般情词的绮罗香泽之态。其中，"空记晓镜妆成"三句侧面描写耳鬓厮磨之乐，"月影菲烟"数语将两人的相会置于烟雾迷蒙、如梦如幻的仙境中；篇末清欢不可重来的表述，则进一步开拓了词境，令人有"逝者如斯"之叹。汪东赞这首词"通首浑成，更无着圈点处"，当是说这首词如汉魏古诗一般气象浑厚，难以句摘，也包含了对词境超尘脱俗、气象混茫的赞誉。

/ 吴正岚

天　香

藕

菰渚风多，莲房露冷，鸳鸯梦易惊散。恨惹千丝，肌消双腕，剩有此情难断。相思寸寸，空负却、玲珑心眼。漫说污泥素节，还输闹红零乱。　牵萦旧愁宛转。记调冰、那人曾伴。懒共翠瓜朱李，玉盘初荐。留取灵犀一点。怎忍说、微波自今远。怕种同心，银塘泪满。

南宋末年，国破家亡，一批遗民词人聚在一起，以创作咏物词的方式相互慰藉，作品结集为《乐府补题》，其中用《天香》咏龙涎香，《摸鱼儿》咏莼，《齐天乐》咏蝉，《水龙吟》咏白莲，《桂枝香》咏蟹。这部词集创作于特殊的历史时期，寄托遥深，艺术成就极高，在元、明两代湮没无闻后，于清初重现词坛，引起极大关注。有清一代从未停止过对这部词集的唱和，而且形式非常多样，这五个词牌结为一组，甚至被统称为《补题》体制。而清代词人唱和《乐府补题》的方式也颇为多样，从题目看，不仅有原题唱和，更不乏改题唱和，改题唱和中又分为同类事物改题和非同类事物改题；从形式上看，则又有组词唱和与非组词唱和。

沈祖棻这首词与这部词集的联系在有无之间，藕可以视为莼的同类事物，但是没有选择《摸鱼儿》，而是选择《补题》中另一常用词牌《天香》作为载体，容易引人联想却终究难以坐实。从寄托的深度来看，这首词或许尚未达到《乐府补题》诸作的沉郁顿挫，却更称词体，更为本色。

词人善用比拟之法，运笔自然，辗转腾挪，出神入化，没有任何连用"比"法容易带来的板滞之感，而是通体空灵，行云流水。其中所用"比"法的源头之作可追溯至《诗经·卫风·硕人》，诗中"手如柔荑，肤如凝脂，领如蝤蛴，齿如瓠犀，螓首蛾眉"的比喻也被后世尊为吟咏美人的典范。而这首词以物喻人，除了形象上的相似之外，更将人物的情思都附着于所咏之物，婉转有致，欲说还休。

"菰渚风多，莲房露冷，鸳鸯梦易惊散"，写出所咏之物的生存环境，将时间定位于草木凋零的秋季，这时鸳鸯也该南迁了。自古鸳鸯象征陷入爱情的痴男怨女，此处以鸳鸯的惊散稍加点染，后文所着笔的愁绪便似有了依托。"恨惹千丝，肌消双腕，剩有此情难断。相思寸寸，空负却、玲珑心眼"，真是状物得神的典范。藕是莲花的根茎，这时莲花已经凋谢，藕已成熟，其物性就是多丝多孔，丝用来传递养分，孔用来呼吸，而从外在形象看，藕节又很像女子的手臂。这几句兼有比喻和拟人的写法，不仅非常形象，而且巧妙地让藕具有了人的情思，很有不尽之意。那不曾断绝的藕丝正是女子内心的情思，它让女子消瘦，但是不曾减淡，或者消失，真是丝丝缕缕，缠绵不绝。这几句可谓神来之笔，淡淡说来，已经兼容了咏物与词体的双重特质。

词的下片宕开一笔，开始写食藕，而仍然点染情事："牵萦旧愁宛转，记调冰、那人曾伴。"苏轼曾创作回文词《菩萨蛮》："手红冰碗藕,藕碗冰红手。"就是以藕与玉人手臂的形似,写玉人制作冰碗藕的情意。 正所谓"玉纤雪藕冰盘"(刘镇《清平乐·赵园避暑》),当冰藕被端上来,那是"懒共翠瓜朱李,玉盘初荐",并不想与其他水果放在一起,因为它有七窍玲珑心,可以"留取灵犀一点",以藕的丝与孔写有情人情思的缠绵和心意的相通,真是妙绝。 结尾处以"怎忍说、微波自今远。 怕种同心,银塘泪满"来收束,写藕离开了自己的生存环境,离开了那银塘,以至一塘碧水看去都是离人的眼泪,措辞贴切,浑然天成,又寄托在有无之间。

咏物词像词中的命题作文,写好不易,但是沈祖棻的这首作品既能得词体之正,又能得物理之神,将藕的物性与人的情思紧密结合在一起却没有任何人为的痕迹,实属不易,真堪称咏物词中的佳作。 难怪汪东先生见到这首作品,也不禁赞叹:"有此本领,乃能咏物。 便觉碧山、玉田去人不远。"

/ 蔡 雯

一萼红

甲申八月,倭寇陷衡阳。守土将士誓以身殉,有来生再见之语。南服英灵,锦城丝管,怆怏相对,不可为怀,因赋此阕,亦长歌当哭之意也。

乱笳鸣。叹衡阳去雁,惊认晚烽明。伊洛愁新,潇湘泪满,孤戍还失严城。忍凝想、残旗折戟,践巷陌、胡骑自纵横。浴血雄心,断肠芳字,相见来生。 谁信锦官欢事,遍灯街酒市,翠盖朱缨。银幕清歌,红氍艳舞,浑似当日承平。几曾念、平芜尽处,夕阳外,犹有楚山青。欲待悲吟国殇,古调难赓。

先师沈祖棻先生《一萼红》词写于1944年秋日。词前有小序简要介绍创作背景:"甲申八月,倭寇陷衡阳。守土将士誓以身殉,有来生再见之语。南服英灵,锦城丝管,怆怏相对,不可为怀,因赋此阕,亦长歌当哭之意也。"

要更深刻地理解这首词的沉痛感情,还须对衡阳一役的历史细节做一番追溯。

1944年初,日军动用51万部队,10万军马,1500门大炮,800辆坦克,欲打开从中国东北到越南的通道,打开通往中国西南的大门,于6月18日占领长沙。而衡阳则是通往两广之要冲,为日军必欲力克之地。其时衡阳守军为国民党第十军,军长为方先觉。蒋介石对该军的军事要求是:坚守衡阳十日至两周,以阻滞、消耗日军,配合外围军队,力争将日军击溃或消灭于衡阳一带。方先觉表示:"一定忠于职守,人在城在,人亡城失。"其下属亦同仇敌忾,士气高昂,战士纷纷表态:誓死保卫衡阳!并与亲人作永诀之言,那种"风萧萧兮易水寒,壮士一去兮不复还"的悲壮场面直催人泪下。方军从6月下旬至8月上旬,浴血奋战,苦守衡阳47昼夜,已经弹尽粮绝,战士伤亡殆尽,而援军始终不至。8月8日,衡阳终于失陷。而援军不至之由,乃与国民党军队上层指导思想有关,统帅何应钦曾透露:"在全盘战略上言,吾人实不忧敌人打通平汉、粤汉两线之蠢动。"此"不忧"之指导思想招致多少将士阵亡、生灵涂炭!悲夫哀哉!

衡阳之役的败北,凡有良知、有正义感的知识分子,谁不扼腕!谁不痛惜!其时,先师刘永济先生曾作《浪淘沙》词哀悼:

风雨卧天涯。凄断金笳。故山从此战云遮。莫向蒿藜寻败壁,雁也无家。 残垒跕饥鸦。白骨叉牙。苌弘怨血晕秋花。新鬼烦冤旧鬼哭,无尽虫沙。

刘先生之词中描绘此役战败的惨象,乃痛彻肺腑之言。沈先生之词则上阕为哀悼,下阕为痛斥,于前方、后方两相对照之中,揭示出战败的因果关系。

《一萼红》词发端三句"乱笳鸣。叹衡阳去雁,惊认晚烽明",即通过雁之视、听描写中日双方之激战,以其城区有回雁峰之故。所谓"乱笳",已表明战斗的激烈,说"晚烽明",更表明系日日夜夜的鏖战,中间着一"叹"字,已注入了词人的主观之情。接以"伊洛愁新,潇湘泪满,孤戍还失严城"三句,乃从更大范围忧虑慨叹国民党军队对日作战的危殆形势。1944年春,日军攻占长沙之前,曾由豫东向豫西逼近,4月占领郑州后,又于5月侵占洛阳,所谓"伊洛愁新",盖指此。"潇湘泪满"指湘中重镇长沙一带的陷落。于此危殆形势中,由于孤军奋战,通往两广之咽喉衡阳又告失守。三句既概括了国民党军队节节溃败的局面,又以"愁"、"泪"融进了作者对岌岌可危的民族命运及广大民众悲惨遭遇的深切关怀。确乎是大手笔!下面接写衡阳失陷后之残败景象与敌寇嚣张气焰:"忍凝想、残旗折戟,践巷陌、胡骑自纵横!"用"忍(怎忍)凝想"领起,化实为虚,显示出行文的变化。歇拍"浴血雄心,断肠芳字,相见来生",则应题中"守土将士誓以身殉,有来生再见之语",其情何等凄切,又何等壮烈!今日读来又是何等撼人心魄!

由战景到战况,再到将士精忠报国,逐层深入,已将"孤戍还失严城"写足,但还没有写透,故作者笔锋一转,由前方转到后方。

词的下阕前六句"谁信锦官欢事,遍灯街酒市,翠盖朱缨。银幕清歌,红氍艳舞,浑似当日承平",写后方的歌舞升平。前方将士喋血牺牲,抛尸枕骨,而锦官城(原指成都,此处泛指大后方,包括陪都重庆等地在内)却灯红酒绿,车盖如云,达官贵人,沉迷清歌艳舞,尽情享乐。此六句以"谁信"二字领起,谓此种作为太违情理,故叫人难以置信,然而这却是事实。作者不禁愤而责问:"几曾念、平芜尽处,夕阳外,犹有楚山青!"他们龟缩于西南一隅,"直把杭州作汴州",哪里还将失陷的湖湘楚地及大好河山放在心上!用的虽是传统的词语,却笔力千钧,对昏昧不明的主政者、对沉迷酒色财气的高官贵胄,指斥得有理,鞭挞得有力,从而也揭示出国军兵败如山倒的深层原因。沈先生另外写有《虞美人·成都秋词》:"沉沉银幕新歌起。容易重门闭。繁灯似雪钿车驰。正是万人空巷乍凉时。 相携红袖夸眉萼。年少当行乐。千家野哭百城倾。浑把十年战伐当承平。"正可互相参证。词的结拍"欲待悲吟国殇,古调难赓",再转回到衡阳之役,说自己想要像屈原那样写诗悲悼为国捐躯的将士,又觉得难以表达,流露出无限的沉痛与哀伤。以此收束全词,既呼应上阕所写内容,又将感情再推进一层。至此意足神完,真个是"长歌当哭"!

这首词既激荡淋漓,又悲郁沉重,在《涉江词》中是一首别具一格的政治抒情诗,也是一首反映时势的现实主义力作。当年汪东先生读到它,即有"千古一叹"的感受;时至当今,七十多年过去,它的光芒依然闪耀。我们今天读它,不仅感受到跃动于词人胸中的一片爱国之心、正义感及民胞物与之怀,还勾引起我们对一场民族灾难的痛苦回忆。在回顾衡阳战役这一具体历史事件时,我们一方面心灵深受震撼,体悟到民族忠魂的悲壮美、崇高美,另一方面又深深震惊,体察到究竟谁是千夫所指的民族罪人。周济在《介存斋论词杂著》中云:"见事多,识理透,可为后人论世之资。诗有史,词亦有史。"以此衡量《一萼红》一类词作,谓之"词史",不亦宜乎!

如从女性词的发展历史看,宋代有名家李清照,其后期词作多抒发国破家亡之痛;在明末清初可与之比肩的徐灿,词中时发故国之思;至近代更有革命家秋瑾,发出"金瓯已缺总须补,为国牺牲敢惜身"、"休言女子非英物,夜夜龙泉壁上鸣"(《鹧鸪天》)的爱国豪言壮语,令人振聋发聩。沈先生对前代女性爱国词作既有继承,又有发展。《一萼红》词,直面现实,气势恢宏,大义凛然,动人心魄,为千年来的女性词史中所未有。

/ 刘庆云

虞美人

成都秋词

沉沉银幕新歌起。容易重门闭。繁灯似雪钿车驰。正是万人空巷乍凉时。　相携红袖夸眉萼。年少当行乐。千家野哭百城倾。浑把十年战伐当承平。

在写下《浪淘沙》（长夜正漫漫）四首后不久，沈祖棻又写作了《虞美人·成都秋词》五首、《减字木兰花·成渝纪闻》四首，都可视为同一主题的继续书写，即对现实社会乱象的秉笔直书。这首词为《虞美人·成都秋词》五首中的第一首，借由这首小词，我们将看到抗日战争中偏安一隅的成都城中种种都市生活场景。

起笔是与战争无关的娱乐："沉沉银幕新歌起。容易重门闭。"这是写观影之乐。在重门深闭的环境中，银幕低垂，新歌乍起，这一让人放松享受的环境，宛然一个与外界隔绝的桃花源。所谓"容易"，即寻常也。"新歌"之新，在《虞美人·成都秋词》其二中有说明："朱娇粉腻晚妆妍。依旧新声爵士似当年。"这种纵乐的风气并非只出现在个别影院，而是举城皆然。词云："繁灯似雪钿车驰。正是万人空巷乍凉时。"成都的秋天,风乍凉,灯繁华,万人空巷,歌舞升平。这一句"繁灯似雪钿车驰",正可与"良宵盛会,电炬通明车似水"(《减字木兰花·成渝纪闻》其一)同观。"乍凉时"的游乐又可由他词说明:"回鸾对凤相偎抱。恰爱凉秋好。"(《虞美人·成都秋词》其二)数词合观,正可见当时成渝一带夜生活的奢靡风流。

下阕由宏观写到微观,点出繁华都市中的公子佳人。"红袖"、"眉萼"代指艳如桃李的佳人,这些佳人由公子相携,成群结伴,相互夸耀妆容,趁着年轻寻欢作乐。这些红袖佳人是否有特指?同时期沈祖棻《虞美人·成都秋词》五首其五有:"东庠西序诸年少。飞毂穿驰道。广场比赛约同来。试看此回姿势最谁佳。"程千帆笺云:"当时成都有西人主办之教会大学五所,其四所在华西坝。学生习于西俗,虽在国难深重之际,诸女生犹每年进行姿势比赛,最优者为姿势皇后。"又有《减字木兰花·成渝纪闻》四首其四云:"秋灯罢读。伴舞嘉宾人似玉。一曲霓裳。领队谁家窈窕娘。"写当时女生陪美军跳舞以出风头之事。这些词作都可与"相携红袖夸眉萼"合观,可见其时之风气流荡。

以上种种笔墨,写足成都秋夜娱乐之盛、狂欢之态。"繁灯似雪"、"相携红袖"这样浓墨重彩的词语使我们几乎要联想到苏味道笔下那"火树银花合"、"游伎皆秾李"(《正月十五夜》)的夜晚。然而真的是一样吗?苏诗是承平岁月节日的狂欢,而沈词呢?最后一笔始点出鞭挞之意:"千家野哭百城倾。浑把十年战伐当承平。"之前是"万人空巷"观影听歌,此处是"千家""百城"的"野哭"哀哀——抗日战争已持续多年,自1931年九·一八事变以来,日军不断入侵中国,死伤人数早已不可计数,被侵占的城池已占半壁江山,此时此刻的成都民众却仍"浑把十年战伐当承平"!这真让人联想到南宋文人林升的叹息:"暖风熏得游人醉,直把杭州作汴州。"(《题临安邸》)

"浑把十年战伐当承平"这一句本身也构成了强烈的对比、莫大的讽刺。 战伐与承平,原本极端对立,何况已是十年战伐,何况已是造成"千家野哭百城倾"的十年战伐,这其中多少国恨家仇、多少无辜死亡,至此皆被"承平"二字轻轻抹去。"浑把"就是"直把"的意思,意味着不假思索,意味着理所当然。 这种轻而易举地忘却国难,正与上阕之"容易重门闭"中轻易投身享乐构成一种呼应。 至此,词人对时事的愤怒与无穷的隐忧才和盘托出:原来之前一切的书写,都只是为了加强结句的力度,都只是为了勾勒出"浑把十年战伐当承平"背后的种种人和事。 这种对比的惊心触目、笔意的盘旋顿挫、议论的毫不收敛,皆引人震动。 清代冯煦对南宋词人陈亮的评语正可移用在此:"忠愤之气,随笔涌出,并足唤醒当时聋聩,正不必论词之工拙也。"(《蒿庵论词》)

事实上,这组《虞美人》皆采用同样的章法,即前三句以铺叙笔法极言成都当日种种社会乱象:听歌、跳舞、投机交易、宴会、姿势比赛等,再以结句点出当下的战争、饥荒、远征等现实,在一首词中形成强烈的对比与张力,以此讽刺当局者与沉迷享乐者忘却国难、苟且偷安。如第二首写跳舞,词云:

地衣乍卷初涂蜡。宛转开歌匣。朱娇粉腻晚妆妍。依旧新声爵士似当年。 回鸾对凤相偎抱。恰爱凉秋好。玉楼香暖舞衫单。谁念玉关霜冷铁衣寒。

第四首写美国空军将士麇集成都,生活奢靡,词云:

咖啡乳酪香初透。紫漾葡萄酒。市招金字作横行。更有参军蛮语舌如簧。 并刀如水森成列。晶盏明霜雪。朝朝暮暮宴嘉宾。应忆天南多少远征人。

同一时期，沈祖棻另有《减字木兰花·成渝纪闻》四首表现社会现实，或写战时文人贫病致死，反不如贵妇名媛举办舞会能筹得钱款，或写成都市立中学学生运动被政府镇压一事，皆与这组《虞美人·成都秋词》一样鞭挞现实乱象，可当作当时社会新闻观之。1944年前后，沈祖棻写下这一系列词作，揭露抗日战争中巴渝纸醉金迷的社会现象，非但描写触目惊心，讽刺亦鞭辟入里。通过这些词作，我们看到了沈祖棻对时事的忧心系念，女词人词中所书写的，是她耳闻目睹的一切，是她所经历的时代变局与家国兴亡，而不是只拘泥于闺阁之内、儿女情长。也正因为她在词中书写了"生逢板荡"的现实，所以周退密极为推举，有词云："杜陵诗史千秋业，肯与清真作后尘。"（《鹧鸪天》）"杜陵诗史"是指唐代诗人杜甫的诗歌具有记录历史的特质，周退密将沈祖棻的作品比同于"杜陵诗史"，显然是因为《涉江词》中有大量以词记录历史现实的作品，且他认为这些作品足以流传千秋。这组《虞美人·成都秋词》及同时期的《虞美人·成都春词》、《减字木兰花·成渝纪闻》等，确实展现了沈祖棻有意以词写史的特色。

/ 黄阿莎

减字木兰花

闻巴黎光复

花都梦歇。枝上年年啼宇血。还我山河。故国重闻马赛歌。 秦淮旧月。十载空城流水咽。何日东归。父老中原望羽旗。

身陷战事中的人民,听闻他处抗争得到胜利,内心不免加深对解放的渴望,经年离乱所累积的忧虑,或亦部分地转化为对未来的期盼。1944年8月25日,盟军解放巴黎。彼时的中国大地,虽大力组织反攻,但仍前途未卜。沈祖棻那时正任教于成都,听闻巴黎光复,百感交集,乃以词纪之。

上阕写巴黎光复事。"花都"代指巴黎。"宇血"用杜鹃啼血典。《华阳国志》载,杜鹃鸟为古蜀王杜宇之魂所化,杜宇禅位退隐,国亡身死后魂化为鸟。据传杜鹃鸟昼夜悲鸣,啼至血出乃止。"枝上年年啼宇血",形容年年战乱、国破家亡。《马赛曲》是法国大革命期间最受喜爱、流行最广的自由赞歌,后来成为法国国歌。如今盟军解放巴黎,山河已还,鼓舞人心的《马赛曲》得以重闻于耳,举国欢腾之情可见。

下阕写我处战况。作为民国首都的南京已于1937年失陷,"秦淮旧月"含怀念故国之意。如此意象,诗词中常见。如刘禹锡《金陵五题·石头城》云:"淮水东边旧时月,夜深还过女墙来。"元代许有壬《木兰花慢》题写"秦淮"云:"伤心旧时明月,照凄凉亡国恨无涯。"此处"秦淮"指南京,"旧月"切故国,十分妥帖。首都因战乱而成空城,国将不国,怎不令人悲怆难言?"十载空城"极言城空时日之久。这"空城"二字,又令人想起姜夔那首充满黍离之悲的《扬州慢》:"渐黄昏,清角吹寒,都在空城。"流水呜咽,空城年年,国破家亡,悲从中来。"何日东归"则一转,因听闻巴黎收复,故有此盼念。"中原父老",与上片"还我山河"字面上形成呼应。杨万里《初入淮河》其四谓:"中原父老莫空谈,逢着王人诉不堪。却是归鸿不能语,一年一度到江南。"赵孟頫《岳鄂王墓》有句:"南渡君臣轻社稷,中原父老望旌旗。"都是沈词之所出。

汪东先生在词后评曰:"两两对照,不堪凄咽"。《减字木兰花》两句一转韵,意随韵转,因此也两句一转意。上片一、二句述巴黎昔时战事,三、四句写而今光复,从而形成今昔比对;下片一、二句写失陷的南京,三、四句表达对解放的盼望,又形成一种心态的对照。正是通过这种上、下阕之间有对照,同时上阕、下阕内部分别又含对照的巧思,词人将对民族前途命运的忧患意识、对国家人民的深情,表现得富有层次,这也是汪先生称之为"不堪凄咽"的原因。

现代人写古诗词,往往面临如何使用新意象的问题。在这首表达国家兴亡的小词之中,词人兼用新意象与传统意象,前者如"马赛歌",后者如"秦淮旧月"、"父老中原"等,都恰到好处,富有现实感,而又不失韵味。

/ 李小雨

减字木兰花

成渝纪闻

肠枯眼涩。斗米千言难换得。久病长贫。差幸怜才有美人。 休夸妙手。憎命文章供覆瓿。细步纤纤。一夕翩翩值万钱。

这首词作于1944年底,抗日战争胜利的前夕,这正是黎明前最黑暗的时刻。词人的丈夫程千帆先生的笺注向我们交代了这首词的创作背景:抗战后期,民生艰难,以写稿为生的作家这类自由职业者的处境尤为不堪,有的甚至因贫病而死。而贵妇、名媛看到这种现象于心不忍,于是就有国民党一些官僚和文化人加以推动,用举行舞会的方式募捐以救济这些作家。从这些女子的角度,这当然是一种"仁心",但是从更大的视角来看,这种极不合理的现象,甚至得到国民政府的支持,显示了当局的无能和荒唐,真堪称一桩趣闻,甚至是丑闻。当时就有人讽刺说"先生们的手不如小姐们的脚"。作者写了四首词来讽刺这种社会现象,其中这一篇的冲击力尤为强大。

这首词笔锋犀利,通篇使用对比的手法,一句写文士才人,一句写名媛美人，交相更迭，强烈的对比使得整首词矛盾冲突剧烈，非常富于张力。这种写法其实古已有之，如唐代诗人高适在《燕歌行》中说："战士军前半死生，美人帐下犹歌舞。"杜甫在《自京赴奉先县咏怀五百字》也说："朱门酒肉臭，路有冻死骨。"都是通过对比的手法写出同一时代背景下人的不同境遇，批判社会体制的不公。不同的是，在高适或杜甫的诗中展现的都是阶级矛盾，高适笔下写美人歌舞，讽刺的其实并非那些歌儿舞女，而是听歌看舞的达官显贵，他们灯红酒绿、醉生梦死，其悠闲甚至奢靡的生活与前方将士浴血奋战，生死不明的境遇形成鲜明的对比。而在沈祖棻的笔下，情况有所不同，这些美人对这些才人有情，他们之间并没有阶级矛盾。因此，相形之下，批判意味虽有所降低，讽刺意味却更为强烈。

词的上阕直笔写这种社会现象，"肠枯眼涩。斗米千言难换得"，指出战乱时期，物价飞涨，文士们诗肠索枯，殚精竭虑，写得头晕眼干，虽洋洋洒洒，下笔千言，却难换得斗米果腹，眼看"久病长贫"，穷途末路，"差幸怜才有美人"，幸亏有美人仗义怜才，施以援手，才得以维持生计。

下阕集中笔墨抨击这种社会现象："休夸妙手。憎命文章供覆瓿。"诗圣杜甫云："文章憎命达。"（《天末怀李白》）命太好的人写不出好文章，不要夸赞这些作家妙笔生花，文采出众，他们用生命书写的文字并不为世所推重。"覆瓿"比喻著作毫无价值或不被人重视。宋代诗人陆游有诗云"著书终覆瓿，得句漫投囊"（《秋晚寓叹》），表达的正是相同的意思。而与此同时，"细步纤纤。一夕翩翩值万钱"。名媛美人们只需要在舞场之间迈动脚步，扭动腰肢，就所获不菲，足以轻松解决这些有才有志之士的生存困境。

词人生逢乱世，家忧国难，萃于一身。作为一位新旧文化剧烈冲突淘洗下的新时代女性，她不再吟风弄月，而是常常直面人生，思考社会问题。她的诗词题材广阔，风格多样，既富婉丽柔美之风，亦有恢宏激扬之气，既博观约取，学识丰富，善于从前人作品中寻找资源，又关注现实，体现出强烈的批判精神。她将平生行事大略，皆付诸吟咏，生动而真实地记录那个时代的社会生活与苦难经历，具有很高的诗史价值。正如她的朋友李涵说的那样："沈先生的爱是非常广博的，她不仅爱自己的家，而且爱老师、爱朋友，也爱学生，爱远离的故乡，爱多灾多难的祖国，爱璀璨的祖国文化，爱一切美好的事物。她始终眷恋她所爱的一切，至死也没有放弃，这给了她生活下去的勇气和力量；正由于她爱的这么多，她拥有丰富的精神世界，加上温柔敦厚的性格，宽容大度的襟怀，也许这就是她能够微笑地承受苦难，坦然面对惨淡人生的缘故吧。"因此可以这样说，她笔下的关怀、讽刺和批判，都是基于深沉的爱。

/蔡　雯

丁香结

乙酉秋，千帆将重赴嘉州，赋此留之

药盏量愁，蠹编销骨，何况送君南浦。记乱烽歧路。算未抵、此日凄凉情绪。画梁栖不定，飘零感、客燕最苦。朱门难傍，积雨巷陌，移家何处。　休去。便梦冷欢残，忘却琴心尔汝。绣帏围香，秋窗剪烛，待商新句。肠断乡国信息，独向天涯住。嗟长贫多病，羁恨凭谁共语。

离别，是诗词中最重要的题材之一。由于交通不便、音讯难通、归期不定、山川路远，离别一事，对于古人有着强烈的情感冲击，故而写离别的作品层出不穷，屡有佳篇。与亲友别，则孤帆远影，伫立伤神；与恋人别，则执手牵衣，无语凝噎。别前，是"临行愁见理征衣"；别时，是"登高回首坡陇隔，时见乌帽出复没"；别后，是"今宵酒醒何处，杨柳岸、晓风残月"。万种愁绪，一般神伤。别期既长，思妇或无心装束，慵慵懒懒，"自伯之东，首如飞蓬"；或热切盼归，严妆以待，"梳洗罢，独倚望江楼"；或对月伤心，临风堕泪，感叹"山月不知心里事，水风空落眼前花"；或忧思牵挂，无日不已，"远道不可思，宿昔梦见之"。而行者，或者登高怀乡，"想佳人、妆楼颙望，误几回、天际识归舟"；或者羁旅伤怀，"立望关河萧索，千里清秋。忍凝眸"。

离别给人的心灵带来的冲击是沉重、长久而深远的，离别词的感情色彩也往往是偏于忧伤凄恻。离别词的写法多样：角度方面，传统的手法是或写行者，或写居者，但也有行者居者合写，或从一方设想另一方者。场景方面，别前、别时、别后都颇受作者关注。性质方面，除了传统的离别外，有久别重逢，复又作别，也有羁旅他乡，客中送客。而叙写离别，因其处境、心境、对象的不同，写法自然也有所不同。沈祖棻《丁香结》词，程千帆先生解释其背景为："时抗战胜利在即，余方谋出峡，适刘弘度丈召余重教武汉大学，余诺之。而祖棻多病，故赋此相留也。"可见，此次离别，有两个特点：其一，夫妻恩重，其情缱绻，别时不忍；其二，多病长贫，客中送客，别后不堪。所以，这首词既挽断罗衣，万般留卿，又辗转低徊，因设想别后境况而黯然销魂。

上片写送别的处境和心境。词人自己久病多愁，本已不堪，"何况送君南浦"！她甚至觉得，哪怕是曾经"乱烽歧路"的艰苦，也比不上"此日凄凉情绪"催人心肝。此句化用辛弃疾《贺新郎·别茂嘉十二弟》的"绿树听鹈鴂。更那堪、鹧鸪声住，杜鹃声切。啼到春归无寻处，苦恨芳菲都歇。算未抵、人间离别"，极言离别的愁苦。为何"凄凉情绪"如此深沉呢？因为多年来，词人都如"画梁栖不定"的燕子一般漂泊他乡，丈夫的陪伴所能给予的温暖，对心境凄苦的词人而言是唯一的慰藉，所以此时她宁愿贫贱相守，也不愿以夫妻分离来谋得前程富贵，故有"朱门难傍，积雨巷陌，移家何处"之语。

下片殷切留人。过片直呼"休去"，从婉转描述心境变成直接与丈夫对话，强烈的情感似从胸臆中流出。高呼继以低吟，一声"休去"之后，词人又从正反两面来设想。如果丈夫能留下来，便可"绣幄围香，秋窗剪烛，待商新句"。如果他执意要走呢？恐怕就是"肠断乡国信息，独向天涯住"了。下片中写关于"留"的设想的句子，让人联想起柳永《定风波慢》的"早知恁么。悔当初、不把雕鞍锁。向鸡窗，只与蛮笺象管，拘束教吟课。镇相随，莫抛躲。针线闲拈伴伊坐。和我。免使年少，光阴虚过"。二词都是向离别而设想相聚，但沈词所设想的相聚，既有"绣幄围香"的秾艳，又有"待商新句"的清兴，更有"秋窗剪烛"的绵眇情深，比柳词的况味更为丰富深厚。写关于"走"的设想的句子，让人联想到柳永《雨霖铃》的"多情自古伤离别。更那堪、冷落清秋节。今宵酒醒何处，杨柳岸、晓风残月。此去经年，应是良辰，好景虚设。便纵有、千种风情，更与何人说"。二词都是在未别时想象别后的寂寞，而柳词说"此去经年，应是良辰好景虚设"，只是不能再锦上添花，沈词所说的"嗟长贫多病，羁恨凭谁共语"，是连雪中送炭都不可得，情调远为凄冷。

　　写离别的词，着力于描写别前愁思、别后凄凉，本是题中之义，但从心理机制上而言，大多数离别词都是劝对方"早归"，如韦庄《菩萨蛮》"琵琶金翠羽。弦上黄莺语。劝我早归家。绿窗人似花"，姜夔《长亭怨慢》"第一是、早早归来，怕红萼、无人为主。算空有并刀，难剪离愁千缕"。而沈祖棻《丁香结》词是劝丈夫"休去"。词人"药盏量愁，蠹编销骨"，"长贫多病"，屡被心灵的创伤，正因如此，此词下笔极重，情调凄苦，凄咽动人。

/ 彭洁明

声声慢

闻倭寇败降有作

追踪胡马，惊梦宵筇，十年谁分平安。已信犹疑，何时北定中原。真传受降消息，做流人、连夕狂欢。相笑语，待巴江春涨，共上归船。　肠断吴天东望，早珠灰罗烬，乔木荒寒。故鬼新茔，无家何用生还。癸未夏，红妹病殇。乙酉春，先君复弃养沪上。依然锦城留滞，告收京、家祭都难。听奏凯，对灯花、衔泪夜阑。

1945年的秋天，中国人民终于迎来了抗日战争的胜利，可是"漫卷诗书喜欲狂"、"青春作伴好还乡"的狂喜，在作者的词中却看不到，也许是因为词人的感情太多细腻，太过敏感，大喜之后却翻出许多可哀可感之事，纵有惊喜，也转瞬即逝，成为哀痛至极的大悲的反衬。上片应题，写词人对这消息由将信将疑，到已信犹疑，到全信后"做流人、连夕狂欢"，随即想到归乡之计近在咫尺。下片却是陡转急下，接连想到故园荒芜、父妹俱亡、无家可归，想到自己仍然要滞留四川，种种齐上心头，百感交集，一扫前文欢喜，仅留得"听奏凯，对灯花、衔泪夜阑"，而"听奏凯，对灯花"实以乐景写哀，愈增其哀。词人恨罢"无家何用生还"，嗟叹"依然锦城留滞"，其衷心盼切者，还是一个"归"字，其中情感瞬息变化，正在于滞留之苦与无家之痛。

由这首词开始，词人表达出抗战胜利之后痛苦而纠结的情绪，并且成为一段时间的吟咏主题。其后之词更就欲归不能、客怀病况、孤旅难耐、骨肉凋零之痛，抒发感怀。《梦横塘》便是悲恸于归而不能，"漫问南鸿，一天烟雾，更何时归得"？抗日战争结束后，这种感情愈发浓烈。本已可东还，无奈滞留四川，病怀索居，痛感远在江南的父妹俱已去世，在满怀十年还乡的期待后，突然由于意外而不得不继续延宕异乡，加之亲人逝去，作者不禁感到极大的失望与痛苦，甚至产生绝望的情绪。《浣溪沙》中写道："十载江南旧梦非。茫茫生死愿多违。萧条人事总堪悲。　不分还乡成远客，翻思寄旅得重归。天涯回首一沾衣。"怀乡主题中显露出格外沉郁而凝重的心绪。《过秦楼》将思归之情掩入病怀客旅的凄凉无奈，益见其情之急切沉咽，有不得已处，和《梦横塘》一样，都是对《声声慢》中客居他乡、归而不得的无奈与辛酸之感的进一步诠释。

八年煎熬，早已归心似箭，如今归而不得，词人便因而生出种种痴怨绝望。然而一旦回到江南，今昔的鲜明对比，反而在感情上引起更大的冲击，即如《齐天乐》：

十年辛苦收京梦，征衫宿尘初洗。未料生还，依然死别，终古无情天地。江山信美。叹照眼宵烽，断肠家祭。一样烦冤，九泉休问故新鬼。　神方残卷料理。剩苍茫四海，身世孤寄。似客家乡，如冰意绪，重到江南何味。莼鲈旧里。要衣锦人归，自伤憔悴。甚处秦楼,苦吟容共倚。

词人感慨万端,无限沉痛,既怀相思迢递,又感身世之零落,国事之纷纭。 词的上阕写十年希望的空幻感,"未料生还,依然死别",一己生还,而亲人却已辞世,不能不深引以为憾,恨怨"终古无情天地"。 而生还归来,又并非太平盛世,内战烽烟四起。 国事、家事,件件令人肠断神伤。 再转回自己,盼归江南是十年来萦绕不绝的游子心愿,一朝成行,本该欢喜无限,然而竟是"似客家乡,如冰意绪,重到江南何味",这种作客家乡的感觉由"身世孤寄"、"自伤憔悴"而来。 客久归乡,竟已无家,前番思乡之情何其热切,而今还乡之感却如此压抑,两相对照,身世之感,悲苦之情,都满溢纸上。"悲歌痛饮。 自古还乡须衣锦。 贫病交加。 漫道青山是处家。 新烽又起。 坐阅兴亡无好计。 四顾茫茫。 洒泪乾坤对夕阳。"短短一首《减字木兰花》,也是豪迈沉痛,就自己而言,不仅贫病交加,并无衣锦,且十载流离,踟蹰还乡,竟无家可还,何况内战烽火又起,真是令人难以为怀。

通常以为,抗战胜利后本应该满怀着喜悦还家,谁知作者却道出这许多沉痛而不能自抑的情感,将战争的创伤写得淋漓尽致,让我们得以真正理解那个时代以及岁月沉浮中人们延绵的伤痛悲愁。 东还不但没有给作者带来喜悦,反是将这十年来的痛苦经历、感情沉淀作为参照,重新品味一番;不仅没有能一抒郁结,反而将十年的美好追忆与憧憬一齐打碎,和着十年的痛楚,一并加在今日还乡的苦涩与怅惘中。

/ 张春晓

过秦楼

乍扫胡尘，待收京国，一夕万家欢语。苔迷旧径，草长新坟，忍望故园归路。何日漫卷诗书，巫峡波平，片帆轻举。纵生还未老，江南重到，此情偏苦。　　愁更说、苜蓿堆盘，文章憎命，尚作锦城羁旅。寻巢燕倦，绕树乌惊，况是暂栖无处。谁慰凄凉病怀，吴苑书沉，秦楼人去。剩香炉药盏，留伴悲秋意绪。

早在清初，词坛大家陈维崧已对词作出"为经为史"、"存经存史"的要求，到了道光年间，著名词论家周济更明确提出"诗有史，词亦有史"。自清代开始，越来越多的词人都有了"词史"之自觉，鸦片战争、太平天国运动、戊戌变法、清帝逊位等重大历史事件于词中皆有所反映，晚清学者谢章铤有"谁谓长短句之中，不足以抑扬时局哉"之语，可谓至论。沈祖棻先生一生忧心国事、关怀民生，《涉江词》中多有堪称"词史"之作。她早年就读于中央大学时即师从著名学者汪东先生，汪先生一生服膺清真，故而沈词中时有踵武周邦彦之处。著名教育家章士钊即为《涉江词》题辞曰"词流又见步清真",而学者周退密更在《鹧鸪天·读〈涉江词〉,喜题小词,以志钦挹》中高度评价沈词曰:"馀感慨,敛风情。谱将花草出新声。杜陵诗史千秋业,肯与清真作后尘。"强调了沈词"存史"的一面,认为可拟之辉映千古的少陵之作,非清真所能拘限。这首《过秦楼》写于日寇投降后,亦可列入"词史"一类,更为意味深长的是,该词既能在用语上看出对杜甫名作《闻官军收河南河北》的传承,句法结构上也存在清真《过秦楼》(水浴清蟾)的影子。

官军收复蓟北一带的喜讯传来,杜甫在诗中这样表达胸中愁云尽扫的欢畅之意:"剑外忽传收蓟北,初闻涕泪满衣裳。却看妻子愁何在,漫卷诗书喜欲狂。白日放歌须纵酒,青春作伴好还乡。即从巴峡穿巫峡,便下襄阳向洛阳。"得知抗战胜利的消息时,词人正滞留蜀地,正与当年杜甫的所在地相合,上阕的"乍扫"、"万家欢语"、"漫卷诗书"、"巫峡波平"诸语,明显可见对杜诗的挪用。少陵诗多以沉郁顿挫著称,这首《闻官军收河南河北》却写得轻快跳荡,字字句句皆洋溢喜气,故而被清代杜诗专家浦起龙称为杜甫的"生平第一首快诗"。而该词虽从字面上套用杜诗语句,基调却与之迥异,同是乍闻喜讯,对欢呼雀跃之情却着墨不多,仅"一夕万家欢语"六字,旋即承接以苍凉凄怆之语。抗战旷日持久,虽最终获胜,付出的代价亦极为惨重,在此期间,词人的父亲与胞妹相继亡故,故园早已物是人非,纵然归家心切,却又不敢去面对"苔迷旧径,草长新坟"的现实,欲归而不忍归。更何况国家的局势尚不明朗,归途依然阻隔,杜甫诗中"漫卷诗书"、"放歌纵酒"的狂喜似乎依然遥不可及,词人忧心忡忡,发出"何日"的追问。"生还未老"反用杜甫《述怀》诗中"朝廷愍生还,亲故伤老丑"之语,人虽未老,昔日美好的家园却已满目疮痍,词人的心灵亦伤痕累累，纵然"江南重到"，也只能像"杜郎俊赏，算而今、重到须惊"（姜夔《扬州慢》），徒增痛苦罢了。

归乡情苦，漂泊异乡更苦。下阕重新写回当下的困窘境地："苜蓿堆盘"用唐代薛令之典，指盘中只有苜蓿以供充饥，比喻生活清苦。"文章憎命"源于杜甫《天末怀李白》中的"文章憎命达"之句，可谓千载以来才士不遇的同声一哭。词人夫妇曾同在成都金陵大学任教，因反对学校当局贪污教师口粮而被双双解聘，二人长期借住于友人家中，那寻巢而不得之倦燕，绕树三匝无枝可依之惊乌，正是自身的真实写照。"吴苑书沉"指故乡音讯阻隔，"秦楼人去"指夫妇聚少离多，不能如弄玉与萧史般于秦楼长相厮守，且与词牌"过秦楼"暗合。词人自幼体弱多感，生活的艰辛更令她的健康每况愈下，时常缠绵病榻。香炉烟冷，药盏未温，悲秋索寞中唯馀此二物为伴，正凸显出无人陪伴的茕茕孑立之感，由此可知词人之病痛终不得慰，忧思亦终不可解。

全词通篇结构紧凑，脉络分明，情绪愈出愈厚，得益于关键处步步为营的衔接，如"忍望"、"何日"、"纵"、"更说"、"尚作"、"况是"、"剩"等，此种技法正来自清真《过秦楼》一词。清真词曰："水浴清蟾，叶喧凉吹，巷陌马声初断。闲依露井，笑扑流萤，惹破画罗轻扇。人静夜久凭阑，愁不归眠，立残更箭。叹年华一瞬，人今千里，梦沉书远。空见说、鬓怯琼梳，容销金镜，渐懒趁时匀染。梅风地溽，虹雨苔滋，一架舞红都变。谁信无聊，为伊才减江淹，情伤荀倩。但明河影下，还看稀星数点。"周词在内容上虽然与沈词不同，结构却有异曲同工之处：如两词各以"空见说"、"愁更说"之语领起下阕，在上阕之后陡然更推进一层；再如最后分别结以"还看稀星数点"、"留伴悲秋意绪"，皆从下阕的浓郁情绪中跳脱出来，引实入虚，使全词至此语尽而馀味不尽。由此可知，沈作《过秦楼》既在内容上继承了杜陵之诗史传统,又在形式上对清真的同调词多所借鉴。因用语精到、结构浑成,周邦彦曾被尊奉为"词中老杜",沈词对二者的有意识学习,正提供了诗中少陵与词中老杜相结合的较为成功的案例。

/乔玉钰

三姝媚

寄千帆嘉州

西风江上馆。问青衫，征尘渍痕谁浣。几日新寒，漫小窗孤烛，夜深摊卷。已惯分携，应不为、相思肠断。旧赏山川，松径花蹊，可曾行遍。　　休念空庭秋晚。正久病沉哀，客怀难遣。故侣相邀，奈酒杯浑减，俊游都倦。雨暗灯昏，欹枕处、残编慵展。却叹重城迢递，更长梦短。

晚清词学大师王鹏运在《小檀栾室汇刻闺秀词》的序言中称："词始于晚唐，盛于两宋。其初多托之闺襜儿女之辞，以写其郁结绸缪之意。诚以女子善怀，其缠绵悱恻，如不胜情之致，于感人为易入。"善怀之女子，以词这一文体抒写相思之情，往往能极尽缠绵悱恻之能事，这首《三姝媚》即是一例。

该词延续了女性作品中常见的伤离念远之主题，丈夫前往嘉州任教，词人独留成都，将满腹思念诉诸词章。"西风江上馆"点明时间和地点，西风乍起，正是人的愁怀容易被触发之时，而江水浩浩汤汤，烟雾迷离，心绪也不免随之波动起伏。区区五个字，却如风起于青蘋之末，令敏感的读者能从字里行间觉察到情绪的暗潮涌动。在起首处借渲染环境为下文的展开埋下伏笔，这是高明作者惯用的手段，柳永《雨霖铃》中的"寒蝉凄切。对长亭晚，骤雨初歇"，白居易《琵琶行》中的"浔阳江头夜送客，枫叶荻花秋瑟瑟"，皆为此类。不同的是，词人铺垫环境并不是为了接下来实写自己，而是用一连串的问句，来想象自己所相思的对象在这样的时节、这样的地点是怎样的境况。作为妻子，最关心的莫过于丈夫的衣食是否安妥、身体是否康健，故最先询问的是衣衫上的污渍是否浣洗干净，继而忧虑秋深寒气渐浓，灯下倚窗夜读时是否会记得添衣，此处又与起首的"西风江上馆"相呼应。由于夫妇二人婚后一直聚少离多，故有"已惯分携"之语，似乎判定对方已经因习惯离别而逐渐麻木，故而"应不为、相思肠断"。阅至此处，读者不免疑惑，词人对丈夫如此牵肠挂肚，为何却揣测对方不但毫无相思之意，更有闲情逸致故地重游？黄山谷有诗曰："诗来嗟我不同醉，别后喜君能自宽。"虽是写友情，与此词却有异曲同工之处。相思蚀骨，不免摧残身心，词人既心心念念于丈夫的安康，故宁可他能够学会自宽，不为相思所苦，寄游山水以畅情志。而"已惯分携"，正如姜夔在追忆合肥情事的《鹧鸪天》中所写的"人间别久不成悲"，皆是言不由衷的故作轻描淡写之语，背后隐藏着不足与外人道的辛酸与无奈。

下阕的"休念"句与上文的"应不"句同样，都是情到至深处才生出的"无情"之语，也体现出女子心意的曲折微妙。既希望对方一切安好，毋以自己为念，内心深处又十分渴望得到疼惜与眷顾，故紧接着倾诉客怀寥落、愁病相兼的苦况，似有"教郎恣意怜"之意。继而与上阕的"旧赏山川，松径花蹊，可曾行遍"形成鲜明对照，表现自己因丈夫缺席而意兴阑珊，纵有"故侣相邀"，已是"酒杯浑减"、"俊游都倦"。这也令读者很自然地联想起李清照晚年在《永遇乐》中所写的"谢他酒朋诗侣"、"如今憔悴，风鬟雾鬓，怕见夜间出去"等句。吴梅先生曾评李词曰："大抵易安诸作，能疏俊而少沉着。即如《永遇乐》元宵词，人咸谓绝佳。……词中如'如今憔悴，风鬟雾鬓，怕向花间重去'，固是佳语，而上下文皆不称。上云：'铺翠冠儿，捻金雪柳，簇带争济楚。'下云：'不如向、帘儿底下，听人笑语。'皆太质率，明者自能辨之。"词人早年就读于中央大学，曾亲炙吴梅先生修习作词技法，对该观点应有所了解，因而无论上文之"正久病沉哀，客怀难遣"，还是下文之"雨暗灯昏，欹枕处、残编慵展"，皆是沉着之语，避免了易安词中"上下文皆不称"的瑕疵。且易安作《永遇乐》时寡居无依，故而靠"听人笑语"来慰藉愁怀，而词人只是夫妻暂时暌离，身虽不能相守而心意相通，雨夜幽居一室，尚能凭借灵犀一点，以梦境排遣相思。痴心女子借助梦来跨越千山万水与情人相会，在诗词中多有表述。如金昌绪《春怨》中的"打起黄莺儿，莫教枝上啼。啼时惊妾梦，不得到辽西"，写路长而夜短；又如欧阳修《玉楼春》中的"故欹单枕梦中寻，梦又不成灯又烬"，写已是灯烬夜阑却迟迟不能入梦。而"重城迢递，更长梦短"之语却比以上二例更进一层：夜深愁思触绪纷来，辗转反侧不能成寐，亦无心展读书卷，百无聊赖之际欹枕恍惚睡去，梦中尚不得飞度重城，旋又醒来，醒时夜尚未央，梦又难成，孤枕长夜，真不知如何消磨。这就更立体地表现了相思之深、之痛。

全词上下两阕界限分明，上阕虚写，揣测丈夫的生活细节与心理状况，下阕则实写自己独居的凄凉寂寞。分隔两地的有情人借想象对方的相思情状来表现二人间的深情，也给予自己心理补偿，这在前代诗词中并不罕见。杜甫名作《月夜》中的"今夜鄜州月，闺中只独看。遥怜小儿女，未解忆长安"即是一例。然而不同于男作家设想妻子因思念自己而蛾眉懒画、衣带渐宽，词人一方面揣测丈夫"已惯分携，应不为、相思肠断"，另一方面则极力渲染自己饱受相思煎熬，这是为了说明自己深情而对方薄幸吗？自然不是。所谓"妾为丝萝，愿托乔木"，在中国古典诗词中，男女双方在爱情中的表现通常有所不同，例如"换我心、为你心。始知相忆深"（顾敻《诉衷情》）、"只愿君心似我心，定不负相思意"（李之仪《卜算子》）。女子的心事曲折幽微，表现她们百转千回的思念、患得患失的犹疑、孤注一掷的痴情更容易打动读者，这便是王鹏运所说的"诚以女子善怀，其缠绵悱恻，如不胜情之致，于感人为易入"。词人在这首寄夫词中将自己塑造为痴心女子，体现了深厚的旧学积淀，也是新旧文学相互吸收、竞争的环境下，一种向传统的回归。

/ 乔玉钰

摸鱼子

得家书作

已消凝、一秋凄楚。银笺重认愁语。十年空作生还计,终负倚间心绪。悲切处。争忍忆、残灯垂死呼娇女。孤帆尚阻。便倾泪如江,断肠成寸,难悔此回误。　思量遍,何事淹留倦旅。江关赢得词赋。凄凉漫说传经意,谁识蓼莪情苦。休细诉。浑不信、红颜白发皆黄土。吴城旧宇。剩棠棣犹存,松楸待种,归隐虎丘路。

在尚无现代化通信工具的年代,书信,不仅是传递实时消息的渠道与沟通人际关系的纽带,更是情感宣泄的出口、孤寂心灵的抚慰,尤其在战争时期,一纸家书承载着无数等待中的焦灼,成为乱世风烟的重重阻隔之外,关于远方亲人的唯一线索,故而杜甫的名作《春望》中,有"烽火连三月,家书抵万金"之语。这首《摸鱼子》,正写于抗战胜利不久,初接家书之时。

　　词作开篇即点明心境之寥落,国家正值多事之秋,兼以个人悲秋意绪,本就黯然销魂,哪堪家书更传凶信,展笺重认愁语,雪上加霜,悲愁之上又添悲愁。一重浓似一重的渲染令愁苦情绪溢于纸上,为整首词定下哀伤的基调,也令读者乍读之下即受到触动。"倚闾"出自《战国策》,形容父母翘首期盼子女归来。词人阔别故乡十载,无时无刻不在等待与亲人团聚之日,等来的却是父亲与胞妹去世的噩耗,长久以来苦苦坚持的希望瞬间化为泡影,"空作"、"终负"之语至为沉痛。父亲弥留之际,曾怎样拼尽最后的气力殷殷呼唤自己的名字,直至含恨而终?这惨痛的一幕越是"争忍忆",越是在脑海中反复浮现不能不忆,令词人饱受折磨,也像一把锉刀,一下接一下磨痛了读者的心。而当下依然归途阻隔,词人欲往父亲坟前一哭亦不可得,纵然倾尽血泪、断尽肝肠也属徒劳。

　　人生在世,充满生老病死、爱别离、求不得的痛苦和无奈,如果限于"倾泪"、"断肠"等凄楚语,那么也就仅止于一个弱女子对亲人呼天抢地的哀悼,与自古以来的类似题材并无差别。而该词的下阕却宕开一笔,述及庾信羁留北地而写下千古传颂的名篇《哀江南赋》,所谓"庾信平生最萧瑟,暮年诗赋动江关"(杜甫《咏怀古迹》),如果文章不朽必须付出人生的惨重代价来成全,那么这一"赢得"就显得辛酸而带有讽刺意味。但词人在此引入庾信,重点并不在于探讨"国家不幸诗家幸,赋到沧桑句便工"(赵翼《题元遗山集》)这个常见命题。文章作为"经国之大业,不朽之盛事"(曹丕《典论·论文》),往往被视为男子的专利,中国自古虽不乏能吟诗作赋的才女,大多局限于闺阁之内,不出一己之悲欢,身处易代之际的李清照、徐灿等少数女作家虽在离合之情中寓以兴亡之感,但尚缺乏立德、立功、立言的自觉性,这是由当时的社会环境和妇女地位造成的。而在词人所处的时代,女性得以在诸多方面与男性分庭抗礼,以庾信自比的背后,隐藏着词人以血泪和墨记录时代风云的使命感，以及作品传之后世的信心。接下来的"传经"句用《晋书·列女传》中记载的韦逞母宋氏之典，宋氏素有家学渊源，曾设讲堂授徒传经，使周官学不至断绝。抗战期间，词人及丈夫随校西迁，曾执教于成都金陵大学、成都华西协和大学，深受学生爱戴，正堪称乱世中保存文脉、传承文化的"传经"人。"蓼莪"出自《诗经·小雅》中的《蓼莪》篇，《毛诗序》称此诗"刺幽王也。民人劳苦，孝子不得终养尔"。词人因滞留蜀地执教而不能侍奉双亲膝下，更错过与父亲临终诀别，这固然要归咎于战火的阻隔，以及百姓不得安居乐业的纷乱时局，但"凄凉漫说传经意，谁识蓼莪情苦"的字里行间，也含有忠孝难以两全的意味。这就突破了自古以来的女性词多写一家一己之悲愁的局限，体现了女子走出闺门、与男子共担天下兴亡的时代新风气。词人既是孺慕父母的孝女，又兼为满腔爱国热忱的志士，家与国，忠与孝之间的纠结，使作品具备了更大的张力，不再只是弱女子的无助哭诉，而是有了更阔大的境界和更丰富的内涵。

如果下阕用太多笔墨表现人生际遇与文章不朽，报国伟业与丧亲之痛间的矛盾，易于陷入空洞的说理，词人宕开一笔后，以"休细诉"三字很快收拢，又回到展读家书的当下，虽白纸黑字历历分明，却因打击过于沉重，不由生出恍惚之感，不敢亦不愿相信幼妹及老父红颜白发皆已深埋黄土。苏州是词人的故乡，吴城旧宇是绝望中的希望寄托。"棠棣犹存"寓意家中尚有兄弟，松树与楸树多植于墓侧，指父亲的坟茔尚待自己回去祭扫。但烽火连天，世事沧桑，故园真的仍在吗？归途的终点，是否是另一个废墟？或许，结尾处的"归隐虎丘路"只是词人的一个梦，就像千载以来无数吟咏着"归去来兮"却最终再也回不去的游子，依靠虚构一个精神的家园来慰藉人世的辛劳苦痛。人们都宁可相信，有一条归隐的路始终等待在那里，至于路的彼端到底会是什么，已不再重要。

/ 乔玉钰

鹧鸪天

倾泪成河洗梦痕。忍寻絮影认萍根。自怜久病惟差死，但许相忘便是恩。　莲作寸，麝成尘。寒灰心字总难温。人间犹有残书在，风雨江山独闭门。

梦本无凭据，所谓"事如春梦了无痕"，梦要哀痛到何种地步，才能醒后仍难以释怀，以至于要倾泪成河来洗去残痕历历？飞絮无依，浮萍无根，皆漂泊无定之物，要在何种无助之境地，才会生出寻絮影而认萍根的徒劳之感？叶嘉莹先生认为一首词之优劣在于其是否具备兴发感动的力量，这首《鹧鸪天》一开篇即带给读者强烈的情感刺激，也诱发了读者向下文探寻的欲望，试图一窥词人内心之究竟。此后二句，将现状之潦倒、心境之凄苦表露得一览无遗。词人愁病交加，以至自觉生无可恋，而死生事大，不得不忍死偷生，将以有待。"相忘"句檃栝了《庄子·大宗师》中的"泉涸，鱼相与处于陆，相呴以湿，相濡以沫，不如相忘于江湖"，"相濡以沫"虽逐渐成为形容夫妇守望相助、甘苦与共的惯用语，词人在此处却返回最初的文本，指与其困守一隅苟延残喘，不断延长痛苦的过程，不如就此一别两宽，各寻广阔天地。但庄子所谓的"相忘于江湖"乃是回归自然、获得真正的自由与逍遥，词人既用情至深，内心分明不忍暂离，却不得不以相忘为恩，看似是寻求解脱，实则迫于无奈。这与上文的"自怜久病惟差死"，皆是由于拼尽全力之热切与无力回天之冷寂间的矛盾纠缠，生多艰难而死有不甘，无力相守又不忍相忘，只能徒唤奈何。

词人天性敏感又感情丰富，故这首《鹧鸪天》浓墨重彩，饱满得几欲喷薄而出。清代词人纳兰性德亦是善于言情者，他有《摊破浣溪沙》词曰："风絮飘残已化萍。泥莲刚倩藕丝萦。珍重别拈香一瓣，记前生。　人到情多情转薄，而今真个悔多情。又到断肠回首处，泪偷零。"沈词上阕的"絮影"、"萍根"，下阕的藕丝，意象多有与纳兰相同之处，且沈以相忘为恩，纳兰以多情为悔，都是违心之语。《鹧鸪天》在创作时虽未必一定参考了纳兰的《摊破浣溪沙》，但两词实有暗合，这既是因为多情之人在感受上必然有相通之处，也体现出古典诗词历经发展，逐渐形成一套较为固定的语言体系，某些物象如飞絮、浮萍、藕丝等已经符号化，无论是作者有意为之还是无意暗合，一旦启用这些意象和表达，即打开了积淀数千年的闸门，能够在读者心中唤起十分丰富的联想。

纳兰的《摊破浣溪沙》写男女之情，沈词乍读之下亦是如此，但在中国的古典诗词中，很多作品都披着男女之情的外衣而别有深意，程千帆先生所作的笺注正提供了更全面深刻解读沈词的线索。笺曰："余偶诵温尉《达摩支曲》，忽忆祖棻此词，怅触于怀。"可知沈词与温庭筠诗有十分密切的关联，温诗云："捣麝成尘香不灭，拗莲作寸丝难绝。红泪文姬洛水春，白头苏武天山雪。君不见无愁高纬花漫漫，漳浦宴馀清露寒。一旦臣僚共囚虏，欲吹羌管先汍澜。旧臣头鬓霜华早，可惜雄心醉中老。万古春归梦不归，邺城风雨连天草。""捣麝成尘"、"拗莲作寸"，可见摧折之酷烈，然而在此等境遇下，仍能"香不灭"、

"丝难绝"，则必有一种渗透于根骨血肉的忠诚与执着，这正是文姬、苏武羁留匈奴多年，饱经沧桑依然不曾磨灭的故国之情。相形之下，"无愁天子"高纬醉生梦死，最终亡国破家，而旧臣遗老也有志难申，只能碌碌老去。温庭筠作此诗意在借古讽今，针砭晚唐时弊，了解了这一用意，便可知沈词换头二句并非对温诗字句上的简单袭用。古典诗词历来惯于将对家国沦亡的痛悼寓于对美好春天消逝的伤怀中，例如李后主的"林花谢了春红。太匆匆"（《相见欢》），姜夔的"最可惜、一片江山，总付与啼鴂"（《八归》）等句。至此再回头重新品味《鹧鸪天》起首的"倾泪成河洗梦痕"句，应能体会到此"梦"与温诗"万古春归梦不归"之"梦"，都隐含着强烈的忧患意识和家国之感，如此则沈词中喷薄欲出的情绪，也自然不局限于男女之情，而是合于比兴寄托之旨，蕴有深刻的政治隐喻。

程千帆先生在笺语里引了自己的一首诗，作为对沈词的响应。程诗首句便径用"万古春归梦不归"，正点出了这首《鹧鸪天》的词眼之所在。然温诗写"捣麝成尘"、"拗莲作寸"，是为了凸显"香不灭"、"丝难绝"，而沈词却继以"寒灰心字总难温"之语，莲已作寸，麝已成尘，心香一瓣亦冷寂成灰，再难有复燃之望，这呼应了之前的"自怜久病惟差死，但许相忘便是恩"，都表达了奋进、挣扎后的无奈、幻灭之意。《鹧鸪天》写于抗战胜利之初，此时百废待兴，本是有志青年大展拳脚之时，奈何时势扑朔迷离，当局的行径不时给爱国人士的热血泼上冷水，程诗中的"故新恩怨情如在，莲麝丝尘意肯违"，正是对当局寄予厚望却连番失望后复杂情绪的脚注。既然有道则仕，无道则隐，词人对时局日渐心灰意冷，便生出独善其身、避世隐居之念。鲁迅先生在《自嘲》诗的最后写"躲进小楼成一统"，《鹧鸪天》词以"风雨江山独闭门"作结，都是出于同样的心态。而所谓"人间犹有残书在"，则体现了身为学者，传承文化、守先待后的使命感。王夫之在明朝灭亡后以遗民自居,曾梦授《鹧鸪天》词十首,序曰:"抑余欠人间唯一字,疑与梦相莶楹。"这是故国沦丧后不知此身梦耶、非耶、存耶、亡耶的沉痛。 他晚年更自题画像"六经责我开生面,七尺从天乞活埋",生无可恋而又忍死偷生,乃是将以有为、将以有待。 也正是出于同样的信念,词人才能在"自怜久病惟差死"的境遇下仍苦苦坚持。 沈词用同调《鹧鸪天》,且以"梦"起笔,是隔着三百年的时空向这位前辈先贤致敬,亦寓有"见贤思齐"的决心。 江山风雨飘摇,人世忧患无常,枉抛心力已久却终觉回天无力后,幸好还有书斋,也只剩下书斋,还能作为最后的坚守地、庇护所和桃花源。

/ 乔玉钰

蝶恋花

江畔高楼江上树。一片春波,绿到江南路。欲待征车花下驻。销魂是处哀鹃语。　飞絮天涯留不住。负却东风,牵系垂杨缕。点点离心凭寄与。漫空吹作愁无数。

"江畔"句,表明地点。"一片春波"二句,是词人由眼前之景想到江南归路。"欲待"二句,将盼归之心表达得淋漓尽致。由于自己归而不得,就想着征车稍作停留,以慰心曲。谁料驻车花下,听得杜鹃声声"不如归去",不但未能聊以自慰,反而归心更受煎熬,不禁黯然销魂。下片以"飞絮"自比。飞絮飘零,如词人之身世。"负却"二句,写飞絮牵系垂杨,未肯立即随风纷飞,以喻抗战胜利后词人依然滞留西蜀。词人将心声托之于飞絮,最后一句设想奇妙。飞絮是有形之物,愁绪是无形之物,将无形寄于有形,有形化于无形,愁绪的弥漫深沉呼之欲出。此词将伤春与盼归相结合,把伤春意绪尽归于"江南路"的盼归情结。

"生小住江南。横塘春水蓝"(沈祖棻《菩萨蛮》),这是沈祖棻在抗战爆发后的逃亡途中对江南的忆念之作。忆江南主题在《涉江词》中一直不曾断绝，而且是词人长达十年流亡生活的精神支柱。吴调公教授在《吴天寥廓忆词人》一文中回忆道："子苾先生认为，社会环境之于诗人，作用自然极大，但山水风土之情浸透了诗人心灵后，也往往形成诗人风格的重要因素。""江南"的意义不仅仅在于是她出生成长的故土，更是亲情、友情、爱情繁衍、发展的地方，是情感交流和联系的纽带，记载着她生命中最可宝贵的一段生活经历和最美好的感情世界。

《涉江词》对江南的怀念常常是通过今昔对比表现出来的，如《浣溪沙》："家近吴门饮马桥。远山如黛水如膏。妆楼零落凤皇翘。药盏经年愁渐惯，吟笺遣病骨同销。轻寒恻恻上帘腰。"如黛的远山，如膏的绿水，战火的硝烟没有能够破坏作者心中故乡的美丽，它们在记忆中依旧生动如故。可是山水未变，故园的小楼已经冷落凄凉，它的主人也已流落千里之外，加上病怀、客情又十分悲凉。又《烛影摇红》上片："换尽年光，烛花依旧红如此。故家箫鼓掩胡尘，中夜悲笳起。拨冷炉灰未睡。忍重提、昆池旧事。明朝还怕，剩水残山，春归无地。"国破家何在，昆池旧事不堪重提。不忍，是因为伤心，伤心，正是由于对旧事记忆深刻，一往情深，反观目前，遥想前景，才会不忍提，才会"明朝还怕，剩水残山，春归无地"。《六幺令》一词是"残年新岁，有感京都旧欢，赋寄千帆"，忆当年江南时节，"满城箫鼓，相趁城南陌。归来小帘私语，密约烧灯夕。立尽花阴淡月，暗把金钗擘"。而如今，却是"相守空怜蜡炬"，"清狂消尽，始信相思了无益"。除了忆江南的旧情，女词人还深深地怀念着故乡的风物。《浣溪沙》三首"有忆江南旧事"，对江南风物习俗怀念不已："竹槛蕉窗雨乍收。纱窗轻篝小茶瓯。枕边茉莉暗香浮。绘彩瓷盘供佛手，镂银冰碗剥鸡头。晚凉庭院忆苏州。"无论情意还是风物，借由词句描画出的情结都是归心煎熬。

《涉江词》的主题固然是多种多样的,甚至是复合的,但无疑忆江南是很主要的一部分。即使是忆江南的主题,与它结合、偏重的着眼点也因为时代、心情的不同而变化。早期是比较单一地怀念江南旧事、旧物,其后则融入了个人淹留的辛酸、惆怅,随着国势衰弱,政治败坏,沈祖棻的忧患意识和忆江南主题的结合也日渐紧密、强化。而不同时期的表现手段或摇曳多情,或情怀悲愤,或沉静哀婉,也不尽相同。形式上往往通过多种方式的对比:有时间上的比较,如江南之景色,一己之人情,国家民族的今昔之比;也有空间上的对比,如江南旧物和流寓居所的比较;亦有时间与空间交错对比,如对江南之境的怀想,触发新岁残年、物是人非之感。

"生小住江南","家近吴门饮马桥"的沈祖棻,既深受江南文化的熏陶,又将对故乡江南的热爱深深地融入她的诗词创作中。十载流离,饱经人世沧桑,对故乡的思念化作小至个人的闺情轻怨、早日还乡的渴望,大至国家的兴亡之痛等,凡此种种身世家国之感相互融合,皆真挚动人。正如荒芜《读沈祖棻遗著〈涉江词稿〉、〈涉江诗稿〉》云:"涉江岂为采芙蓉,锦字书成意万重。只恐雁鸿载不起,太多离恨过江东。""人情薄似黄花瘦,千古怆怀李易安。庾信暮年词笔健,只缘乡国在江南。"佘贤勋《千帆惠示子苾新词,赋赠》末二句亦云:"金马碧鸡纵有情,吟怀知挂江南树。"

解放后,沈祖棻长期在武汉工作,但她和江南的维系始终没有间断,她和沪宁两地的师友书信往来频繁,每逢最困难的时候,最大的精神寄托和心灵慰藉就是回江南。江南——苏州、上海、南京,是她一生的眷念,也是她一个江南女子的精神依托,一种无法断舍的根的情结。1977年,沈祖棻和爱人自愿退休后,心情比较愉快地重返江南,和故朋旧友相聚,岂料这竟是她最后一次归省江南。在回武汉的返家途中，不幸遭遇车祸，安葬在武汉九峰山公墓。"门前春水蓝"、"远山如黛水如膏"的故乡江南，从此化作梦里他乡；一生都在忆江南，向往久居江南的苏州女子沈祖棻，从此，再也无法回到故乡的怀抱，只能在斜阳馀韵中遥寄一缕情思。

/ 张春晓

八声甘州

岁在丁丑，寇祲大作。余与千帆自南都窜身屯溪，教读自给。从游有叶万敏、田盛育、张贻谋、吴玉润四生，皆流人也。讲贯多暇，屡接谈宴。已而倭势日张，叶生偕友间道归省，车过宣城，觏逢不若。其友死于轰炸，生则踉跄反校。是年冬，兵祸连结，名都迭陷。千帆以督课有责，不欲遽行。诸生乃先侍余出安庆，溯江至汉皋。榛梗塞涂，苦辛备历。明年夏，余始由长沙西上，流寓渝州。诸生并先后来集，犹得时获晤对。叶生旋慷慨投笔，改习警政。空袭既频，馀子因亦散处。其后余转徙巴蜀，疾病侵寻，遂不相闻。顷者，田生偶自沪渎得余消息，书问起居。且告以叶生学成，服官湘中，芷江之战，捐躯殉国。英才灭耀，离而不愆。抚情追往，戚然终日。忆余鼓箧上庠，适值辽海之变，汪师寄庵每谆谆以民族大义相诰谕。卒业而返，天步尤艰，承乏讲席，亦莫敢不以此勉勖学者。十载偷生，常自恨未能执干戈，卫社稷，今乃得知门下尚有叶生其人者，不禁为之悲喜交縈。抑生平居温雅若处子，初不料其舍身赴义，视死如归也。方今寇平期年，而内争愈烈，忠魂有知，其何以堪。因赋此篇志痛，并寄田生，俾同哭焉。天中节后五日。

记当时烽映绛帷红，弦歌杂军声。更压城胡骑，连营戍角，难觅归程。乱燐陨星如雨，九死换馀生。征棹寒江夜，同赋飘零。　肠断十年消息，望湘云楚水，空吊英灵。奈国殇歌罢，月黑晚枫青。剩凭高、欹歔酹酒，向远天、挥泪告收京。伤心极、怕魂归日，鼖鼓重听。

词作写于1946年天中节后之第五日，在四川成都。时"寇平期年，而内争愈烈"，国家仍处于危难关头。有长序，详细介绍背景，申明此词为哀悼于芷江殉国身死的门生叶万敏。上片叙写师生于乱世之中相互扶持，由南京向内地迁移，途中艰险备尝，九死一生，共度患难的情景。下片痛吊英灵，对叶万敏为国捐躯之英雄事迹作出热烈赞颂，并对国家前途表示深切忧虑。

其为"一人一事"而作之意，即为叶生一人慷慨投笔，改习警政，于湘中芷江之战捐躯殉国事而作之意，固然十分明确，而其观感却不局限于此。因为吊英灵，歌国殇，已经超越古今界限；湘云楚水，黑月青枫，已不仅仅为今代英雄而设。而且，所谓天中节，五月五日端午节，乃古代英雄屈原投江殉国之纪念日，也不能不令人感发联想。这些都说明，山河破碎之痛，身世飘零之苦，对英雄的歌颂，对国运的关注，其托意并非局限于"一人一事"，于表层意义之外，可能另有"风人之旨"，乃忧患意识的一种体现，并蕴蓄着坚韧不拔的精神。

/ 施议对

水龙吟

断肠重到江南,感时今已无馀泪。腥尘涨海,金钱迷夜,万家酣醉。劫后山川,眼中人物,伤心何世。叹收京梦醒,排闾路远,凭谁问、中兴计。　　还见惊烽红起。望关河、危阑愁倚。黄昏渐近,苍茫无极,斜阳难系。漫念家园,荒田老屋,新丧故鬼。怕长安残局,神州沉陆,只须臾事。

自1937年沈祖棻为避日寇逃离南京,辗转寓居于巴蜀大地,八年以来,她始终生活在对故乡江南的思念中。然而,当抗战结束,可以东归还乡的日子真正到来,她却觉得分外悲哀。这首《水龙吟》,写于1946年沈祖棻自四川初返上海时,是她当时悲哀心境的自然流露。

词以"断肠重到江南,感时今已无馀泪"开头,笔意沉痛,使人联想到韦庄《菩萨蛮》的名句:"人人尽说江南好。游人只合江南老。""未老莫还乡。还乡须断肠。"然而,韦庄意谓离开江南将断肠,沈祖棻却说因重到江南而断肠。一个对家乡日思夜想的游子重返江南,理应欢喜欣然，为何"断肠"？甚至眼中不能再流下一滴眼泪？这彻底的绝望皆因"感时"而起。1946年的上海，正如词人接下来所铺叙的："腥尘涨海，金钱迷夜，万家酣醉。""腥尘涨海"谓上海的奢靡之风正炽，"金钱迷夜"直接写其地的夜生活，而"万家酣醉"，则是写民众的醉生梦死。接以"劫后山川，眼中人物，伤心何世"，写及自己面对历经劫难的山川、目睹民风败坏现实的痛心。这份痛心，通过同一时期她给蜀地学生的信件我们可以了解得更清楚。信中云："苏沪一带，生活之奢靡犹昔，而风气之败坏加甚，道德沦亡，秩序混乱，有不忍言者。民族前途，不堪设想！贪污之风尤盛，事无巨细，莫不有弊，在内地犹以为讳，此间则以能舞弊、揩油为有才能，有志气，亲戚夸耀，朋友艳羡。奉公守法为无用，为亲者所痛，疏者所笑，此又观念上之'进步'也。可为浩叹！"（《致卢兆显、宋元谊、刘彦邦书之一》，1946年11月11日）这封短信正可注解这几句词，沈祖棻信中所慨叹的"贪污之风"，当与抗战结束后国民党政府"劫收"大员横行苏沪、贪污成风有关。

信中为民风败坏而"浩叹"，词中的叹息并不止于此，进而有："叹收京梦醒，排阊路远，凭谁问，中兴计。"唐代大诗人杜甫有《收京》三首为收复长安而作，后以"收京"代指收复国土、平定乱局。"排阊"语出屈原《远游》："命天阍其开关兮，排阊阖而望予。"阊阖指天门。所谓"收京梦醒，排阊路远"，是指和平梦醒，远游亦难，联系当时现实，皆因国民党当局无力承担国家民族"中兴"的重任，所以词中云："凭谁问，中兴计。"

国家"中兴"难成，因内战烽烟又起。下阕以"还见"领起，切入当时国内最大的危局："还见惊烽红起。"这是对当时国共内战的担忧。无奈之中，词人"望关河、危阑愁倚"，此处化用南宋词人辛弃疾《摸鱼儿》的名句:"休去倚危阑,斜阳正在,烟柳断肠处。"点出自己对于国事的忧心忡忡。 接以"黄昏"三句,以景写情,写出对局势危殆、国运多舛的忧虑。"漫念家园,荒田老屋,新丧故鬼"三句,则写及自身境况。 抗战期间,沈祖棻在苏州的故家早已面目全非,她一心系念的父亲与胞妹相继去世,她自己也在辗转流亡中疾病缠绵。"漫念"三句正如她在另一首词中所云:"故鬼新茔,无家何用生还。"(《声声慢·闻倭寇败降有作》)自身在战乱中的遭遇已然凄凉,但使她真正担心的还是国事:"怕长安残局,神州沉陆,只须臾事。"1945 年 9 月,抗日战争结束,国共两党的军事冲突不断,两党政治谈判虽在继续,实际上局势仍极为危急,内战一触即发。 词中所"怕"之事即指此。 数月后,国民党果然撕毁停战协定,全面内战爆发,这正应验了沈祖棻"神州沉陆,只须臾事"的忧惧。

同年 12 月,沈祖棻在给学生的信中写道:"国事已不可说,一切已临总崩溃之前夕,其危殆不堪设想,来日大难,方兴未艾也。"(《致卢兆显、宋元谊、刘彦邦书之二》,1946 年 12 月 31 日)同一时期,她在其他词作中也表达着类似的情绪:"十年辛苦收京梦,征衫宿尘初洗。 未料生还,依然死别,终古无情天地。"(《齐天乐》)"何止百年宗社感,真成万世子孙忧。 渐渐麦秀望神州。"(《浣溪沙》六首其三)这种绝望的情绪,皆因内战爆发在即,词人为国家前途担忧而起。

沈祖棻的老师汪东曾在《涉江词稿序》中提及她这一时期创作风格的转变:"寇难旋夷,杼轴益匮。 政治日坏,民生日艰。 向所冀望于恢复之后者,悉为泡幻。 加以弱质善病,意气不扬,灵襟绮思,都成灰槁,故其辞澹而弥哀。"这首《水龙吟》的确表现了抗战结束后初返江南的词人哀伤悲愤的情绪与"澹而弥哀"的词风。 从另一个方面来看,这首词也反映了内战爆发前文人的普遍心态。这种"怕长安残局,神州沉陆,只须臾事"的忧虑与悲哀,这种反对内战、渴盼和平的愿望,不仅属于沈祖棻个人,也属于一个时代的所有爱国人士。

/ 黄阿莎

瑞鹤仙

珞珈山闲居示千帆

汉皋重到处。喜万劫生还,江山如故。安排旧廊庑。数仰槐甘藿,十年辛苦。春归梦去,纵不记、昵昵尔汝。算秦楼、泼茗添香,犹有蠹书堪赌。　　朝暮。吟笺斟酌,便抵当时,目成心许。情丝怨绪,思量后,总休诉。要鸡鸣风雨,馀生相守,笳鼓声中暂住。待看花、病起重帷,更开尊俎。

劫后馀生,久别重逢,自是人生幸事、乐事,但这幸运和欢乐背后,曾有万千不幸和悲苦,所以,当劫过重逢时,当事人的心境,绝不只是欢欣和雀跃。杜甫的"生平第一首快诗"《闻官军收河南河北》说:"剑外忽传收蓟北,初闻涕泪满衣裳。却看妻子愁何在,漫卷诗书喜欲狂。"初闻喜讯,先感而流涕,再喜而欲狂,悲喜交加。他的《羌村》(其一)写自己在离乱中辛苦返家、初至家中的情形,说"妻孥怪我在，惊定还拭泪。世乱遭飘荡，生还偶然遂。邻人满墙头，感叹亦歔欷。夜阑更秉烛，相对如梦寐。"其情绪比《闻官军收河南河北》更为复杂：妻儿因久忧其生死，所以初见时，不喜反"怪"，先"惊"后泣。非但家人，邻居也凄然有感，为之唏嘘。此前，二人既暌隔天涯，又不知生死，此日重见，何能无感！初见之悸动虽平，心中却仍有万语千言，所以夜阑秉烛，还是惊异于"今夕复何夕，共此灯烛光"，意久难平。如此况味，真是非经离乱者不能道。

沈祖棻的《瑞鹤仙·珞珈山闲居示千帆》一词，是劫后重回故地而作。词人俯仰平生，既忆往昔之相思离别，病枕残愁，又设想后日之鸡鸣风雨，馀生相守，百感交集，亦悲亦喜。这悲，虽不是乱离中锥心刺骨之悲，却更沧桑，更深厚；这喜，已不是少年时痛饮狂歌之喜，却更温润，更醇厚。喜而继之以悲，悲而复继之以喜，一唱三叹，百转千回。词人虽然尘海消磨，历尽千劫，犹不改拳拳旧意，耿耿初心。

起三句云"汉皋重到处。喜万劫生还，江山如故"，"汉皋"，用汉皋遗佩典。传说郑交甫游汉江遇神女，神女解佩相赠，交甫喜而怀之，行数十步，忽然人佩俱杳。所以"汉皋"常用于代指遗赠信物，目成心许。"汉皋"故事，本是一段令人怅然若失的爱情故事，但"汉皋重到处"，则心境自不相同。此时，失去的东西似乎找回了，离开的人也归来了，放眼山河，依然如故，所以词人说"喜万劫生还，江山如故"。此处的"喜"，是喜中含悲，笑中带泪，所以下句"安排旧廊庑"承之而来。"万劫生还"之后，一方面整顿旧居，展望明日，一方面又情不自禁，转思昨日。"数仰槐甘藿，十年辛苦"用元稹《遣悲怀》(其一)"野蔬充膳甘长藿，落叶添薪仰古槐"典。元稹此诗系悼念亡妻韦丛而作，这两句是感叹妻子与自己贫贱相随，不辞辛苦。沈祖棻在抗战中也饱历艰辛，时过境迁之后，难免感叹。"春归梦去，纵不记、昵昵尔汝。算秦楼、泼茗添香,犹有蠹书堪赌"等句说今日虽鬓添秋色,不复少年,但夫妻之相知相惜,又何曾减于少年之时。"昵昵尔汝"用韩愈《听颖师弹琴》"昵昵儿女语,恩怨相尔汝"句,描写小儿女情态。"算秦楼、泼茗添香,犹有蠹书堪赌"中,"秦楼"本典出《列仙传》弄玉、萧史事,而沈祖棻将之与"赌书泼茶"合用,实又暗用了李清照的《凤凰台上忆吹箫》。《凤凰台上忆吹箫》的调名本是出自这则故事,李清照此词写与丈夫离别的愁绪,词云:"念武陵人远,烟锁秦楼。"李清照与丈夫赵明诚志趣相投,两情深笃,二人常赌书为戏,欢笑之馀,有时把茶都泼在了书上。由此,"赌书泼茶"常用以形容夫妻琴瑟和鸣。

一去多年,书成蠹书,人犹故人,茶有旧香,书仍堪赌,所以说"朝暮。吟笺斟酎,便抵当时,目成心许",被战乱偷走的岁月,在夫妻吟肩相伴、灵犀相通的时刻,仿佛又被找了回来。初邂逅时的目成心许,固然是人生中永不褪色的一抹光辉,但久别重逢、历劫重生之后的执手相看,更是因萃集了人生百味而弥足珍贵。虽然说"两情若是久长时,又岂在、朝朝暮暮",但若能朝暮相守,再不须临风落泪、对月伤怀,岂不更佳!"吟笺斟酎"一事,若在当年少年人的眼里,未必抵得上"目成心许",而如今,汉皋重到,景是故景,情已全新,"看山还是山,看水还是水",山水的况味,已自不同,"吟笺斟酎"一事,象征着漂泊的结束、岁月的平安,对经历过战火的人而言,这当然是对生命、对爱情最好的报偿。"情丝怨绪,思量后,总休诉",离乱之中,不能无尤,不能无怨,在离别中想象重逢景况,以此熬过离愁,本是再自然不过的事,如《蝶恋花》所写的"记取团圞天上月。常似连环,莫便翻成玦。绣被馀香终不灭,相思留待归时说",便是如此。而当时欲待到相逢时说的怨怀绮语,今日却觉得不说也罢,这是什么心理呢?周邦彦《玲珑四犯》写恋人重逢:"休问旧色旧香,但认取、芳心一点。"时光中千万的不得已，甚至因情生怨、因念生恨的种种复杂情绪，在重逢时，词人忽然发现都是可以原宥和放下的，只要"芳心一点"还如旧时便够了。沈祖棻词也是此意，既然能再度"吟笺斟酌"，那么"情丝怨绪"也可悄然放下了，只要"鸡鸣风雨，馀生相守"便于愿已足。以上都是喜而含悲，"待看花、病起重帷，更开尊俎"两句，又转入喜悦，与词的开篇对应，欲他日一洗僝僽，开怀畅饮，更向新生。

此词用语极婉转，用情极动人。动人处有二。其一，词的情绪复杂而细腻。抗战时期，词人多历别离，也作过不少相思词。在此类词中，词人经常表现一种"欲相思而无力"的心境。如《浣溪沙》说"相思都不似当年"，《探芳信》说"一幅鲛绡，渐难得、泪痕满。人天纵有相思字，争奈心情换。数归期，屈指年华又晚"。相思，始于相恋，盛于离别，而衰于世事。对多情的词人而言，相思渐少并不能止愁，只会增添心头的沧桑。而今日，相思的苦痛、不能相思的无力，都可一一放下。只要"吟笺斟酌"，便抵"目成心许"，只要"馀生相守"，便能忘"怨怀绮语"——不需要再刻意言情，不正是最深刻的"言情"吗？其二，词所表现的心态也非常微妙。唐人司空曙《贼平后送人北归》云："世乱同南去，时清独北还。他乡生白发，旧国见青山。晓月过残垒，繁星宿故关。寒禽与衰草，处处伴愁颜。"这首诗写乱后重逢，诗中所用意象如白发、晓月、残垒、繁星，都是为映衬词人衰飒的心境、战战兢兢的心态而存在。战乱给人的心理影响是常人难以想象的，所以，纵然战乱已经过去，历乱者的心中，往往还有受伤的痕迹。沈祖棻此词，处处说"少"已是"多"，"无言"已是"言"，视"退"为"进"，以"忘"为"恩"，一方面，写出了遍历世事之后别一种爱情的状态，另一方面，又何尝不是战乱给人造成的永难磨灭的伤痕的体现呢？此词使人感，使人泣，使人欣然若得，又复怅然若失，写情至此，无以复加，洵为神品。

/ 彭洁明

临江仙

如此江山如此世，十年意比冰寒。蛾眉容易镜中残。相思灰篆字，微命托词笺。独抱清商弹古调，琴心会得应难。几时相遇在人间。平生刚制泪，一夕洒君前。

一首简单的小令，不仅包含了作者极其丰富的情感，还是她对于毕生事业与爱情的告白。

"如此江山"二句，是对艰难时事的总结。"意比冰寒"，所谓冰冻三尺，非一日之寒。在这比冰更加寒冷的意绪中，蕴含着曾在诸多词中迸发出来的乡关之念、国仇家恨、流离之苦等种种情感。"蛾眉"句，写个人韶华已逝。"残"字暗衬"十年"。十年不仅留下了难以治愈的战争创伤，对于个人来说，最好的青春时光也在战乱频仍中一去不返。"相思"句，写夫妇二人生活流离，聚少离多；"微命"句，写作者以词为精神寄托。词人曾在1940年致汪方湖、汪寄庵先生的信中写道："受业向爱文学，甚于生命。曩在界石避警，每挟词稿与俱。一日，偶自问，设人与词稿分在二地，而二处必有一处遭劫，则宁愿人亡乎？词亡乎？初犹不能决，继则毅然愿人亡而词留也。此意难与俗人言，而吾师当能知之。"以此参看，可以更深刻地体会到"微命托词笺"一语深沉的情感自白。

上片以赋体言事，从不同的生活方面论及生活态度。下片单就夫妻知己而言。词人《千帆沙洋来书，有四十年文章知己患难夫妻，未能共度晚年之叹，感赋》诗有"文章知己虽堪许，患难夫妻自可悲"句，程千帆挽词《鹧鸪天》中亦有"文章知己千秋愿，患难夫妻四十年"之句。夫妻二人始终以文章知己相许，而越是如此，流离之痛愈深，所以末句"平生刚制泪，一夕洒君前"，情难自抑之处，真是至痛至伤之语。

词中所谓托命词笺，不仅是"甚于生命"的"愿人亡而词留"，还体现在其创作中推尊词体的自觉意识，以及将词学传之后人的责任感。居住乐山学地头时期，沈祖棻在使用大量古典意象如悲笳、清角、烽烟、朱毂、斜阳、啼鹃等的同时，也尝试以浅俗的新名词入词，如流线轻车、摩天楼阁、电扇、霓灯等。如《浣溪沙》："碧槛琼廊月影中。一杯香雪冻柠檬。新歌争播电流空。风扇凉翻鬟浪绿，霓灯光闪酒波红。当时真悔太匆匆。""香雪冻柠檬"说的是冰激凌，"新歌争播电流空"讲的是广播，"鬟浪绿"描绘的是时尚的波浪烫发。全词新巧流畅而无生涩之感，所以汪东先生评为："善以新名入词，自然熨帖。""如此用新名词，何碍？"叶嘉莹曾评价说："她写出了跟男子一样的'学人之词'、'诗人之词'、'史家之词'。"(《从李清照到沈祖棻——谈女性词作之美感特质的演进》)沈祖棻以学者型女性的知性、感性与灵性，将之完美地融合在了本色当行的词体中，或清刚而不失细腻，或直指现实而譬喻用典，既给词体增加了现代的容量，又维护了"词别是一家"的艺术本质，这是真正意味上的"尊体"，也由此实现了对词这一文学样式的传承与创新。

将词学传之后人，是作为现代女学者的词人沈祖棻自觉继承与发扬传统文学的责任感和使命感。她对词的热爱重过生命，词不是作为艺术形式孤立地存在于人生之外的，词品与人品才是文学与人生的至理。程千帆在武汉大学的第一批硕士吴代芳，曾经请沈祖棻指点词作，祖棻和他谈了两个小时，不是谈词的技巧，而是谈词品与人品。在她看来，这才是作词的第一要义。在她的灵心慧性之中，词决非小道，词体之尊，和人品之可贵等量齐观。如其在《致卢兆显书》（1947年）中说：

> 尝与千帆论及古今第一流诗人（广义的）无不具有至崇高之人格，至伟大之胸襟，至纯洁之灵魂，至深挚之感情，眷怀家国，感慨兴衰，关心胞与，忘怀得丧，俯仰古今，流连光景，悲世事之无常，叹人生之多艰，识生死之大，深哀乐之情，为天地立心，为生民立命，夫然后有伟大之作品。其作品即其人格心灵情感之反映及表现，是为文学之本。本植自然枝茂。舍本逐末，无益也。此吟风弄月、寻章摘句，所以为古今有识之士所讥也。因共数自灵均、子建、嗣宗、渊明、工部、东坡、稼轩、小山、遗山、临川等先贤，不过十馀人，于是知文学之难，作者之不易也。

高远宏阔的人格理想，民胞物与的责任使命，浑化天成的性灵体验，正是沈祖棻一生对自己为人、为学、为词的标准，词境之追寻，词体之推尊，词学之自觉，皆由此一以贯之。

/ 张春晓

薄　幸

隔年离绪。算未寄、零笺寸楮。任涨落、春潮秋汐，休望空江鱼素。便明朝、真有书来，还应只是闲言语。记酒后分曹，人前障扇，惯当寻常相遇。　忆咫尺、逢迎地，犹自怕、珠帘鹦鹉。只今天涯远，相思无益，也知愁被多情误。昔盟难据。剩重温晳理，欢娱梦里都非故。幽怀漫数，肠断从君信否。

抒写离别之思，是词中常见的题材。古往今来，此一题材的写作者不知凡几，但运用之妙，却存乎一心。真正有才华的词人，能够在这个老题材中，写出新内涵、新感受。

这首词写于抗日战争中，当时词人漂泊于巴山蜀水之间。起句直奔主题。"隔年"，去年，见出分别时间之长，在这种状况下，当然期盼能够收到远方的来信，可是春去秋来，潮涨潮落，盼来盼去，仍然愿望成空，音讯全无。"楮"，一种树，皮可造纸，古代也以之代称纸。"空江鱼素"，出自乐府古辞《饮马长城窟行》："客从远方来，遗我双鲤鱼。呼儿烹鲤鱼,中有尺素书。"在古人看来,鱼既然能在江河中游,就可以替人传递书信,而古代的书信通常用绢帛书写,长一尺左右,因此称为"尺素书"。这里的感情,是由于长期收不到书信,而带有几分失落,所以用了"算"字,用了"休"字,正是处于浓郁感情中的人所常有的一种心灵活动。但下面一转,词情全变,进入另外一个境界。上面提到,日复一日,苦望书信,此却透过一层说,即使真的盼来了书信,上面也不过是一些一般的家常话而已。"算未寄"三句,是一层顿挫,即对远方来信由盼望而绝望。而"便明朝"二句写即使有书寄到,也不过是闲言闲语而已,对于前面的"休望空江鱼素"来说,则又是一层顿挫。上片这几句,层层顿挫,将心理活动写得宛转曲折而又淋漓尽致,作者的情感也愈酝酿愈醇厚。"便明朝、真有书来,还应只是闲言语",化用了周邦彦《解连环》:"谩记得、当日音书,把闲言闲语,待总烧却。""分曹",李商隐《无题》有"分曹射覆蜡灯红"之句。"障扇",以扇障面,可能是为了遮挡风日灰尘,也可能是遮羞避人。这里或者也化用了周邦彦的《瑞龙吟》:"侵晨浅约宫黄,障风映袖,盈盈笑语。"如果追溯得更远一点,则可见李商隐《柳枝五首》诗序:"明日,余比马出其巷。柳枝丫鬟毕妆,抱立扇下,风鄣一袖,指曰……"无论是周词还是李诗,描写的都是情人初见的场景。这是回忆以往相聚之时的甜蜜情事,那时觉得那么普通,那么寻常,现在却感到如此珍贵,难以再来。这种表现手法,从李商隐《无题》"此情可待成追忆,只是当时已惘然",以及纳兰性德《浣溪沙》"被酒莫惊春睡重,赌书消得泼茶香。当时只道是寻常"来,但又有了新的语意内容。

过片承上忆旧。虽然生活艰苦,居处狭小,但在这里有过美好时光。词人回忆当时的相见,说不尽的柔情密意,词中的表述是:"犹自怕、珠帘鹦鹉。"在《水龙吟》一词中,词人回忆当年和丈夫书信往返的美好生活，也有"学写鸳鸯，暗瞒鹦鹉"的描写。前者出自欧阳修《南歌子》："等闲妨了绣功夫。笑问鸳鸯两字、怎生书。"后者或用朱庆馀《宫词》："含情欲说宫中事，鹦鹉前头不敢言。"那些充满情意的话，都是属于他们自己的小秘密，所以要避开鹦鹉，怕被学舌。可是现在，相隔天涯，音信全无，空有相思，向谁倾诉呢？在这种状态中，乃倍感"愁被多情误"。大凡一种感情郁结于心，则往往循环往复，再三致意。或许是迟迟得不到远方的信，给心灵带来的刺激太深，于是就有"昔盟难据"一句。这个"昔盟"，就是当年分别时千叮万嘱的约定，可是在炮火连天的日子里，这是多么地靠不住，于是，只能在梦中达成重逢的愿望了。然而，由于严酷的社会环境，常年的颠沛流离，沉重的生活负担，即使在梦中，也已经无法重现昔日的欢娱了。这么多的痛苦，这么多的柔情，积压在心头，于是终于逼出了篇末的"肠断"二字，使得全篇达到了高潮。但在"肠断"之后，随即又接上"从君信否"四字，一片怨艾，却不说出，曳出了一段悠长的尾音，耐人寻味。

"烽火连三月，家书抵万金。"（杜甫《春望》）这首词写漂泊流离中，对感情慰藉的期盼，从一个侧面写出了当时知识分子的生活影像和心灵活动，以及蕴含其中的时代内涵，有着感人的力量。其中"便明朝"二句，写得尤其有思致。南朝梁代的锺嵘论诗，非常赞赏"直寻"二字，即不加雕饰，即景会心，直接抒写内心的感受。他在《诗品》中说："至乎吟咏情性，亦何贵于用事？'思君如流水'，既是即目；'高台多悲风'，亦惟所见；'清晨登陇首'，羌无故实；'明月照积雪'，讵出经史。观古今胜语，多非补假，皆由直寻。"清末民初的王国维在其名著《人间词话》中，也以"不隔"作为重要的审美标准。沈祖棻词中的"便明朝"二句，正是这种理论的非常生动的说明，其效果，就如张戒在其《岁寒堂诗话》卷上对元稹、白居易等人的乐府诗的评价，是"道得人心中事"。文学表现力的崇高境界之一,就是能够写出人人心中所有,而笔下所无的感情。沈先生这二句所写,正是人们平凡的日常生活中所经常发生的,人同此心,心同此理,但一经作者拈出,顿时让人感到深有会心。这来自对人生的深细体察、深刻表现,但出语又是如此质朴,如此自然,如此日常,如此本色。《西厢记》中,莺莺见到张生,有一段唱词:"不见时准备着千言万语,得相逢都变做短叹长吁。他急攘攘却才来,我羞答答怎生觑。将腹中愁恰待伸诉,及至相逢一句也无。则道个'先生万福'。"和这首词中所写的有点相似。但是,前人表达这种感情,是以未见时的千言万语,对比见面时的说不出话,或只能说出极简单的话,写出人生的一种常态;而沈先生则将盼信的急切和信中内容的日常加以对比,写出人生的另一种常态,是她根据自己的生活所做的调整。另外,前人所写,是实有之事,已发生之事,而沈先生所写,则是悬想之事,揣测之事,也有自己的表现角度。这些,都能看出她在接受传统时,所展示出的个人特色和创造力。她的这首词之所以能够达到如此的高度,和这一点也是分不开的。

/ 张宏生

鹧鸪天

浩荡收京万骑回。中兴好梦剩低徊。伤心忍作偕亡想，留命翻成后死哀。　新战伐，旧楼台。辽天归鹤悔重来。金仙残泪铜驼恨，相对斜阳话劫灰。

这首《鹧鸪天》曾刊登于1947年的《独立论坛》上，既代表了女词人这一时期的悲愤心情，也可视为内战爆发后知识分子的心态缩影。

"浩荡收京万骑回"，言抗日胜利之初，国民政府浩荡回京之情景。1946年，国民政府发布"还都令"，宣布5月5日将"凯旋南京"，国民政府自重庆迁回南京后，又连朝累日大肆庆祝。"浩荡"，极言其声势；"万骑"，极言其排场。然而"浩荡收京"的国民政府却并未能真正承担"中兴"的职责，国家反而陷入另一种混乱之中：抗战胜利之初，以接收为名义，国民政府各级官吏贪赃枉法，以权谋私，各原沦陷区掀起抢夺战利品的混战。此前政府出台钞票收换办法，宣布国民政府印刷的法币与日寇时期的伪币兑换率为1元法币可兑换200元伪币，这对于原沦陷区的民众来说简直就是一场明目张胆的抢劫，这种货币政策也使得原沦陷区大部分人民都在一夜之间倾家荡产。与此同时，蒋介石无视饱受战争摧残的广大民众普遍反对内战、要求和平的心声，积极进行全面内战的准备，并于1946年6月全面发动内战。 正因此，国民政府尽失民心，民众也在认清该政权的真正面目后失望乃至绝望，沈祖棻的这首词即反映了这一过程：国家中兴的好梦终于只剩徘徊叹息。这一时期，沈词中反复出现"收京梦醒"、"凭谁问、中兴计"（《水龙吟》）等语，正与本词"中兴好梦剩低徊"句意所指相同。 梦既彻底醒来，现实当如何用力？ 词人云："伤心忍作偕亡想，留命翻成后死哀。""偕亡"语出《尚书·汤誓》："时日曷丧，予及汝偕亡！"这句话是因夏朝的暴君桀自拟为太阳，老百姓恨他，才有"这太阳什么时候完蛋？ 我们宁愿同你一起完蛋"的怨恨之词，词人此刻竟也"忍作偕亡想"，可见对国民政府怨恨之深。 南宋爱国词人陆游临终《示儿》诗云："死去元知万事空，但悲不见九州同。"如今词人却云"留命翻成后死哀"，正可见其悲苦过于前贤。

　　抗日战争虽已胜利，内战却又兴起，国家前途危而无望。 词人叹息道："新战伐，旧楼台。 辽天归鹤悔重来。""新战伐"指新爆发的国内战争，而"旧楼台"暗指经历日寇侵华战争早已疮痍满目的神州大地。"辽天归鹤"，用晋人《搜神后记》典："丁令威，本辽东人，学道于灵虚山。 后化鹤归辽，集城门华表柱。 时有少年举弓欲射之。 鹤乃飞，徘徊空中而言曰：'有鸟有鸟丁令威，去家千年今始归。 城郭如故人民非，何不学仙冢垒垒。'遂高上冲天。"后文人常以"辽东鹤"写久别重归故里，慨叹人世变迁。 宋代欧阳修《采桑子》词云："归来恰似辽东鹤，城郭人民。 触目皆新。 谁识当年旧主人。"同样是新、旧强烈对比，欧词是俯仰流年的潇洒，而沈词却以"悔重来"点出辛苦备尝后的失望之深。

　　同一时期的词中，沈祖棻反复书写这种失望："枉十年流转天涯，沧桑只当寻常看。"（《薄幸》）"谁料枉经千劫后，翻怜及见九州同。"

(《浣溪沙》)内战的全面爆发将把中国这个已承受数年战乱的国家引向何方？是更深的灾难吗？沈祖棻有"渐渐麦秀望神州"(《浣溪沙》)的恐惧。词以"金仙残泪铜驼恨，相对斜阳话劫灰"结笔，更可见她对时局走向的悲观。"金仙残泪"，唐代李贺《金铜仙人辞汉歌》序："魏明帝青龙元年八月，诏宫官牵车西取汉孝武捧露盘仙人，欲立置前殿。宫官既拆盘，仙人临载，乃潸然泪下……""铜驼"指铜铸骆驼，《晋书·索靖传》载："靖有先识远量，知天下将乱，指洛阳宫门铜驼，叹曰：'会见汝在荆棘中耳！'"索靖的预言后果应验，西晋八王之乱使都城洛阳遭到严重破坏。"金仙"与"铜驼"，皆暗喻末世，以二者相对，且"相对斜阳话劫灰"，是物与人合一，凸显出对国家即将走向末世的无奈与焦虑。

沈祖棻的学生刘彦邦曾评价道："(从这首词)可以看出，沈师对倭寇败降后内战又起是何等悲哀，对国民盼望已久的中兴梦又落空是何等痛心疾首！"(《师恩未报意如何》)在抗日战争中经历了八年流亡、数次躲避空袭、数年病痛缠绕等种种艰难之后，在痛悼自己的学生抗战中以身殉国的行为后，在亲历日军暴行、目睹神州满目疮痍之后，沈祖棻怀着深深的期盼终于熬到抗战胜利。当时她何等喜悦，有词为证："真传受降消息，做流人、连夕狂欢。"(《声声慢·闻倭寇败降有作》)然而一个更残酷的现实逼她接受：战争并未结束，这次爆发的竟是内战。这首小词真切地反映了沈祖棻对当时政权的绝望，也反映出她对战争的深恶痛绝、对国家前途的深切焦虑。这首词与同时期的其他词作共同描写了内战爆发时的社会状况与知识分子心理，亦可谓另一个层面的以词存史。

/ 黄阿莎

浣溪沙

何处秋坟哭鬼雄。 尽收关洛付新烽。凯歌凄咽鼓鼙中。 谁料枉经千劫后，翻怜及见九州同。 夕阳还似靖康红。

十四年抗战艰苦卓绝，最后终于胜利，自是举国欢腾。但人们尚来不及细细品尝胜利的喜悦，内战烽火又燃遍大江南北，给人民带来痛苦，给社会带来灾难。这对当时的知识分子产生了极大的心灵刺激。

起句惊心动魄，满含悲怨。李贺《秋来》诗云："桐风惊心壮士苦，衰灯络纬啼寒素。谁看青简一编书，不遣花虫粉空蠹。思牵今夜肠应直，雨冷香魂吊书客。秋坟鬼唱鲍家诗，恨血千年土中碧。"沈氏用李诗，点出所哭者为"鬼雄"，此语又出自李清照《夏日绝句》："生当作人杰，死亦为鬼雄。至今思项羽，不肯过江东。"所谓"鬼雄"，指的就是抗战中牺牲的勇士。那么，他们的牺牲，换来的是什么呢？南宋毛玨有《甲午江行》一诗："百川无敌大江流，不与人间洗旧仇。残垒自缘他国废，诸公空负百年忧。边寒战马全装铁，波阔征船半起楼。一举尽收关洛旧，不知消得几分愁。""尽收"句即从此来。端平元年(1234)，宋蒙联军势不可挡，灭掉金国，从此结束了宋金对峙的局面。可是，宋蒙联合灭金后，南宋紧接着便面临一个更强大的敌人——蒙古，所以毛诗有"不知消得几分愁"之说。沈氏化用此句，非常精彩：南宋是结束了一场战争，又迎来另一场战争，现在的情形也同样如此。所以，只能无奈地感叹："凯歌凄咽鼓鼙中。"

下片议论复加感叹。"千劫"，佛教语，指旷远的时间和无数的生灭成坏，这里是说抗战的漫长，但这一切都是"枉经"，徒然获得抗战胜利，现在倒是把侵略者赶出国门，是中国人的天下了，却仍然要经受战火。"九州同"，陆游《示儿》："死去元知万事空，但悲不见九州同。王师北定中原日，家祭无忘告乃翁。""靖康红"，《宋史·天文志》："靖康元年闰十一月庚申，日赤如火，无光。"这一年发生的重要事情有：秋八月，金兵破太原。闰十一月，金兵攻打首都汴京，围城一个月后，城破。可见，汴京被围这个月出现的"靖康红"，应是兵象。也许，词人写作时，真的看到了类似"日赤如火，无光"的景象；也许，这只是一种比喻性的写法。无论如何，都表现了作者心中深深的忧虑。

陆游的《示儿》是一首感人至深的作品，但其中所悬拟的场景，也能让人生出另外的感慨。程千帆先生对这首词的笺释说："此首谓方欣胜利，已起内战，国家之前途可危而无望。陆游临终示儿云：'死去元知万事空，但悲不见九州同。'此云'翻怜及见九州同'，其悲苦盖过于前贤矣。"南宋灭亡后，林景熙曾写《书陆放翁诗卷后》，有这样的描写："青山一发愁蒙蒙，干戈况满天南东。来孙却见九州同，家祭如何告乃翁。"林氏读陆游诗，想起陆游对"九州同"的期待，而现在真的"同"了，却是"同"于异族之手，不禁悲从中来。沈祖棻的思路，是从此生发。不过，林景熙是写战火熄灭，九州之同，而沈祖棻是写"九州同"后，战火又起，指向仍有不同，有着独特的时代体验和现实意义。

/ 张宏生

浣溪沙

　　眦裂空馀泪数行。　填膺孤愤欲成狂。人间无用是文章。　　乱世死生何足道,汉家兴废总难忘。病帷惊起对残釭。

　　倘若不知道作者,我们很难猜到这首《浣溪沙》出自一位闺阁女子之手;我们也很难想象,一位"家常闲话写红笺"(《浣溪沙》)的温婉女子,会发出"眦裂空馀泪数行"的呐喊;我们更难理解,曾经发誓"暂凭词赋守心魂"(《临江仙》)的女词人,竟然会有"人间无用是文章"的愤慨之语——沈祖棻为何会写下如此词作?　在这首词的背后,是怎样的现实境遇?　这首词是为个人而作,还是为国家而作?

　　早在1945年,由蜀返沪的沈祖棻便被现实乱象当头棒喝,从乐观的心绪中走出。 1946年,国共内战全面爆发,沈祖棻有词云:"新烽又起。 坐阅兴亡无好计。 四顾茫茫。 洒泪乾坤对夕阳。"(《减字木兰花》)十年流离,万众死亡,只换来鼓角声又起,她沉痛写下:"千古江山,万家沟壑,十年心眼。 换惊烽急鼓,夷歌野哭,登临处,方多难。"(《水龙吟》)原本希望国家复兴的梦想化为泡影,亲见当权派大发国难财,镇压民主运动,全面内战爆发,沈祖棻的思想因而极为苦闷。正是在这样的背景中,她写下一组《浣溪沙》(共六首)。

这组词均为感时伤世之作,表达对时局的愤慨与对国家命运的担忧。组词第一首云:"谁料枉经千劫后,翻怜及见九州同。夕阳还似靖康红。"反用陆游"死去元知万事空,但悲不见九州同"(《示儿》)句意,显见比前贤悲苦更深,"靖康"指导致北宋灭亡的"靖康之难",此处以"夕阳还似靖康红"点亡国之征。第二首上阕讽刺国民党政府迁都时劳民伤财、大肆庆祝,不顾民生困苦现实,词云:"电炬流辉望里赊。升平同庆按红牙。长衢冠带走钿车。"下阕因国民党政府不顾民众反对、为一己独裁制定宪法而作,词云:"一代庙堂新制作,六朝烟水旧豪华。干霄野哭动千家。"第三首写达官贵人趁乱敛财的群相,上阕云:"谋国惟闻诛窃钩。嵯峨第宅尽王侯。新声玉树几时休。"第五首和第六首则写悲凉情绪,有"哀乐无端枉费情。临岐反辙涕纵横"的凄凉之语,也有"漫天冰雪闭重关"的避世之言。此处所录是组词的第四首。

起笔即慷慨激烈:"眦裂空馀泪数行",眦裂是指目眶瞪裂,往往用来形容盛怒。《史记·项羽本纪》写樊哙"瞋目视项王,头发上指,目眦尽裂"。樊哙眦裂发指尚能救主,而词人却以"空馀泪数行",写今日眦裂之无用。一个"空"字,显见有心无力。"填膺孤愤欲成狂","填膺孤愤"即孤愤填膺,形容愤怒之情充满胸中,无处排解,无人可解,以至"欲成狂"。一个"狂"字,点出悲痛之深。她深恨自己只能写词抒愤而不能救国家于水火,故有"人间无用是文章"的愤慨之语——这真和她之前的观点有天壤之别。1940年躲避日军空袭时,她曾带着手稿奔逃,其间曾有痴想云:"曩在界石避警,每挟词稿与俱。一日,偶自问,设人与词稿分在二地,而二处必有一处遭劫,则宁愿人亡乎?词亡乎?初犹不能决,继则毅然愿人亡而词留也。"(《上汪方湖、汪寄庵先生书》)一个爱惜文字甚于生命的人,竟然会写下"人间无用是文章"的词句,如果不是因为对现实政治彻底绝望,对国家前途极度担忧,对笔底文章无法救亡图存抱恨至深,词人如何会发出如此痛语!

下阕将个人生死与社稷兴亡相比,进而得出"乱世死生何足道"的结论。在词人眼中,个人生死微不足道,社稷兴亡才至关重要,即使身处病中,她也会时时因时局消息而惊起,会面对残灯夜不能寐。这是沈祖棻生命全部的重心所在:国家。她自恨不能执干戈以报国,所以才有"人间无用是文章"之语;她自忖内战会将国家拖往深渊,所以才会"填膺孤愤欲成狂";明知个人无能为力,却不能放弃这个国家,所以她总会"病帷惊起对残红"。事实上,沈祖棻这一时期的大量词作均与国难民愁同步书写,如:"九州才靖胡尘,汉家旗帜翻风乱。中原北定,江南重到,但供肠断。千古江山,万家沟壑,十年心眼。换惊烽急鼓,夷歌野哭,登临处,方多难。"(《水龙吟》)"更极目苍茫里,容易觉兴亡无限。等闲花开落,欢缘如梦,醒时休怪春长短。此情谁管。任峥嵘岁月,销磨几许闲恩怨。斜阳蔓草,终古人间泪满。"(《薄幸》)由此可见,这一时期沈祖棻的悲慨均非为一己而发,而是为国家的命运而发;她的词风也并非仅有"窈然以舒"的婉约之美,更有"沉咽悲凉"的顿挫之姿。而在其词风转变的背后,是国事日非的现实给予她的巨大刺激。这正如沈祖棻的老师汪东所云:"声音之道,与政相通。情感之生,与物相应。"

邓红梅在《女性词史》的绪论中,曾将"闺音"分三层意义加以论述:"女性词的主体风格美感,拈出'纤'、'婉'二字可以概括";女性词的基本风貌,"就其全景来看,是一个腾郁着各种苦闷气息的渊薮";女性词的审美特征,是以"单纯明慧"为美。然而,无论持其中任何一条来衡量沈祖棻这一时期的词作,都不能为这些概括所容纳。20世纪40年代《涉江词稿》中的词作,从传统女性狭窄的写作视域中挣脱，不惟笔涉广泛，点评时事，国难民愁同步书写，而且在词风上沉郁顿挫、豪放苍凉，不再以婉约纤细自限。究其原因，在于沈祖棻所关注的，并非仅仅是闺房情事、一己命运，她将视线投向闺房之外的政治舞台与国家局势，她将个人命运与国家命运紧紧交织，她真正做到了老师们对她的教诲与期许："忆余鼓箧上庠，适值辽海之变，汪师寄庵每谆谆以民族大义相诰谕。"（《八声甘州》词序）这种创作也正可与她的词学观合观："缅怀家国，兴于微言，感激相召。"

/ 黄阿莎

鹧鸪天

极目江南日已斜。萋萋芳草接天涯。隋堤纵发新栽柳，桃观仍开旧种花。　鹃有泪，燕无家。东风今日更寒些。可怜春事阑珊处，犹看群蜂闹晚衙。

关于这首小令的意旨，程千帆先生在笺注中作了详细的阐明。笺曰："上阕，'极目'二句，喻蒋记政权已走到尽头。'隋堤'二句，喻所言所行，换汤不换药也。下阕，'鹃有泪'三句，谓人民生活愈来愈苦。'可怜'二句，喻覆亡无日，而群小犹互相倾轧不休也。大抵作者东归后所为美人香草之词皆寄托其对国族人民命运之关注，尝谓张皋文求之于温飞卿者，温或未然，我则庶几。今发其凡于此，读者审之。"可知这段时期，女词人对于香草美人的传统比兴、讽喻手法有着主动的追求。

这首作品自如地表达了对时事的批评，但在全篇以议论为主的基础上，仍充分地体现出小令的情境之美，这得益于比兴物象与情境的有机结合。词中杜鹃、春燕、东风、群蜂，各有比喻，亦与情境相生，并不突兀与生涩。隋堤、桃观自是用典以表"所言所行，换汤不换药"之意,但又与隋堤柳树、玄都观桃花一起呼应着江南、东风的春意,同时与萋萋芳草已满天涯的绿色勃发,共同印证了"春事"之"阑珊"。桃柳相杂,"群蜂"拥至;日头已斜,"晚衙"自然寻常。隐于花柳之间的,还有曾经笔名绛燕的作者,下片中的无家之燕,便是上片中的"极目江南"之人。由此可见,物与情交融,主体时隐时现,全篇并未因讽喻之旨而忽略词作的绵密章法。

1946 年秋至 1949 年春,这三年多的词作维持着常态的沉郁,偶尔多了几分冷眼旁观的峭拔。在戊稿第六首《瑞鹤仙》中,我们看到女词人一度试图从战争创伤中归还平静自养的愿望。东归后不久,沈祖棻即转回武汉,随程千帆在武汉大学养病,夫妻二人再次团聚,居有定所,生活上相对稳定,《瑞鹤仙》便表达出一种厮守馀生、求安求隐的心态:

> 汉皋重到处。喜万劫生还,江山如故。安排旧廊庑。数仰槐甘藿,十年辛苦。春归梦去。纵不记、昵昵尔汝。算秦楼、泼茗添香,犹有蠹书堪赌。　朝暮。吟笺斟酎,便抵当时,目成心许。情丝怨绪。思量后,总休诉。要鸡鸣风雨,馀生相守,鼙鼓声中暂住。待看花、病起重帷,更开尊俎。

有意味的地方在于,《鹧鸪天》"极目江南日已斜"是《涉江词》正集中的倒数第八篇,在其后七篇(组)作品中,讽咏时事的组词占到三篇(组),其馀四篇(组)皆为颇具总结况味的抒情之作。而这首词中的冷静、克制、无我、无情,在戊稿中是鲜见的,全集中亦不多见。此前的《浣溪沙》六首,感情激切,写得触目惊心,词人怀着强烈的忧生忧世之感,甚而恨读书、教书无用,真是"乱世之音怨以怒"。此后的三组讽咏时事之作,作者亦无法再冷静地克制自己的情感,而是直接地参与意见，发表感受。如《谒金门》二首记叙国民党对武汉大学学生制造的"六一惨案"，沈祖棻激愤地写道："如此人间无可说，泪花红似血。"又如《鹧鸪天》四首，第一首直抒对"六一惨案"的悲愤，第二首则哀感"百年难待悲辛有，何处青山骨可埋"。至于《鹧鸪天》（极目江南日已斜）之后的四首抒情作品，《声声慢》中有"极目人间何世，剩伤高馀泪，托命残编"句，而《减字木兰花》云"平生何事。寂寞人间差一死"，末句则以阮籍块垒难平相喻，足见词人此时胸中苦闷、悲怆之不可自抑。《水龙吟》更以"叹中兴不见"，"对茫茫来日"的"问天无计"，于1949年2月收束了全本《涉江词》。

讽咏时事、乱世之哀的作品占到这一时期作品的五分之二，说明诗人始终关注着时代、社会的发展，而眼前所见，心中所感，又实在无法使充满忧患意识的词人释怀，得到心灵的慰藉，加之病体不支，故乡难回，词人不免陷于自伤自苦的漩涡之中，常有人间何世之问。而其后作者放弃词体的创作转为诗的吟咏，《鹧鸪天》（极目江南日已斜）以其以词为诗的间离之感，实已为此信息有所张本。

/ 张春晓

鹧鸪天

妙舞初传向画堂。香车又见赛明妆。高楼佳会伤离恨，别馆新愁误报章。　　阑斗鸭，悦鸣茏。近来踪迹太疏狂。春衣蓝似江南水，故损朱颜赚阮郎。

1945 年，沈祖棻自蜀返沪，程千帆曾对沈东归后至 1949 年前的词作评曰："大抵作者东归后所为美人香草之词皆寄托其对国族人民命运之关注，尝谓张皋文求之于温飞卿者，温或未然，我则庶几。"（沈祖棻《鹧鸪天》之"极目江南日已斜"笺）"尝谓"句中，温飞卿指晚唐好写绮丽秾艳闺情词的温庭筠，张皋文指张惠言，张惠言为清代常州词派的鼻祖，他在《词选》中主张以"感士不遇"、"《离骚》初服之意"来解说温庭筠的词作。沈祖棻言下之意是：温庭筠的闺情词未必有很深的寄托，张惠言的解读或求之过深，但是我个人的词作却的确深有寄托。这首写于 1946 年的《鹧鸪天》，便是词人以香草美人暗写时事的代表性作品之一。

我们先从字面来解读这首词。妙舞、明妆，都是词中写歌儿舞女的习见词语。画堂、香车、高楼、别馆，也是词中写男女欢会的常用地点。"初传"即初见，自画堂初见至香车又见，是公子佳人从初识到定情的过程。"高楼"二句写别后离恨、别馆新愁。"报章"即回信，所谓"误报章"，即"欲寄彩笺兼尺素。山长水阔知何处"（晏殊《蝶恋花》）之意。下阕写别后怨念。"阑斗鸭"语出南唐冯延巳《谒金门》："斗鸭阑干独倚。碧玉搔头斜坠。""帨鸣尨"语出《诗经·召南·野有死麕》："无感我帨兮，无使尨也吠。"二句均用语典，引出女子对所思之人"近来踪迹太疏狂"的埋怨。结拍以"春衣蓝似江南水"暗指愁如春水，"故损朱颜赚阮郎"则是将心上人比之阮肇，相传他与刘晨共入天台山采药，遇两位仙女，被邀至家中并招为婿，后下山方知已过十代。"损朱颜"指青春美好的容颜却被离愁别恨伤损，暗用晏几道"终易散，且长闲。莫教离恨损朱颜"（《鹧鸪天》）词意，"赚阮郎"，即赚得对方怜惜之意。

从表面上看，此词无非写男女相见、别离、相思等情事。程千帆的注解则使这首词的现实意义得以呈现："此第二首，咏一九四六年初国共之斗争也。……上阕首句谓民主力量获得展开，香车句谓反民主力量立即作出反应，各有集会游行之事也。高楼句谓校场口集会时群众有被特务殴打驱赶者。别馆句谓其他城市亦有类似事件，而信息不真，使人烦扰也。下阕着重写特务之横行。阑，鸭栅。古人有斗鸭之戏，《诗经·野有死麕》云：'无感我帨兮，无使尨也吠。'斗鸭鸣尨，喻特务肆意骚扰。春衣句点明蓝衣社军统特务分子，在校场口事件中，特务欲嫁祸群众，尝自造轻伤以欺骗中外新闻界，故末句云然。"

这里不得不将程笺大段摘录于此，因为不如此，不能理解这首词的现实所指。非但本首如此，整组词均是以比兴手法写抗日战争胜利以后至解放以前时局。如第一首"叹国共和谈久而无成"，专为1945年12月美国总统杜鲁门派马歇尔元帅来华调处内战而作，词中以"年年牛女空相望，终负星槎海上来"喻国共双方有如牛郎织女，但能隔天河相望，而马歇尔则如偶然乘槎以穷河源之张骞，不能效乌鹊之架桥，未免负其调处之初衷。"第三首"咏1946年国民党政府召开国民大会通过宪法事"。词上阕云："芳会金钱约日来。香笺递处雀屏开。旧盟枉费三生誓，新制空夸八斗才。"程笺云："上阕首二句……谓当日参加此会之国大代表，乃或争权势，或求财贿之徒，而国民党则投其所好，终得达成彼此各得其所之交易也。……香笺，谓代表证书也。鲁迅尝谓，孔雀开屏自炫，而后窍亦随之而见，其语甚谑，此暗用之。""旧盟句，谓国共和谈彻底破裂。新制句，谓国民党人迅速炮制宪法于会中通过也。"组词的最后一首，以"久病长愁踠晚春。蓬山争信绝香尘"，咏蒋介石政权与美苏二国之关系，"明示其前途之无望也"，并以"东风已失韶光半，觌面红楼最断魂"暗指蒋政权"权力日益丧失，行将颠覆"，至于"红楼"所指，相信读者都能心领神会。

除此之外，在收录沈祖棻1946年至1949年间所作词作的《涉江词稿·戊稿》中，以比兴手法写现实时事的作品还有《鹧鸪天》（极目江南日已斜）、《谒金门》二首、《鹧鸪天》四首等。以上作品均有程千帆笺注，读者可确知词中寄托。而这首"妙舞初传向华堂"所属的《鹧鸪天》组词，又是《涉江词稿》中的最后一组组词，可视为沈祖棻词集最后一组极具分量的作品。我们不禁有疑惑：为何沈祖棻此时期偏爱以比兴寄托的手法讽咏时事？这一词学传统从何而来？

事实上，自清代常州词派提倡以"比兴寄托"说词，词坛一度为常州词派天下，民国词学观念虽有变化，但其主体仍承清代而来。沈祖棻早年即尝试将比兴寄托与家国身世融合为一，如最早为她带来盛名的"有斜阳处有春愁"（《浣溪沙》）便使用了比兴手法。1937年逃难途中所写《临江仙》八首中的"画舫春灯桃叶渡"，以"王孙"代指蒋介石。1942年，沈祖棻更开始用组词的形式，纯以比兴手法创作小词对时局进行评判，如《鹊踏枝》四首、《浣溪沙》十首。抗战结束后，正如程千帆所云："大抵作者东归后所为美人香草之词皆寄托其对国族人民命运之关注。"［沈祖棻《鹧鸪天》（极目江南日已斜）笺］由此可见，"比兴"是贯穿沈祖棻词学世界的重要写作手法，尤其是当国家内乱、政局不稳时，她更倾向于以比兴写词讽喻时政。

值得一提的是，1977年"四人帮"倒台后，沈祖棻写下了她的最后一首词作《鹧鸪天·丁巳春，为人题桃花画册》，词云："灼灼秾芳雨露稠。十分春色占枝头。赚将阮肇迷仙境，却累刘郎谪远州。梅自避，李难俦。菜花依旧遍田畴。残红乱落无人惜，一晌繁华逐水流。"这首词作所运用的也正是她之前非常擅长的"比兴"手法。程笺云："桃花，白骨精也。菜花，人民群众也。"白骨精所指是谁，人人皆知。这是她创作的最后一首词作，距离她1932年写下"有斜阳处有春愁"的名句，正好45年。在近半个世纪的时光中，一个国家的命运几经动荡，文化的面貌也曾备受摧残，但一位词人用同一种艺术手法来表达对世界的感知。我们完全可以说，正是在比兴的桥梁上，她完成了词学生命的成长，而在比兴的背后，是她始终关注现实时局、国家前途的胸襟。这才是沈祖棻的词作被誉为"杜陵诗史千秋业"（周退密语）的真正原因。

/ 黄阿莎

水龙吟

丁亥之冬,余在武昌分娩。庸医陈某误诊为难产,劝令剖腹取胎;乃奏刀之际,复遗手术巾一方于余腹中,遂致卧疾经年,迄今不愈。淹缠岁月,黯黯河山,聊赋此篇,以申幽愤。己丑二月,记于沪滨。

十年留命兵间,画楼却作离魂地。冤凝碧血,瘢紫红缕,经秋憔悴。历劫刀圭,牵情襁褓,艰难一死。叹中兴不见,藐孤谁托。知多少,凄凉意。 争信馀生至此。楚云深、问天无计。伤时倦侣,啼饥娇女,共挥酸泪。寄旅难归,家乡作客,悲辛人事。对茫茫来日,飘零药裹,病何时起。

这首《水龙吟》是《涉江词稿》中所录最后一首词作,词序中所云丁亥之冬为1947年冬。 词前小序叙说了这位饱经忧患的女子在人生的中年遭遇的又一次重创,当时沈祖棻在武昌剖腹生女,医师不慎,竟遗落一方纱布于其腹中，因顿经年，群医莫识。1949年初，程千帆陪沈祖棻至沪就诊，词即写于此时。当时正值上海解放前夕，山河动荡，序中所云"淹缠岁月，黤黯河山，聊赋此篇，以申幽愤"，可见沈祖棻彼时心境。

起笔云"十年留命兵间，画楼却作离魂地"。这是概写自1937年南京逃亡至1947年生女，十年来她在战火、空袭、四处流离中侥幸偷生，却不料因分娩时的医疗事故而差点丧命的经历。"画楼"原是古典诗词中常见意象，晏几道即有"画楼云雨无凭"（《清平乐》）之句，但此处"画楼"却与男女之情无关，代指的是她在武昌分娩时所住的医院。"离魂"自然也与因情销魂无关，而是指因庸医而差点丧命一事。"却作"二字，转折突然，写打击之骤临。同时，以"画楼"对比"兵间"、以"离魂"对比"留命"，十年来间关避兵、祸患相仍的经历，均由这十一字凝练道出。接以"冤凝碧血"三句写术后情状，用词极富创意，既以"冤凝"暗指横祸之惨，又以"瘢萦红缕"形象写出术后刀瘢缝线之状。她早年曾以"香瘢未褪红丝缕"（《蝶恋花》）写伤口，此处浓缩为四字，笔法更凝练，"红"字极刺眼，也极形象。"经秋憔悴"虽是一句常见慨叹，但"历劫刀圭"并非虚指。因她自剖腹产后的两年间，频繁往来于上海、武汉，身体经受了大大小小多次手术，真正是历经劫难。这又补足了上句"经秋憔悴"，说明身体已极端虚弱。写作此词的1949年初，正是她在上海实施又一次手术之际。人在病痛中极易丧失生命意志，但以一句"牵情襁褓"，柔软细腻，道出母爱之深挚与强大。"历劫"是命运的无情，"牵情"是个体以有情生命对命运的抗争；"刀圭"是手术刀的冰冷寒凉，"襁褓"是怀中婴儿的幼小娇弱。这两个四字对句构成强烈的对比，遂逼出下一句："艰难一死。"这虽是化用清人邓汉仪的名句"千古艰难惟一死，伤心岂独息夫人"（《题息夫人庙》），但词人自己的人生体验也完全吻合这诗句：正因为这份母爱、这份对怀中娇儿的牵挂，她才于生死之际艰难挣扎，免于一死。

然而使她绝望的，却并非仅仅是自身病痛缠绕，更有国事不宁，中兴不见。至她写词的 1949 年初，国共内战已爆发近三年，早已满目疮痍的华夏大地继续沉陷于战火中。在个人病痛与国事动荡中，她有双重的惊惧："叹中兴不见，藐孤谁托。"上有亡国之忧，下有托孤之惧，这份凄凉情绪是她半生之中最惨淡的体验，于是逼出最后六字的总括："知多少，凄凉意。"但这份凄凉，恐怕是无人可知、无人深知的。

上阕叙事细腻妥帖，下阕抒情真切自然。"争信馀生至此。楚云深，问天无计。""争信"正表明不信，表明这个人与时代的困境是她自己不曾预料、难以接受的。"楚云深"暗指她当时生活的武汉一带，"问天无计"则与"悠悠苍天，此何人哉"（《诗经·王风·黍离》）中的深悲绝望相似——如果不是绝望到极点，又怎会去仰问苍天？《道德经》云："天地不仁，以万物为刍狗。"人间的种种灾难，无情的天地又怎会顾念施援？苍天不语，遂回顾人间，身边是已到中年、忧时操劳的半生伴侣，是因饥饿而啼哭的娇女，乱世中的一家三口，"共挥酸泪"。所谓"酸泪"，即酸楚之泪。宋代高观国《生查子》云："酸泪不成弹，又向春心聚。"伴侣已"倦"，娇女正"啼"，泪味为"酸"，词人以精准的用字传递出现实的凄楚。自 1945 年东归以来，她始终如飘零的蓬草、断翅的大雁，艰难往返于上海、武汉等地，而她的故家苏州虽然近在咫尺，却早已家破人亡，亲旧离散，无法重回，故词中有"寄旅难归，家乡作客，悲辛人事"之叹。据沈祖棻友人章子仲记载：沈祖棻此次在上海重新开刀，虽取出腹中纱布，捡回一条命，但留下了严重的后遗症——肠粘连，每次发作就腹痛如绞，且需长期服药（《易安而后见斯人——沈祖棻的文学生涯》）。词序中也云："卧疾经年，迄今不愈。"这便是结句"对茫茫来日，飘零药裹，病何时起"的悲哀所指。

很难想象这一次又一次的命运重击,对于沈祖棻而言究竟意味着什么,旁人也永远无法理解沈祖棻结束吟唱时的心底波澜。在社会巨变与个人悲剧的双重刺激中,这位后来被誉为"易安之后第一人"的女词人以这首《水龙吟》作为自己的收鞘之作。这首词作因而也完全可以被视作沈祖棻最重要的创作之一:不惟展示了她彼时的心境,也展示了她炉火纯青的词艺。在这首词中,抒情与议论并用,个人悲欢与国家命运交织,是十年乱世的总结,也是卧疾经年的感慨。情感哀极痛极,词笔却凝练深婉,极富感染力。

沈祖棻后来在《自传》中说:"在上海解放的前夕,反动派疯狂地迫害人民,使我非常痛恨气愤。那时各种污蔑共产党的谣言非常多,因过于荒谬,我并未相信……感情倾向于迎接解放,但对于个人问题不无顾虑,因为那时错误地认为共产党不要古典文学,个人的职业生活会发生问题。"同一时期,沈祖棻在给自己的词学导师汪东的信中说:"近以大局丕变,文学亦不能不受政治之影响,标准既不相同,解人亦愈来愈少,深有会于古微先生晚年所谓理屈词穷之戏言,因欲断手不复更作。"这两段话都有助于我们理解沈祖棻彼时心境。写下这首《水龙吟》后,词艺已炉火纯青、写词时间超过二十年、曾写过"暂凭词赋守心魂"的词人,断然搁笔,此后极少再有词作问世。

值得补充的是,沈祖棻搁下词笔之后,并没有停止诗歌创作与诗词研究,在此后的岁月里,她更多的是承担着大学词学教师的身份,并且留下了《宋词赏析》这样的重要著作。这是在创作之外,沈祖棻留给我们的另一份经典之作。若要深入了解沈祖棻的词学世界,《涉江词稿》与《宋词赏析》皆为不可忽视的重要资料。

/ 黄阿莎

后 记

　　这里奉献给读者的是对沈祖棻先生词作的一本赏析集。沈先生是我的师母,虽然在我考入南京大学之前的五年,她就不幸逝世了,但在我心目中,她并不陌生。

　　早在大学读书的时候,我就知道沈先生了。当时,她以一部《涉江词》而著名,被誉为当代李清照(如朱光潜先生题沈祖棻诗词,有"易安而后见斯人"之句),在社会上有很大影响。但直到考进南京大学从程千帆先生攻读硕士学位,我才真正对沈先生有所了解。1982年2月,我第一次踏进程先生位于北京西路二号新村的家门,程先生所赠书中,就有一本《宋词赏析》。不久,《涉江词》也出版了,程先生同样赠送一册。于是,这两本书就和程先生其他著作一起,成为我入学后的必读书,也在我心中构建了一个杰出的女作家和女学者的形象。经历过那个时代的文化人都不会忘记,《宋词赏析》一出版,很快就洛阳纸贵。作者从不同侧面展示出宋词之美,其文心之细,分析之精,给读者打开了一扇欣赏宋词艺术的窗户,在原来习焉不察的公式化话语模式之外,提供了一种新的鉴赏思路。《宋词赏析》的出版,是中国古代文学研究界的一件大事。20世纪80年代,中国出版界一度出现诗词鉴赏热。这种风气的形成,在一定程度上,也许和《宋词赏析》所产生的影响不无关系。而《涉江词》的问世,则令人看到一种传统文体在新时代所体现出的生命力。沈先生以过人的才情,精妙的手法,在词体文学中,写出了一个女子的悲欢哀乐,以及熔铸其中的时代风云,有着激动人心的力量,也带来了非常新鲜的审美感受。

我刚随程先生读书时,每周都有一个晚上要到他的家中谈话。程先生腹笥深厚,学识渊博,谈论学问,往往层面丰富,范围广泛。我们觉得非常珍贵,但有些意思一时半会还参不透,于是,经常带着录音机,将老师的谈话录下来,回去慢慢听。程先生谈话的内容,无论是一个特定的话题,还是一本特定的书,里面都往往贯穿着中央大学或金陵大学的一些老辈的事迹,而说着说着,自然而然地就会提到沈祖棻先生,回忆起和沈先生一起读书,一起治学,一起度过的艰难时光。由于动了感情,语调也会发生一些变化。这个时候,他常常是摆摆手,示意我们把录音机关上。也许,他觉得这些都较为私密,有些话不希望传出去。程先生一向提倡知行并重。他认为,研究古典诗词,最好自己也能写,这样,对前人创作的甘苦,才能有更深微的体察。谈话时,就经常以沈先生为例,说她讲得好,是因为写得好。犹记我1983年前后写了些习作,呈他批阅时,所用表述正是模仿沈先生当年向汪东先生呈稿时的那四个字。1984年底,我硕士毕业,进入《全清词》编纂研究室工作,时逢唐圭璋先生任主编的《唐宋词鉴赏辞典》向程先生约稿,程先生大约是考虑到我今后的发展方向之一可能是词学,希望我在这方面接受些训练,就命我撰写初稿,经他修改后,联名发表。而我撰写时的重要参照,就是沈先生的《宋词赏析》。

近几十年来,沈祖棻的人格力量和创作成就不断得到新的认识，而作为新文化发展中的旧传统的重要代表，作为女性文学发展传承中的重要一环，她也显示出了特别的价值。仅以"沈祖棻"一词为关键词检索《中国学术期刊（网络版）》，就得到七十条学术信息，另外还有以沈祖棻研究作为硕士、博士论文者。从中可以看出，沈祖棻及其文学成就，已经越来越受到重视。

海盐是沈祖棻先生的故乡。当地的一批文化人，有见于沈先生的重大成就，在王留芳等先生的倡导下，于2002年成立了沈祖棻诗词研究会，17年来，共出版了《沈祖棻诗词研究会会刊》27期，从生平、交游、诗词、小说等不同方面，展示了沈先生的创作风貌，有力地推动了对沈祖棻的研究。

出于对先师和先师母的敬仰，以及对沈祖棻词的喜爱，也了解到她的词在社会上的影响力，多年以来，我一直想编一本赏析集，以进一步推动对这位杰出词人的了解和研究，但具体付诸实施，却来自2019年3月和程丽则师姐的一通电话。电话里，师姐热情邀请我参加将于10月间在海盐召开的纪念沈祖棻110周年诞辰的大会，这就给了我一股强劲的推动力。感谢师姐的信任，让我能够有这个机会为先师和先师母尽一点心意，也感谢师姐在编纂过程中所做的不少沟通工作。沈先生存世词作共500多首，本书选取其中的110首（组），敬表对沈先生110周年诞辰的纪念。

2003年11月，我曾经邀请叶嘉莹先生到南京大学演讲，演讲的题目是《从李清照到沈祖棻——谈女性词作之美感特质的演进》。这篇精彩的演讲梳理了中国词体文学发展的脉络，特别梳理了女性词人的创作成就，将沈祖棻先生定位为女性词人的"集大成者"，给予崇高的评价。感谢95岁高龄的叶先生的慨然允诺，将演讲的内容作为序言，为本书增添了光彩。

沈祖棻先生在词的创作和研究上有着突出的成就,有见于此,本书特地邀请了词学界的一批同仁,一起来探讨沈先生的词心,品评沈先生的词艺。这些学者,既有20世纪80年代就已成名的施议对、钟振振教授等,也有现在学界的中坚力量如朱惠国、王兆鹏、彭玉平、周明初、陈水云教授等,还有年轻一代的词学研究者,如陈昌强、张文昌等。他们的研究,涵盖从唐代到民国的词坛,正可以从不同角度,思考沈先生在词史上的意义。

沈祖棻先生不仅是优秀的诗人、词人、学者,也是优秀的教师。1949年以后,她先后在江苏师范学院(今苏州大学)、南京师范学院(今南京师范大学)和武汉大学任教,近30年间,培养了一大批学生,传播了词学的种子。本书特别邀请了几位来自这三所大学,同时也在词学研究上做出突出成绩的学者撰稿,正可以体现这一轨迹。尤其要提到刘庆云教授。刘教授是沈先生20世纪60年代培养的研究生,是沈先生所指导的不多的几位入室弟子之一。刘教授长于词的创作,也在词学研究上做出很大成就。她的参与,使得这本书有了重要的指标性意义。

沈祖棻先生先后毕业于中央大学和金陵大学,师从一批耆学老宿,深受东南学风的熏陶。本书的主要作者,如俞士玲、吴正岚、张春晓、乔玉钰、蔡雯、彭洁明、李小雨等,都和这两所学校深有渊源,也都是程门的再传弟子。她们作为从事学术研究的女学者,以这种方式表示对沈先生的致敬,正体现了薪火相传的意义。

张春晓是沈祖棻先生的外孙女,现在已成长为一位有成就的学者。她在南京大学念本科时,程先生曾多次和我谈过对她以后学术发展的想法。1996年,我指导她撰写本科毕业论文,研究的是沈祖棻的历史小说。2000年,她以《涉江词》为论题,毕业于南京大学,获得硕士学位,这是研究沈祖棻词的第一篇硕士论文。黄阿莎2014年毕业于清华大学,她撰写的《沈祖棻词作与词学研究》,则是研究沈祖棻词的第一篇博士论文。她们二位的研究,代表着沈祖棻的词在年轻一辈学者中不断得到认识的过程,而她们二位加入这本著作的撰写,从某种程度上说,也能展示出一段学术史。

刘永济先生是程千帆先生的长辈,谊属世交。1940年初,程先生在乐山拜见刘先生,曾奉呈沈先生的一些作品,颇得赞赏。后来,沈先生编定《涉江词》,刘先生作《浣溪沙》一词,予以题咏,其中有这样两句:"鼙鼓声中喜遇君"、"风流长忆涉江人"。刘先生是在抗日战争的"鼙鼓声中"认识沈先生的,而沈先生的绝大部分词作,也都是写于这个背景中,因此,这四个字可以说是沈词的基本情境。《楚辞·九章》中有《涉江》一篇,《古诗十九首》中有《涉江采芙蓉》一首,沈先生既取"涉江"二字为其诗集和词集命名,世人遂以"涉江诗人"或"涉江词人"称之。刘永济先生的两句词正将这两层意思点出,因此加以檃栝,作为本书的书名。

沈祖棻先生深深服膺清代常州词派的学说。常州词派的后劲谭献曾经提出解读作品的原则:"作者之用心未必然,而读者之用心何必不然。"这个思路,也可以用在本书中。参与本书写作的各位学者,对沈祖棻的词可能各有不同的体会,有时涉及同一篇目,解释或也有不同。对此,本书予以充分尊重。我想,这也正好提供一个开放的空间,使得沈先生的词具有更为多元的意义。

本书今年3月才开始策划。感谢南京大学出版社在如此短的时间里,就做出决定,惠予出版。金鑫荣社长和古籍部的石旻、李亭二位编辑,在学统上也是和沈祖棻深有渊源者,他们的辛勤努力,保证了这本书能够及时和读者见面,从而向沈先生110周年诞辰的活动献礼。

  现当代作家所创作的旧体诗词,其实也是现当代文学的一个组成部分,值得进一步关注。本书对沈祖棻的词进行较为全面的细致解读,可以看作一个尝试,而这一类型的专书的出版,就见闻所及,可能也还是第一次。不当之处,敬请读者指教。

张宏生

2019 年 5 月 10 日

图书在版编目(CIP)数据

鼙鼓声中涉江人:沈祖棻词赏析集 / 张宏生编. ——南京:南京大学出版社,2019.9
ISBN 978 - 7 - 305 - 10682 - 8

Ⅰ.①鼙… Ⅱ.①张… Ⅲ.①沈祖棻(1909—1977)—诗词—诗歌欣赏 Ⅳ.①I207.2

中国版本图书馆 CIP 数据核字(2019)第 171597 号

出版发行	南京大学出版社		
社　　址	南京市汉口路 22 号	邮　编	210093
出 版 人	金鑫荣		

书　　名　鼙鼓声中涉江人——沈祖棻词赏析集
编　　者　张宏生
责任编辑　李　亭　石　旻　　　　编辑热线　025 - 83594071

照　　排　南京紫藤制版印务中心
印　　刷　南京爱德印刷有限公司
开　　本　635×965　1/16　印张 25　字数 320 千
版　　次　2019 年 9 月第 1 版　2019 年 9 月第 1 次印刷
ISBN 978 - 7 - 305 - 10682 - 8
定　　价　88.00 元

网　　址　http://www.njupco.com
官方微博　http://weibo.com/njupco
官方微信　njupress
销售热线　025 - 83594756

* 版权所有,侵权必究
* 凡购买南大版图书,如有印装质量问题,请与所购图书销售部门联系调换